Weitere Titel der Autorin:

Männer und andere Katastrophen
Fisherman's Friend in meiner Koje
Ehebrecher und andere Unschuldslämmer
Lügen, die von Herzen kommen
Die Laufmasche
Die Braut sagt leider nein
Ein unmoralisches Sonderangebot
Die Mütter-Mafia
Gegensätze ziehen sich aus
Für jede Lösung ein Problem
Ach, wär ich nur zu Hause geblieben
In Wahrheit wird viel mehr gelogen
Auf der anderen Seite ist das Gras viel grüner

Das Mütter-Mafia-Buch – Die Kunst, den Alltag zu feiern

Titel in der Regel auch als E-Book erhältlich

KERSTIN GIER

Die Patin

Roman

BASTEI LÜBBE TASCHENBUCH
Band 17030

1. Auflage in der Neugestaltung: März 2014

Dieser Titel ist auch als Hörbuch und E-Book erschienen

Originalausgabe

Copyright © 2006 by Autorin und Bastei Lübbe AG, Köln
Titelillustration: Sandra Taufer, München unter Verwendung von
Motiven von © shutterstock/Togataki; shutterstock/Olga Selyutina;
shutterstock/irur; shutterstock/VikaSuh; shutterstock/elisekurenbina;
shutterstock/PinkPueblo; shutterstock/SalomeNJ(2);
shutterstock/Guz Anna
Umschlaggestaltung: Sandra Taufer, München
Satz: Ortrud Müller – Die Buchmacher, Köln
Druck und Verarbeitung: GGP Media GmbH, Pößneck
Printed in Germany
ISBN 978-3-404-17030-2

Sie finden uns im Internet unter
www.luebbe.de
Bitte beachten Sie auch: www.lesejury.de

Für radschkumari, stella2802, humer-heiligenberg, katerbaer, kittekatl2, Lolle aus Berlin und die besonders netten Leserinnen aus Wuppertal, Darmstadt, Hamburg, Hannover, Ettlingen, Haiger, Euskirchen, Bayern und PC hinterm Sofa!

Ihr wisst gar nicht, wie viel Freude fünf Sterne machen können!

Dieses Buch ist nicht – ich wiederhole NICHT – für die Rezensentin aus Düsseldorf. Geh doch und schaufle dir ein Loch!

„Dass einem eine Sache fehlt, sollte einen nicht davon abhalten, alles andere zu genießen."
Jane Austen

Nellys absolut streng geheimes Tagebuch

12. Juni

Lara ist in Max verliebt.
Max ist in mich verliebt.
Ich bin in Moritz verliebt.
Moritz ist in Lara verliebt.
Wie gemein kann das Leben denn noch sein?
Papa sagt, er würde alles darum geben, noch mal vierzehn zu sein. Mit vierzehn sei das Leben noch so herrlich leicht und unkompliziert. Ist der bescheuert oder was? Ich meine, was für ein Scheißleben muss man geführt haben, um sich mit fünfundvierzig noch mal zu wünschen, vierzehn zu sein????
Ich hab Papa gefragt, was er denn falsch gemacht hat, denn vielleicht kann ich ja aus seinen Fehlern lernen. Aber er hat bloß blöd gegrinst und gefragt: „Heißen die wirklich Max und Moritz?" Na ja, auf jeden Fall werde ich schon mal nicht Jura studieren und Volvo fahren. Und wenn ich heirate und Kinder kriege, werde ich sie nicht ein paar Jahre später für ein hippes Model sitzen lassen. Und ich werde die Finger von diesen ekelhaft scharfen Bonbons lassen, die er immer futtert. Wahrscheinlich machen die matschig in der Birne.
Unkompliziert, haha, dass ich nicht lache. Mein Herz ist schwer wie Pudding. Unerwiderte Liebe ist so ungefähr das Schlimmste, das einem widerfahren kann, gleich nach Zahnschmerzen und Fernsehverbot.
P.S. Ein bisschen bin ich auch in Will Smith verliebt. In „Hitch" ist er ja so was von sexy. (Am Wochenende mit Lara dreimal überprüft – es lebe das Standbild!)
P.P.S. Wir haben einen neuen Jungen in der Klasse.
Schade, dass Typen mit Monster-Tattoos
so gar nicht mein Fall sind.

1. Kapitel

Anton sagte, dass ich ganz toll aussähe heute Abend. Er sagte es, während er den Jaguar rückwärts in eine Parklücke rangierte, eine Hand am Lenkrad, die andere in meinem Nacken. Ach, manche Momente im Leben waren einfach zu schön, um wahr zu sein.

»Danke«, sagte ich. Das Kompliment hatte ich wirklich verdient, für mein Aussehen heute war der ganze Nachmittag draufgegangen: Körper-Peeling, Beinenthaarung, Haarkur, Lockenwickler, Anti-Falten-Maske, straffende Körperlotion, Augencreme, schimmernder Körperpuder – das ganze Programm. Denn heute war »die Nacht der Nächte«, wie meine Freundin Anne es genannt hatte.

Anton wusste noch nichts davon. Aber seine Hand in meinem Nacken war schon mal ein guter Anfang.

Ich lächelte ihn an und hoffte, dass nichts von dem angeblich absolut kussechten Lipgloss an meinen Zähnen klebte. »Du siehst aber auch nicht schlecht aus.«

Das war noch sehr untertrieben. Anton Alsleben hatte es nicht nötig, mit Tricks wie Anti-Falten-Masken und schimmerndem Körperpuder zu arbeiten, er war einfach von Natur aus schön. Na ja, vielleicht nicht schön, aber sehr, sehr gut aussehend. So ein klassi-

7

sches Modell im schwarzen Anzug, mit dunklen, kurz geschnittenen Haaren, kantigen Gesichtszügen und eindrucksvollen braun-grünen Augen, immer gut rasiert und maniküt. Ich fragte mich, ob er das selber machte oder ob er zu einer Maniküre ging. Zuzutrauen war es ihm durchaus. Vielleicht machte es auch seine Sekretärin.

Anton ging um den Wagen herum, öffnete mir die Beifahrertür und reichte mir seinen Arm zum Aussteigen. Daran war ich mittlerweile gewöhnt. Beim ersten Mal war ich mit ihm zusammen ausgestiegen und hatte einen lauten Schrei ausgestoßen, als ich ihn überraschend auf meiner Seite wieder getroffen hatte. Antons extrem gute Manieren erinnerten mich ständig daran, dass ich auf einem Bauernhof in Nordfriesland groß geworden war. Mein Vater hatte meiner Mutter meines Wissens nur einmal aus dem Auto geholfen, und das war, als sich ihr Gipsbein zwischen zwei Kisten mit Eintagsküken verkeilt hatte.

Es blitzte, als Anton die Wagentüre zuschlug. Ich guckte in den Himmel. Ein Sommergewitter? Bitte nicht! Das Kleid wurde garantiert durchsichtig, wenn es nass war.

»Guck mal, Constanze«, sagte Anton. »Der Typ da vorne ist ein Paparazzo! Wartet wohl auf Prominenz. Ich hörte, dass Alfred Biolek, Tina Turner und Frauke Ludowig hier öfter essen gehen.«

»Zusammen?«, fragte ich. Es blitzte wieder. Wahrscheinlich vertrieb sich der Paparazzo die Wartezeit auf Biolek, Turner und Ludowig mit dem Fotografieren weniger prominenter Gäste wie uns. Er war ganz offensichtlich ein Anfänger. Auf dem Weg zur Treppe kontrollierte ich unauffällig, ob das Kleid irgendwie verrutscht war. Das war das erste Mal in meinem ganzen Leben, dass ich keine Unterwäsche trug, und ich wollte auf keinen Fall morgen in der Bild-Zeitung abgebildet sein. Meine Freundin Mimi hatte mir zwar versichert, das Kleid würde nicht rutschen, schon weil es so eng war, dass es praktisch mit meinen Hüften verschmolzen war, aber ich traute der Sache nicht so recht. Meine Kleider neigten stets dazu, zu verrutschen, Knöpfe zu verlieren, Flecken zu bekommen und sich auch sonst in jeder Beziehung danebenzubenehmen. Dieses Kleid aber saß perfekt. Vielleicht, weil es nicht mein eigenes war, sondern von Mimi geliehen. Ein gut erzogenes Kleid. Ich zwang mich, meine Hände vom Kleid fernzuhalten, und zog meinen Bauch ein.

»Nichts ist unerotischer als eine Frau, die ständig an ihren Klamotten herumzupft und -zieht«, hatte Mimi behauptet, und wenn ich heute Abend eines nicht sein wollte, dann unerotisch. Schließlich war dies die Nacht der Nächte.

Auf der Treppe versuchte ich probeweise ein bisschen mit dem Hintern zu wackeln. Zur Strafe knickte ich mit den hauchdünnen Absätzen meiner Pumps um und stolperte. Das lag daran, dass es meine eigenen, schlecht erzogenen Schuhe waren. Bedauerlicherweise trug keine meiner Freundinnen Größe einundvierzigeinhalb.

Wenigstens blitzte es nicht, als ich stolperte.

Anton griff nach meiner Hand und lächelte mich an. »Ich habe Hunger, du auch?«

»Wie ein Bär«, sagte ich.

»Das mag ich an dir«, sagte Anton. »Dass du beim Essen so herzhaft zulangen kannst.«

Schon wieder ein Kompliment – oder? Ich hatte seit dem Frühstück nichts gegessen vor lauter Schönheitspflege, ich würde mir den Bauch so richtig vollschlagen können.

Aber war das auch erotisch?

Das Restaurant war eins von der piekfeinen Sorte, in dem es vor gestärktem Damast und geschliffenem Kristall nur so blinkte, alle Angestellten wie Pinguine aussahen und es für jeden Gang einen eigenen Kellner gab. Die Preise waren vermutlich so riesig wie die Portionen winzig, sodass wenigstens nicht die Gefahr bestand, dass ich Mimis Kleid um den Bauch herum unerotisch ausbeulen würde.

»Sie hatten reserviert?«, fragte der vornehme Herr hinter dem vornehmen Stehpult und blätterte in einem vornehmen Buch.

Anton nickte. »Alsleben«, sagte er. »Ein Tisch für zwei.«

Der vornehme Herr fuhr mit seinem Zeigefinger die Zeilen hinab. »Alsleben … Alsleben … – Herr Doktor Rudolf Alsleben? Tisch für vier?«

»Nein«, sagte Anton. »Der bin ich nicht.«

Der Zeigefinger fuhr weiter hinab. »Ah, hier ist es. Alsleben, Tisch für zwei Personen, am Fenster gegenüber vom Kamin.« Der vornehme Herr winkte einen Pinguin herbei, der uns an den Tisch führte. »Die Herrschaften bitte zu Tisch fünf.«

»Wusste gar nicht, dass Alsleben so ein gebräuchlicher Name ist«, sagte ich, während ich mich bemühte, nicht umzuknicken, den Bauch einzuziehen und trotzdem mit dem Hintern zu wackeln. Alles eine Frage der Koordination. »Und einen Doktortitel hatte der andere auch. Lustig, oder?«

»Nicht wirklich«, sagte Anton. »Rudolf Alsleben ist mein Vater.«

»Ach tatsächlich?«, sagte ich, während meine Knie zu Pudding wurden. »Und der ist heute Abend auch …?«

»Ja, gleich da vorne«, sagte Anton. »Komm, wir sagen schnell hallo.«

Komm, wir rennen schnell weg, wollte ich rufen, aber da war es schon zu spät. Anton war mit mir an der Hand direkt auf Tisch sieben zugesteuert. Zwei ältere Paare mit Sektflöten in den Händen blickten zu uns auf. Auf den ersten Blick bestätigten sie so ungefähr jedes Klischee, das ich über reiche, Golf spielende Beinahe-Rentner-Ehepaare parat hatte, wobei das mit dem Golfspielen natürlich ebenfalls bereits ein Klischee war: kiloweise Platin und Diamanten an Hals, Ohren und Händen, der Siegelring beim Mann, die perfekten Jacketkronen, der braune Teint, leicht runzelig bei den Männern, erstaunlich glatt bei den Frauen. Die Frauen hatten deutlich mehr Zeit und Geld in ihr Aussehen gesteckt als ich in meines. Obwohl sie mindestens fünfundzwanzig Jahre älter waren als ich, sahen sie höchstens zehn Jahre älter aus. Bei beiden sah man deutlich die Skelettstruktur im Dekolletee, was auf eine jahrzehntelange Unterernährung hinwies.

Die Männer sahen so alt aus, wie sie waren, und ihre Skelettstruktur war auch deutlich besser gepolstert als nötig gewesen wäre, dennoch verströmten sie Selbstbewusstsein aus jeder Pore. Sie erhoben sich lächelnd.

»So eine Überraschung.«
»Die Welt ist klein.«

»Schön, dich mal wieder zu sehen, mein Sohn.«

Anton ließ meine Hand los, um andere Hände zu schütteln. Seine Mutter bekam zwei Küsschen auf die Wange, sein Vater einen Klaps auf die Schulter. Er hatte Ähnlichkeit mit Anton, die gleichen braungrün gesprenkelten Augen, das gleiche dichte Haar, sogar der gleiche Haarschnitt, nur dass es bei ihm weiß wie Schnee war. Aber seine Nase war nicht so aristokratisch schmal und gebogen wie die seines Sohnes, sondern fleischig und mit geplatzten roten Äderchen überzogen. Ich konnte nichts dagegen machen, ich musste sofort an Rudolf, das Rentier mit der roten Nase denken.

Nachdem Anton alle begrüßt hatte, wandten sich ihre Blicke mir zu. Ich fühlte mich wie in einem Röntgenlabor und wünschte mir sehnlichst einen Bleiumhang herbei.

»Darf ich vorstellen«, Anton zog mich ein Stückchen an sich heran, diesmal am Ellenbogen. »Das ist Constanze Bauer, eine Klientin von mir.«

Da stand ich nun, mit einem kardinalvioletten Handtäschchen am Arm und dazu passenden Riemchen-Pumps in Größe einundvierzigeinhalb, in einem Kleid von Alaia und absolut nichts darunter.

»Du wirst dich so sexy fühlen wie nie zuvor in deinem Leben«, hatte Mimi mir versichert.

»Denn dies ist die Nacht der Nächte«, hatte Anne hinzugefügt.

Tja.

Es war einen Versuch wert gewesen. Weder Mimi noch Anne hatten ahnen können, dass dies ausgerechnet der Abend sein würde, an dem Anton mich seinen Eltern vorstellen wollte. Als seine – Klientin!

Ich unterdrückte mühsam ein Zähneklappern, während ich allen die Hände schüttelte und »Guten Abend« murmelte. Verdammt kalt, so ohne Unterwäsche.

Das andere Ehepaar hieß von Eiswurst, jedenfalls war es das, was ich in meiner Aufregung verstand. Von Eiswurst, kein wirklich adeliger Name, aber einer, den man sich gut merken konnte. Menschen lieben es, wenn man sie mit Namen anspricht, sie fühlen sich dann beachtet und wichtig, das wusste ich noch aus meinem Psychologie-Studium. Außerdem ist es höflich.

»Freut mich, Sie kennen zu lernen, Herr und Frau von Eiswurst«, sagte ich. »Herr Alsleben, Frau Alsleben.«

Frau Alsleben kannte mich bereits.

Es ist ein weit verbreitetes Phänomen, das Sie sicher auch kennen, man nennt es auch »Pech«: Sie legen sich am Marktstand ganz gegen Ihre Gewohnheit mit einer sich vordrängelnden Frau an, und am Tag drauf stellt sich heraus, dass es sich dabei um die neue Lehrerin Ihres Sohnes handelt. Oder Sie nehmen all Ihren Mut zusammen und weisen den arroganten Typ im dicken BMW darauf hin, dass er Ihnen den allerletzten Frauenparkplatz weggenommen hat, und zwanzig Minuten später begrüßt er sie als der Gynäkologe, der Ihnen ein Myom wegoperieren soll.

Genau so war es mir mit Antons Mutter ergangen: Sie hatte mir mit ihrem Mercedes Coupé die Vorfahrt genommen, und ich hatte mich mit ihr gezankt, bevor ich wusste, dass sie die Mutter des Mannes war, von dem ich nachts zu träumen pflegte. Bei jeder

Begegnung hoffte ich, sie hätte mein Gesicht vergessen, aber ich hoffte jedes Mal vergebens.

»Vertritt Anton Sie in einer Strafsache?«, fragte sie zuckersüß.

Wenn Sie mir noch einmal die Vorfahrt nehmen, möglicherweise, dachte ich, sagte aber zähneklappernd: »Nein, er regelt meine Scheidung.«

»Nicht zu glauben«, sagte Rudolf mit der roten Nase. Nach seinem Blick zu urteilen schien er genau zu wissen, dass ich keine Unterwäsche trug. Das schienen mir überhaupt alle zu wissen, sogar der Kellner.

»Welcher Mann lässt eine Frau wie Sie gehen?«

Ich wusste nicht so recht, was ich darauf antworten sollte. Welcher Mann ließ eine Frau wie mich gehen? Genau genommen hatte er mich nicht gehen lassen, sondern darauf bestanden, dass ich ging und die Kinder und sämtliche gemeinsamen Erinnerungen mitnahm. An unserer Stelle war ein nicht unsympathisches Fotomodell namens Paris (sprich »Pärriss«) zu Hause eingezogen, mit hüftlangen blonden Haaren und noch längeren Beinen als meinen.

»Oberstaatsanwalt Lorenz Wischnewski«, antwortete Anton an meiner Stelle. Es klang ein bisschen schadenfroh.

»Aha«, sagten Herr von Eiswurst und Antons Vater wie aus einem Mund. Offenbar waren sie ebenfalls bei Gericht tätig. Obwohl, zumindest von Antons Vater wusste ich, dass er weder Anwalt noch Richter war. Er war leitender Geschäftsführer eines florierenden Pharmaunternehmens mit mehreren hundert Beschäftigten, das wohl nicht zufällig seinen Namen trug: Alsleben Pharmazeutik. Allerdings wurde die Firma des Öfteren verklagt, und möglicherweise hatte Antons Vater bei einer solchen Gelegenheit Lorenz' Bekanntschaft machen können. Oder müssen.

»Na, von Herrn Wischnewski lohnt sich eine Scheidung sicherlich«, sagte Herr von Eiswurst. »Ich hörte, er hat ein Vermögen geerbt.«

Na, da wusste er mehr als ich. Lorenz hatte zwar ein paar alleinstehende Onkel beerbt, aber soviel ich wusste nur in Form von hässlichen Gemälden und einer Steiffteddy-Sammlung.

»Ein sehr hübsches Kleid, meine Liebe«, sagte Frau von Eiswurst. »Nicht wahr, Polly?«

Antons Mutter nickte. »Für den, der's tragen kann, sicher«, sagte sie.

Ich konnte nicht glauben, dass jemand wie sie einen so fröhlichen, sympathischen Namen wie Polly trug. Das warf meine Theorie, dass jeder Mensch einen Namen trug, der zu ihm passte, völlig über den Haufen. Einen scharfen Rottweiler taufte man doch auch nicht »Kuschel«.

»Unser Tisch wartet«, sagte Anton. »War nett, euch alle zu sehen. Einen schönen Abend noch.«

»Ebenso«, sagte Antons Vater, und Herr von Eiswurst zwinkerte Anton bedeutungsvoll zu. Wahrscheinlich hieß das so viel wie: »Das Mädel hat keine Unterwäsche an, mein Junge, das könnte wirklich ein sehr schöner Abend werden ...«

Die beiden Frauen lächelten. Ich sagte höflich Auf Wiedersehen – »War nett, Sie kennen gelernt zu haben, Herr und Frau Alsleben, auf Wiedersehen, Herr und Frau von Eiswurst« – und stöckelte mit Anton davon. Der Pinguin, der uns an den Tisch führen sollte, hatte die ganze Zeit geduldig gewartet.

Als wir saßen, nur zwei Tische weiter als Antons Eltern, fragte ich das Erste, was mir durch den Kopf ging: »Von welchem Namen ist Polly die Abkürzung?«

»Apollonia«, sagte Anton.

Na bitte, das passte doch wieder.

»Und die Leute hießen übrigens von Erswert«, sagte Anton. Er sah aus, als ob er sich nur mühsam ein Lachen verkneifen könne. »Sie sind alte Freunde von meinen Eltern, früher habe ich Tante Julchen und Onkel Fred zu ihnen gesagt.«

»Zu wem?«, fragte ich irritiert.

»Zu den Leuten, die du *Eiswurst* genannt hast«, sagte Anton.

»Was?« Ich wurde nachträglich knallrot. Wie dämlich! Ich meine, wer hieß denn schon Eiswurst? Und dann auch noch mit einem »von« davor. Ich hätte mich ohrfeigen können, dass ich den Namen auch noch so oft wiederholt hatte. Aber warum hatte Anton mich nicht in die Rippen gestoßen beim ersten Mal?

Überhaupt – warum grinste er so blöd?

»Tut mir leid«, sagte ich. »Ich wollte wirklich einen guten Eindruck machen, als deine *Klientin*.«

»Oh, das hast du bestimmt«, sagte Anton. Spätestens jetzt hätte er sagen müssen, dass ich für ihn weit mehr als seine Klientin war, aber er tat es nicht. Vielleicht war seine Hand nur ganz aus Versehen in meinem Nacken gelandet, weil Anton einen Platz gebraucht hatte, wo er sie ablegen konnte. Ich widmete mich verunsichert der Speisekarte. Bis jetzt verlief der Abend so ganz anders, als Mimi und Anne es für mich geplant hatten. Wenn das so weiterging, würde der Augenblick wohl niemals kommen, in dem ich meine Beine lasziv übereinander schlagen, Anton tief in die Augen blicken und ihm mit leiser Stimme mitteilen sollte, dass ich keine Unterwäsche trug. Wie sollte ich da auch eine geschickte Überleitung finden? »Apropos Eiswurst, du, ich habe übrigens unter diesem Kleid absolut nichts drunter ...«

Ich konnte gar nicht verstehen, wie ich mich dazu hatte überreden lassen.

Es war überhaupt nur passiert, weil meine Freundinnen nicht fassen konnten, dass zwischen Anton und mir noch nichts gelaufen war. Beide hatten sie am Nachmittag in meinem Schlafzimmer herumgelungert und mir bei den Vorbereitungen für dieses Rendezvous geholfen. Das heißt, Mimi hatte geholfen (sie lieh mir das Kleid, Ohrringe und Kosmetika), Anne hatte mich nur noch nervöser gemacht, als ich ohnehin schon war.

»Und ihr habt wirklich noch nicht ...?« Sie hatte mich mit großen Augen angesehen.

Ich hatte den Kopf geschüttelt.

»Nicht mal ...?«

»Na ja – beinahe«, sagte ich.

Anne seufzte. »Aber geküsst habt ihr euch doch wenigstens, oder?«

»Ich dachte, das meintest du gerade«, sagte ich verwirrt.

»Herrje«, sagte Anne.

»Ich verstehe das auch nicht«, sagte Mimi. Sie lag rücklings auf meinem Bett, die Füße auf dem Kopfkissen, und streichelte sich den Bauch. Sie war in der zwölften Woche schwanger und streichelte sich permanent über den Bauch. »Ihr wart doch in den letzten vier Wochen mindestens sechsmal miteinander aus.«

17

»Fünfmal«, sagte ich. »Zweimal essen, einmal Kino, einmal Theater.«

»Das sind nur viermal«, stellte Anne klar. Sie hockte neben Mimi auf dem Bett und stützte ihre erdigen Hände auf dem weißen Leinen ab. Ihre freien Nachmittage verbrachte sie überwiegend mit Gartenarbeit. Sogar wenn sie bei mir war, zupfte sie immer irgendwo Unkraut aus den Beeten.

»Letztes Wochenende waren wir mit den Kindern zum Wandern im Siebengebirge«, sagte ich. »Aber daran erinnere ich mich nur ungern.« Antons Tochter Emily hatte außer mit Anton mit niemandem gesprochen, meine Tochter Nelly hatte ununterbrochen telefoniert und SMS verschickt, und mein Sohn Julius hatte sich auf dem Drachenfels in die schöne Aussicht übergeben. Dummerweise war Plexiglas zwischen ihm und der schönen Aussicht gewesen.

»Aber Anton und du, ihr habt unterwegs Händchen gehalten«, sagte Mimi hoffnungsvoll.

Ich schüttelte wieder den Kopf. »Wie man's nimmt. Ich hab Julius' Händchen gehalten und Anton Emilys. Es war ein ziemlicher Reinfall, und wir haben beschlossen, den Kindern noch ein wenig Zeit zu geben, sich an die Situation zu gewöhnen.«

»Na toll«, sagte Anne. »Und ich dachte, wenigstens du hast ein aufregendes Liebesleben.«

»Aufregend ist es ja«, sagte ich.

Anne und Mimi wechselten einen ziemlich überheblichen Blick.

»Wie alt bist du noch mal, Constanze?«, fragte Mimi.

»Fünfunddreißig«, sagte ich und unterdrückte einen Seufzer.

»Und wann hattest du das letzte Mal Sex?«

»Mit einem Mann«, setzte Anne hinzu. »Vibrator gilt nicht.«

Ich wurde ein bisschen rot. Anne und Mimi hatten keine Probleme damit, mit Begriffen wie »Vibrator«, »Fellatio« und »a tergo« um sich zu schmeißen, ständig erzählten sie mir intime Dinge aus ihrem Leben, die ich überhaupt nicht wissen wollte. Im Gegenzug wollten sie dann Antworten auf Fragen wie »Kannst du in jeder Stellung einen Orgasmus bekommen?« oder »Was findest du besser: beschnitten oder unbeschnitten?«. Wenn ich keine Antwort gab, hieß es sofort, ich sei verklemmt. Vielleicht stimmte das ja. Einen Vibrator zum Beispiel hatte ich noch nie in meinem Leben in der Hand gehabt. Ich kannte das Ding nur aus Katalogen, wo eine Frau es sich unerklärlicherweise an die Schulter hielt und dabei glücklich lächelte. Aber wenn ich das Anne und Mimi verriete, würden sie mir einen Vibrator zum nächsten Geburtstag schenken und mich ständig darüber ausfragen.

»Wartet mal, das ist jetzt ... – also, ich glaube, das war im Oktober«, sagte ich. »Einen Tag, bevor Lorenz die Scheidung wollte. Warum fragt ihr immer so blöd?«

»Weil wir jetzt Juni haben«, sagte Mimi. »Kein Mensch kann so lange ohne Sex leben.«

»Na ja, leben kann man schon ohne«, sagte Anne und popelte ein bisschen an ihren Fingernägeln herum. »Also, ich habe das letzte Mal mit meinem Mann geschlafen, das war, lass mich überlegen, tja, ich glaube, das war, als ich schwanger wurde.«

»Oh!« Mimi richtete sich ruckartig auf. »Warum

hast du uns denn nichts davon gesagt? Das ist ja wunderbar!«

Anne sah sie verständnislos an. »Was ist denn daran wunderbar?«

»Das mit der Schwangerschaft«, sagte Mimi. »Ich freu mich ja so!«

»Welche Schwangerschaft?«

Mimi schnaubte ungeduldig. »Du hast doch gerade gesagt, dass du bei deinem letzten Mal schwanger geworden bist!«

»Ja, mit Jasper«, sagte Anne. »Du Schaf.«

Ich lachte so laut auf, dass meine Antifaltenmaske in kleinen Bröckchen durch das Zimmer flog, während Mimi sich wieder auf das Bett plumpsen ließ. Jasper war Julius' bester Freund und wurde in diesem Herbst fünf Jahre alt.

Mimi warf eine Puderdose nach Anne. »Du willst mir allen Ernstes erzählen, dass dein Mann und du seit über fünf Jahren enthaltsam lebt?«

»Aber nein«, sagte Anne.

»Ich dachte schon«, sagte Mimi, die – wenn die Berichte zutrafen – täglich mit ihrem Mann Ronnie das Kamasutra von vorne bis hinten durchturnte.

»Nur ich lebe enthaltsam, mein Mann vögelt seine Sekretärinnen«, sagte Anne.

Mimi und ich waren gleichermaßen schockiert, ich wegen der Wortwahl, Mimi wegen der Tatsache, dass Annes Mann sie betrog. Mir war das bereits bekannt gewesen. Annes Mann war mir, obwohl ich ihn noch nie gesehen hatte, zutiefst unsympathisch, allein aus Annes Erzählungen. Er betrog Anne nicht nur, er beteiligte sich auch in keiner Weise an der Hausarbeit. Jahrelang hatte er sich gegen die Anschaffung eines

Wäschetrockners gesträubt, gab aber jedes Jahr ein Vermögen für seine Motorräder aus. Und er war nicht mal besonders nett zu den Kindern. Aus irgendeinem Grund blieb Anne aber trotzdem bei ihm. Obwohl er zu allem Überfluss auch noch Hansjürgen hieß, ohne Bindestrich.

Anne lächelte Mimi beruhigend an. »Mir geht es gut«, versicherte sie. »Du glaubst ja gar nicht, wie viele Frauen mit einem noch viel übleren Sack verheiratet sind. Ich sehe das täglich in meinem Job.« Anne war Hebamme. Ich liebte die Geschichten, die sie uns von all ihren schwangeren und frisch entbundenen Patientinnen erzählte. Am liebsten hatte ich die von den Hausgeburten, bei denen die ganze Familie einschließlich der Schwiegereltern und der Haustiere bei der Geburt dabei sein durften und beim Abbrennen von Duftkerzen »We shall overcome« gesungen wurde. »Du und Ronnie, ihr beide seid die ganz große Ausnahme. Ich habe jedes Mal Tränen in den Augen, wenn ich euch beide anschaue. Die wahre Liebe. Ihr habt mir den Glauben daran zurückgegeben. Ihr und *Titanic* und Rosamunde Pilcher.«

Mimi schluckte. »Sagtest du Sekretär*innen*? Mehrzahl?«

»Ja, aber nicht alle auf einmal. Er wechselt alle paar Monate.«

»Ist er denn – ähm – sexsüchtig, oder so?«

Anne zuckte mit den Schultern. »Nein, er ist einfach ein Arschloch«, sagte sie. »Er sagt, es ist meine Schuld. Männer gingen nur fremd, wenn ihnen etwas fehlt, und Hansjürgen sagt, mir fehlt es an echter Weiblichkeit und Herzenswärme. Wahrscheinlich hat er sogar Recht. Ich bleib ja nur bei ihm wegen des

Ehevertrages. Meine Kinder und ich müssten im Fall einer Trennung das Haus verlassen, und von meinem Gehalt kann ich mir nur eine Wohnung leisten, ohne Garten. Das kann ich den Kindern nicht antun.«

Ich verabscheute Hansjürgen wieder mal aus ganzem Herzen. Wahrscheinlich war er auch noch klein und dick und hatte Mundgeruch.

»Solche Geschichten machen mich immer ganz fertig«, sagte Mimi. »Eigentlich müssten doch viel mehr Männer mit Bratpfannen über den Köpfen tot aufgefunden werden. Ich hoffe nur, dass Nina-Louise niemals an so einen Scheißtyp gerät.« Nina-Louise war der Name, den Mimis Baby tragen sollte, wenn es geboren wurde, irgendwann nach Weihnachten. Mimi hatte es in dem Augenblick Nina-Louise getauft, als sie gesehen hatte, dass der Schwangerschaftstest zwei rosa Streifen im Sichtfeld aufwies. Manchmal nannten Anne und ich den Fötus scherzeshalber Heinz-Peter, schon weil über das Geschlecht ja noch gar nichts bekannt war, aber dann wurde Mimi böse. Sie hatte Nina-Louise und Nina-Louises Leben schon sehr plastisch vor Augen, und nach allem, was wir wussten, würde es ein wunderbares Leben werden.

»Nina-Louise werden wir in einen Selbstverteidigungskursus für Mädchen schicken, sobald sie stehen kann«, sagte ich energisch. Ich war nämlich Nina-Louises Patentante und durfte bei so etwas mitreden. »Wir von der Mütter-Mafia werden ihr zeigen, dass man eine Bratpfanne nicht nur zum Kochen benutzen kann.«

In unserer Siedlung gab es einen sehr elitären Club, der sich »Mütter-Society« nannte, und die Mütter dort waren für die Insektensiedlung das, was die weiblichen Mitglieder der Familie Oleson für Walnut Grove von *Unsere kleine Farm* gewesen sind. Deshalb hatten Anne, Mimi, meine verrückte Freundin Trudi und ich eine Art kreative Gegenbewegung gegründet, die »Mütter-Mafia«, von der allerdings nicht ganz feststand, wozu sie eigentlich da war. Fest stand nur, dass ich mich eindeutig besser fühlte, seit es sie gab. Unser Motto war so schlicht wie das von den Musketieren: *Alle für eine, eine für alle.*

»Aber ich will auch nicht, dass sie in dem Glauben aufwächst, Männer seien Schweine«, sagte Mimi.

»Aber Männer *sind* ...«, begann Anne.

»Das will ich auch nicht«, sagte ich schnell. »Wir werden sie also zusätzlich mit Jane-Austen-Romanen und *Titanic*-Videos füttern, damit sie die Bratpfannenmänner von den guten Männern unterscheiden kann – und dann darfst du nicht vergessen, dass ihr eigener Papi ja ihr allergrößtes Männer-Vorbild sein wird.«

»Wir wollen aber nicht vom Thema abkommen«, sagte Anne. »So interessant ich das auch finde, über Nina-Louise zu reden« – an dieser Stelle verdrehte sie die Augen –, »waren wir ja eigentlich bei Constanze und Anton. Es ist doch so, Constanze, nur weil ich so ein lausiges Sexualleben habe, musst du es ja nicht nachmachen. Zumal du und Anton euch doch gerade erst kennen gelernt habt und noch so richtig scharf aufeinander sein müsstet.«

»Das stimmt. So kann das mit euch nicht weitergehen«, sagte Mimi. »Sogar ein Blinder sieht, dass Anton und du füreinander geschaffen seid. Ich meine, ich muss das wissen, ich habe euch beide schließlich miteinander verkuppelt! Und ich verstehe das nicht: Der Mann lässt sonst wahrlich nichts anbrennen!« Mit einem Seitenblick auf mich setzte sie schnell hinzu: »Ich meine, nicht dass er wahllos in der Gegend rumvögelt oder so, aber er lebt auch nicht gerade wie ein Mönch.«

»Constanze sendet wahrscheinlich die falschen Signale«, sagte Anne.

»Ich sende gar keine Signale«, sagte ich würdevoll. »Da bin ich altmodisch. Ich finde, der Mann sollte den ersten Schritt tun.«

»Nein«, sagte Anne entschieden. »Nicht, wenn du fünfunddreißig und allein erziehend bist.«

»Willst du damit sagen, ich müsse froh sein, wenn ich ...«, fing ich ziemlich aufgebracht an, aber Mimi unterbrach mich:

»Ich finde auch, der Mann muss den ersten Schritt tun«, sagte sie.

»Siehst du«, sagte ich zu Anne. »Und Mimi ist auch über fünfunddreißig.«

»Pah«, machte Anne.

»Anton wird den ersten Schritt tun«, versicherte Mimi. »Wenn Constanze die richtigen Signale sendet.«

»Siehst du!«, sagte Anne zu mir.

»Und wie soll ich das machen?« Ich würde mir auf keinen Fall ständig mit der Zunge über die Lippen fahren oder auf zweideutige Weise an einer Cocktail-Litschi herumlutschen.

»Ganz einfach: indem du die Unterwäsche weglässt«, sagte Anne feierlich.

»Au ja!«, rief Mimi. »Wie bei Sharon Stone in dem Eispickel-Film.«

»Ich denke nicht, dass Anton vorhat, mich zu verhaften«, sagte ich. »Für so blöde Rollenspiele bin ich nicht zu haben.«

Mimi und Anne seufzten.

»Es geht doch bloß um das Gefühl«, sagte Anne. »Es ist nämlich ganz einfach: Ohne Unterwäsche sendest du garantiert die richtigen Signale, ob du willst oder nicht.«

»Du musst ja gar nicht viel tun, nur lasziv die Beine übereinanderschlagen ...«, murmelte Mimi begeistert. »Der Mann wird seine unnatürliche Zurückhaltung auf der Stelle über den Haufen werfen!«

»Aber Sharon Stone hatte doch so einen Drehstuhl«, sagte ich. »Den werden sie im Restaurant nicht haben.« Und außerdem stand ein Tisch davor und eine Tischdecke. Sollte ich den blöden Stuhl in den Durchgang verrücken, damit ich die Beine lasziv übereinanderschlagen konnte? Alle würden mich anstarren, Antons Eltern und die Eiswürste eingeschlossen.

»Es geht ums Prinzip«, hatte Anne gesagt, und Mimi hatte ergänzt: »Anton muss es gar nicht sehen, es reicht, wenn er es weiß!«

Ich hätte mich, wie gesagt, nie darauf einlassen sollen. Aber jetzt war es zu spät. Ich saß ohne Unterwäsche in diesem Restaurant und ...

Was roch hier eigentlich so merkwürdig?

»Constanze!« Anton riss mir die Speisekarte aus der Hand.

»Was zum Teu...?« Oh Mist! Ich hatte die verdammte Karte zu nah über die Kerze gehalten. In das goldgeprägte Leder war ein schwarzer Kreis gesengt. Ich sah mich um, aber weder die Gäste noch die Pinguine schienen etwas gemerkt zu haben. Nur Anton, der mich fragend ansah.

»Ich war mit meinen Gedanken woanders«, sagte ich peinlich berührt. Musste ich das jetzt bezahlen?

Anton lächelte mich an. »Wo denn?«

»Bei Mimi«, sagte ich, was ja zum Teil der Wahrheit entsprach. »Sie freut sich so auf Ni... - auf das Baby.«

»Ja, Ronnie auch. Es ist so schön zu sehen, wie glücklich die beiden sind. Ich hoffe bloß, dass sie auch noch so glücklich sind, wenn sie mit drei Stunden Schlaf am Tag auskommen müssen und sich die Drei-Monats-Koliken ein ganzes Jahr lang hinziehen ...« Anton seufzte, offenbar an die Babyzeit seiner eigenen Kinder erinnert. »Diese Zeit ist ganz schön strapaziös, auch für die Ehe.« Antons eigene Ehe hatte die Babyzeit des zweiten Kindes nicht überstanden.

»Ich kann mir nicht vorstellen, dass Ni... - dass Mimis Kind Drei-Monats-Koliken bekommt«, sagte ich. »Ich wette, sie schläft von Anfang an durch.«

»Das ist doch eher unwahrscheinlich«, sagte Anton. »Ich weiß noch, als Molly auf der Welt war, bekam das Wort Schlaf plötzlich eine ganz andere Bedeutung. Zum ersten Mal in meinem Leben wurde mir klar, dass Schlaf wirklich überlebenswichtig ist. Und dann diese Verantwortung, die einem förmlich die Kehle zudrückt. Selbst wenn Molly mal geschlafen hat, bin ich ständig aufgestanden, um zu gucken, ob sie noch atmet. Ich hab mich ernsthaft gefragt, wie Menschen es fertigbringen, ein zweites oder sogar ein drittes Kind zu bekommen.«

Wie konnte man ein Kind nur »Molly« nennen? Ein Nilpferdbaby vielleicht, aber doch kein Kind! Wahrscheinlich war der Name die Strafe für die Drei-

Monats-Koliken. Molly hatte vorher Isabella oder Leticia geheißen, aber nach drei Monate währendem Gebrüll hatten die Eltern beschlossen, sie umzutaufen. »So, Isabella, jetzt reicht's! Ab jetzt heißt du Molly. Das passiert mit Kindern, die sich nicht benehmen, merk es dir!« Wahrscheinlich hatte Molly sich seitdem am Riemen gerissen, sonst hieße sie jetzt Waltraud.

Oder umgekehrt. Das Kind war so empört über den Namen gewesen, dass es sich mit Koliken gerächt hatte.

»Na ja, nach einem Jahr hatten wir uns an das erste gewöhnt«, fuhr Anton fort. »Ein, zwei Nächte mit fünf Stunden Schlaf am Stück, und man glaubt wieder, allen Herausforderungen gewachsen zu sein.« Er machte eine Pause. »Stimmt's, Constanze?«

Mir wurde klar, dass ich schon länger nichts gesagt hatte. Anton schien das befremdlich zu finden. Ich wusste ja auch nicht, was heute mit mir los war, irgendwie war ich ständig abgelenkt. Dachte über die blödesten Dinge nach, anstatt mit Anton zu flirten und Signale auszusenden. Wahrscheinlich, weil ich keine Unterwäsche anhatte. Das war ich einfach nicht gewohnt. Dabei wollte ich wirklich, wirklich einen guten Eindruck auf Anton machen.

»Ich kann nicht sagen, dass ich jedes Mal Lust auf ein weiteres Kind bekomme, nur weil ich ausgeschlafen bin«, sagte ich hastig. »Dann hätte ich jetzt ungefähr fünfzehn Kinder, die müssten alle in Etagenbetten schlafen, immer drei übereinander. Die KVB hätten mir einen ihrer ausrangierten Linienbusse zur Verfügung gestellt, damit ich die Kinder damit zur Schule fahren könnte. Das Kindergeld wäre so hoch wie das Bruttoinlandsprodukt eines Entwicklungslandes. Und mein Busen würde bis zu den Knien hängen, und ich hätte nur noch siebzehn Zähne, weil doch jede Schwangerschaft einen Zahn kostet.«

Anton guckte ein bisschen komisch. »Tatsächlich?«

»Na ja, das sagt man so. Aber keine Sorge, ich habe sie noch alle. Die Zähne, meine ich.« Warum redete ich eigentlich ununterbrochen dämliches Zeug, wenn ich den Mund aufmachte? Ganz sicher war mein Geschwafel über Hängebusen und Schwangerschaften alles andere als erotisch! Um das zu wissen, hätte ich noch nicht mal Psychologie studieren müssen.

Glücklicherweise erschien ein Pinguin an unserem Tisch und fragte, ob wir gewählt hätten.

Anton orderte für sich das Tagesmenü mit Spargel und eine Flasche 2003er Würtz-Weinmann Riesling trocken für uns beide.

»Falls du einverstanden bist«, sagte er.

»Ja, natürlich«, sagte ich. 2003er Würtz-Weinmann Riesling trocken klang doch sehr lecker. Obwohl ich gerne etwas mit höherem Alkoholgehalt getrunken hätte, ein Fläschchen Absinth oder so. Was das Essen anging, hatte ich strenge Anweisungen von Mimi und Anne erhalten: keinen Salat, der macht am Abend Blähungen, keine Sahnesoße, die macht müde, möglichst nichts mit Knoblauch und rohen Zwiebeln wegen des Mundgeruchs, am besten Fisch und gedünstetes Gemüse, und lutsch auf dem Klo ein Atemfrisch-Dragee, noch besser, du putzt dir die Zähne, und vergiss nicht, das Make-up aufzufrischen ... – meine kardinalslila Handtasche war zum

Bersten gefüllt. Ich überlegte, jetzt schon mal das Klo aufzusuchen und Mimi mit dem Handy anzurufen, um zu fragen, wie genau diese Nacht-der-Nächte-Nummer weitergehen sollte.

Okay, an Planungsstab der Mütter-Mafia: Bis jetzt läuft es nicht besonders gut: Er hat mich seinen Eltern als seine Klientin vorgestellt, ich habe Tante Julchen und Onkel Fred Eiswurst genannt, die Speisekarte angekokelt und nur Mist geredet – wie soll ich weiter vorgehen?

Was? Mission sofort abbrechen, ich wiederhole: Mission abbrechen.

Mimi hatte sich bereit erklärt, heute Abend als Babysitter über meine Kinder zu wachen. Eigentlich hätte ich sie auch allein lassen können, denn Nelly war immerhin vierzehn, und Julius schlief in der Regel wie ein Stein, aber man konnte nie wissen. Nelly hatte seit neustem einen Kerzenfimmel, jeden Abend zündete sie einen Haufen Teelichter an, legte eine CD auf und starrte im Kerzenlicht träumerisch an die Decke. Jedenfalls tat sie das, wenn ich ins Zimmer kam. Das tat ich ziemlich oft – viel zu oft, nach Nellys Ansicht –, denn ich fürchtete, irgendetwas in ihrem Zimmer könnte Feuer fangen und das ganze Haus würde abbrennen, während Nelly von Max träumte. Ich hoffte jedenfalls, dass sie von Max träumte und nicht etwa von ihrem Mathelehrer oder von irgendeinem Kokain schnupfenden Zwölftklässler. Aber wissen kann man das bei vierzehnjährigen Mädchen ja nie so genau. Ich konnte sie jedenfalls unmöglich allein mit ihrem vierjährigen Bruder und einem Haufen Kerzen und Streichhölzer zu Hause lassen. Mimi war da mit mir einer Meinung. Sie hatte versprochen, Nelly mit einer DVD von jeglichen pyromanischen

Aktivitäten abzulenken, sobald Julius eingeschlafen war. *Tatsächlich Liebe*, das würde Nelly gefallen. Mimis Mann Ronnie würde in der Zeit Feuermelder in allen Räumen installieren. Feuermelder gab es zurzeit im Angebot in Ronnies Baumarkt. Ronnie und Mimi waren die beiden hilfsbereitesten Menschen, die ich kannte, hatte ich das schon erwähnt? Eigentlich hätten ihnen Flügel zwischen den Schulterblättern wachsen müssen.

»Ich bin ja auch spätestens um elf Uhr wieder da«, hatte ich gesagt und aus reiner Gewohnheit vergessen, dass heute ja die Nacht der Nächte sein sollte. Die erste Nacht, in der ich meine Kinder allein lassen würde. Mimi und Anne waren sich nämlich einig, dass ich auf die klassische Frage »Zu dir oder zu mir?« auf jeden Fall »zu dir« antworten sollte.

»Emily übernachtet bei einer Freundin«, hatte Mimi freudestrahlend verkündet. Emily war Antons sechsjährige Tochter, für die er nach der Scheidung das Sorgerecht erhalten hatte. Die ältere Tochter, Molly, lebte bei seiner Exfrau in London. »Ich habe das ganz genau recherchiert. Bei Anton seid ihr völlig ungestört. Ihr könnt morgen sogar gemütlich zusammen frühstücken. Ronnie und ich werden auf deinem Sofa schlafen und auf die Kinder aufpassen.«

»Aber ich kann doch nicht ...«, sagte ich. »Was sollen denn die Kinder denken, wenn ich morgen früh nicht zu Hause bin, wenn sie aufwachen?«

»Was sollen denn die Kinder denken, wenn Anton morgen Früh mit nacktem Oberkörper aus dem Bad geschlurft kommt?«, konterte Anne.

Ich sah sie entsetzt an. Als ob Anton jemals mit

nacktem Oberkörper aus meinem Bad schlurfen würde.

»Anton schlurft nicht«, sagte auch Mimi. »Aber Anne hat Recht: Für eure erste Nacht wäre es doch viel – einfacher, wenn du mal nicht an die Kinder denken müsstest, oder?«

Ich war immer noch bei der Vorstellung von Anton mit nacktem Oberkörper. Ob er Haare auf der Brust hatte? Herrje, ich hatte den Mann bisher noch nicht mal ohne Krawatte gesehen. Irgendwas in meinem Magen schlug Purzelbäume.

»Ich will ja nicht sagen, dass deine Kinder nicht damit umgehen könnten«, sagte Anne. »Aber wäre es denn nicht entspannter, wenn du nicht die ganze Zeit Angst haben müsstest, ob sie möglicherweise etwas hören?«

»Außerdem sieht dein Schlafzimmer chaotisch aus«, sagte Mimi. Sie wies auf die halb heruntergerissene Tapete, die noch von meiner verstorbenen Schwiegermutter stammte. Ex-Schwiegermutter. Ihr hatte das Haus vor mir gehört, und hier im Schlafzimmer konnte man das immer noch erkennen. Es herrschte, alles in allem, eine ausgesprochen unerotische, schwiegermütterliche Atmosphäre. »Bis heute Abend wirst du es wohl kaum schaffen, hier zu renovieren, oder? Und das Bett müsste auch frisch überzogen werden, Anne hat lauter Tapsen hinterlassen.«

Das Argument überzeugte mich schon eher. Anne betrachtete schuldbewusst ihre erdigen Hände.

»Aber ...«, sagte ich dennoch.

Mimi unterbrach mich: »Falls du dir Sorgen machst, wer Antons Bett überzieht: Der hat eine

31

Putzfrau, die überzieht die Betten jeden Freitag. Und glaub mir, bei Anton ist es so ordentlich, dass er jederzeit eine Frau mit nach Hause nehmen kann. Soviel ich weiß, hat er eine super indirekte Beleuchtung im Schlafzimmer, die einen ganz tollen Teint macht.«

Woher wusste sie denn das? Redete Anton mit Ronnie und Mimi etwa über so etwas? *Ich sage euch, ich habe mir jetzt eine indirekte Beleuchtung im Schlafzimmer machen lassen, da sieht sogar Cellulite ganz harmlos aus. Und die Frauen um Jahre jünger ...*

»Aber«, begann ich noch einmal.

Mimi fiel mir wieder ins Wort. »Und Ronnie und ich, wir passen wirklich gerne auf deine Kinder auf, schließlich wohnen wir gleich nebenan, und, nein, das ist uns überhaupt nicht zu viel, wir finden, das ist eine tolle Abwechslung.«

»Und jetzt kein Aber mehr«, sagte Anne streng. »Heute ist die Nacht der Nächte.«

»Genau«, sagte Mimi und strahlte. »Und morgen ist dann der Tag, an dem wir offiziell verkünden, dass Nina-Louise unterwegs ist.«

Anne warf mir einen kurzen Blick zu. Ich zuckte nur mit den Schultern.

»Wem denn? Ich meine, nur so aus Interesse«, sagte Anne zu Mimi. »Ihr habt verkündet, dass Nina-Louise unterwegs ist, als sich das Ei noch im Zwei-Zellen-Stadium befand.«

»Ja, *inoffiziell*«, sagte Mimi und strahlte noch mehr. »Aber morgen sind die zwölf ersten Wochen herum, und wir machen es offiziell.«

»Ich kann mir nicht vorstellen, dass es irgendjemanden gibt, der diese Neuigkeit noch nicht kennt«, sagte ich vorsichtig. Mimi hatte nicht nur das unübersehbare Bauchstreichelsyndrom, sondern bereits Nina-Louises komplette Garderobe zusammengekauft, bis einschließlich Größe 74. Ständig hielt sie einem Strampler, Mützchen und Handschühchen unter die Nase. Im zukünftigen Kinderzimmer hing bereits ein himmelblau lackiertes Korbbettchen von der Decke.

»Natürlich!«, sagte Mimi. »Wir haben das bisher noch geheim gehalten, weil in den ersten zwölf Wochen doch manchmal ... etwas schief gehen kann.«

»*Geheim* gehalten?«, wiederholte Anne. »Mimi, du hast jedem wildfremden Menschen im Supermarkt von deiner Schwangerschaft erzählt, und Ronnie hat auf der Arbeit seinen Kollegen einen auf das erste Ultraschallbild ausgegeben. Und ihr seid schon seit vier Wochen für einen Geburtsvorbereitungskurs im Oktober angemeldet, und ...«

»Schon möglich, dass ich ein paar Leuten davon erzählt habe«, gab Mimi zu. »Aber offiziell war es bisher noch nicht!«

»Na, dann gibt das ja morgen eine schöne Überraschung für alle«, sagte ich grinsend.

»Ja, meine Schwiegermutter wird tot umfallen«, sagte Mimi.

»Auch wenn sie es inoffiziell schon weiß«, sagte Anne.

»Aber nein! Kein Sterbenswort«, sagte Mimi. »Ich habe Ronnie damit gedroht, ihn zu verlassen, wenn er seiner Mutter oder seinen Geschwistern etwas von Nina-Louise verrät.«

»Du hast also Hinz und Kunz davon erzählt, aber der Familie deines Mannes nicht?«

»Ich wollte damit warten, bis es ganz sicher ist«, sagte Mimi. »Meine Schwiegermutter ist ein gemeiner alter Drachen, die sich wer weiß was darauf einbildet, dass sie fünf Kinder bekommen hat. Dabei war sie bloß zu blöd, um zu verhüten. Sie hat Ronnie nach meiner Fehlgeburt geraten, sich eine andere Frau zu suchen. Mein Becken sei nicht fürs Kinderkriegen gemacht, hat sie gesagt. Ich hasse sie. Na ja, ich hasste sie ... jetzt nicht mehr. Schließlich möchte ich, dass Nina-Louise ein entspanntes Verhältnis zu ihren Großeltern bekommt.«

»Natürlich«, sagte Anne. »Das wollen wir alle.«

»Constanze?« Das war Anton.

Mist, verdammter! Brannte etwa schon wieder die Speisekarte? Nein, Gott sei Dank. Aber ich musste mich wirklich besser konzentrieren. Der Pinguin guckte auch schon so komisch. Vielleicht wurde ich ja lockerer, wenn ich was getrunken hatte. Der Champagnercocktail hörte sich gut an. Schade, dass man den nur in so kleinen Gläsern servierte. Ich brauchte eine ganze Wanne davon.

Der Kellner räusperte sich.

»Ich nehme den Spargel in der Crêpe mit Morcheln«, sagte ich schnell. »Und Mineralwasser. Stilles. Und vorneweg eine Wanne Champagnercocktail. Äh, ein Glas, meine ich.«

Als der Pinguin weggewatschelt war, beugte Anton sich zu mir vor über den Tisch und griff nach meiner Hand: »Ist alles in Ordnung, Constanze? Du bist heute irgendwie – so abwesend.«

Auf einmal war ich wieder ganz da, konzentriert und hellwach. Antons Augen waren so wahnsinnig schön, das dachte ich jedes Mal, wenn ich hineinsah. Braun und grün mit winzigen goldenen Sprenkeln. Eigentlich mochte ich keine Männer mit braunen Augen, sie erinnern mich immer an einen Cockerspaniel. Aber Antons Augen waren keine Hundeaugen, sie waren schmal, mandelförmig und von kurzen, dichten Wimpern eingerahmt. Es waren sehr kluge Augen.

»Ja, nein, vielleicht«, sagte ich. Seine Hand auf meiner machte mir neuen Mut. »Ich bin nur etwas – aufgeregt.«

Anton lächelte. »Etwa meinetwegen?« Sein Lächeln war wahnsinnig schön, das dachte ich jedes Mal, wenn ich ihn lächeln sah. Es lag nicht nur an seinen perfekten Zähnen, sondern an den Fältchen, die sich in seinem rechten Mundwinkel bildeten, und an der Art, wie seine Augen mitlächelten. Es war das erotischste Lächeln, das man sich vorstellen konnte. Besonders jetzt.

»Ja«, sagte ich und senkte meine Stimme. »Und nein. Eigentlich ist es wegen meiner Unterwäsche.«

»Du bist wegen deiner Unterwäsche aufgeregt?«, wiederholte Anton.

Ich nickte. Ehrlich: Ursprünglich hatte ich mich diesmal mit Anton über tiefschürfende Themen unterhalten wollen, das wollte ich eigentlich jedes Mal, wenn wir uns trafen. Aber irgendwie ging das immer schief. Dabei war ich in Wirklichkeit gar nicht so zerstreut und oberflächlich, wie Anton denken musste, im Gegenteil! Ich war das sprichwörtliche tiefe Wasser, das still oder trüb oder – äh – wie ging das Sprichwort noch gleich? Jedenfalls war ich ein Mensch mit Tiefgang, und es wäre schön, wenn Anton auch mal die Gelegenheit erhielte, das zu merken.

»Jetzt steckst du mich allmählich mit deiner Aufregung an«, sagte er. Ich sah die Kerzenflamme in seinen Augen tanzen. »Was ist denn mit deiner Unterwäsche, hm?«

»Sie ist ... also, meine Unterwäsche ist zu Hause geblieben«, sagte ich und versuchte, Antons Blick standzuhalten.

Seine Augen hatten sich plötzlich merklich verengt. »Aus Versehen?«

Ich schüttelte den Kopf. »Mit voller Absicht«, flüsterte ich.

Anton schwieg ein Weilchen. Dann fragte er: »Zu dir oder zu mir?«

Ich spürte, wie sich völlig ohne mein Zutun ein fettes Lächeln auf meinem Gesicht ausbreitete. Gleichzeitig raste mein Puls in die Höhe. Oh Gott! Wir würden es wirklich tun.

»Zu dir«, sagte ich. »Du sollst so tolle indirekte Beleuchtung haben.« Obwohl ich die heute gar nicht brauchen würde: Ich hatte ja keine unschönen Druckstellen zu verbergen. Das war der Vorteil, wenn man keine Unterwäsche trug.

»Und Emily schläft heute bei einer Freundin«, sagte Anton. »Weißt du was? Ich habe plötzlich überhaupt keinen Hunger mehr.«

»Ich auch nicht«, sagte ich. Das war natürlich gelogen.

Ein Kellner brachte die Getränke.

»Es tut uns sehr leid, aber es ist etwas dazwischengekommen«, sagte Anton zu ihm und zog seine Brieftasche aus dem Jackett. »Ein Notfall. Wir müssen sofort gehen.«

Der Kellner war nicht böse auf uns, er wirkte

nicht mal erstaunt. Allerdings war da so ein gewisser Ausdruck in seinem Gesicht, mit dem er mich musterte, als ich den Champagnercocktail hinunterkippte, aufstand und meine Handtasche schulterte. So als wisse er genau, von welcher Art Notfall Anton gesprochen hatte. Mir egal. Vor mir lag die Nacht der Nächte. Davon hatte ich monatelang geträumt. Ich versuchte, ruhig und gleichmäßig zu atmen. Es war nicht so, dass ich Angst hatte oder so, im Gegenteil, ich wollte es wirklich, ja, und wie ich es wollte, es war nur so … – na gut, ja, ich hatte Angst! Ich war fünfzehn Jahre lang nur mit einem einzigen Mann ins Bett gegangen, und davor hatte ich diesbezüglich auch nur eine einzige klägliche Erfahrung gemacht. Sex mit Lorenz war auch nicht gerade besonders variantenreich gewesen. Fünfzehn Jahre lang Missionarsstellung – Mimi und Anne waren entsetzt gewesen, als sie mir diese Information an einem feuchtfröhlichen Abend entlockt hatten. Anton hingegen war eine Art Sexgott, wenn man Mimi glauben durfte. Sie hatte es zwar nicht selber ausprobiert, war aber gut mit seiner Exfrau und diversen Exgeliebten bekannt, und die waren sich alle einig gewesen, was Antons Qualitäten im Bett betraf, sofern es überhaupt im Bett stattfand. Gott, was würde er denken, wenn er entdeckte, dass ich praktisch überhaupt von gar nichts eine Ahnung hatte? Wenn er wollte, dass ich etwas tat, von dem ich gar nicht wusste, wie man es machen sollte? Oder wenn er Begriffe verwendete, mit denen ich nichts anfangen konnte? Ich hätte mir wenigstens vorher ein Buch kaufen sollen. »Sex für Anfänger« oder »Hundert raffinierte Tricks, mit denen Sie ihn verrückt machen«, dann hätte ich vielleicht bluffen können.

»Anton?«, sagte ich. »Es gibt da etwas, was ich dir sagen muss ...«

Anton und der Kellner sahen mich gleichermaßen neugierig an. Letzterer war mir zunehmend unsympathisch. Er hatte ein paar große Scheine von Anton bekommen und verstaute sie besonders umständlich in einem Ledermäppchen. Merkte er nicht, dass er störte? Ich sah ihn an und schwieg, bis er sich, nicht ohne einen vorwurfsvollen Seufzer, verkrümelte.

»Was musst du mir sagen?«, fragte Anton und stand auf.

»Ich ... ähm, also, ich kenne überhaupt keine hundert raffinierten Tricks«, flüsterte ich, während er meinen Ellenbogen nahm und mich zwischen den Tischen hindurch Richtung Ausgang führte. »Ich meine, im Bett. Oder wo auch immer. Ich kenne ehrlich gesagt keinen einzigen. Und mit den Fachtermini, also, da habe ich auch große Lücken.«

Ich sah ihm gespannt ins Gesicht. Sein Ausdruck war schwer zu deuten. Im Kiefer zuckte ein Muskel, sonst war sein Gesicht unbeweglich.

»Tut mir wirklich leid«, flüsterte ich.

»Schon okay«, sagte Anton, und jetzt grinste er ein bisschen. »Ich glaube, ich kenne genug Tricks für uns beide. Und was die Fachtermini angeht« – hier begann er breiter zu grinsen –, »frag einfach, wenn du was nicht verstehst.« Und jetzt lachte er. Er prustete richtig laut.

Ich runzelte die Stirn. Machte er sich über mich lustig? Ach, und wenn schon!

»Ich bin sehr gespannt auf deine Tricks«, sagte ich.

In diesem Augenblick geschah etwas Merkwürdiges. Zwischen Anton und mir rauschte klar und deutlich eine Toilettenspülung auf, so laut, dass alle im Restaurant sich zu uns umdrehten, obwohl wir schon fast den Ausgang erreicht hatten. Ich dachte aus irgendwelchen Gründen sofort an eine Art übersinnliches Phänomen und blieb wie angewurzelt stehen. Der Pinguin am Stehpult neben dem Ausgang sah mich strafend an. Ja, merkte er denn nicht, dass hier etwas ganz Eigenartiges, etwas Mysteriöses geschah? Wieder ging die Toilettenspülung. Eine Gänsehaut überzog meine Arme.

Was wollte mir dieses übersinnliche Geräusch sagen? Etwas ging den Abfluss, den Bach hinunter ... äh ... Ich musste etwas über Bord werfen ... äh ... meine Prinzipien davonspülen ... äh ... Ein Griff ins Klo stand unmittelbar bevor ...

Anton, immer noch lachend, schob mich energisch weiter, er schubste mich fast durch die Tür.

»Hörst du das denn nicht auch?«, fragte ich aufgeregt, als wir draußen auf der Treppe standen.

»In der Tat, bruh-hahaha«, prustete Anton. Er hörte sich an wie ein Nilpferd, das gekitzelt wurde. »Ich glaube, bruh-hahaha, das ist deine Handtasche.«

Meine Handtasche? Warum sollte meine Handtasche wie eine Toilettenspülung rauschen? Die war von Louis Vuitton, und ich hatte zwei Kilo Kosmetika darin, eine Haarbürste, eine Zahnbürste, zwei Päckchen Atemfrisch-Dragees, Kondome, mein Handy ... – mein Handy! Das war's! Nelly hatte es vorhin für mich auf Vibrationsmodus stellen sollen. Stattdessen musste sie mir einen neuen Klingelton draufgemacht haben, das freche kleine Biest. Ausgerechnet eine geschmacklose Klospülung! Das fand sie wohl komisch.

»Das ist bestimmt Nelly«, zischte ich, während ich zwischen Lippenstiften und Schachteln nach dem verflixten Handy kramte. »Will mich blamieren! Die werde ich ... ich werde sie ...« Ah, da war es ja. »Hallo?«

»Ich bin's«, sagte Mimi am anderen Ende der Leitung. Fast hätte ich sie nicht erkannt, ihre Stimme klang ganz anders als sonst.

»Ist was mit den Kindern?«, fragte ich erschrocken.

»Nein«, sagte Mimi. »Es ist ... es ist was mit Nina-Louise. Ich blute.«

Oh mein Gott! Bitte nicht!

»Hör zu, Mimi. Das muss nichts bedeuten. Ich bin gleich bei dir. Leg dich hin und leg die Beine hoch. Ist Ronnie bei dir? Hast du Anne angerufen? Manchmal blutet man ein bisschen, aber es ist nichts Schlimmes ...«

»Ich blute nicht ein bisschen«, sagte Mimi. »Ich blute wie abgestochen. In deinem Badezimmer sieht es aus, als wäre Charles Manson da gewesen.«

»Nein, das darf nicht ... Wo ist Ronnie?«

»Er ist hier. Er fährt mich jetzt ins Krankenhaus. Aber es ist sowieso zu spät.«

»Nein, vielleicht nicht ... Wir kommen so schnell es geht«, sagte ich und drückte die »Aus«-Taste. Anton hatte aufgehört zu lachen und sah mich fragend an.

»Mimi verliert das Baby«, sagte ich und brach in Tränen aus.

Willkommen auf der Homepage der

Mütter-Society,

dem Netzwerk für Frauen mit Kindern.
Ob Karrierefrau oder »nur«-Hausfrau,
hier tauschen wir uns über Schwangerschaft
und Geburt, Erziehung, Ehe, Job, Haushalt
und Hobbys aus und unterstützen uns
gegenseitig liebevoll.
Zutritt zum Forum nur für Mitglieder

14. Juni

An alle Mamis: Hier kommt die traurigste Nachricht des Tages: Es wird wieder ein Junge. Meine Gyn ist sich diesmal zu 98 Prozent sicher, und ich habe selber ganz deutlich den kleinen Schniedel gesehen. Ich heule schon den ganzen Nachmittag. Natürlich habe ich nichts gegen Jungen, aber ich hatte trotz der ungünstigen Prognosen immer noch so sehr auf eine kleine Schwester für Timmi gehofft. Aber meine Gebete wurden nicht erhört! Jetzt muss ich also so bald wie möglich wieder schwanger werden, allmählich wird es echt anstrengend. Und wenn es dann wieder nicht klappt? Ich kenne eine Frau

mit fünf Jungs, die sagt, sie hätte spätestens nach dem zweiten Kind aufgehört, wenn es ein Mädchen geworden wäre. Was für ein Albtraum, oder? Viermal umsonst schwanger! Mein Männe hat mich ganz lieb getröstet und gesagt, dass ich mir doch die supi-tollen Jimmi Chos kaufen darf, die ich neulich anprobiert habe, aber erstens ist das nicht dasselbe wie die Mami-und-Tochter-Partnerlook-Outfits, von denen ich geträumt habe, und außerdem sehen die Schuhe scheiße aus, wenn man geschwollene Knöchel hat! Meine Schwiegermutter hat gesagt, ich soll nicht so einen Wirbel veranstalten, damals nach dem Krieg hätten die Frauen ihre Kinder zwischen den Trümmern ausgetragen und wären dankbar um jeden Tropfen Milch gewesen, blablabla, aber meine Gyn meint, ich darf ruhig meinen Frust rauslassen. So supi-dämliche Sätze wie »Hauptsache, es ist gesund« brauche ich mir nicht anzuhören!
Mami (trauriger) Kugelbauch Ellen

P. S. Meine Gyn meint, wenn ich genug getrauert habe, kann ich den Rest der Schwangerschaft wieder genießen und mich sogar auf das Baby freuen. Wie fändet ihr Jimmi als Vornamen? Wegen der Jimmi Chos – und außerdem reimt es sich auf Timmi. Jimmi und Timmi, im Partnerlook, Hand in Hand – eine supi-süße Vorstellung, oder? Hoffentlich kriegt er wenigstens Locken!

14. Juni

Liebe Ellen, ich werde wohl nie verstehen, warum du so auf Mädchen fixiert bist. Aus meiner Erfahrung als dreieinhalbfache Mutter von zwei Mädchen und einem Jungen (und einem halben, hoffentlich!) kann ich nur sagen: Jungs machen viel weniger Ärger. Vor allem in der Pubertät sind Mädchen die Hölle. ☺ Ich werde drei Kreuze machen, wenn Laura-Kristin nach den Sommerferien endlich im Internat ist und nur noch Flavia das Badezimmer blockieren kann. Unglaublich, wie eitel schon Sechsjährige sein können. Flavias größte Angst ist es, Laura-Kristins Akne geerbt zu haben, was wir alle natürlich nicht hoffen. Ein Mauerblümchen in der Familie reicht. Stellt euch vor, Laura-Kristin hat den Namen Max in das Kopfende ihres Bettes eingeritzt mit einem Herzen drum herum, sie würde mich killen, wenn sie wüsste, dass ich euch das verrate. Ich habe es manchmal sehr schwer, sie zu verstehen, aber das liegt daran, dass ich in ihrem Alter so ganz anders war. Und natürlich nicht so fett. Ich würde ihr so gerne helfen, aber wie motiviert man eine bockige Vierzehnjährige zum Abnehmen? Ich habe ihr gesagt, dass besagter Max vielleicht weniger unerreichbar wäre, wenn sie mal Sport treiben würde. Aber da hat sie nur angefangen zu heulen und »Du bist gemein, Mama!« geschrien. Mädchen! Für die braucht man wirklich starke Nerven!

Mein Fruchtwasseruntersuchungsergebnis bekomme ich Freitag, und ihr könnt mir ruhig die Daumen drücken, dass es noch einmal ein Junge wird. Wenn nicht, dann können wir ja tauschen, Ellen. ☺

Zu unserem Samstagnachmittags-Seminar »Fötus stimulierende Fußreflexzonen-Massage zum Klang von Buckelwalgesängen« bei Trudi Becker sind auch nichtschwangere Mitglieder der Mütter-Society herzlich willkommen. Bitte Wolldecke mitbringen.
Frauke

14. Juni
Also, ich versteh dich gut, Ellen, ich wollte auch immer nur Töchter haben und habe glücklicherweise ja auch zwei wunderbare (pickelfreie!) Mäuse geboren. Mein herzlichstes Beileid von meiner Seite.
Bin wieder mal sehr im Stress, wegen Fortbildung am Bodensee Montag bis Mittwoch – und immer noch keine neue Kinderfrau in Sicht!!! Frau Porschke will ihren Umzug partout nicht verschieben, obwohl wir ihr angeboten haben, sie auf unsere Kosten mit dem Zug nachzuschicken. Die Frau hat sechs Jahre lang für uns gearbeitet, wir haben sie behandelt wie ein Mitglied der Familie, haben ihre (nicht wenigen!) Macken akzeptiert, genau wie die Tatsache, dass sie eigentlich viel zu alt für den Job war. (Wie oft hat sie mir gesagt, dass sie die Wanne nicht schrubben konnte, weil sie es wieder mal am Ischias hatte? Und welche Kinderfrau hat schon eine eigene Schublade im Haushalt ihrer Arbeitgeber, in

der sie ihre Gingko-Präparate und koffeinfreien Kaffee aufbewahren darf??) Aber wie dankt sie es uns? Sie beharrt stur und egoistisch darauf, beim Umzug dabei sein zu müssen. Im Grunde können wir froh sein, sie endlich los zu werden.
An dem Fötus-Buckelwalseminar nehme ich natürlich nicht teil. Ich habe keine Zeit, keinen Fötus und auch keine gute Meinung von Trudi Becker. Dieser übertriebene Esoterik-Kram ist einfach nichts für mich als Kopfmensch. Ich würde auch nur stören, wenn ich ständig lachen müsste, weil Frau Becker doch selber aussieht wie ein Buckelwal, oder?
Sabine

14. Juni
Gerade für dich als Kopfmensch wäre so ein Seminar bei Trudi mal ganz wichtig, Mami Sabine, man sieht die Dinge danach irgendwie weniger verkrampft. Trudi Becker ist nicht übergewichtig, sondern höchstens ein wenig mollig, und was hat ihr Gewicht bitte mit ihrer Fähigkeit, Seminare zu leiten, zu tun?
Mami Gitti

P. S. Deine Laura-Kristin ist doch gar nicht so dick, Frauke. Sie ist nur kurvenreicher gebaut als du. Eine Menge Männer finden üppige Frauen sehr attraktiv.

14. Juni

Entschuldigung, Gitti, ich wollte dich mit meiner Bemerkung über Übergewicht nicht kränken, natürlich hat hier niemand etwas gegen Dicke. Und sicher gibt es auch jede Menge Übergewichtige, die kompetent in ihrem Job sind (außer vielleicht als Ernährungsberater ☺). Ich persönlich finde es zwar wichtig, sich als Frau nicht gehen zu lassen, auch dann nicht, wenn man glücklich verheiratet ist, aber das heißt ja nicht, dass du das genauso sehen musst. Und nur weil wir anderen das Glück haben, in einer intakten Partnerschaft zu leben, können wir doch gut verstehen, wie schwer die Partnersuche für eine allein erziehende Mutter mit Figurproblemen sein muss. Wenn du willst, kopiere ich dir die neue Brigitte-Diät. Frauke und ich nehmen dich auch herzlich gerne zu unserem morgendlichen Joggingtraining mit. Im Augenblick können wir wegen Fraukes Schwangerschaft sowieso nur walken, was deine Gelenke dir sicherlich danken werden. Wozu sind wir von der Mütter-Society schließlich da, wenn nicht, um uns gegenseitig zu unterstützen?
Sabine

14. Juni

Wenn ihr weiter joggen gehen wollt, solltet ihr euch unbedingt bewaffnen! Im Ernst: Die beiden Kampfhunde unserer neuen Nachbarn hier im Libellenweg laufen Tag und Nacht frei herum, ebenso wie die Kinder, und man weiß gar nicht, was gefährlicher ist, die Hunde oder die Kinder.

Es sind mindestens fünf, obwohl das Baby, glaube ich, von der ältesten Tochter ist, die wiederum höchstens siebzehn ist und aussieht, als ginge sie auf den Strich. Der Vater unterhält eine Kfz-Werkstatt im Hof, und der fünfzehnjährige Junge fährt ständig mit den Autos die Straße rauf und runter, wenn er nicht gerade mit Springmessern spielt oder mit seinem Skateboard parkende Autos demoliert. Seine jüngere Schwester klingelt täglich bei uns, will das Meerschweinchen streicheln und bietet uns ihre Babysitterdienste an. Sie heißt Melody, und ihre Hobbys sind Fernsehen, Shakira und Vogelspinnen. Angeblich hat sie eine in ihrem Zimmer, mit der sie uns gedroht hat, falls wir ihr Angebot nicht annehmen. Die Mutter ist überhaupt die Oberhärte. Man sieht sie selten, aber sie hat eine Vorliebe für Korsagen und Miniröcke, dabei ist sie mindestens vierzig, auch wenn sie sich gut gehalten hat. Jürgi vermutet, dass sie ebenfalls dem horizontalen Gewerbe nachgeht, und zwar in schwarzem Latex. Aus den Luxuskarossen zu schließen, die der Mann repariert, versorgt die Domina ihn mit zahlungskräftiger Kundschaft: reiche Perverse und Zuhälter mit Maserati und fetten Benzen. Sogar ein Ferrari war schon dabei. Es gibt noch zwei oder drei kleinere Kinder, die den ganzen Tag Süßkram essen, Cola trinken und Straßenflohmärkte mit vermutlich geklauten Spielsachen veranstalten. Sie zerkratzen einem das Auto oder legen einem brennende Zeitungen mit Hundekacke drin vor die Tür, wenn man nichts kaufen will. Außerdem geistert da noch

ein Großvater herum, der aussieht wie einer von den Marx Brothers, mit so einem dämlichen Strohhütchen, das er immer zieht, wenn er einem begegnet. Seit diese Kloses den Libellenweg bevölkern, kommt man sich vor, als ob man mitten in den Slums wohnt! Der Zigarettenautomat an der Ecke ist auch schon aufgebrochen worden. Die Patienten von Ellens Mann trauen sich kaum noch in die Praxis. Ellen und ich haben schon über eine Unterschriftensammlung nachgedacht. Wer von euch macht mit? Diese Leute schränken schließlich die Lebensqualität aller Bewohner der Insektensiedlung ein. Ich sage nur: Kampfhunde und Hepatitis-C-Erreger richten sich nicht nach Straßenschildern. Und Fünfzehnjährige, die ohne Führerschein durch die Gegend gurken, gefährden eindeutig das Leben unserer Kinder. Ich denke nicht, dass wir uns das gefallen lassen müssen. Was meint ihr?
Sonja

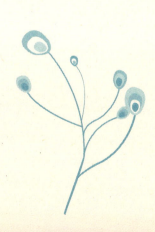

Nellys absolut streng geheimes Tagebuch

17. Juni

Lara hat gesagt, dass sie es satt hat, sich mit unerwiderter Liebe herumzuquälen. Sie will versuchen, nicht mehr in Max verliebt zu sein, sondern stattdessen in Moritz. Sie sagt, das Leben würde dadurch viel einfacher werden.
Ja, ihres vielleicht. Und das von Moritz. Aber was ist mit meinem Leben? Ich kann mich nicht mal eben umprogrammieren von Moritz auf Max wie einen blöden Computer. Max hat heute einen Liebesbrief von Pickelbacke Laura-Kristin bekommen, aber er wollte ihn mir partout nicht zu lesen geben, damit wir uns gemeinsam darüber amüsieren konnten. Er sagt, das gehört sich nicht. Gähn! Max macht immer so einen auf wohlerzogen und anständig, das ist so was von überhaupt nicht sexy, weiß er das denn nicht? Wenn Lara mit Moritz zusammenkommt, bleibt mir nur noch übrig, lesbisch zu werden, natürlich nicht mit Lara, denn das wäre ja komplett fatal. Aber lesbisch ist cool. Lesbisch ist intellektuell. Lesbisch ist todsichere Verhütung. Wenn nur die Sache mit dem Sex nicht wäre. Ich meine, Küssen würde ja gerade noch gehen. Ohne Zunge natürlich. Aber alles andere ... - brrrrr, neee. (Was genau machen eigentlich Lesben miteinander???) Vielleicht geht lesbisch ja auch platonisch. Muss mal Mama fragen. Sie kennt sich ja mit platonischer Liebe aus, die Ärmste.
P.S. Alle sind hier total traurig wegen Nina-Louise. Ich auch. Mimi wäre sicher eine coole Mutter geworden.
Ich hoffe, sie versucht es noch mal.
P.P.S. Der neue Junge (Kevin Klose - brech!) hat auch ein Tattoo oberhalb seines Hinterns. Ich war gezwungen, es zu sehen, weil der Typ a) vor mir sitzt und b) seine Skater-Hosen den halben Hintern frei lassen. Dummerweise hat er gemerkt, dass ich ihn anstarre, und dreckig gegrinst.

2. Kapitel

»Na ja, es hätte auch noch schlimmer kommen können«, sagte Anne. »Du hättest deinen zukünftigen Schwiegereltern ja auch am FKK-Strand das erste Mal über den Weg laufen können. So wie ich. Hansjürgen hat mir seine Eltern auf Sylt vorgestellt – und da war nicht mal ein Handtuch oder so was in der Nähe. Ich meine, ich hätte mir wohl gleich denken können, dass diese Ehe unter keinem guten Stern steht, oder?«

»Igitt«, sagte meine Tochter Nelly mitfühlend.

»Kann man wohl sagen«, sagte Anne. »Ich wusste gar nicht, wo ich hingucken sollte. Während meine Schwiegermutter sogar sehr genau hinsah und Hansjürgen am nächsten Morgen ein Päckchen für mich mitgab: mit Anti-Cellulitecreme. Wie gesagt, ich muss total bescheuert gewesen sein, trotzdem zu heiraten.«

»Ich glaube, ich würde sterben, wenn ich den Eltern meines Freundes völlig nackt gegenüberstünde«, sagte Nelly und guckte in den Kühlschrank. »Ist noch was von dem Essen da?«

Ich schüttelte den Kopf. Ich hasste es, wenn Nelly sich unmittelbar nach dem Essen verhielt wie ein hungriger Tiger in einem Käfig.

»Auf jeden Fall waren am FKK-Strand alle Beteiligten nackt«, sagte ich, während ich beobachtete, wie Nelly sich einen Apfel aus der Obstschale nahm und in Sekundenschnelle verspeiste. Sie war wahrscheinlich die einzige Vierzehnjährige außerhalb eines Entwicklungslandes, die einen Apfel mit Stumpf und Stiel aß, ohne am Ende irgendetwas davon wieder auszuspucken. Wenn ich nicht mit eigenen Augen gesehen hätte, wie sie nur eine Stunde zuvor circa viertausend Kalorien in Form von Nudeln mit Geschnetzeltem in Sahnesoße vertilgt hatte, hätte ich angesichts ihrer rappeldünnen, schlaksigen Gestalt annehmen können, sie stehe kurz vor dem Verhungern. Die meisten Leute dachten, ich gäbe ihr nicht ausreichend zu essen. »In meinem Fall stand ich als Einzige ohne Unterwäsche da. Mitten in einem Restaurant.«

»Und *du* meckerst immer darüber, dass *ich* zu wenig anhabe«, sagte Nelly.

Anne lachte.

»Das ist etwas anderes«, sagte ich. »Außerdem war es bei mir ein Versehen.«

»Ja, klar«, sagte Nelly grinsend. »Tja, und obwohl es hier gerade unheimlich spannend ist und ich schrecklich gerne mehr über den supertollen Anton und deine aus Versehen nicht vorhandene Unterwäsche erfahren würde, muss ich jetzt zu Lara. Wir üben Mathe für die Arbeit morgen.«

»Mit Lara? Ihr habt beide eine Vier in Mathe, Schätzchen. Wie wollt ihr euch da gegenseitig helfen?«

»Lara hat eine Drei minus«, verbesserte mich Nelly. »Manchmal.«

»Warum lernst du nicht mit Max?«, erkundigte sich Anne. »Er hat eine Eins in Mathe, soviel ich weiß.«

»Max hat in allem eine Eins«, sagte Nelly ein bisschen verächtlich. »Außerdem hat er keine Zeit, weil er schon Laura-Pickelin Nachhilfe gibt.«

»Nenn sie nicht so«, sagte ich. »Sei lieber froh, dass du keine Pickel hast.«

»*Außerdem* ist Max in der Parallelklasse und weiß nicht, was wir beim Müller durchgenommen haben«, sagte Nelly.

»Ich glaube wohl kaum, dass sich das groß unterscheidet«, sagte Anne.

»Und außerdem hat Laras Mutter einen Kirschkuchen gebacken, nur für uns«, sagte Nelly.

»Aha«, sagte ich.

»Ist das nicht nett? Wann hast du eigentlich das letzte Mal was für uns gebacken, Mami?«

»Gestern«, sagte ich. »Du hast acht von zwölf Blaubeermuffins gegessen, weißt du nicht mehr?«

»Ich meinte *richtigen* Kuchen«, sagte Nelly und gab mir immerhin ein Küsschen auf die Wange. »Ich muss wirklich weg. Bis nachher. Tschüss, Anne. Schöne Grüße an Max.«

»Um sieben wird gegessen«, sagte ich, aber Nelly war schon in den Flur hinausgerannt. Die Haustüre fiel mit Nelly-typischem Schwung ins Schloss. Ich versuchte mich zu erinnern, was sie angehabt hatte: War irgendwas extrem Bauchfreies, tief Ausgeschnittenes oder unanständig Zerrissenes dabei gewesen? Oder hatte sie gar ein Kleidungsstück ganz weggelassen? Ich musste einfach besser aufpassen.

»Sei froh, dass sie sich noch woanders satt isst«, sagte Anne. »Du wärst sonst längst verarmt. Neulich hat sie bei uns für Max und sich ein kleines Omelett mit Toast als Zwischenmahlzeit zubereitet. Mit zehn Eiern, einem halben Liter Milch und einer ganzen Packung Toast.«

»Ich sollte vielleicht mal ihre Schilddrüse untersuchen lassen«, sagte ich. »Obwohl ich in der Pubertät auch immer verfressen war und trotzdem dünn.«

»Bist du ja auch heute noch«, seufzte Anne. »Du Glückliche. *Du* hättest Antons Eltern sogar in der Sauna begegnen können, ohne dich schämen zu müssen.«

»Es ist vielleicht auch gar nicht wegen der Unterwäsche«, gab ich zu. »Es ist mehr dieses Gefühl, so überhaupt nicht zu Anton zu passen. Immer wenn ich seine Mutter sehe, dann komme ich mir so – minderwertig vor, weißt du? Seine Mutter denkt, ich bin nicht gut genug für Anton. Und manchmal denke ich das eben auch.«

»So ein Schwachsinn«, sagte Anne. »Sieh dich doch mal an: Du siehst aus wie ein Fotomodell, und du bist der liebste und freundlichste Mensch, den ich kenne. Jeder Mann wäre ...«

»Ach, komm schon, Anne!« Ich war natürlich schwer geschmeichelt, aber leider übertrieb Anne. Ein wenig, jedenfalls. »Wenn ich aussähe wie ein Fotomodell, hätte mein Mann mich dann wegen eines Fotomodells verlassen?«

Anne zuckte mit den Schultern. »Manche Männer können nur mit Fotomodellen – dieser Flavio Briatore zum Beispiel oder ...«

»Hör schon auf! Lorenz hat mich verlassen, weil er sich für mich geschämt hat. Ich war ihm zu ungebildet, zu ungeschickt, zu naiv – einfach zu sehr

Bauerntochter von einer Nordseeinsel. Mit Paris ist das anders: Sie ist weltgewandt, kennt tausend berühmte Leute, kann mehrere Sprachen, trägt Manolos, ist auf Cocktail-Partys und Vernissagen der Knaller – und sie kann sogar Nellys Matheaufgaben.«

»Okay«, sagte Anne. »Aber das beweist nur, was ich sagte: dass Lorenz dich nicht wegen des Aussehens verlassen hat, oder?«

»Und das soll mich jetzt trösten?« Ich musste lachen.

»Ja, doch«, sagte Anne. »Hansjürgen zum Beispiel sagt immer, dass er meinen Charakter liebt, aber meinen Körper nicht mehr anziehend findet. Ich sage dir, das kratzt auf die Dauer ziemlich an deinem Selbstbewusstsein, wenn man das immer gesagt bekommt. Und seine Sekretärinnen sind alle dünn und jung.«

»Und blöd«, ergänzte ich. »Sonst würden sie nicht mit einem verheirateten Mann schlafen, oder?« Obwohl Anne mit ihrer kleinen, rundlichen Gestalt, den blauen Kulleraugen und den Grübchen in den Wangen so niedlich aussah wie eine weibliche Ausgabe von Frodo Beutlin, dem Hobbit aus *Herr der Ringe*, war sie eine äußerst energische und durchsetzungsstarke Persönlichkeit. Warum sie dieses betrügerische Schwein von einem Ehemann nicht längst aus dem Haus geworfen hatte, würde ich wohl nie begreifen. »Warum zur Hölle verlässt du diesen Typ nicht endlich?«

»Tja«, sagte Anne. »Das hat viele Gründe. Der Hauptgrund steht, wie schon gesagt, schwarz auf weiß im Ehevertrag. Kann ich dir gern mal vorlesen. – Aber zurück zum Thema: Du bist auf jeden Fall gut genug für Anton. Ob er gut genug ist für dich, wird sich noch herausstellen müssen. Und seine blöde Mutter hat da gar nichts mitzureden.«

»Ich weiß, es sollte mir egal sein, was Antons Mutter über mich denkt. Sie wird mich sowieso nie mögen.« Ich schaute aus dem Fenster. Draußen regnete es immer noch in Strömen. Es war ungewöhnlich kalt für Juni. Ein Gewitter mit Platzregen hatte den Sommer weggespült, in der Nacht, in der Nina-Louise gestorben war. »Ich sie wahrscheinlich auch nicht.«

»Das würde wohl auch übermenschliche Kräfte voraussetzen«, sagte Anne. Sie kannte Antons Mutter nur vom Sehen, aber aus reiner Solidarität hegte sie eine noch größere Abneigung gegen sie als ich.

»Ich habe Angst, dass Anton und ich es nie schaffen, ein richtiges Paar zu werden. Seit der Nacht der Nächte haben wir uns noch nicht wieder gesehen, und die haben wir heulend auf dem Flur der gynäkologischen Abteilung verbracht. Ohne Unterwäsche, super. Wer weiß, was ich mir da geholt habe!«

»Na ja«, sagte Anne und grinste schwach. »Mit ein bisschen Fantasie – also, andere hätten was aus der Situation gemacht.«

»Ich weiß nicht«, sagte ich. »Die Beleuchtung dort war irgendwie alles andere als stimmungsvoll.« Es tat immer noch weh, an diese Nacht zu denken, und ich wechselte schnell wieder das Thema: »Sag mal, warum macht Max eigentlich neuerdings so viel mit Laura-Kristin? Ich dachte, er und Nelly ...« Ich hatte Annes Sohn Max so richtig in mein Herz geschlossen. Wenn ich mir einen Freund für Nelly aussuchen hätte dürfen, dann wäre es in jedem Fall Max gewesen. Er war so vernünftig, feinsinnig und kreativ und außerdem der hübscheste Junge, der mir jemals über den Weg gelaufen war.

Anne zuckte mit den Schultern. »Dachte ich ja auch. Aber in dem Alter scheint das noch komplizierter zu sein als bei uns. Dummerweise redet der Junge mit mir nicht darüber.«

»Noch komplizierter geht aber nicht«, sagte ich. »Ich weiß ja noch nicht mal, ob Anton und ich ein Paar sind oder einfach nur zwei Singles, die ab und zu mal unverbindlich miteinander ausgehen.«

»Immerhin wärt ihr diesmal miteinander ins Bett gegangen«, sagte Anne. »Wenn nicht ... – was dazwischengekommen wäre.«

Und da waren wir wieder. Wir schwiegen beide einen Augenblick lang. Ich musste an Nina-Louises himmelblaues Korbbettchen denken, das nebenan bei Mimi und Ronnie leer von der Decke baumelte.

»Er hat mich seinen Eltern als seine *Klientin* vorgestellt«, sagte ich nach einer Weile und blinzelte meine Tränen weg. »Das ist wohl kaum dasselbe wie *Freundin*.«

»Ja, aber er hat dabei deine Hand gehalten«, gab Anne zurück. »Ich würde sagen, er denkt, dass ihr ein Paar seid.«

»Hm«, machte ich. »Vielleicht sollte ich ihn beim nächsten Mal einfach fragen, wie er unsere Beziehung definiert.«

»Aber bitte erst, nachdem ihr miteinander geschlafen habt«, sagte Anne. »Das würde ihm seine Antwort bestimmt leichter machen.«

»Diese Nummer mit ohne Unterwäsche ziehe ich aber nicht noch mal durch«, sagte ich. »Das nächste Mal ist er an der Reihe, deutliche Signale zu senden.«

Julius und Annes jüngerer Sohn Jasper kamen in die Küche gelaufen.

»Können wir noch was Haferflocken mit Milch?«, fragte Julius.

»Haben«, ergänzte ich automatisch. »Jeder von euch hat doch gerade eine Riesenschüssel Haferbrei vertilgt. Und davor einen Berg Nudeln mit Geschnetzeltem. Ihr könnt unmöglich noch Hunger haben.«

»Biiiitte«, sagte Julius. Er war im letzten halben Jahr drei Zentimeter gewachsen, hatte aber kein Gramm zugenommen. Er kam ganz auf seine Schwester. Es war unmöglich für mich, ihm Nahrung zu verweigern, und gesunde noch dazu.

»Na gut«, sagte ich und nahm die Haferflocken aus dem Schrank. Julius und Jasper tauschten einen triumphierenden Blick.

Ich wurde sofort misstrauisch. »Aber ihr esst hier unten am Tisch«, sagte ich.

»Nein«, schrie Jasper. Er schrie immer, keiner wusste, warum. »Wir wollen nach oben in Julius' Zimmer damit gehen.«

»Wir kleckern auch nicht, Mami.«

Ich wurde noch misstrauischer. »Habt ihr den Brei wirklich *gegessen*?«

Julius und Jasper sahen einander besorgt an.

»Na?«, fragte ich scharf.

»Nicht direkt«, sagte Julius. Er konnte einfach nicht lügen, eine sehr liebenswerte Eigenschaft, die sich wahrscheinlich bald legen würde.

»Was genau habt ihr denn damit gemacht?«, mischte sich Anne ein.

»Wir haben das in Julius' Feuerwehr gefüllt«, schrie Jasper. »Aber wir haben nicht gekleckert.«

Ich seufzte. »Und dann?«

»Dann haben wir das zu Marie-Antoinette rübergespritzt«, sagte Julius. »Es ist voll gut bis an ihr Fenster gespritzt. Das geht besser als mit Wasser. Wir haben ein richtiges Muster gemacht.«

»Ein Mandala«, ergänzte Jasper.

»Na klasse«, sagte ich sauer. »Jetzt kriegen wir wieder Ärger mit Hempels. Ihr spinnt ja wohl! Haferbrei bei anderen Leuten ans Fenster zu spritzen. Könnt ihr nichts Vernünftiges spielen?«

Jasper und Julius verstanden nicht, was unvernünftig daran sein sollte, mit einem Feuerwehrschlauch Haferbreimandalas zu verspritzen.

»Das ist das Wetter«, sagte Anne. »Wenn sie nicht rauskönnen, haben sie nur Unsinn im Kopf. Wenn du willst, nehme ich sie mit zu mir, dann hast du mal was Ruhe.«

»Ja, genau. Ruhe, um bei Hempels anzurufen und mich zu entschuldigen«, sagte ich. »Ich höre sie jetzt schon quieken: *Das wird Sie teuer zu stehen kommen! Sie werden von unserem Anwalt hören.*«

»Los, Jungs, zieht euch die Regenjacken und Gummistiefel an«, sagte Anne. »Wir gehen ein bisschen zu uns. Ihr dürft auch in jede Pfütze springen, die wir unterwegs finden.«

Die Kinder rannten zu ihren Gummistiefeln. Ich stellte die Haferflocken zurück in den Schrank und drehte mich zu Anne um. »Was meinst du, sollen wir noch mal zu ihr rübergehen?«

Anne wusste sofort, dass ich von Mimi sprach. Sie zuckte mit den Achseln. »Sie wird uns bloß wieder anschnauzen, wenn wir mit ihr darüber reden wollen. Und wenn wir über etwas anderes reden, wird sie sagen, dass sie unser oberflächliches Geschwätz im Augenblick nicht ertragen kann und allein sein will.«

Ich seufzte. »Es ist jetzt fünf Tage her, und sie hat das Haus noch kein einziges Mal verlassen. Ronnie macht sich große Sorgen, aber sie hat ihn praktisch gezwungen, wieder zur Arbeit zu gehen und sie allein zu lassen. Ich habe immer so ein komisches Gefühl, wenn sie die Tür vor meiner Nase zumacht.«

»Mimi ist nicht der Typ für Selbstmord, wenn du das meinst«, sagte Anne.

»Woher willst du das wissen? Ich meine, sie ist wirklich am Boden zerstört, und für Selbstmord muss man nicht der Typ sein, sondern einfach nur todunglücklich. Und das ist sie! Warum ist ihr das passiert? Warum? Warum passiert es nicht den Leuten, die das Kind sowieso nicht wollen?«

»Denen passiert es auch«, sagte Anne. »Statistisch gesehen hat jede zweite Frau in ihrem Leben eine oder mehrere Fehlgeburten.«

»Und wie viele davon bringen sich um?«

»Hör schon auf«, sagte Anne. »Mimi wird das überleben.«

»Ich finde das so ungerecht«, sagte ich. »Sie hat sich so auf das Baby gefreut. Sie wäre so eine liebevolle, großartige Mutter. Sie hat nichts falsch gemacht. Es ist nicht zum Aushalten, dass wir ihr nicht helfen können. Ich meine, wir sind die *Mütter-Mafia! Eine für alle, alle für eine.* Wir sollten irgendwas tun!«

»Wir können nichts tun. Gib ihr einfach noch ein bisschen Zeit«, sagte Anne.

Mimi öffnete mir in den gleichen Klamotten wie die Tage davor, steingrauen Jogahosen und einem dazu passenden Kapuzenshirt mit Saftflecken. Auch ihre Haare schien sie seit der Fehlgeburt weder gewaschen noch gekämmt zu haben. Sie kringelten sich in verfilzten Locken um ihr schmales, ungeschminktes Gesicht. Die Augen sahen mit ihren dunklen Schatten riesig aus.

Es war seltsam, aber ich fand sie schöner als jemals vorher. Ich konnte nichts dagegen machen, mir stiegen bei ihrem Anblick sofort die Tränen in die Augen.

»Ach, du schon wieder«, sagte sie unwirsch und drehte sich um. »Mach die Tür zu, ja?«

Ich gehorchte und folgte ihr dann ins Wohnzimmer. Auch hier herrschte ein eher ungewohntes Bild: Die Vorhänge waren vorgezogen, Kissen und Katzenspielzeug lagen auf dem Fußboden herum, Teile der Tageszeitung waren im ganzen Raum verteilt, und es roch nach Katzenfutter. Auf dem Couchtisch stapelten sich Zeitschriften, Bücher, aufgerissene Briefumschläge und allerlei Papierkram, es standen halb leer gegessene Joghurtbecher mit Löffeln drin und benutzte Gläser herum, das Sofa und der Teppich waren voller Krümel. Mimi ließ sich mit einer geschickt abgezirkelten Bewegung genau zwischen drei Katzen fallen, die auf dem Sofa lagen und schliefen. Lieschen Müller, Mimis rot gestromte Maine Coon-Katze, hatte im Frühjahr Babys bekommen. Zwei davon wohnten jetzt bei uns, eine hatte Anne bekommen und die anderen beiden hatten Mimi und Ronnie behalten.

»Es ist gerade sehr spannend, entschuldige«, sagte Mimi, nahm die Fernbedienung in die Hand und stellte den Fernseher wieder laut.

»Herzlich willkommen, Melanie«, sagte ein gut gelaunter Talkmaster zu einer kräftigen Brünetten mit roten Ponysträhnchen. »Melanie, hallihallo!«

»Hallo, Olli!«, sagte Melanie. Soviel man erkennen konnte, fehlte ihr ein Eckzahn.

Ich setzte mich auf einen Fußschemel, der nicht von Katzen belagert war, und sprang sofort wieder auf, weil sich etwas Spitzes in meinen Hintern gebohrt hatte. »Au! Was ist das denn?«

»Pssst!«, schnauzte Mimi. »Das ist der Bergkristall, den deine verrückte Freundin Trudi mir gestern vorbeigebracht hat. Ich soll ihn mir auf mein Sonnenchakra legen. Ich hab gesagt, sie soll ihn sich von mir aus in den Hintern schieben, aber das hat sie leider nicht getan.«

»Uuuh«, sagte ich. Stattdessen hatte der Stein sich in *meinen* Hintern geschoben, jedenfalls beinahe. Unheimlich, diese Bergkristalle. Trudi schwor auf die heilende Kraft von Edelsteinen, aber es war vielleicht etwas vermessen, in Mimis Fall mit einer sofortigen Heilung zu rechnen.

Mimi starrte wie gebannt auf den Fernseher.

»Melanie, du bist einundzwanzig Jahre alt und erwartest gerade dein zweites Kind, richtig?«, sagte der Talkmaster.

»Richtig«, sagte Melanie.

»Und du bist Raucherin, stimmt's? Hast du denn gar kein schlechtes Gewissen zu rauchen, obwohl du weißt, dass das dem Ungeborenen schadet?«

»Nee«, sagte Melanie. »Bei meinem ersten hab ich ja auch geraucht, und der ist kerngesund und alles, und meine Frauenärztin hat auch gesagt, dass wenn man ganz aufhört mit dem Rauchen, dass es dann auch nicht gut für das Kind ist und deshalb, also!«

»Also, ich finde das voll asozial von dir«, sagte Melanies Sitznachbarin, unter deren Bild »Saskia, 22« eingeblendet wurde. Saskia sah aus, als wäre sie erst gestern zum Thema *Ich habe achtzig Kilo Übergewicht, aber das stört mich überhaupt nicht* in der Show gewesen. Sie war während ihrer drei Schwangerschaften zur Nichtraucherin geworden und fand, dass Melanie es überhaupt nicht verdient hatte, Kinder zu bekommen. »Kinder bedeuten ebend Verantwortung!«, sagte Saskia unter großem Beifall des Publikums, die alle das Wort »ebend« zu kennen schienen. »Wenn du die Verantwortung nicht übernehmen kannst, dann musst du ebend besser verhüten.«

Melanie fand, dass Saskia das erstens alles gar nichts anginge und dass sie zweitens doof war. »Ich hab das Rauchen ja total eingeschränkt«, sagte sie. »Aber ganz aufhören ist halt auch schlecht für das Kind, kapierst du das nicht oder was?«

»Wie viel rauchst du denn am Tag?«, wollte der Moderator wissen.

»So zehn Zigaretten, eigentlich«, sagte Melanie. »Höchstens eine Packung.«

»Ebend«, rief Saskia. »Mörderin!«

Ich sah hinüber zu Mimi. »Äh, warum müssen wir uns das …?«

»Schschscht«, machte Mimi. »Wenn du das nicht sehen willst, geh nach Hause, ansonsten sei still.«

Eingeschüchtert sah ich wieder auf den Fernseher. Melanie hatte Verstärkung bekommen durch Yvonne.

Die war im achten Monat und rauchte am liebsten in der Disco. Auch ihre Frauenärztin hatte da gar nichts gegen, ey, da konnte Saskia zetern wie sie wollte.

Auch Caro rauchte gerne. Das ließ sie sich von einem Baby im Bauch nicht vermiesen. Und gegen ab und zu mal ein Bier war auch nichts einzuwenden, da konnten Olli und Saskia gerne ihre Frauenärztin fragen.

Bis zur Werbepause kam ich zu dem Schluss, dass alle rauchenden Schwangeren der Nation eins gemeinsam hatten: farbige Strähnchen in einem borstig geschnittenen Pony.

»Bis Caro kam, dachte ich wenigstens, dass Rauchen während der Schwangerschaft schlank hält«, sagte ich zu Mimi. »Aber wahrscheinlich nur in Kombination mit Disco.« Ich kicherte ein bisschen.

Mimi beachtete mich gar nicht. Sie zappte zu einem anderen Sender. Wieder eine Talkshow.

Ich stöhnte.

»Willkommen zurück, heute zum Thema: Schämst du dich nicht, in deinem Alter noch Mutter zu werden!«, sagte die Moderatorin. »Ela, du bist vierunddreißig und erwartest dein erstes Kind. Warum hast du so lange damit gewartet?«

Ela erklärte, dass ihr vorher ihre Karriere als Bürokauffrau wichtiger gewesen war. Außerdem habe sie erst vor einem Jahr den Mann fürs Leben kennen gelernt.

»Boah ey voll krass«, sagte ihre Sitznachbarin, die Tina hieß, vierundzwanzig Jahre alt war, Hausfrau, und vier Kinder zwischen vier und acht Jahren hatte. Aufgrund ihrer gelbschwarz getigerten Ponyfransen wusste ich gleich, dass sie während der Schwangerschaften geraucht hatte. »Weißt du eigentlich, was du deinem Kind damit antust?«

»Dafür kann ich ihm aber was bieten«, sagte Ela trotzig. »*Wir* leben nicht von *Sozialhilfe*! Und wir haben eine intakte Partnerschaft.«

»Man kann den Kindern auch mit Sozialhilfe fast alles bieten«, sagte Tina. »Und mit meinem jetzigen Freund habe ich auch eine intakte Partnerschaft. Dafür kann ich meinen Kindern aber auch noch hinterherrennen und mit denen rumtoben und alles, wo du zu alt für bist!«

Ela schlug zerknirscht ihre alterschwachen Beine übereinander. Aber dann schien sie sich zu besinnen und sagte: »Ja, aber du kannst ihnen dafür keine Markenklamotten kaufen. Und keine MP3-Player und was die sonst noch brauchen.«

»Kann ich wohl«, behauptete Tina. »Meine Kinder haben nur Markensachen und auch MP3-Player und Handy. So. Und wenn ich in ein paar Jahren mit meiner Tochter in die Disco gehen will, dann guckt mich da keiner komisch an.«

»Ich kann auch mit meinem Kind in die Disco gehen, wenn ich will«, sagte Ela, aber sie sah nicht sehr überzeugt aus.

Tina stieß ein heiseres Lachen aus. »Boah ey, so als alte Oma, ey, dein Kind tut mir jetzt schon leid.«

Beifall im Publikum. Sie waren offensichtlich alle der Meinung, dass es nichts Wichtigeres und Spaßigeres gab, als mit seiner Mutter in die Disco zu gehen. Ich persönlich wäre ja als junges Mädchen lieber gestorben, als meine Mutter mit in eine Disco zu nehmen, aber die Zeiten schienen sich geändert zu haben.

Der nächste Gast hieß Kirsten und hatte nach eigener Aussage »so'n Hals«.

»Ich habe zuerst meine Ausbildung als Einzelhandelsverkäuferin fertig gemacht, bevor ich Kinder gekriegt habe«, sagte sie aggressiv.

»Boah, toll«, sagte ich. »Und aus dem Pony zu schließen, hast du auch nicht geraucht während der Schwangerschaft. Ich würde dich sofort für das Mütter-Verdienst-Kreuz vorschlagen.«

»Sei still«, sagte Mimi. »Ich finde das interessant.«

»Das ist krank«, sagte ich. »Guck dir doch ein Video an, wenn du unbedingt auf dem Sofa rumhängen musst. Diese Talkshows sind was für arbeitslose Analphabeten mit Zahnlücken. Früher hättest du bei so was nicht mal gebügelt! Du warst die Einzige, der ich immer abgenommen habe, dass sie *wirklich* nur Tagesschau und Reportagen auf Phoenix und Arte anschaut! Und jetzt sieh dich an! Nicht mehr lange, und hier sieht's aus wie bei Tina und Melanie zu Hause!«

Die Katzen hoben unwillig den Kopf und sahen mich böse an. Sie mochten es nicht, wenn jemand seine Stimme erhob.

»Es steht dir frei zu gehen«, sagte Mimi. Als ich mich nicht rührte, setzte sie hinzu: »Denk mal: Diese Ela, die sie da als späte Mutter bezeichnen, ist erst vierunddreißig, drei Jahre jünger als ich.«

»Ja, und?«

»Was meinst du, wie viel Mitleid Tina erst mit meinem Kind hätte?«

»Was meinst du erst, wie viel Mitleid ich mit Tinas Kindern habe?«, rief ich. »Stell dir nur mal vor, wenn die ihre Kinder in die Disco begleitet mit dieser Scheiß-

Frisur und dem großartigen Ziel, mit spätestens dreißig Großmutter zu sein! Gründerin einer Dynastie von MP3-Player besitzenden Sozialhilfeempfängern ohne Schulabschluss.«

»Du hast Vorurteile«, sagte Mimi kühl. »Die Kinder dieser Frau zahlen immerhin mal deine Rente.«

»Oh nein«, sagte ich. »Die Kinder dieser Frau knacken einst mein Auto. Oder kotzen bestenfalls auf die Kühlerhaube, wenn sie aus der Kneipe kommen, in der sie ihre Sozialhilfe versaufen. Deine Kinder werden dann mit ihren Steuern die Vaterschaftstests von Tinas Urenkeln finanzieren.«

»Tja, nur dass ich keine Kinder habe«, sagte Mimi.

Das hatte ich nicht vergessen.

»Noch nicht«, sagte ich trotzig, nahm ihr die Fernbedienung aus der Hand und machte den Fernseher aus. »Komm schon, Mimi, sprich mit mir über Nina-Louise.«

»Nenn es nicht immer Nina-Louise«, sagte Mimi. »Es war bloß ein Fötus. Und ohne diesen Fötus bin ich nichts. Nicht mal mehr Mitglied in der Mütter-Mafia.«

»Trudi hat auch keine Kinder, und sie ist trotzdem in der Mütter-Mafia«, sagte ich. »Außerdem ...«

»Alle diese Frauen da im Fernsehen bekommen Kinder, ob sie wollen oder nicht«, sagte Mimi. »Es scheint so einfach zu sein: Ein Abend in der Disko, ein paar Bier zu viel, und neun Monate später ist das Baby da. Was mache ich denn falsch? Was stimmt mit mir nicht?«

»Red nicht so einen Blödsinn. Du weißt genau, dass du nichts falsch gemacht hast. Das ist einfach – Schicksal!«

Das Telefon klingelte.

»Geh du dran«, sagte Mimi. »Ich möchte mit niemandem sprechen. Ich kann dieses *es tut mir so leid* nicht mehr hören. Dieses *ich weiß gar nicht, was ich sagen soll*. Ich hasse sie alle.«

»Aber ...« Aber wir meinen es doch nur gut, wollte ich sagen. Nur wahrscheinlich hasste Mimi diesen Satz noch mehr.

»Am schlimmsten sind die mit den Bergkristallen, Bachblüten oder Hühnersuppen«, giftete Mimi. »*Wir wollen doch nur helfen! Wir meinen es doch nur gut!* Zum Kotzen. Sie legen es richtig darauf an, mich zum Heulen zu bringen! Aber den Gefallen werde ich ihnen nicht tun! Ich werde nicht heulen, auf keinen Fall!«

»Wir müssen ja nicht drangehen«, sagte ich.

»Doch, müssen wir«, sagte Mimi. »Falls es Ronnie ist. Wenn ich nicht ans Telefon gehe, kommt er sofort angerast oder schickt eine Polizeistreife vorbei, der Blödmann. Also, geh schon ran, dieses Klingeln macht mich total aggressiv.«

Das merkte ich. »Bei Pfaff«, sagte ich in den Hörer.

»Wer ist denn da?«, fragte eine ungehaltene weibliche Stimme.

»Ich bin eine Freundin von Mimi.«

»Dann holen Sie Mimi bitte mal an den Apparat«, verlangte die Stimme.

»Und wen darf ich – äh?«, fragte ich.

»Pfaff! Ich bin die Schwiegermutter.«

»Oh, einen Moment bitte.« Ich hielt den Hörer zu und flüsterte »deine Schwiegermutter« zu Mimi hinüber.

»Oh Gott«, sagte Mimi laut. »Sag ihr, sie soll

sich verpissen! Ich habe keine Lust, mit dem alten Ungeheuer zu sprechen.«

Ich konnte nur hoffen, dass das alte Ungeheuer ein bisschen schwerhörig war. »Hören Sie? Leider kann Mimi nicht ans Telefon kommen. Sie ist, äh, in der Badewanne.«

»Ob das mal so gut ist nach einer Fehlgeburt«, sagte die Schwiegermutter. »Da kann man sich Infektionen holen, Herrgott noch mal, das weiß doch jedes Kind. Aber die Frau hat ja noch nie gut auf sich geachtet. Viel zu dünn und viel zu viel Alkohol. Und dann diese krankhafte Fixierung auf die Karriere. Aber das liegt alles in den Genen. In unserer Familie sind alle fruchtbar und gesund, seit Generationen. Bei uns ist auch noch nie eine Behinderung vorgekommen. Fehlgeburten kennen wir gar nicht. Und jetzt ist es ja auch schon das zweite Mal. Die Frau geht stramm auf die vierzig zu, Himmel Herrgott noch mal! Da waren meine Kinder schon auf dem Gymnasium, alle vier!«

»Ja, dann richte ich ihr aus, dass Sie angerufen haben«, sagte ich steif. *Es wäre nett, wenn Sie sich in der Zwischenzeit in Ihre Restmülltonne setzen und auf die Müllabfuhr warten würden,* hätte ich gerne hinzugefügt, aber das hätte Mimi gehört. Ihre Schwiegermutter entsprach wirklich ihren garstigen Schilderungen.

»Was wollte das Schrapnell?«, fragte Mimi, als ich mich wieder auf dem Hocker niederließ.

»Äh, sein äh ihr Beileid ausdrücken«, log ich. »Es tut ihr sehr leid, dass du das Baby verloren hast.«

»Was?«, explodierte Mimi. »Die alte Wachtel wusste doch gar nichts von der Schwangerschaft! Dieses Muttersöhnchen muss sich bei ihr ausgeheult haben.

Oh, ich werde ihm den Hals umdrehen, wenn er nach Hause kommt! Was hat sie denn gesagt? Dass ich selber schuld bin, weil ich so unterernährt und hektisch bin? Dass in ihrer Familie alle kerngesund und fruchtbar sind? Dass der arme Ronnie sich eine Frau mit breiterem Becken und besseren Genen suchen soll?«

»Nein, aber es ging in diese Richtung«, gab ich zu. »Sie ist wirklich strohdoof. Ein Wunder, dass ihre Kinder es mit den Genen aufs Gymnasium geschafft haben.«

»Der Arzt hat so was Ähnliches gesagt«, murmelte Mimi.

»Was denn? Der kennt deine Schwiegermutter auch?«

»Nein. Er hat gesagt, dass der Fötus wahrscheinlich missgebildet war. Sie können froh sein, dass Ihnen ein behindertes Kind erspart geblieben ist, Frau Pfaff. Die Natur regelt so etwas manchmal ganz von selber. Oh ja, und *wie* froh ich bin. Ich könnte den ganzen Tag jauchzen vor Glück.«

Ich hasste den Arzt sofort bedingungslos. »Er hat Nina-Louise ja gar nicht gekannt«, sagte ich.

Mimi schnaubte. »Du doch auch nicht«, sagte sie.

»Doch«, sagte ich. »Ich wusste genau, wie mein Patenkind sein würde, wenn es erst auf der Welt wäre. Ich wusste sogar schon, was ich in ihre Schultüte tun würde. Nina-Louise war das netteste Kind von allen ...«

»Nein! Nina-Louise war nur eine Fiktion.« Mimi guckte auf den dunklen Fernsehschirm. »Ich weiß auch nicht, warum ...« Sie verstummte.

»Warum – was?«, fragte ich.

Mimi guckte immer noch auf den Fernseher. »Warum sie mir dann so furchtbar fehlt«, flüsterte sie.

Eine Träne hing an ihren dunklen Wimpern und kullerte ihre Wange hinab. Beinahe erleichtert zog ich sie in meine Arme, wo sie zum ersten Mal seit fünf Tagen laut zu schluchzen begann.

»Ich denke, sie sollte wieder arbeiten gehen«, sagte Anton. »Keinem tut es gut, nur zu Hause rumzusitzen und auf bessere Zeiten zu warten. Zumal Mimi wirklich spitze in ihrem Job war.«

Ich zuckte mit den Schultern. »Sie schafft es ja nicht mal, zu lüften oder die Katzenfutterdosen in den gelben Sack zu sortieren. Sie fühlt sich als Versagerin und hat gleichzeitig eine Sauwut auf alle, die ihr genau das zu verstehen geben. Ich fürchte, sie braucht, äh, psychiatrische Intervention. Und Ronnie auch. Hast du gesehen, was er gestern mit dem Brötchen gemacht hat? Er hat es zwischen seinen Fingern zu Staub zerrieben, anstatt es zu essen. Und wir sprechen hier von dem Mann, für den ich immer ein Blech Pizza extra backe.«

»Ja, ich mache mir auch große Sorgen um die beiden«, sagte Anton. »Ronnie sagt, er kommt einfach nicht zu ihr durch. Sie lässt sich nicht mal mehr in den Arm nehmen.«

»Oh, das kann ich erklären«, sagte ich. »Mimi ist sauer auf ihn, weil er seiner Mutter von der Fehlgeburt erzählt hat.«

»Aber das musste er doch«, sagte Anton.

»Musste er nicht«, widersprach ich. »Die Mutter wusste ja gar nicht, dass Mimi überhaupt schwanger war.«

»Aber sie kann Ronnie doch nicht böse sein, wenn er ein so ... schwer wiegendes Ereignis seiner Mutter mitteilt«, sagte Anton.

»Doch«, sagte ich heftig. »Was geht das denn die Mutter an?«

»Na ja, sie ...«

»Sie ist eine blöde Kuh, die auf Mimi herunterschaut, weil sie nicht ein Junges nach dem anderen wirft«, unterbrach ich ihn. »Sie hat Mimi einen Brief geschrieben, und darin steht, dass sie froh sein soll, dass ihr schwächlicher Körper den Fötus abgestoßen hat, denn ein Leben mit einem behinderten Kind sei ihrem armen Ronnie nicht zuzumuten. Und dass Mimi sich am besten ein Grab schaufeln soll, damit Ronnie sich nach einer jüngeren und gesünderen Mutter für seine Kinder umschauen kann.«

»Das hat sie wirklich geschrieben?«, fragte Anton ungläubig.

»In etwa«, sagte ich. »Nur mit anderen Worten.«

»Das ist allerdings heftig«, sagte Anton.

»Ja, sie ist wirklich die sprichwörtliche böse Schwiegermutter, genau wie dei...« Ich stockte. Mist. »Äh, d... die böse Schwiegermutter im Märchen«, ergänzte ich lahm.

»Im Märchen ist es, glaube ich, die Stiefmutter«, sagte Anton.

»Ach ja, richtig«, sagte ich und sah unbehaglich auf Antons Tochter Emily hinab, die seit seiner Ankunft an seinem Ärmel klebte und mich mit ihren dunklen Augen fixierte. Emily war sechs Jahre alt und sah aus wie ein fragiles asiatisches Engelchen, mit ihrem samtenen Teint und den wunderschönen, dicht bewimperten Mandelaugen, die sie von den thailändischen Vorfahren ihrer Mutter geerbt hatte. Ihre Haare waren schwarz und glänzend wie das Gefieder eines Raben, und wenn sie lächelte, bildeten sich zwei Grübchen in ihren Wangen. Nicht, dass sie mich jemals angelächelt hätte, im Gegenteil: Wenn sie mich überhaupt ansah, dann so, als ob ich gerade ihrer Lieblingsbarbie den Kopf abgebissen hätte.

»Sie ist so schüchtern«, hatte Anton mir über ihren Kopf hinweg zugeflüstert, aber ich war mir nicht so sicher, ob das stimmte. Auf Julius' freundliche Aufforderung, mit ihm zu spielen, hatte Emily jedenfalls sehr wenig schüchtern gesagt: »Ich spiele nicht mit Babys.«

Anton hatte gelacht. »Mit sechs spielen zwei Jahre Altersunterschied noch eine große Rolle!«

»Ich bin bald fünf.« Julius war schwer gekränkt. Ich auch. Schließlich überragte er die zierliche Emily um einen halben Kopf und war überhaupt sehr weit für sein Alter. »Ich kann schon ohne Stützräder fahren.«

»Oh, das ist ja toll«, sagte Anton in diesem »Ich-schleime-das-Kind-meiner-Freundin-zu-damit-ich-bei-ihr-punkten-kann«-Tonfall, der ihm offensichtlich selber peinlich war, denn er errötete leicht. Dafür liebte ich ihn gleich noch ein bisschen mehr. Tatsächlich führte der Weg in mein Herz direkt über die Zuneigung meiner Kinder. Mit Julius war das allerdings nicht besonders schwierig: Er mochte beinahe alle Menschen gern, er hatte ein sonniges kleines Gemüt. Nelly war da schon ein schwierigerer Fall.

»Dann könnten wir ja mal alle zusammen eine Radtour machen, wie wäre das?«, fügte Anton etwas weniger schleimig hinzu.

»Gut«, sagte Julius sofort begeistert. Emily und ich sagten nichts. Der letzte gemeinsame Ausflug war uns noch gut im Gedächtnis.

Emily wollte auch nicht mit Senta und Berger, unseren rot gestromten Kätzchen spielen, obwohl die zur Zeit wirklich unwiderstehlich waren, verspielt, flauschig und schmusig. Alle Kinder waren hingerissen von ihnen, das heißt, alle außer Emily.

Auf Annes Anregung hin hatte ich Anton und Emily zum Abendessen eingeladen.

»Es wäre besser, wenn ihr mal ganz normale Dinge miteinander tut, nicht immer nur Theaterbesuche und Essen in piekfeinen Restaurants«, hatte Anne gesagt. »Vielleicht kocht ihr einfach mal zusammen. Ihr schnipselt nebeneinander das Gemüse, wischt euch die Zwiebeltränen aus den Augen, füttert euch gegenseitig mit kleinen Leckerbissen, und die Kinder decken in der Zeit gemeinsam den Tisch. Wie eine glückliche große Familie. Und wenn die Kinder im Bett sind, macht ihr zusammen den Abwasch und vögelt auf dem Küchentisch.«

Ich hatte die Idee gut gefunden, auch wenn wir natürlich keinerlei Übernachtungspläne geschmiedet hatten. Und das mit dem Küchentisch würde ich mit Kindern im Haus niemals wagen! Mir hätte schon die Sache mit dem gegenseitigen Füttern gereicht. Aber weil Emily Antons Arm lahmlegte, konnte er nicht mal die Paprika für den Salat klein schneiden. Sein Beitrag zum Kochen bestand darin, dass er mir dabei zusah und Rotwein trank.

Sie hing an seinem Arm fest, seit er mich zur Begrüßung umarmt hatte.

»Heute mal mit Unterwäsche?«, hatte er mir ins Ohr geraunt. Ich hatte gerade noch Zeit für eine wohlige Gänsehaut gehabt, dann war Emily vorgeschossen, um mit Antons Arm zu verwachsen.

Ich seufzte leise. Leider lief es mit Anton nicht so, wie ich mir vorgestellt hatte. Dieses wunderbare, beflügelnde Gefühl der ersten Verliebtheit war einer tiefen Unsicherheit gewichen. Nicht, dass ich ihn jetzt weniger anziehend fand, im Gegenteil. Aber unsere Beziehungskiste war irgendwie auf halbem Weg stecken geblieben, und ich hatte keine Ahnung, wie ich wieder Schwung in die Sache bringen konnte.

Als ich die Cannelloni in den Ofen geschoben hatte, sah ich auf die Uhr. Nelly hatte schon wieder eine halbe Stunde Verspätung. Dabei hatte sie versprochen, pünktlich um sieben da zu sein und sich diesmal nicht wie ein pubertierendes, handysüchtiges Ekelpaket zu benehmen.

»Bei Paris verstellst du dich doch auch«, hatte ich ihr vorgeworfen. »Wenn du also bei der neuen Freundin deines Vaters einen auf nettes, wohl erzogenes Mädchen machen kannst, warum dann nicht auch bei Anton?«

»Erstens verstelle ich mich nicht, wenn ich nett bin«, hatte Nelly gesagt. »Zweitens bin ich nett zu Paris, weil sie mir den iPod geschenkt hat und diese supertolle, superteure Wimperntusche, mit der meine Wimpern so wahnsinnig lang aussehen, und drittens ist das mit Paris und Papa viel ernster als dieses platonische Ding zwischen dir und Anton.«

»Es ist nicht platonisch«, hatte ich widersprochen.

»Nur weil wir noch nicht ... Das geht dich auch gar nichts an.«

»Papa hat auch gesagt, dass du Anton nicht aus seinem steifen Anzug geschält kriegst, da würde er jede Wette eingehen.« Nelly hatte hinterhältig gegrinst.

»Wie bitte?« Was fiel Lorenz denn ein? Wollte er damit sagen, ich sei zu doof oder zu unattraktiv, um einen Mann wie Anton ins Bett zu kriegen? Oder meinte er, Anton wäre zu verklemmt dafür? In beiden Fällen war es eine Frechheit! »Du kannst deinem Vater ausrichten, dass selbst der platonische Sex mit Anton besser ist als der unplatonische mit ihm«, hatte ich mich hinreißen lassen zu rufen. (Ein Ausspruch, der sicher mal in Nellys Memoiren mit dem Titel *Wie meine Mutter mich fürs Leben verkorkste* Verwendung finden würde.)

»Platonischen Sex gibt es nicht, Mama«, hatte Nelly nur gesagt. Hat da ein bisschen Mitleid in ihrer Stimme mitgeschwungen?

Wenn ich jetzt Anton so ansah, in seinem »Freizeit-Ensemble« von *Armani* und mit seiner Tochter am Arm, überkamen mich selber wieder Zweifel, ob wir wohl jemals die platonische Ebene würden verlassen können. Mit Emily am Ärmel fand ich ihn ehrlich gesagt bedeutend weniger erotisch. Aber vielleicht würde sie ja am Ärmel seines Jacketts kleben bleiben, wenn er es auszog und an die Garderobe hängte?

»Ich mag keine Cannelloni«, sagte Emily.

»Das stimmt doch gar nicht, Spätzchen«, sagte Anton. »Du *liebst* italienische Küche.«

»Ja, alles außer Cannelloni«, sagte Emily.

Tja, so geht es mir mit Kindern, ich mag alle außer Emily, schoss es mir durch den Kopf. Dafür schämte ich mich sofort wieder. Das arme Kind hatte es ja auch nicht leicht. Emilys Mutter, eine erfolgreiche, bildschöne Investmentfonds-Brokerin oder wie das hieß, lebte mit Emilys älterer Schwester Molly in London. Emily war bei Anton geblieben und wurde nicht nur von einer Kinderfrau, sondern auch von Antons Mutter betreut. Kein Wunder, dass sie ein bisschen seltsam war. Ich meine, mich machten ja schon ein paar Minuten in der Gegenwart dieser Frau verrückt.

Anton musste mal aufs Klo. Nur mit viel Überredungskunst konnte er Emily davon überzeugen, so lange bei mir in der Küche zu bleiben.

»Kannst du irgendwas Besonderes?«, fragte Emily, nachdem sie eine weitere Minute geschwiegen hatte. Es war das erste Mal, dass sie das Wort direkt an mich richtete, und ich war beinahe ein bisschen aufgeregt.

»Klar«, sagte ich. »Cannelloni zum Beispiel. Meine sind besonders gut. Und ich mache eine supergute Erdbeermarmelade. Und …«

»Ich meine, ob du irgendwas *Besonderes* kannst«, wiederholte Emily. »Außer Hausfrauensachen.«

Oh weh, jetzt hatte sie mich erwischt. Außer Hausfrauensachen konnte ich nämlich nichts besonders, es sei denn, es war etwas Besonderes, dass ich mit meiner Zunge meine Nasenspitze berühren konnte. Ich war weder musikalisch noch ein Sportass noch hatte ich jemals ein gutes Gedicht geschrieben. Ich konnte nur im Zahlenraum zwischen eins und hundert einigermaßen sicher kopfrechnen und war außerstande, meine Waschmaschine selber zu reparieren, wenn sie kaputt war. Ich war nichts als eine beinahe geschiedene Frau mit zwei Kindern und einem abgebrochenen Psychologie-Studium.

Emily guckte so, als wisse sie das ganz genau. Sie hatte diesen »Ich-weiß-was-für-eine-jämmerliche-Person-du-bist«-Blick drauf, exakt wie ihre Großmutter.

»Tja, weißt du, ich habe mal in einer Band mitgemacht, als Sängerin«, sagte ich langsam. »Falls das was Besonderes für dich ist. Und ich war schleswig-holsteinische Vizemeisterin im, äh, Schach.« Weil Emilys Gesicht völlig regungslos blieb, setzte ich noch einen drauf: »Und im Schwimmen auch. Ich war beim DLRG als Rettungsschwimmerin. In den Ferien habe ich an den Badesträndern auf den Inseln die Touristen aus dem Wasser gezogen und wiederbelebt.«

»Tatsächlich?«, fragte Anton. Er konnte offenbar schneller pinkeln als Elmar, der Dackel meiner Eltern, auf Pellworm. »Du warst Landesmeisterin von Schleswig-Holstein? Toll.«

»Hm«, machte ich unbehaglich. »Landesjugendmeisterin. Vize-Landesjugendmeisterin, um genau zu sein.«

»Großartig«, sagte Anton, offenbar beeindruckt. »Welche Disziplin?«

»Rücken«, sagte ich schnell. Wenn man schon lügt, dann muss man es fließend und wortreich tun. Herumstammeln oder lange überlegen ist in jedem Fall verdächtig. »Und die Staffel haben wir auch gewonnen, wir, äh, wir Pellwormer Mädchen vom, äh, SV Pellworm.« In Wirklichkeit war die einzige Sportart, die man als Mädchen auf Pellworm vereinsmäßig ausüben konnte, Trachtengruppentanz. Ich war ein halbes Jahr lang dort Mitglied gewesen, bis man mich suspendiert hatte, weil ich mit meinen langen, schlaksigen Armen und den spitzen Ellenbogen immer irgendwem gegen die Nase gestoßen war. Man hatte mir den Spitznamen *Horror-Windmühle* verpasst, weil ich alle anderen um zwei Kopflängen überragt hatte, meine Arme stets wild durch die Luft ruderten und die blöde Tracht mir vorne und hinten nicht gepasst hatte. Aber das würde ich Anton und Emily sicher nicht auf die Nase binden. Es war sowieso zu spät. Er hielt mich bereits für eine Sportskanone ersten Ranges.

»Und Schach auch«, sagte er. »Ich bin schwer beeindruckt. Mit einem Laien wie mir willst du dann sicher nicht mal spielen, oder? Ich liebe Schach, alle Männer unserer Familie lieben Schach, aber ich bin natürlich nicht besonders begabt ...«

Mist. Mist. Mist. »Warum nicht?«, sagte ich leichthin. »Im Winter, wenn ein Feuerchen im Kamin brennt, wäre eine Partie sicher ganz gemütlich.« Bis dahin würde ich einen Schach-Crash-Kursus gemacht haben. Ob sie so was an der Volkshochschule anboten?

»Seit wann spielst du denn Schach?«, wollte Nelly wissen, die sich wie immer auf leisen Sohlen ins Haus geschlichen hatte. Wie kam es, dass sie beim Herausgehen immer die Tür zuwarf, dass der Putz von der Decke bröckelte, aber beim Hereinkommen leise wie eine Katze war?

Ich lachte, wie ich hoffte, entspannt. »Ich habe schon ewig nicht mehr gespielt. Ich glaube, ich habe nicht mal mehr ein Spiel.« Ich goss mir ein Glas randvoll mit Rotwein und hoffte, dass dabei meine Hand nicht zitterte. »Hallo, mein Schatz. Du bist spät.«

»Ja, tut mir leid. Lara das Biest und ich haben noch ... gelernt.« Nelly gab mir einen Kuss.

Hatte sie Lara gerade ein Biest genannt? Ich zog

fragend die Augenbrauen hoch. Das erinnerte Nelly leider daran, dass sie sich heute Abend anständig benehmen wollte.

»Hallo *allerliebstes* Mamachen«, sagte sie mit einem ziemlich fiesen Grinsen. Dann drehte sie sich zu Anton um und schüttelte seine Hand. »Guten Abend, Anton«, sagte sie geziert, wobei sie so eine Art Knicks vollführte. Ich nahm wütend einen großen Schluck Rotwein. Warum konnte sie sich nicht einfach mal normal benehmen? »Ach, und da ist ja auch die goldige kleine Emily, hallo. Wo ist denn mein lieber kleiner Bruder?«

»Oben in seinem kleinen Kämmerlein«, sagte ich genauso geziert und kippte den Rotwein mit hastigen Zügen in mich hinein. »Würdest du ihn bitte holen? Das Essen ist in zwanzig Minuten fertig, und ihr könntet den Tisch decken.«

»Aber klar«, sagte Nelly, ein affektiertes Lächeln auf den Lippen. »Das machen wir doch immer. Wir decken den Tisch und singen und tanzen dabei. Möchtest du uns vielleicht helfen, Emily?«

»Nein«, sagte Emily.

Als ich mir nachschenkte, hielt Anton mir sein Glas auch wieder zum Auffüllen hin. Ganz offensichtlich war er nur halb so cool, wie er sich gab.

Ich lächelte ihn zaghaft an, aber als er zurücklächelte, bekam Emily einen Hustenanfall.

»Ich bin allergisch gegen Hausstaub«, sagte sie, als Anton das Lächeln wieder eingestellt hatte. »Allerdings nur, wenn er in großen Mengen auftritt.«

Ich nippte gierig an meinem Rotwein und mied Antons Blick, weil ich fürchtete, darin würden sich meine Mordgelüste spiegeln.

Der Abend wurde dann auch kein großer Erfolg in Sachen »Familienzusammenführung«. Und er machte Antons und meine Beziehung kein bisschen weniger platonisch. Es war eher einer dieser Abende, an denen man in wenigen Stunden um Jahre altert.

Meine Cannelloni aber waren hervorragend. Auch wenn Emily nichts davon anrührte und auch keinen Zweifel daran ließ, warum nicht.

»Komisch, dass du heute nicht kotzen musst«, sagte sie zu Julius. »Du kotzt doch sonst immer.«

»Nur bei Mayonnaise«, sagte Julius.

»Ich dachte, bei allem, was irgendwie eklig ist«, sagte Emily.

»Nein, nur bei Mayonnaise«, wiederholte Julius.

Dummerweise drehte sich das Gespräch außerdem immer wieder hartnäckig um Themen wie Rettungsschwimmen, Schach und Gesang, und ich fand es anstrengend, immer und immer wieder zu weniger verfänglichen Themen überzuleiten. Irgendwann bekam ich vor lauter Stress und Rotwein einen Schluckauf und machte andauernd »hicks«. Julius kicherte, aber Emily zuckte jedes Mal so übertrieben erschreckt zusammen, als wären meine Hickser laute Rülpser oder etwas noch Schlimmeres.

Ich versuchte, den Schluckauf mit Luftanhalten und Wassertrinken loszuwerden, und schließlich machte ich sogar einem Kopfstand, weil Anton sagte, es sei das beste Mittel gegen Schluckauf. (Was für ein Glück, dass ich nicht gesagt hatte, ich sei Landesjugendmeisterin im Bodenturnen gewesen, denn dann wäre ich spätestens jetzt aufgeflogen.) Es gab immerhin ein paar spaßige Minuten an diesem Abend, als Nelly, Julius und Anton auch einen

Kopfstand versuchten und dabei albern herumhicksten, aber Emilys Blick drückte nichts als Verachtung und Befremden aus, und so setzten wir uns schließlich wieder ernüchtert an den Tisch. Als Anton mir einen Teelöffel Tabasco einflößte, verschwand der Schluckauf dann auch so plötzlich, wie er gekommen war, zusammen mit meinen Mandeln, der Mundschleimhaut und Teilen meiner Speiseröhre. Gegen Emilys Blicke war das Zeug aber geradezu mild. Mittlerweile war ich fest davon überzeugt, dass sie bei sich zu Hause eine Voodoopuppe mit meinen Haaren hatte, in die sie glühende Nadeln zu stecken pflegte.

Alles in allem war ich fast erleichtert, als sich Anton und Emily schließlich verabschiedeten. Das heißt, Anton verabschiedete sich, Emily hängte sich nur stumm an seinen Arm. Ich brachte die beiden an die Tür.

»Es war ein sehr schöner Abend«, sagte Anton und beugte sich vor, um mir ein Abschiedsküsschen zu geben. Da ich dachte, er wolle meinen Mund küssen, und Emily guckte, als müsse sie bei diesem Anblick auf den Fußboden kotzen, drehte ich meinen Kopf im letzten Augenblick zur Seite. Der Kuss landete irgendwo auf meinem Ohr.

»Und vielen Dank für das hervorragende Essen«, setzte Anton etwas steifer hinzu. »Das nächste Mal essen wir dann alle zusammen bei uns, ja? Emily und ich kochen dann was Feines für euch, nicht wahr, Emily? Vielleicht was aus dem Wok.«

»Das wäre schön«, murmelte ich unglücklich. Mir war, als würde Emily schadenfroh lächeln.

»Ich habe Hunger«, hörte ich sie sagen, als ich

die Tür schon hinter ihnen geschlossen hatte. Und Anton sagte: »Ich mache dir noch ein Butterbrot.«

»Landesmeisterin im Rückenschwimmen, so, so«, sagte Nelly, als ich zurück in die Küche kam. »Wie schade, dass du uns nie was davon erzählt hast.«

»Vize-Landesjugendmeisterin«, verbesserte ich sie und begann halbherzig, den Tisch abzuräumen. Julius saß gähnend auf seinem Platz und ließ ein Melonenstück wie ein Schiff um die Teller fahren. »Und ich mag es nun mal nicht, mit meinen sportlichen Erfolgen zu prahlen.«

»Mama, du schwimmst wie eine Bleiente«, sagte Nelly, und Julius kicherte. »Hättest du dir nicht was anderes ausdenken können?«

»Tja, so schnell ist mir nichts eingefallen«, sagte ich zerknirscht.

»Ich kann dir nur empfehlen, niemals mit Anton in die Nähe eines Gewässers zu fahren. Ehe du dich versiehst, musst du in die reißenden Fluten springen, um jemanden zu retten.« Nelly gackerte bei der Vorstellung vergnügt los. »Hoffentlich ist dann jemand in der Nähe, der dich rettet!«

»Ach, sei still«, sagte ich.

»Und das mit der Band – also wirklich!« Nelly schüttelte den Kopf. »Du singst doch schon La Le Lu so schief, dass man davon wieder hellwach wird.«

Julius kicherte noch mehr. »Das stimmt, Mami. Du kannst wirklich gut schief singen.«

»Okay, ich hätte vielleicht nicht lügen dürfen«, sagte ich. »Oder wenn, dann etwas geschickter. Aber es ist nun mal passiert, und ich hoffe, ich kann auf euch zählen, wenn mich meine Lügengeschichten in brenzlige Situationen bringen.«

»Du hast doch keinen Grund zur Beschwerde! *Ich* habe mich doch heute vorbildlich benommen«, sagte Nelly. »Und Julius war auch nur lieb. Der Einzige, der sich voll danebenbenommen hat, war dieser schrecklich verwöhnte Panz Emily.«

Das stimmte leider. Ich setzte mich neben Julius an den Esstisch und zog ihn auf meinen Schoß. »Sie ist wirklich ... eine Herausforderung für mich.«

»Sie hat böse Augen«, sagte Julius.

»Sie ist ein Biest«, sagte Nelly. »Genau wie Lara, nur in klein. Und je netter du zu ihr bist, desto biestiger wird sie, glaub mir! Wenn du was bei ihr erreichen willst, musst du andere Saiten aufziehen.«

Julius schmiegte sich enger an mich und gähnte noch mal herzhaft. »Sprechen wir von Emily oder von Lara?«, fragte ich. »Was ist denn ...«

Nelly unterbrach mich: »Du bist doch nicht so naiv und denkst, der Weg zu Antons Herz führt über das Herz seiner Tochter? So ist das bei Männern nicht. Du musst das Eisen schmieden, solange er noch heiß auf dich ist.«

Ich sah meine Tochter irritiert an. »Seit wann bist du Expertin in Herzensangelegenheiten?«

»Immer schon«, sagte Nelly und warf die langen hellen Haare in den Nacken, die sie von mir geerbt hatte. »Ich habe da einfach eine natürliche Begabung für. Wahrscheinlich wäre ich Vize-Landesjugendmeisterin im Analysieren von Beziehungskisten, wenn es solche Meisterschaften gäbe.«

Ich witterte eine maximale Chance, den Spieß umzudrehen und zur Abwechslung mal sie daran zu grillen: »Und wie analysierst du Max' Beziehung zu dir? Und warum ist deine beste Freundin plötzlich ein Biest?«

»Oh, das ist einfach: Max liebt mich. Er findet, ich bin das schönste, klügste und netteste Mädchen, das er jemals kennen gelernt hat«, sagte Nelly bereitwillig und machte dabei ein Gesicht, als sei sie ganz seiner Meinung. Als habe sie sich niemals über ihre Körpergröße, ihre Sommersprossen, ihren fehlenden Busen und ihre viel zu großen Füße mokiert. Hätte ich in ihrem Alter derartiges Selbstbewusstsein an den Tag gelegt, hätte meine Mutter alles darangesetzt, mich wieder zurück auf den Boden zu holen und meinen bereits vorhandenen Komplexen noch einige hinzuzufügen. Ich war weiser als meine Mutter und tat nichts dergleichen. Da draußen gab es schon genug Menschen, die es auf unser Selbstbewusstsein abgesehen hatten, da brauchte man nicht noch jemanden, der im eigenen Haus darauf herumhackte.

»Das Einzige, was Max an mir stört, ist, dass ich in Moritz verliebt bin«, setzte Nelly hinzu.

»Oh«, sagten Julius und ich enttäuscht.

»Und Moritz?«, fragte ich.

»Ist in Lara verliebt.« Nellys Miene hatte sich verdüstert.

Ich verkniff mir ein zweites »Oh«. »Und Lara?«

»Lara ist ein Biest«, sagte Nelly. »Sie war eigentlich in Max verliebt, aber weil sie bei ihm nicht landen konnte, ist sie jetzt mit Moritz zusammen. Obwohl sie genau weiß, dass ich in Moritz verknallt bin.«

»Dann könntest du doch ...«, begann ich hoffnungsvoll.

»Wie simpel denkst du eigentlich«, fauchte Nelly.

»Ich kann mich nicht einfach in Max verlieben, er ist ein Streber! Total uncool.«

»Das stimmt gar nicht«, verteidigte ich Max. »Er ist sogar sehr cool, finde ich. Denk nur mal an das coole Baumhaus, was er dir gebaut hat. Und er singt in dieser coolen Band, die *Schuh-Heuler*, die sollen wirklich gut sein. Und ...«

»Ach, Mama, du hast doch nun wirklich keinen Schimmer davon, was cool ist und was nicht«, sagte Nelly. »Und die Band heißt *Schuleulen*, was ja wohl ein bescheuerter Name ist.«

Ich war fast ein bisschen erleichtert, dass sie am Ende dieses seltsamen Abends doch wieder ganz die Alte geworden war.

»Weißt du«, sagte ich und streichelte Julius über die hellblonden Schafslöckchen. »Ich würde mich nicht darauf verlassen, dass Max dich für immer und ewig liebt. Wer weiß, vielleicht wird dir ja erst klar, was du an ihm hast, wenn er mit einer anderen geht. Mit Laura-Kristin zum Beispiel.«

Nelly lachte verächtlich. »Laura-Kristin wird immer nur ein armseliger, pickeliger, pummeliger Ersatz sein. Mit der kannst du mir wirklich nicht drohen. Wenn ich mich schon in einen anderen Jungen verlieben *muss,* dann sicher nicht in Max.« An dieser Stelle nahm ihr Gesicht einen leicht verträumten Ausdruck an. Für einen Augenblick wünschte ich mir beinahe, auch noch einmal vierzehn zu sein. Aber wirklich nur für einen Augenblick.

Willkommen auf der Homepage der

Mütter-Society,

dem Netzwerk für Frauen mit Kindern.
Ob Karrierefrau oder »nur«-Hausfrau,
hier tauschen wir uns über Schwangerschaft und
Geburt, Erziehung, Ehe, Job, Haushalt
und Hobbys aus und unterstützen uns
gegenseitig liebevoll.
Zutritt zum Forum nur für Mitglieder

24. Juni

Bin noch völlig fertig mit den Nerven: Wisst ihr, wer eine Fehlgeburt hatte? Mimi Pfaff, die Frau, die aussieht wie Audrey Hepburn, ich glaube, Sabine kennt sie vom Studium, oder? Jedenfalls war ich heute im Baumarkt, um meine Feentapetenborte für Mädchen gegen eine Rennautotapetenborte für Jungs umzutauschen (schluchz!), und da traf ich ihren Mann, sieht er nicht einfach supi-gut aus? Ich weiß, dass er schon 45 ist, weil er bei meinem Männe Patient ist, aber mal ehrlich, wer würde ihn älter als 38 schätzen? Jedenfalls habe ich mich natürlich nach seiner Frau und nach der Schwangerschaft

*erkundigt, und da hat er mir erzählt, dass sie am Wochenende eine Fehlgeburt hatte. Ich war so betroffen, dass ich fast in Ohnmacht gefallen wäre. Der nette Herr Pfaff musste mir einen Stuhl holen, damit ich mich setzen konnte. Und ein Glas Wasser hat er mir auch besorgt. Und dann hat er mich ganz lieb getröstet, als ich weinen musste. Schwangere Frauen sind eben einfach hypersensibel. Aber das war auch ein supi-schlimmer Schock! Ich meine, wenn so was mir passieren würde! Ich würde sicher auch Depressionen bekommen (sie soll sogar aufgehört haben, sich zu waschen, sagt er!) und nur noch heulen. Ich bin direkt vom Baumarkt zu meiner Gyn gefahren. Da war das Wartezimmer wie immer gerammelt voll, aber alle haben gesehen, wie supi-fertig ich war, und hatten vollstes Verständnis dafür, dass ich sofort einen Ultraschall brauchte. Mein Wurzelchen ist Gott sei Dank putzmunter!
Mami Ellen*

*P. S. An Sabine: In der ganzen Aufregung über die Fehlgeburt habe ich ganz vergessen, dich zu fragen, ob wir dir irgendwie helfen können. Sicher ist es für dich im Augenblick nicht einfach. Erst die Kinderfrau weg und jetzt auch noch der Ehemann, du Ärmste. Also, wenn du jemanden zum Aussprechen brauchst, ich bin Tag und Nacht zu erreichen.
P. P. S. Die Klose-Kinder machen mich noch wahnsinnig: Ich kann Timmi nicht mal mehr im Garten spielen lassen, ohne dass die kleinen Monster auftauchen und ihm mit billigen*

Tricks sein teures Spielzeug abluchsen wollen: Wenn ich auch nur aufs Klo gehe, hat mein lieber Sohnemann auch schon sein Playmobil gegen Zigaretten oder eine tote Schildkröte eingetauscht!
P. P. P. S. Meine Schwiegermutter sagt, ich würde ein schreckliches Theater um meine Person veranstalten und wäre eine Zumutung für meine Mitmenschen. Wenn hier einer eine Zumutung ist, dann doch sie: Sie rennt schließlich den ganzen Tag mit Lockenwicklern rum, sogar wenn sie zum Einkaufen geht.

24. Juni

Die arme Frau Pfaff! Sie soll ja schon vorher jahrelang vergeblich versucht haben, schwanger zu werden. Und jetzt so etwas. Da bekommt man ja direkt Schuldgefühle, wenn man wie ich mit dem vierten Kind schwanger ist. Und mich muss man ja nur mal kurz scharf angucken, dann ist es schon wieder so weit. Mir tut auch der arme Mann leid. Keine Kinder bekommen zu dürfen, muss furchtbar sein. Ich meine, Brad Pitt hat sich schließlich nicht umsonst von Jennifer Aniston getrennt, oder? Ich werde, euer Einverständnis vorausgesetzt, einen Blumenstrauß bei den Pfaffs abgeben, und vielleicht kann ich ihr ja mit den gesammelten Tipps von unserer Homepage zu Fruchtbarkeit und Schwangerschaft eine Freude machen. Schließlich sind wir hier die Profis.
Frauke

P. S. Ellen, was hast du denn da für einen Blödsinn von Sabine geschrieben? Wenn sie und Peter sich trennen würden, wüsste ich das, ich bin schließlich ihre beste Freundin. Und glaub mir, bei den beiden ist alles in bester Ordnung.

24. Juni

Allerdings! Mit großem Staunen habe ich dein Posting gelesen, Ellen. Wie um Himmels willen kommst du denn darauf, dass Peter und ich uns getrennt hätten? Ich möchte mir die Verbreitung derartig aus der Luft gegriffener Storys doch sehr verbitten. Keine Ahnung, wo du das aufgeschnappt hast, aber ich kann mir solche Gerüchte nur mit simplem Neid erklären. Ich meine, wer hat schon gesunde, begabte Kinder, ein erfülltes Sexualleben, eine super Figur und einen großartigen Job vorzuweisen? Aber man sollte sich von diesen Dingen nicht blenden lassen, denn auch bei uns gibt es natürlich Probleme: Ich sage nur: feuchter Keller (schon zum zweiten Mal dieses Jahr!), kranker Schwiegervater (das Geld, das das Altersheim verschlingt, würde ausreichen, um die Staatsverschuldung von Bangladesch zu beheben!), Auto kaputt durch Marderbiss (aber den erwische ich: Ich habe meine Jagdprüfung nicht umsonst abgelegt!) und vor allem: Kinderfrau. Ich habe kein gutes Gefühl, eine Frau mit Glanzleggins und durchgestufter Vokuhila-Dauerwelle einzustellen, das könnt ihr mir glauben. Aber sie war die einzige der Bewerberinnen, die einen Führerschein hat

und fließend Deutsch spricht. Wenn man Kölsch denn deutsch nennen kann. Sie fängt morgen an, drückt mir die Daumen, dass wir sie behalten können.
Sabine

P. S. Das mit der armen Mimi Pfaff tut mir auch schrecklich leid. Wenn du ihr die Blumen bringst, komme ich gerne mit, Frauke. Sie ist eine alte Freundin von mir.

Nellys absolut streng geheimes Tagebuch

24. Juni

Lara, das umprogrammierte Biest, knutscht mitten auf dem Schulhof total ungehemmt mit Moritz herum. Mit dem Moritz, in den ich bis vorgestern noch unsterblich verliebt war!
"Du, das macht mich ja selber total fertig", hat Lara gesagt. "Aber so ist wenigstens einer von uns beiden glücklich."
Okay, wenn sie das unter Freundschaft versteht, bitte!
Ich habe genau gesehen, wie Moritz in der Nase gebohrt hat und den Popel anschließend unter seinem Pult abgeschmiert hat. Mit derselben Hand ist er in der großen Pause unter Laras T-Shirt gewesen. Geschieht ihr ganz recht.
Seit der Nasenbohrattacke bin ich definitiv nicht mehr in Moritz verknallt. Und wenn ich sehe, wie tief er seine Zunge in Laras Hals schiebt, muss ich fast kotzen, ehrlich.
Aber das werde ich Lara dem Biest nicht verraten. Solange sie nämlich denkt, sie habe mir das Herz gebrochen, ist sie ja soooo nett zu mir. Ich durfte mir sogar ihr kostbares rosa Stricktop borgen. Mit meinem Rosenblüten-Wonderbra drunter sehe ich ziemlich gut darin aus, besser als das Biest.
Ich musste das Top allerdings unter einem Pulli aus dem Haus schmuggeln, weil Mama meinte, es sei zu durchsichtig. Als ich den Pulli an der Haltestelle auszog, kam ausgerechnet dieser Angeber Kevin Klose mit seinem Skateboard angefahren. Er glotzte mir in den Ausschnitt, pfiff durch seine Zähne und sagte: Wow, dir sind wohl über Nacht Titten gewachsen, was, Nele? Was für ein Arschloch! Kann sich nicht mal meinen Namen merken, aber sieht sofort, wenn ich einen Wonderbra anhabe. Außerdem hasse ich Menschen, die "Titten" sagen. Das klingt so nach wabberigen, großen Teilen mit Milch drin. Morgen werde ich "hi Calvin" zu ihm sagen.

3. Kapitel

Ich hatte vor vielen Dingen Angst: vor Hornissen in Limobechern, vor Straßenbahnkontrolleuren, vor einem Tsunami, der Pellworm wegspült, vor bösen Onkels, die meinen Kindern etwas antun könnten, und vor Zecken, die gefährliche Krankheiten übertragen. Ich hatte Angst davor, Alzheimer zu haben, wenn ich nicht sofort auf den Namen meiner Kinder kam oder Dinge sagte wie »Hol bitte mal die Milch aus der Waschmaschine«. Ich hatte Angst vor unseren Nachbarn, den dicken Hempels, und Angst vor dem Briefträger, wenn er wieder mal Post von Hempels Anwalt brachte. Ich hatte Angst davor, das Haus zu verlassen, denn wenn mir etwas zustieße, was sollten die Kinder dann ohne mich anfangen? Ich hatte Angst vor Spinnen, Meteoriteneinschlägen, Fuchsbandwürmern und Mördern, die hinterm Duschvorhang mit einem Messer lauerten. Und das ist noch lange nicht alles. Natürlich behielt ich diese Ängste für mich, schon, um nicht in eine geschlossene Anstalt eingewiesen zu werden, und es wäre ein ziemlich armseliges Leben gewesen, wenn ich tatsächlich das Haus nicht mehr verlassen hätte. »Suche die Angst« heißt das russische Sprichwort, an das ich mich täglich hielt: Ich duschte, öffnete meine Post, grüßte die Nachbarn und fing Spinnen mit der bloßen Hand. Und was die Meteoriteneinschläge angeht, so hoffte ich einfach auf das Beste. Alles in allem kann man durchaus sagen, dass ich mich meinen Ängsten stellte.

Außer bei Hunden.

Hier erlaubte ich mir, die Straßenseite zu wechseln, wenn ich einen sah. Aber fatalerweise merken Hunde ja, wer vor ihnen Angst hat, und das war vermutlich auch der Grund, warum sie stets beschlossen, mich zu schikanieren und auch die Straßenseite zu wechseln.

Natürlich hatte ich nicht vor allen Hunden Angst. Wenn sie nicht größer waren als ein Kaninchen oder, noch besser, angeleint daherkamen, brach mir kaum der Angstschweiß aus. Und auch bei so harmlosen, treudoofen Viechern wie unserem Dackel Elmar zu Hause auf Pellworm blieb ich ganz ruhig. Aber Pittbullterrier, Doggen und andere sabbernde Monster mit breiten Brustkörben und Haifischschnappkiefern machten mir auch an der Leine Angst, sogar wenn sie einen Maulkorb trugen, was sie laut Gesetz tun mussten, aber meistens nicht taten. (Wenn es nach mir ginge, müssten auch die Besitzer an der Leine geführt werden und einen Maulkorb tragen, aber ich fürchte, das wird sich so schnell nicht durchsetzen.)

»Der tut nichts, der will nur spielen«, behaupteten die Hundeherrchen immer, so als ob man ein Spielverderber sei, wenn man sich nicht beißen lassen wollte. Aber noch schlimmer als Hunde mit ihren Herrchen waren Hunde ohne ihre Herrchen. Sie können ziemlich sicher sein, dass ein Hund ohne

Herrchen von alleine nicht auf die Idee kommt, sich an die Maulkorbvorschriften zu halten.

Und ausgerechnet auf so einen maulkorb- und herrchenlosen Hund mussten wir heute beim Joggen durch den Park treffen, Anne, Nelly und ich.

Anne, Mimi und ich joggten in der Regel mehrmals in der Woche zusammen. Manchmal schloss sich meine Freundin Trudi an und in letzter Zeit immer öfter auch Nelly. Wir legten ein moderates Tempo vor, denn uns kam es weniger darauf an, sportliche Höchstleistungen zu erbringen, als uns gemütlich miteinander zu unterhalten. Damit es nicht so langweilig war, sparten wir uns die heiklen Gesprächsthemen stets fürs Laufen auf, und so legten wir plaudernd unbemerkt eine stattliche Strecke zurück.

Seit der Fehlgeburt war Mimi nicht mehr mitgelaufen. Wie auch – sie lebte ja praktisch auf ihrem Sofa.

»Man könnte meinen, dass sie das Haus nie wieder verlassen wird«, sagte Anne.

»Den Eindruck habe ich manchmal auch«, seufzte ich. An Mimi war einfach nicht heranzukommen. Ronnie war schon so verzweifelt, dass er ihr die Bachblüten, die Trudi vorbeigebracht hatte, in den Orangensaft geträufelt hatte. Bis jetzt hatte es nicht geholfen.

»Das ist schon ziemlich krass«, sagte Nelly. »Ich meine, es ist traurig, aber das Leben geht doch trotzdem weiter. Mimi hat doch alles, was man zum Glücklichsein braucht: tolles Aussehen, genug Kohle, einen supernetten Mann, ein Edel-Cabrio, süße Katzen und diesen tollen Retro-Kühlschrank, also echt!«

»Bitte sag so etwas nie in Mimis Gegenwart«, bat ich. »Die arme Trudi wurde schon wegen viel harmloserer Bemerkungen von Mimi mit einer Blumenvase beworfen.«

»Wahrscheinlich hat Trudi ihr von allen Fehlgeburten aus ihren zahlreichen früheren Leben erzählt. Und dabei irgend so ein stinkendes Räucherwerk abgebrannt«, meinte Anne. »Warum ist sie eigentlich heute nicht dabei? Ich meine, Trudi hat's ja wohl noch nötiger als ich, was für ihre Figur zu tun, oder?«

»Sie ist in letzter Zeit immer auf Achse«, sagte ich. »Ich glaube, sie hat einen neuen Typ.«

»Einen Typ?« Anne guckte mich mit großen Augen an. »Ich dachte immer, sie wäre lesbisch.«

»Nein, Trudi ist hetero«, sagte ich. »Sie war höchstens mal in einem früheren Leben lesbisch.«

»Sie war ja auch mal Papst«, sagte Nelly. »Echt, Trudi hat 'nen Neuen? Hoffentlich ist es diesmal nicht wieder so ein Guru mit vielen Bärten, der einem ständig die Hand auflegen will.«

»Ich habe keine Ahnung, wer es ist«, sagte ich. »Trudi hat nur ein paar geheimnisvolle Andeutungen gemacht. Sie kennen sich aus einem früheren Leben im alten Ägypten, und als sie sich hier wieder über den Weg gelaufen sind, stand gerade ein Regenbogen am Himmel, und ihr Sonnenchakra ist ganz heiß geworden...«

»Wie süß«, sagte Nelly. »Bestimmt ein Ex-Pharao. Trudi hatte in ihren früheren Leben ja nie was mit Normalos.«

»Kein Wunder, dass Mimi eine Vase nach ihr geworfen hat«, sagte Anne.

»Nein, von ihrem Pharao hat Trudi Mimi nichts erzählt. Es ging um Nina-Louise und darum, dass das alles so sein musste, von wegen kosmischer Ordnung und so. Nach Trudis Ansicht wollte Nina-Louise nämlich gar nicht geboren werden«, sagte ich. »Sie brauchte nur eine kurze Inkarnation in Mimis Bauch, aus irgendwelchen karmischen Gründen, und Mimi hat zu dieser Aktion ihr Einverständnis gegeben, sagt Trudi, auch wenn sie es nicht wahrhaben will.«

»Manchmal ist Trudis Geschwafel wirklich nicht zu ertragen«, sagte Anne. »Arme Mimi. Dann soll sie im Grunde noch selber daran schuld sein?«

»Sozusagen ein williges Opfer einer höheren Macht«, sagte ich. »Wenn ich Trudi richtig verstanden habe.«

»Das ist mir zu hoch«, sagte Anne.

»Ich verstehe gar nicht, warum alle so scharf darauf sind, Kinder zu bekommen«, sagte Nelly. »Die kosten doch nur Geld, machen Lärm und Arbeit, hinterlassen hässliche Schwangerschaftsstreifen, Falten und graue Haare.«

»Oh, wie Recht du doch hast, mein Herzchen«, sagte ich.

»Der Wunsch nach Kindern ist wohl eines der letzten Mysterien der Menschheit«, sagte Anne. »Das Verrückte ist, dass man lieber arm und hässlich ist, als seine Kinder wieder herzugeben.«

»Es ist der Fortpflanzungstrieb«, sagte Nelly. »Er dient dem Erhalt der Spezies Mensch und lässt einen Dinge tun, die einem hinterher leidtun. Hirnlos, wenn man so darüber nachdenkt.«

Ich schätzte, Enkelkinder konnte ich schon mal abschreiben.

»Mir tut's nur leid, dass ich mir ausgerechnet Hansjürgen für diesen hirnlosen Fortpflanzungstrieb ausgesucht habe«, sagte Anne.

»Aber ihr habt hübsche Kinder«, sagte ich.

»Das stimmt«, sagte Anne geschmeichelt. »Und kluge obendrein. Obwohl sie das vermutlich eher von mir haben.« Sie trabte ein paar Schritte lächelnd vor sich hin, aber dann verdüsterte sich ihr Gesicht wieder. »Verdammt, der Mann macht mich rasend. Seine derzeitige Sekretärin ist überhaupt gar nicht Sekretärin, sondern Praktikantin. Zwanzig Jahre alt. Das muss man sich mal vorstellen. Ich frage mich allmählich, ob Hansjürgen pädophile Neigungen hat.«

»Ich würde sagen, seine Geliebten bleiben immer gleich alt, nur Hansjürgen wird immer älter«, sagte ich und warf einen Blick auf Nelly. Nur weil sie einen Meter achtzig groß war, durfte man nicht vergessen, dass sie noch ein Kind von vierzehn Jahren war und unsere Gespräche eigentlich gar nicht mit anhören sollte. Auch wenn sie sich brennend dafür interessierte.

»Woher weißt du das eigentlich immer so genau?«, fragte sie. »Erzählt er dir etwa, mit wem er es treibt?«

Ich zuckte zusammen.

»Nur wenn ich frage«, sagte Anne.

»Das ist doch masochistisch. Ich würde mir das niemals gefallen lassen«, sagte Nelly.

Ich auch nicht, wollte ich sagen, aber dann hielt ich den Mund. Ich hatte mir von Lorenz auch eine Menge gefallen lassen, und wenn er mich nicht wegen Paris hätte loswerden wollen, wäre ich möglicherweise heute noch mit ihm zusammen. Zur Erinnerung: Die Rede ist von der Neuen meines Ex, nicht von der Stadt mit dem Eiffelturm.

»Behalte diese Einstellung bloß bei, Schätzchen«, sagte Anne. »Und ganz wichtig: Unterschreibe niemals einen Ehevertrag. Schon die Tatsache, dass dein zukünftiger Mann dir einen solchen vorlegt, sollte dich stutzig machen.«

»Ich werde sowieso lesbisch«, sagte Nelly.

»Wie bitte?«, fragte ich alarmiert. »Ich denke, du bist in Moritz verknallt.«

»Nicht mehr«, sagte Nelly. »Er popelt in der Nase.«

»Ja, wenn das kein Grund ist, lesbisch zu werden!«, sagte Anne.

Wir bogen am Spielplatz rechts ab. Dort war nichts los, nur ein kleines Mädchen schaukelte einsam in der Abendsonne.

»Und was ist mit Max?«

»Ach, der«, sagte Nelly. »Der hängt nur noch mit Laura-Kristin ab. Dabei sind bald Ferien, und es gibt keine Arbeiten mehr, für die man lernen müsste. Vielleicht ist er ja ihr Ernährungsberater geworden. Oder er hilft ihr beim Mitesser-Ausdrücken.«

Meine Güte, was war das Kind boshaft. Also, von mir hatte sie das nicht.

»Ich glaube, Laura-Kristin soll bei Max' Band mitmachen«, sagte Anne.

Nelly stieß ein schnaubendes Lachen aus. »Als was denn? Als Backgroundtänzerin? Jeder wird denken, das ist eine Elefantendressur.«

»Nelly!«, sagte ich vorwurfsvoll.

»Soviel ich mitbekommen habe, soll sie Keyboard spielen«, sagte Anne. »Max sagt, sie ist ziemlich gut.«

Nelly schwieg überrascht.

Auf meinem Gesicht hatte sich gerade ein kleines, schadenfrohes Lächeln breitgemacht, als ich den

Hund sah. Es war ein schmutzig weißer Pittbullterrier, jedenfalls zur Hälfte. Die andere Hälfte war möglicherweise ein Boxer oder ein Gemisch aus einem Boxer, einem Bluthund und einem Dobermann. Außerdem schlummerte irgendwo auch noch ein Rottweiler in dem Tier. Die Sorte Hund, deren Vorfahren einst entlaufene Sklaven gejagt und zerfleischt hatten. Der Hund stand am Rande eines Gebüschs und musterte uns aus tränenbesackten Augen.

Mir sank das Herz in die Hose.

»Seht ihr, was ich sehe?«, flüsterte ich.

»Ach, der tut doch sicher nichts«, sagte Anne, verlangsamte aber ihre Schritte. Der Hund zog die Lefzen ein wenig nach oben, als ob er lächelte. In Wirklichkeit knurrte er. Obwohl er ungefähr dreißig Meter von uns weg war, hörte ich es ganz deutlich.

Wir blieben stehen.

»Wo ist denn das Herrchen?«, fragte Nelly und sah sich suchend um. Weit und breit war kein Mensch zu sehen, nur das kleine Mädchen auf der Schaukel.

Das war ja wohl die Höhe, so ein kleines, schwaches Ding mit einem Kampfhund losziehen zu lassen.

»He!«, rief ich ihr unfreundlich zu. »Hol gefälligst mal deinen Hund da weg, ja?«

»Das ist nicht meiner«, sagte das kleine Mädchen weinerlich. Sie war höchstens sechs. »Und der da auch nicht.«

Im Gebüsch war ein zweiter Hund aufgetaucht, dem Aussehen nach ein Zwillingsbruder des ersten. Auch er musterte uns reglos.

»Heilige Mutter Gottes, bitte steh uns bei«, sagte Anne und bekreuzigte sich. Ich hatte gar nicht gewusst, dass sie katholisch war.

»Ich will noch nicht sterben«, sagte Nelly.

Moment mal, hier lief ja wohl was falsch! Das war mein Part, hier die Nerven zu verlieren. Ich war schließlich diejenige mit der Hundephobie. Aber Anne und Nelly sahen nicht so aus, als würden sie darauf Rücksicht nehmen.

»Mami, tu doch was«, sagte Nelly.

»Okay«, sagte ich in meinem allerbesten James-Bond-Tonfall. »Holen wir das Pfefferspray raus und entfernen uns rückwärts. Aber langsam. Und guckt ihnen immer in die Augen, okay? Wir sind die Alphatiere. Ihr dürft auch knurren, wenn ihr könnt. Komm mit, Kleine, komm schon.«

Das Mädchen rutschte von der Schaukel. »Ich will zu meinem Papa«, sagte es.

»Ich habe kein Pfefferspray dabei«, sagte Anne. »Heilige Mutter Gottes vergib mir meine Sünden ...«

»Ich auch nicht«, sagte Nelly. »Ich hab so was gar nicht.«

»Ich auch nicht«, sagte ich. »Na toll.«

Die Hunde grinsten überlegen.

»Ich will zu meinem Papa«, sagte das Mädchen.

»Wir gehen ja zu deinem Papa«, sagte ich, ohne die grinsenden Hunde aus den Augen zu lassen. Das kleine Mädchen klammerte sich an meinen linken Arm, Nelly an meinen rechten. Anne klammerte sich an Nelly fest. Aneinander geklammert und knurrend machten wir ein paar Schritte rückwärts. Fehlte nur noch, dass wir alle zusammen in eine Pfütze fielen und jemand aus dem Gebüsch sprang und rief: »Verstehen Sie Spaß?«.

»Die sehen so hungrig aus«, sagte Anne.

»Hoffentlich sind sie gegen Tollwut geimpft«, sagte Nelly. »Ich habe mal im Fernsehen einen Bericht gesehen, da haben sie gesagt, dass man ihnen in die Schnauze packen und die Zunge festhalten soll. Meinst du, das kriegst du hin, Mama?«

»Klar doch, mit jeder Hand eine Zunge«, sagte ich. »Ich war schließlich mal beim Zirkus. Und wozu braucht man auch seine Hände? Bin ja kein Pianist oder so.«

»Iiiih, wie soll man denn so etwas *Glitschiges* festhalten«, sagte Anne.

»Das sind aber keine netten Hunde«, sagte das kleine Mädchen.

Als ob die Hunde das verstanden hätten, setzten sie sich in Bewegung. Anne quiekte laut auf vor Schreck. Nelly keuchte nur. Ohne uns aus den Augen zu lassen, strebten die Tiere in einer perfekten V-Formation auseinander. Ich hatte das schon einmal gesehen: im Fernsehen bei einer Dokumentation darüber, wie Löwen Zebras jagen. Ich reagierte in Bruchteilen von Sekunden. Noch bevor die beiden Löwen, pardon, Hundeviecher in ihren Angriffsgalopp verfallen waren, riss ich meine Schützlinge herum und schrie: »Rennt um euer Leben! Los, da vorne auf den Baum, alle Mann!«

Und wir rannten so schnell wir konnten zu einem stattlichen Kirschbaum wenige Meter hinter uns. Nelly kletterte zuerst hinauf, dann hob ich das kleine Mädchen auf einen Ast und hievte mich selbst hinterher.

»Ich bin nicht schwindelfrei«, stöhnte Anne. »Ich hasse Klettern!« Nelly und ich griffen nach ihren Händen. Die beiden Bestien kamen herangestürmt und schnappten nach Annes Beinen.

Anne kreischte in den höchsten Tönen und versuchte, sich panisch strampelnd hochzuziehen. Das fremde Mädchen fing an zu weinen.

Mit vereinten Kräften und einem gewaltigen Ruck zerrten Nelly und ich Anne nach oben. (Ich kugelte mir dabei beinahe meine Schulter aus, aber das merkte ich erst Stunden später, als das Adrenalin sich wieder verzogen hatte.) Ein Turnschuh und Teile von Annes Jogginghose blieben in den Fängen der Hunde zurück.

»Ist mein Bein noch dran?«, fragte Anne.

»Tut dir denn irgendwas weh?«, fragte ich zurück und suchte vergeblich nach einer Bissstelle.

»Eigentlich nicht«, sagte Anne und machte ein überraschtes Gesicht. »Sie haben tatsächlich nur meine Hose und den Schuh getötet.«

Aber das reichte den beiden Viechern offenbar nicht. Sie sahen geifernd zu uns hoch. Man konnte ihren stinkenden Atem riechen. Na ja, möglicherweise war es auch ein Gulli in der Nähe, der so stank.

Die Hunde knurrten böse. Aus der Nähe sahen sie noch gefährlicher aus mit ihren blutunterlaufenen Augen. Wie gut, dass ich so schnell und beherzt reagiert hatte! Ich war wirklich stolz auf mich. Vielleicht würde die Zeitung einen Artikel über mich bringen: *Patin der Mütter-Mafia rettete drei Menschen vor dem sicheren Tod.* Ich kletterte noch eine Astgabelung höher, bevor ich triumphierend sagte: »Das seid ihr nicht gewohnt, was? Zebras, die auf Bäume klettern!«

»Ich will zu meinem Papa«, jammerte das kleine Mädchen.

»Ich auch«, sagte Nelly. Sie pflückte sich eine

Kirsche und spuckte den Kirschkern zu den Hunden hinunter. »Lecker. Wenigstens verhungern wir hier nicht. Hier, Kleine, probier mal.«

»Bilde ich mir das nur ein, oder schwankt der Baum wirklich?«, fragte Anne.

Die Hunde knurrten.

»Haltet euch bloß gut fest«, sagte ich.

»Hiiiilfe!«, schrie Anne. Einer der Hunde machte aus dem Stand einen Versuch, nach Annes anderem Schuh zu schnappen. Er konnte verdammt hoch springen. Möglicherweise versteckte sich auch noch ein Känguru irgendwo in seiner Ahnenreihe. Anne kletterte zitternd zu mir in die Astgabel.

»Sieht ein bisschen morsch aus, oder?«, murmelte sie. »Los, lasst uns alle zusammen um Hilfe rufen. Irgendjemand muss uns doch hören.«

»Hilfe«, brüllte Anne ganz allein. Nelly und ich waren noch nicht so weit.

Nichts rührte sich. Die Grünanlage lag weiter wie ausgestorben da. Wo waren all die Rentner mit Schirmen und Spazierstöcken? Wo die Hundebesitzer, die um diese Zeit sonst immer ihren Waldi und Brutus in den Sandkasten kacken ließen? Wo die rauchenden Halbstarken mit ihren frisierten Mofas, die »Ey, Alte, was glotzte denn so blöd« riefen, wenn man an ihnen vorbeikam? Wo waren sie alle, wenn man sie wirklich mal brauchte?

Dann aber hatte ich einen Geistesblitz. »Hast du dein Handy dabei, Nelly?«, fragte ich.

»Ja, natürlich«, sagte Nelly und schlug sich gegen die Stirn. »Soll ich RTL anrufen?«

»Nein«, sagte ich. »Die Feuerwehr.«

»Im Ernst?«

»Es reicht, wenn du Max anrufst«, sagte Anne. »Oder bin ich hier die Einzige, der es peinlich ist, auf einem Baum von der Feuerwehr gerettet zu werden?«

»Ja, weil wir anderen unsere Hosen noch anhaben«, sagte Nelly und kicherte. Irgendwie schien ihr unser Abenteuer Spaß zu machen.

»Was soll der arme Max denn tun?«, fragte ich. »Die Hunde mit den bloßen Fäusten erlegen?« Außerdem passte er zu Hause auf Julius und Jasper auf und war damit unabkömmlich.

»Er kann ja Laura-Kristin mitbringen, vielleicht schläfert sie die Tiere ja mit dem Keyboard ein«, sagte Nelly. »Ich rufe besser Papa an.«

Ich verdrehte die Augen. »Und was soll der tun? Die Hunde vor Gericht zerren? Nein, die Feuerwehr ist genau die richtige Adresse. Ruf schon an.«

Meine Tochter schickte erst mal in aller Seelenruhe eine SMS an Lara. »Werden von Kampfhunden gejagt. In diesen letzten Minuten meines Lebens verzeihe ich dir wegen M. Ich hinterlasse dir meine Engelsammlung und die rosa Caprihose von *Miss Sixty*«, las sie laut vor.

»Na toll, jetzt wird Lara hoffen, dass du gefressen wirst«, sagte ich.

»Hannibal! Lecter!«, rief jemand. Die Hunde wandten zum ersten Mal ihren Bluthundblick von uns und drehten sich um. Ein Junge, ungefähr fünfzehn, war mit einem Skateboard durch die Absperrung gekommen.

»Oh nein!«, stöhnte Nelly. »Nicht der schon wieder!« Ihre Wangen hatten einen tiefen Rosa-Ton angenommen.

Die Hunde liefen auf den Jungen zu und wedelten mit ihren Hinterteilen. Nicht, dass sie deshalb irgendwie harmloser wirkten. Nur einer von ihnen hatte überhaupt eine Art Schwanz, der andere nur einen haarigen Stummel. Hannibal und Lecter leckten dem Jungen die Hände. Igitt.

Neben mir explodierte Anne vor Wut: »Wenn das deine Viecher sind, mein Freundchen, dann nimm sie gefälligst sofort an die Leine und leg ihnen einen Maulkorb an. Denn wenn ich hier herunterkomme, möchte ich dich in aller Ruhe vermöbeln können. Und deine Eltern nehme ich mir gleich anschließend vor! Wie absolut unverantwortlich, solche Killermaschinen frei herumlaufen zu lassen. Ich wette, die haben nicht mal 'ne Hundemarke.«

Der Junge tätschelte den Killermaschinen den kräftigen Rücken und grinste zu uns hinauf. »Guten Abend erst mal«, sagte er. »Sind die Kirschen schon reif?«

Es handelte sich bei diesem Jungen ganz offensichtlich um ein besonders freches Exemplar der Sorte Homo sapiens adoleszensissimus.

Nelly spuckte ihm einen Kirschkern auf den Kopf.

»Hey, Nele«, sagte der Junge, ohne sein Grinsen einzustellen. »So hoch oben? Sportlich, sportlich. Aber habt ihr kein eigenes Obst im Garten?«

»Hey, Calvin«, erwiderte Nelly. »Kuschelige Haustiere hast du da. Lass mich raten, zu Hause habt ihr sicher noch eine kleine Boa constrictor, stimmt's?«

»Nein, nur eine Vogelspinne«, sagte Calvin oder wie immer der Junge hieß. Er war ziemlich hübsch, hatte kurz geschorene, helle Haare und leicht schräg stehende grüne Augen. Sein rechtes Ohr war durch eine Reihe kleiner Silberstecker in Form von Totenköpfen entstellt, auf seinen Oberarmen spuckten Tattoo-Drachen Feuer. »Sie gehört meiner kleinen Schwester und haut öfters mal ab. Also nicht wundern, wenn ihr mal so ein großes, haariges Vieh in eurem Garten findet. Klettert übrigens auch gerne auf Bäume.«

»Ich will zu meinem Papa«, sagte das kleine Mädchen.

»Daran arbeiten wir gerade«, sagte ich.

»Sag mal, bist du taub!«, schnauzte Anne den Jungen an.

»Sie wissen schon, dass man Ihren halben Hintern sehen kann, oder?«, gab er freundlich zurück.

»Du fühlst dich wohl sehr mächtig mit deinen beiden Bluthunden an der Seite, Freundchen!« Anne funkelte ihn wütend an. »Du nimmst die Viecher jetzt sofort an die Leine, oder es passiert was!«

»Was denn?«, fragte er interessiert. Er war wirklich der dreisteste kleine Scheißer, der mir seit langem begegnet war. Und dummerweise saß er eindeutig am längeren Hebel.

Ich sah uns schon bis Weihnachten auf diesem Kirschbaum sitzen.

»Na ja, die Sache sieht so aus, Kleiner«, sagte ich mit meiner James-Bond-Stimme. »Bevor du hier unerwartet aufgetaucht bist, haben wir per Handy bereits mitgeteilt, dass Hannibal Lecter es auf uns abgesehen hat. Es werden also jeden Moment die Männer vom städtischen Ordnungsamt auf dem Plan erscheinen. Ich kenne ihre Gepflogenheiten natürlich nicht genau, also weiß ich nicht, ob sie nur das Betäubungsgewehr verwenden oder – weil hier ja auch Kinder in Gefahr sind – sofort den finalen Todesschuss setzen werden.«

»Ich habe gehört, dass sie die Hunde manchmal direkt vor Ort kastrieren«, sagte Anne.

»Die Hunde *und* die Halter«, ergänzte Nelly. »In so schlimmen Fällen wie diesem hier.«

Endlich konnte ich einen winzigen Funken Unsicherheit in der Miene des Jungen entdecken.

»Die tun doch keiner Fliege was zu Leide«, sagte er. »Das ist echt lächerlich. Die sind so harmlos, die schlafen bei uns zu Hause sogar mit im Babybett. Mit dem Baby.«

»Wie süß«, sagte ich. Im Babybett, dass ich nicht lachte! Da passte ja nicht mal ein halber Hund hinein. »Na ja, wir sehen ja gleich, wie niedlich sie aussehen, wenn sie schlafen. So eine Betäubungsspritze wirkt in Sekundenschnelle.«

»Die sind wirklich absolut harmlos. Oder ist hier vielleicht irgendjemand verletzt?«

»Nur die Hose und ein Turnschuh«, sagte ich. »Die durchbluteten Teile konnten wir rechtzeitig auf dem Baum in Sicherheit bringen.«

»Na also«, sagte der Junge.

»Na klar, die wollten nur spielen, die süßen kleinen Sabbermäulchen«, höhnte Anne. »Ach, ich glaube, da höre ich schon das Auto vom Tierfänger…«

»Schon gut«, sagte der Junge und legte den Hunden eine Leine an. »Kommt, Hannibal und Lecter, wir gehen nach Hause. Die Leute in dieser Gegend sind offenbar nicht besonders tierlieb.« Er schaute noch einmal hoch zu uns. »Auch wenn sie ziemlich geile Ärsche haben.«

»Oh, vielen Dank, das hört man gern«, sagte ich, und Nelly spuckte noch einen Kirschkern nach ihm.

»Bis morgen dann, Nele«, sagte der Junge mit

einem letzten frechen Grinsen. Wir warteten, bis er mit Hannibal Lecter durch die Absperrung verschwunden war. Wir kletterten mit weichen Knien vom Baum herab, zuerst Anne, dann ich, dann Nelly. Zuletzt hob ich das kleine Mädchen vom Ast.

»So, und wo wohnt jetzt dein Papa?«, fragte ich freundlich.

»In der neuen Wohnung«, sagte das Mädchen.

»Und die ist wo?«

»In dem roten Haus«, sagte das Mädchen.

»Na, super«, sagte Anne. »Davon gibt es hier in der Siedlung ja nur hundert Stück. Es wird mir eine Freude sein, sie alle mit nur einem Schuh und einer halben Hose abzuklappern.«

»Wenigstens waren die Kirschen lecker«, sagte Nelly.

Anne zog sich zu Hause um, während Nelly und ich Max, Laura-Kristin und den beiden Kleinen unser Abenteuer in den glühendsten Farben schilderten und zum Beweis abwechselnd Annes brutal zerkauten Turnschuh und die Reste ihrer Hose hochhielten.

Unsere Zuhörer waren angemessen beeindruckt, besonders Julius und Jasper.

»Mich hätten sie bestimmt erwischt«, sagte Laura-Kristin schaudernd. Ich fand, sie hatte sich seit unserer letzten Begegnung herausgemacht: Sie war deutlich weniger pummelig, und auch die Pickel waren nicht mehr so zahlreich. Eigentlich war sie ein ganz hübsches Mädchen.

»Ja, wahrscheinlich hätten sie dich erwischt«, sagte Nelly. »Aber jetzt ratet mal, wer der Typ war, dem Hannibal und Lecter gehören!«

Keiner wusste es.

»Sie gehören Kevin Klose«, sagte Nelly bedeutungsvoll.

»Kevin Costner?«, fragte Laura-Kristin mit großen runden Augen.

»Klose!«, sagte Nelly ungeduldig. »Kevin Klose! Er ist neu in unserer Schule!«

»Ich dachte, er heißt Calvin?«, sagte ich.

»Ich heiße ja auch nicht Nele«, fauchte Nelly.

»Der Kevin mit der Tätowierung am Hintern?«, fragte Laura-Kristin.

»Weiß ich doch nicht«, sagte Nelly.

»Ich will zu meinem Papa«, erinnerte uns das kleine Mädchen, das wir vor dem sicheren Tod durch Zerfleischen gerettet hatten. Vor dem höchstwahrscheinlich sicheren Tod.

»Kannst du dich denn erinnern, wie du heißt?«, fragte ich.

»Dschoh-Ähn«, sagte das kleine Mädchen.

»Und mit Vornamen?«, fragte ich.

»Das ist der Vorname, du Dumme«, sagte Nelly.

»Was soll das sein? Mongolisch?«

»Sie heißt Joanne«, übersetzte Laura-Kristin mit ihrer lieben, sanften Stimme. »Und wie heißt du sonst noch, Joanne?«

»Joanne Reiter«, sagte Joanne.

Max schlug alle Reiters im Telefonbuch nach. Keiner davon wohnte in der Insektensiedlung.

»Wir sind gerade erst hergezogen«, sagte Joanne.

»Du bist nicht zufällig mit Kevin verwandt?«, fragte Nelly.

»Weißt du vielleicht, wie die Straße heißt, wo ihr wohnt?«, fragte Laura-Kristin.

Joanne schüttelte den Kopf.

»Vielleicht gibt es ja etwas Besonderes in eurer Straße? Irgendwas, was dir aufgefallen ist?«

»Da ist nur der Bäcker«, sagte Joanne, und wir atmeten alle auf. Es gab nur einen Bäcker in der Siedlung, und der lag im Hirschkäferweg.

Wir machten uns alle zusammen auf den Weg. Mittlerweile war es nach acht.

Nelly bekam eine SMS von Lara. »Lebst du noch? Wenn nein, bekomme ich auch das T-Shirt von *Kookai*?«, las sie empört vor. »Und Moritz möchte deinen *iPod*. Also, die spinnen ja wohl!«

Sie schrieb zurück: »Bin unversehrt bis auf mein Herz, das ihr mir mit voller Absicht gebrochen habt. Muss mir für morgen dringend deine *Iceberg*-Jacke ausleihen.«

»Und ich sage dir, wir sollten das Jugendamt informieren«, flüsterte Anne mir zu, als wir in den Hirschkäferweg einbogen. »Der Spielplatz liegt doch ganz am anderen Ende der Siedlung, und die können so ein kleines Kind unmöglich ohne Aufsicht so weit laufen lassen. Das würde ja selbst ich nicht machen.«

»Stimmt«, sagte ich.

Joanne zeigte auf ein rotes Mehrfamilienhaus gegenüber vom Bäcker. »Da wohnt mein Papa«, sagte sie froh.

Der Name »Reiter« war mit Tesafilm an einen der oberen Klingelschalter geklebt. Als wir läuteten, knisterte uns aus der Gegensprechanlage ein müdes »Ja, bitte?« entgegen.

»Wetten, der ist besoffen?«, flüsterte Anne. »Wahrscheinlich hat er nicht mal gemerkt, dass seine Tochter weg ist.«

»Ja, hallo«, sagte ich in den Lautsprecher. »Wir bringen Ihre Tochter Joanne vorbei.«

Die Gegensprechanlage knisterte nur noch.

»Haha, er denkt sicher, wir sind vom Jugendamt«, sagte Anne schadenfroh. »Wahrscheinlich sucht er hektisch nach einem Hemd, versteckt die vierzig leeren Bierflaschen unterm Sofakissen und zählt seine übrigen sechs Kinder. *Eins, zwei, ... scheiße!* Ich kenne diese Sorte Proleten nur zu gut.«

Noch während sie den letzten Satz sprach, wurde die Haustür aufgerissen. Ein blonder Hüne mit Nickelbrille starrte uns alle entgeistert an. Der Mann war außer Atem, er musste das Treppenhaus im Schweinsgalopp runtergerannt sein.

»Papa!«, rief Joanne und warf sich in seine Arme. Zu meiner Erleichterung war er vollständig angezogen. Er hatte auch keine Bierfahne.

»Aber was tust du denn hier?«, wollte der Hüne wissen und warf uns über Joannes Kopf fragende Blicke zu. »Sind Sie Freunde von Bernhard und Bianca?«

»Von Bernhard und Bianca?«, wiederholte ich verdattert. »Der *Mäusepolizei?*«

»Ich sag ja, Delirium, da sehen sie weiße Mäuse«, flüsterte Anne.

»Die gemeinen Hunde haben Annes Schuh zerkaut«, sagte Joanne. »Und ganz böse geguckt. Genau wie Bernhard immer.«

»Bernhard hat einen Schuh zerkaut?« Joannes Papa sah immer verwirrter aus.

»Nein, nein«, sagte Anne. »Das war Hannibal Lecter.«

»Der Massenmörder aus *Schweigen der Lämmer?*«, fragte der Hüne, nun vollends verwirrt.

»Wir haben Joanne auf dem Spielplatz getroffen«, erklärte ich. »Am anderen Ende der Siedlung. Sie wurde dort von zwei Kampfhunden angegriffen, und ich nehme an, es war in Ihrem Interesse, dass wir sie mitgenommen haben. Sie wollte zu ihrem Papa.«

»Wo war denn ihre Mutter?«, fragte der Hüne.

»Vielleicht sehen Sie mal oben in Ihrer Wohnung nach«, schlug Anne etwas ungeduldig vor.

»Was? Oh, nein, Bianca und ich sind getrennt«, sagte der Hüne. »Joanne lebt bei ihrer Mutter. Ich darf sie nur am Wochenende sehen.«

»Ich will aber bei dir bleiben«, heulte Joanne.

Ihr Vater sah aus, als würde er auch gleich heulen. Er drückte Joanne feste an sich, dann setzte er sie ab und sagte: »Geh schon mal hoch in die Wohnung, Schätzchen, ich komme sofort nach.«

Joanne schenkte uns zum Abschied ein Lächeln. Wir lächelten zurück.

»Ich muss ihre Mutter anrufen«, sagte der Hüne zähneknirschend. »Sicher hat sie sie schon als vermisst gemeldet und wird mich wegen Kindesentführung verklagen.«

»Also, da war aber weit und breit niemand zu sehen«, sagte Anne. »Joanne war ganz allein im Park. Und die Hunde natürlich. Und wir. Wir mussten auf einen Baum klettern, sonst wären wir gefressen worden. Ich bin übrigens Anne.«

Der Hüne setzte einen finsteren Blick auf. »Das ist doch wieder mal typisch. Sie lassen das Kind ständig unbeaufsichtigt. Äh, ich bin Jo. Von Joseph.«

»Constanze«, sagte ich und streckte ihm meine

Hand hin. »Und das sind Max, Nelly, Laura-Kristin, Jasper und Julius. Unsere Kinder. Mehr oder weniger. Ähm, egal, sehr erfreut, Jo, und herzlich willkommen in der Insektensiedlung.«

Jo sah alles andere als erfreut aus. Er übersah auch meine Hand. »Sie verliert sie, seit sie auf der Welt ist«, schimpfte er. »Schon im Kinderwagen hat sie sie ständig irgendwo vergessen. Ich kann einfach nicht verstehen, wie diese Person das Sorgerecht bekommen konnte. Verstehen Sie das?«

Wir schüttelten einhellig die Köpfe, selbst Jasper und Julius.

»Mal ehrlich«, fuhr Jo fort. »Sehe ich dämlich aus?«

Wir schüttelten wieder die Köpfe, nur Nelly zuckte mit den Schultern und murmelte: »Ein bisschen vielleicht.«

»Aber ich *bin* dämlich«, rief Jo. »Und diese Frau hat das vollkommen ausgenutzt. Ich meine, ich habe sie auf Händen getragen.«

»Das muss ein Mann sagen«, raunte Anne zu Nelly hinüber. »*Ich trage dich auf Händen,* nicht: *Unterschreib hier.* Merk dir das.«

»Ich habe Nachhilfestunden gegeben, damit sie ihren Audi TT fahren konnte«, ließ uns Jo wissen. »Ich bin nämlich Lehrer, wissen Sie. Nach Schulschluss habe ich auf der Baustelle unseres Einfamilienhauses geschuftet. Ich habe gemauert und gefliest und meine Eltern um ein zusätzliches Darlehen angebettelt, damit wir uns Biancas Extrawünsche leisten konnten. Als das Haus fertig war, hat sie die Scheidung eingereicht. Jetzt lebt sie mit ihrem Liebhaber und meiner Tochter in meinem Haus und badet in meinem Whirlpool mit vergoldeten Armaturen, und ich hause in einer Einzimmerwohnung! Ich trage jetzt morgens vor dem Unterricht noch Zeitungen aus, um den Kredit abbezahlen zu können. Ich habe sogar mein Auto verkauft. Ist das gerecht?«

»Auf keinen Fall«, sagte ich. »Wenn Sie wollen, schreibe ich Ihnen die Telefonnummer meines Anwalts auf. Er ist ein Experte in Sachen Familienrecht.«

»Und wovon soll ich ihn bezahlen?«, rief Jo. »Erst neulich habe ich Bianca Geld gegeben, das ich eigentlich gar nicht hatte. Für eine Kinderschaukel für den Garten. Wissen Sie, was sie mit dem Geld gemacht hat?«

»Sie hat den Audi TT tieferlegen lassen?«, mutmaßte Max.

»Sie hat sich die Lippen mit Körperfett aus ihrem eigenen Hintern unterspritzen lassen?«, sagte Nelly.

Jo schaute überrascht drein. Offenbar hatten die Kinder den Charakter seiner Ex schon ziemlich genau erfasst. »Botox!«, sagte er. »Sie hat sich die Krähenfüße mit Botox wegspritzen lassen. Statt eine Schaukel für ihre Tochter zu kaufen! Das muss man sich mal vorstellen!«

Ich vermutete stark, dass der arme Mann sonst niemanden hatte, dem er mal sein Herz ausschütten konnte. »Wie gesagt, Anton ist ein hervorragender Anwalt«, sagte ich.

»Wie gesagt, ich habe kein Geld«, erwiderte Jo. »Und der Richter war der Ansicht, dass Joanne bei ihrer Mutter besser aufgehoben ist. Sie geht schließlich nicht arbeiten und hat den ganzen Tag Zeit, das Kind zu vernachlässigen. Joanne ist nicht mal im Kindergarten, das Geld gibt Bianca lieber für sich aus. Dafür schleppt sie das Kind aber mit in die Kneipe von ihrem sauberen Freund Bernhard, wo sie dann den ganzen Tag flippern darf und Cola trinkt!«

Wir standen eine Weile ratlos vor den Abgründen, die sich vor uns aufgetan hatten.

»Na ja, ich wollte Sie damit gar nicht belasten«, sagte Jo schließlich und kratzte sich etwas verlegen am Kopf. »Schließlich kenne ich Sie ja gar nicht. Auf jeden Fall schon mal vielen Dank, dass Sie Joanne gerettet haben. Und vielleicht sieht man sich ja noch mal.«

»Sicher«, sagte ich so freundlich ich konnte.

Und Anne setzte hinzu: »Wir kommen hier öfter zum Brötchenholen vorbei. Vielleicht können die Kinder ja mal zusammen spielen?«

»Ja«, sagte Jo traurig. »Aber ich hab sie ja nur jedes zweite Wochenende. Trotzdem: Sie waren wirklich sehr nett. Wiedersehen, und danke noch mal.«

»Nichts zu danken«, sagte ich. »Wir sind schließlich die Mütter-Mafia. Die Super-Women der Insektensiedlung.«

»Und ich habe schon gedacht, nur unsere Familie sei total verkorkst«, sagte Laura-Kristin auf dem Heimweg.

»Nein, keine Sorge«, sagte Max. »Wir haben auch alle einen an der Waffel, stimmt's, Mama? Vor allem mein Papa. Von dem könnte ich dir Geschichten erzählen, die glaubst du nicht. Stimmt's, Mama? Unsere Familiengeheimnisse haben es doch auch ganz schön in sich.«

»Ja, aber deshalb sind es ja auch Geheimnisse«, sagte Anne. »Jede Familie hat ihre Geheimnisse, mein lieber Junge, und es ist klüger, nicht darüber zu reden. Das schweißt zusammen.« Dann beugte sie sich zu mir hinüber und flüsterte: »Er sah super aus, dieser Jo, oder? Ich habe schon lange keinen so gut aussehenden Mann kennen gelernt.«

»Das stimmt«, gab ich zu. »Und er ist wieder zu haben.«

»Der Ärmste«, sagte Anne. »So pleite wie der ist, will ihn doch keine!«

Als ich Mimi am nächsten Morgen besuchte, war ich positiv überrascht, dass sie sich offenbar geduscht hatte.

»Du riechst gut«, sagte ich.

Mimi sah mich gereizt an. »Ist das so ungewöhnlich?«

»In letzter Zeit schon«, sagte ich. »Stör ich dich wieder bei einer Talkshow?«

»Allerdings«, sagte Mimi und ging vor mir her ins Wohnzimmer, wo sie sich in die bewährte Kuhle auf dem Sofa plumpsen ließ.

Ich sah mich im Wohnzimmer um. Es war nicht unbedingt aufgeräumt, aber es sah schon viel besser aus als beim letzten Mal. Irgendjemand musste zwischendurch mal Staub gesaugt haben.

»Das war nicht ich«, sagte Mimi, als habe sie meine Gedanken erraten. »Das war Ronnie. Wahrscheinlich hat er sich darüber schon bei seiner Mama ausgeheult: Mami, Mami, ich muss immer alles sauber machen, weil die böse, unfruchtbare Mimi so faul ist ...«

Sie guckte wieder auf den Fernseher. »Der wäre auch mal ein Fall für eine Talk-Show.«

»Und was ist heute das Thema? Ich bin vierzehn, und der blöde Arsch will nicht für meine Drillinge zahlen?«

»Ruhe«, sagte Mimi. »Ich dulde dich überhaupt nur, weil du die Einzige bist, die mir nichts mitbringt.«

»Ja, Geiz ist eben doch manchmal für etwas gut«, sagte ich und war heilfroh, dass Nelly die pikanten Möhren-Zwiebel-Hackfleisch-Muffins aufgefuttert hatte, die ich extra für Mimi gebacken hatte.

»Ich hasse es, vor anderen zu heulen«, sagte Mimi. »Aber wenn sie mir sagen, wie furchtbar ich mich doch fühle, dann muss ich einfach immer losheulen. Es ist so demütigend. Und es ist deine Schuld. Vorher hatte ich mich unter Kontrolle.«

»Aber du kommst doch augenblicklich gar nicht unter Menschen«, sagte ich und setzte mich auf meinen angestammten Platz, den Hocker vor den Fernseher. »Und wenn doch, dann bewirfst du sie mit Gegenständen, so wie Trudi.«

»Ich werfe doch nur mit Gegenständen, damit sie mich nicht zum Heulen bringen«, sagte Mimi. »Aber so schnell kann man manchmal ja gar nicht um sich werfen! Und jetzt sei still, ich möchte das sehen.«

Ich hatte gar nicht so falsch gelegen: Die Talkshow hatte das Thema: *Sie will mir ein Kind unterjubeln. Heute wird sich zeigen, ob ich wirklich der Vater bin!*

Ein dickes junges Mädchen mit getigerten Ponysträhnen und Zahnlücke lächelte angestrengt in die Kamera. »Natürlich ist der Justin von dem Robert, das sieht man doch! Außerdem sieht der Justin genauso aus wie meine erste Tochter, und da ist der Robert ja auch der Vater von.«

»Kennen wir die nicht?«, fragte ich. »Also, die war doch neulich hundertprozentig auch schon dabei. Ist die schwanger oder nur dick?«

Es wurde ein Foto von Baby Justin eingeblendet. Es sah aus wie Angela Merkel.

»Oh Gott, wie süß«, sagte Mimi ungeachtet dessen und schniefte. Der Anblick von Baby Merkel hatte ihr Tränen in die Augen getrieben.

»Ey, wie du in der Gegend rum *piiiiep*, ey, da kann man das ja wohl gar nicht wissen«, sagte der vermeintliche Kindsvater Robert. Da wir noch helllichten Vormittag hatten, mussten die meisten seiner Worte durch einen schrillen Piepton ersetzt werden. »Du bist echt die letzte *piiiiep* und *piiiiep* und was anderes als *piiiiiep* kannste sowieso nicht.«

»Bei dem piept's wohl«, scherzte ich.

»Wenn du immer von dir auf andere schließen tust, Robert«, sagte die mit dem getigerten Pony, »dann tuste mir leid.«

Die Moderatorin sah ein wenig besorgt aus: »Jenny, wir haben hier den Jörg, und der sagt, er habe in der fraglichen Zeit auch mal was mit dir gehabt. Stimmt das?«

»*Piiiiep, piiiiiep, piiiiiep*«, sagte Robert zu Jörg.

»Ja, schon«, sagte Jenny und kaute auf ihrer Unterlippe. »Aber nur einmal.«

»Und was war mit Jens?«

»Das war davor!«

»Und Jeremy?«

»Dem habe ich nur einen ge-*piiiep*!«

»Jennys Mutter hatte auf jeden Fall mal was mit einem Schaf«, sagte ich. »Weißt du schon, dass wir von zwei Kampfhunden angegriffen wurden?«

»Na, ihr habt's ja offensichtlich überlebt«, sagte Mimi.

»Es war wirklich knapp. Wir konnten gerade noch so eben auf einen Baum klettern. Unter uns die bissigen Tiere und weit und breit niemand, der uns helfen konnte. Nelly hat sogar schon ihr Testament gemacht.« Mimi guckte glasig auf den Bildschirm, als würde sie mich überhaupt nicht hören. Ich quatschte einfach weiter. »Aber dass Trudi sich verliebt hat, weißt du schon, oder?«

»Ihre Sache«, sagte Mimi.

»Außerdem haben wir noch einen wirklich sehr netten Lehrer kennen gelernt. Er ist frisch geschieden, wird von seiner Frau gnadenlos ausgebeutet und darf seine Tochter nur alle zwei Wochen mal sehen. Eine traurige Geschichte. Die Frau fährt einen Audi TT, hat goldene Wasserhähne, und der arme Exmann muss in einer Einzimmerwohnung hausen und mit der Straßenbahn fahren. Wie findest du das?«

»Total uninteressant«, sagte Mimi.

»Und sie ist arbeitslos und hat einen Liebhaber. Und statt das Geld für eine Schaukel auszugeben, hat sie sich Botox spritzen lassen«, fuhr ich fort.

Jenny auf dem Bildschirm sah total belämmert aus, weil sich soeben herausgestellt hatte, dass weder Robert noch Jörg noch Jens noch Jeremy der Vater eines ihrer Kinder war.

Robert verließ beleidigt und von Piep-Tönen untermalt die Bühne.

»Ja, wer käme denn dann noch infrage?«, wollte die Moderatorin wissen.

Jenny wusste es nicht. »Also höchstens noch der Onkel von dem Robert«, sagte sie nach einer Weile.

»Und rate mal, wie die Frau und ihr Liebhaber heißen«, sagte ich. »Bernhard und Bianca! Bernhard und Bianca! Komisch, oder?«

»Nicht wirklich«, sagte Mimi. Jenny hatte die Bühne verlassen, allerdings wollte sie mit Roberts Onkel noch mal wiederkommen, zur nächsten Talkshow, vielleicht zum Thema: *Ich bin fünfzig und habe einen Bierbauch, aber eine Frau über fünfundzwanzig kommt mir nicht ins Bett.*

Es klingelte an der Tür.

»Soll ich aufmachen?«

»Ist sicher der Postbote mit ein paar Kondolenzschreiben«, sagte Mimi. »Meine Schwägerin hat mir erst gestern einen ganz lieben Brief geschrieben und sich vielmals dafür entschuldigt, dass sie wieder schwanger ist. Warte, er liegt hier irgendwo. Am besten ist die Stelle, wo sie schreibt, dass ich Verständnis dafür haben soll, wenn sie mich vorerst nicht sehen will, weil mein Unglück sie im Augenblick zu sehr belastet.«

»Hä?«, fragte ich begriffsstutzig.

Es klingelte erneut.

»Mach schon auf«, sagte Mimi. »Meine andere Schwägerin ist bestimmt auch schwanger und möchte sich dafür entschuldigen, dass sie meinen Anblick nicht mehr erträgt.«

Ich öffnete die Tür und bereute es augenblicklich, als ich sah, wer davorstand: Frauke und Sabine von der hiesigen Mütter-Society mit einem Strauß rosafarbener Nelken. Frauke war Laura-Kristins Mutter und zurzeit mit ihrem vierten Kind schwanger. Sabine hatte zwei kleine Kinder, von denen sie das eine immer mit sich führte. Es hieß Karsta und hatte eine fatale Ähnlichkeit mit dem jüngsten Kind der Simpsons, Maggie mit dem Dauerschnuller. Sabine arbeitete bei Alsleben Pharmazeutik für Antons Vater, als Pharmareferentin oder so etwas Ähnliches. Sie sah aus, als ob sie den neuen Appetitzügler der Firma an sich selber ausprobiert hätte.

»Ach, hallo, Cornelia«, sagte sie zu mir.

»Hallo«, sagte ich. Es war zwecklos, Sabine darauf hinzuweisen, dass ich eigentlich Constanze hieß. Sie merkte es sich aus Prinzip nicht.

»Ist Frau Pfaff da? Wir haben gehört, was passiert ist, und wollten ihr ein paar Blumen vorbeibringen«, sagte Frauke, das lange Pferdegesicht mitleidig verzogen.

»Danke«, sagte ich und wollte ihr den Strauß aus der Hand nehmen. »Da freut sie sich sicher.«

Aber Frauke zog den Blumenstrauß eifersüchtig an sich. »Wir würden ihn ihr schon gerne selber überreichen.«

»Das geht leider nicht«, sagte ich. »Sie ist, äh, bettlägerig und kann niemanden empfangen.«

Frauke und Sabine tauschten einen vielsagenden Blick.

»Es macht nichts, wenn sie ihre Haare nicht gewaschen hat oder ungeschminkt ist«, sagte Frauke mit verschwörerischem Unterton. »Wir haben auch Verständnis dafür, wenn es unordentlich aussieht. Ihr Mann hat uns über ihre Depressionen informiert. Er ist wirklich sehr besorgt, der Ärmste.«

War Ronnie von allen guten Geistern verlassen?

Wie kam er denn dazu, ausgerechnet diesen Hyänen von Mimis Zustand zu erzählen? Außerdem hatte sie keine Depressionen. Sie war nur traurig. Und warf ab und an mit Sachen um sich.

»Sie kann leider keine Besuche empfangen«, wiederholte ich stur. Es war sicher auch in Fraukes und Sabines Interesse, wenn sie Mimi nicht zu nahe kamen. Sie könnten ja irgendwas an den Kopf kriegen.

»Dich konnte sie ja auch empfangen«, sagte Sabine mindestens genauso stur wie ich und schob sich mit Karsta an der Hand einfach an mir vorbei. »Ich kenne sie schon eine Ewigkeit. Wir sind alte Freundinnen vom Studium.«

Das war gelogen. Ich wusste von Mimi, dass sie sich nie hatten leiden können. Das wollte ich Sabine gerade mitteilen, als Mimi selber in den Flur hinauskam. Wahrscheinlich lief gerade Werbung auf allen Talk-Show-Kanälen, und sie war auf dem Weg zum Klo. Ich war froh, dass sie geduscht hatte und statt des fleckigen Yoga-Outfits der letzten Tage saubere Jeans und ein T-Shirt trug. Ihre Haare waren immerhin gewaschen, auch wenn sie in ungekämmten Kringeln vom Kopf abstanden, und was das fehlende Make-up anging: Mimis Rehaugen wirkten durch die langen schwarzen Wimpern und die dunklen Ringe ohnehin wie geschminkt, es hatte ein bisschen was von diesem »Heroin«-Look, der unter manchen Models sehr gefragt ist. Sie sah so zart und verletzlich aus, dass ich sie am liebsten zurück ins Wohnzimmer gezerrt hätte, damit Frauke und Sabine sie nicht in Stücke reißen konnten.

Aber die Hyänen wetzten schon ihre Zähne.

»Sie liegen ja gar nicht im Bett«, sagte Frauke erfreut. »Wir von der Mütter-Society der Insektensiedlung wollten ...«

»... gerade wieder gehen?«, ergänzte ich. Mimis Gesichtsausdruck war schwer zu deuten. Was würde sie tun? Mit Gegenständen werfen oder in Tränen ausbrechen?

»... unser allerherzlichstes Beileid ausdrücken«, sagte Frauke unbeirrt. »Es tut uns so leid. Wir wissen gar nicht, was wir sagen sollen.«

»Dann haltet doch einfach die Klappe«, sagte ich, aber keiner hörte auf mich.

»Mimi, Süße, das ist ja eine ganz *schreckliche* Sache«, sagte Sabine und verpasste Mimi zwei Luftküsschen links und rechts. »Du musst dich *furchtbar* fühlen.«

»Ziemlich furchtbar«, sagte Mimi, und ihre Unterlippe begann zu zittern. Oh nein! Wenn sie jetzt nicht nach der Holzkuh auf dem Sims hinter sich griff und damit nach Sabine warf, würde es zu spät sein.

Sabine nahm fürsorglich Mimis Arm. »Wein dich ruhig mal richtig aus, Mimi«, sagte sie und führte sie hinüber ins Wohnzimmer. Karsta dackelte nebenher. Mimi konnte ihre Tränen kaum noch zurückhalten, ich hörte es an der Art, wie sie schniefte.

Frauke drückte mir den Nelkenstrauß in die Hand und folgte den beiden. »Stiele noch mal anschneiden«, wies sie mich über die Schulter an.

»Du hast wirklich allen Grund zu weinen«, sagte Sabine ermunternd, und Mimis Tränen fingen an zu fließen. »Erst hat es so lange nicht geklappt, und dann verlierst du das Kind.« Sie hatte Mimi bis zum Sofa gelotst und setzte sich nun neben sie.

Karsta stürzte sich mit einem Jauchzer auf die

Katzen, die bei Karstas Anblick erschreckt vom Sofa gestoben waren.

»Niekchekakchen!«, schrie sie begeistert und erwischte den kleinen braunen Kater gerade noch am Schwanz.

»Nichts anfassen, Karsta«, sagte Frauke. »Die Katzen können Krankheiten übertragen.«

»Außerdem braucht er seinen Schwanz noch«, sagte ich und befreite den Kater aus Karstas kleinen, wurstigen Fingern.

»Niekchekakche! Kachka chkreicheln!«, schrie Karsta mich empört an, wobei sich der Schnuller wild auf und ab bewegte.

»Nikch ga«, sagte ich.

Sabine hatte in der Zwischenzeit weiter an Mimis Tränenfluss gearbeitet. Sie schien genau zu wissen, wie sie den Hahn aufdrehen musste. Jetzt streichelte sie über Mimis Haar. »Und es gab vorher wirklich keinerlei Anzeichen? Man sollte doch denken, dass eine gute Hebamme etwas gemerkt hätte, nicht wahr?«

Mimi konnte nur schluchzen.

»Diese Anne Köhler hat in unseren Kreisen keinen besonders guten Ruf, wenn ich das mal sagen darf.« Frauke legte sich die Hand auf ihren Bauch. Jetzt erst sah ich, dass sich auf ihrem Bauch in silbernen Buchstaben die Frage *Boy or Girl?* spannte. »Wir von der Mütter-Society haben eine Liste mit den besten Hebammen der Stadt zusammengestellt, die wir Ihnen gerne fürs nächste Mal zur Verfügung stellen.«

»*Falls* du noch mal schwanger wirst«, ergänzte Sabine und streichelte Mimi weiter über das Haar. »Das ist ja nicht mehr selbstverständlich in deinem Alter. Kein Wunder, dass du Depressionen hast, Süße.

Und der arme, arme Ronnie. Er wäre sicher ein wunderbarer Vater geworden.«

Tätschel, Tätschel, schluchz, schluchz, es war nicht zum Aushalten.

»Als Mutter kann ich mich so gut in Sie hineinfühlen«, sagte Frauke und setzte sich auf Mimis andere Seite. »Ich selber bin ja Gott sei Dank bisher von einer Fehlgeburt verschont geblieben, aber man hört ja doch immer häufiger davon. Selbst in meinem Freundeskreis ist es schon vorgekommen.« Sie machte eine wirkungsvolle Pause, in der man nur Mimis Schluchzen hörte, und setzte betreten hinzu: »Besonders hart trifft es einen natürlich, wenn man überhaupt noch kein Kind ausgetragen hat.«

»Oh ja«, sagte Sabine und zog die schnullernde Karsta an sich. »Da stellt man sich als Frau komplett infrage, könnte ich mir vorstellen. Es ist ja nun mal das Privileg unseres Geschlechtes, Kinder austragen zu dürfen.«

Mimi hatte sich in eine Art lebendigen Zimmerbrunnen verwandelt. Ihre Tränen sprudelten so spektakulär, dass Karsta sie verwundert anschaute.

Frauke legte ihr mitfühlend die Hand aufs Knie. »So eine Geburt ist wirklich ein wunderbares Erlebnis«, sagte sie. »Jede Frau müsste das Glück haben, so eine Erfahrung machen zu dürfen. Ich kann sehr gut nachvollziehen, dass Sie sich vom Schicksal benachteiligt fühlen müssen.«

Dafür, dass sie nicht wussten, was sie sagen sollten, redeten sie ziemlich viel, fand ich. Ich hätte vertretungsweise sehr gern mit Gegenständen nach ihnen geworfen. Mit harten und spitzen Gegenständen. Aber die Messer waren alle in der Küche.

Ich beschloss, einen letzten Versuch zu starten, Frauke und Sabine loszuwerden, bevor sie Mimi endgültig in die Klapsmühle trieben.

»Nett, dass ihr gekommen seid und lauter so weise und tröstliche Sachen gesagt habt«, sagte ich und wedelte mit den Nelken Richtung Ausgang. »Aber Mimi muss sich jetzt wirklich wieder hinlegen.«

Mimi rang zwischen zwei Schluchzern nach Luft. Da Sabine und Frauke ihr schon mindestens fünf Sekunden lang nicht mehr gesagt hatten, wie furchtbar sie sich doch fühlen müsse, bekam sie allmählich wieder Kontrolle über sich.

»Wir bleiben nicht lange«, sagte Frauke. »Wir haben ja alle familiäre Verpflichtungen. Aber wir wollten Ihnen unsere gesammelten Tipps und Erfahrungsberichte zum Thema Fruchtbarkeit und Schwangerschaft nicht vorenthalten.« Sie überreichte Mimi feierlich einen blauen Schnellhefter, den sie mit einer Schleife umwickelt hatte. Dabei lächelte sie wie ein Honigkuchenpferd. »Es sieht noch ein bisschen improvisiert aus, aber bald wird es diese Mappe auch in Buchform geben. Wir von der Mütter-Society haben ja bereits ein Kochbuch herausgegeben, das ein Riesenerfolg war. Und es ist uns eine Freude, Ihnen sozusagen den Bruttotypen unseres Buches überreichen zu können.«

»*Prototypen* meinst du wohl«, sagte Sabine. »Denk dran, wir müssen unseren Kindern immer ein Vorbild sein, gerade in sprachlicher Hinsicht.«

Mimi drückte den blauen Schnellhefter an ihre Brust. »Danke«, schniefte sie.

»Ja, vielen Dank, das wird sicher ihre neue Bibel werden«, sagte ich.

Karsta versuchte, die Katzen unter dem Sofa hervorzulocken. »Kon, kleine Kakche, kon!«, sagte sie. Aber die Katzen waren ja nicht doof.

»Sie ist so tierlieb«, sagte Sabine. »Aber mir sind alle Lebewesen, die nicht auf zwei Beinen gehen und sprechen können, suspekt. Bis jetzt habe ich jedenfalls erfolgreich verhindert, dass irgendwelche stinkenden Fellträger bei uns einziehen.«

Ich beugte mich zu Karsta hinab, die jetzt dabei war, die Katzen an ihren Beinen unterm Sofa hervorzuziehen. »So, so, Karsta, du warst deiner Mama also suspekt, als du noch nicht auf zwei Beinen gehen konntest?« Sprechen konnte sie ja bis heute noch nicht.

»Unsere Kinder haben aus pädagogischen Gründen Kaninchen und Meerschweinchen«, sagte Frauke. »Allerdings draußen im Garten. Katzen würde ich auf keinen Fall halten, wegen der Toxoplasmosegefahr. Haben Sie abchecken lassen, ob die Fehlgeburt nicht vielleicht dadurch verursacht wurde, Frau Pfaff?«

»Die Toxoplasmoseerreger befinden sich, wenn überhaupt, im Katzenkot«, sagte ich heftig. »Und von dem hat Mimi sich ferngehalten.«

»So schwer mir das auch gefallen ist«, sagte Mimi. Sie hatte endlich aufgehört zu schluchzen. Ich warf ihr ein schwaches Grinsen zu, aber sie grinste nicht zurück.

»Eine Freundin von uns hat ihre Katze ins Tierheim gegeben, als sie schwanger wurde«, sagte Frauke. »Aber das muss natürlich jeder selber wissen.«

»Ellen hat sogar ihren Kanarienvogel ins Tierheim gegeben«, sagte Sabine. »Wegen der Vogelgrippe. Weißt du eigentlich, ob es ein Junge oder ein Mädchen geworden wäre, Mimi?«

»... geworden wäre«, wiederholte Mimi nachdenklich.

»Ein Mädchen«, sagte ich schnell. Ich wollte auf keinen Fall, dass sie wieder zu weinen anfing.

»Und darf man auch fragen, was mit dem, äh, Fötus passiert ist?«, fragte Frauke. »Ich meine, es war doch sicher noch furchtbar klein und wahrscheinlich kein besonders schöner Anblick, aber trotzdem: Konnte man es beerdigen, oder wird es pathologischen Zwecken zugeführt, oder wie muss man sich das vorstellen?«

Zum ersten Mal an diesem Tag war ich wirklich sprachlos. Ich konnte nichts sagen, ich starrte Frauke nur völlig fassungslos an. Ihre Grausamkeit stellte ja selbst die von Lord Voldemort in den Schatten.

Es stand aber nichts als ehrliche Neugier in Fraukes Augen.

»Das ist eine interessante Frage«, sagte Mimi, immer noch in diesem nachdenklichen Tonfall. Ihre Augen waren trocken, und ihre Stimme klang sehr ruhig. »Es gibt extra winzig kleine Särge und niedliche gefilzte Kokons, in denen man Totgeburten aller Größen begraben kann. Babys unter fünfhundert Gramm darf man auch im eigenen Garten begraben. Unter dem Kirschbaum beispielsweise.«

Frauke und Sabine sahen sogleich zum Fenster hinaus in den Garten.

»Wie schön«, sagte Frauke inbrünstig.

»Oh, nein, in meinem Fall hat sich das von selbst erledigt«, sagte Mimi. »Ich habe den Inhalt meiner Gebärmutter zum größten Teil den Abfluss hinuntergespült.«

Eine Weile herrschte nun endlich betretenes

Schweigen. Ich glaubte nicht, dass Frauke und Sabine sich von dieser Bemerkung je wieder erholen würden, aber ich hatte mich zu früh gefreut.

»Sicher habt ihr schon über Adoption nachgedacht, oder?«, fragte Sabine. »Allerdings – in eurem Alter ...«

Glücklicherweise brach Karsta in diesem Augenblick in ohrenbetäubendes Geheule aus. Eine der Katzen hatte es satt gehabt, am Bein gezerrt zu werden, und ihr mit der Pfote kräftig eins übergezogen. Karstas Hand blutete aus drei Striemen.

»Göche, göche Niekchekakche!«, schrie Karsta.

»Oh mein Gott«, rief Sabine aus. Die Katze hatte ganze Arbeit geleistet: Blut tropfte auf die weißen Sofahussen. Egal, dachte ich herzlos, die müssen sowieso in die Waschmaschine wegen der ganzen Saftflecken.

Die nächsten Minuten waren wir alle damit beschäftigt, Karstas Wunden zu desinfizieren und zu verbinden, damit sie weder Toxoplasmose noch Katzenschnupfen bekommen würde. Sabine wollte aber trotzdem sicherheitshalber noch zum Kinderarzt fahren. Sie eilte mit der immer noch brüllenden (»Hak Kachka gekrachk, gie göche Kachke!«) und wild um sich schlagenden Karsta auf dem Arm zur Tür. Frauke folgte ihr.

»Warum denn nicht gleich so?«, sagte ich, aber nur ganz leise. Laut sagte ich: »Wiedersehen, und hoffentlich bekommt die kleine Garsta keine Tollwut.«

Auf der Türschwelle drehte Frauke sich noch einmal um und lächelte Mimi an. »Alles, *alles* Gute. Und die Blumen müssen noch einmal angeschnitten werden. Wenn man einen Kupferpfennig hineinlegt, halten sie sich länger, das nur als kleinen Tipp am Rande.«

»Ja, das machen wir, wir wollen doch noch wochenlang an diesen denkwürdigen Besuch erinnert werden«, sagte ich, als ich die Tür geschlossen hatte und mich zu Mimi umdrehte. »Okay, wo verwahrt ihr euer Valium auf? Wir könnten jetzt wohl beide eine kleine Überdosis davon vertragen.«

Mimi sagte nichts. Sie lächelte nur einen Fleck auf der Wand an. In ihre Augen war ein seltsames Leuchten getreten.

»Keine Sorge, Mimi, die Blutflecken gehen schon wieder raus«, sagte ich unsicher. Warum guckte sie so komisch? »Wo ist die Katze? Ich möchte ihr ein Leckerli geben.«

Mimi guckte nur auf den Flecken. Ich befürchtete, das Gespräch über winzig kleine Filzkokons für totgeborene Föten habe sie endgültig in den Wahnsinn getrieben. Mir jedenfalls hätte es den Rest gegeben.

Aber Mimi überraschte mich.

»Weißt du was, Constanze«, sagte sie langsam. »Ich glaube, dass ich das Kinderkriegen doch lieber anderen Frauen überlassen sollte.«

»Den Frauen aus den Talk-Shows?«, sagte ich.

Mimi nickte. »Und Frauen wie Sabine und Frauke, die sich durch die Tatsache, Kinder zu bekommen, persönlich aufgewertet fühlen.«

Ich wusste nicht, was ich dazu sagen sollte. »Das ist so, als ob Luke Skywalker die Welt Darth Vader überlassen würde«, sagte ich schließlich.

»Glaubst du an Gott?«, fragte Mimi. »An eine höhere Macht, die unsere Geschicke leitet?«

»Na ja«, sagte ich unbehaglich. »Ich glaube an so etwas wie eine groß angelegte Ordnung, von der wir alle ein Teil sind oder so.«

»Genau«, sagte Mimi. »Und in dieser Ordnung hat die Tatsache, dass ich keine Kinder bekommen kann, eine höhere Bedeutung. Ich sollte aufhören, es zu versuchen. Es ist einfach nicht jedermanns Bestimmung, sich fortzupflanzen. Es ist dämlich, darin den Sinn des Lebens zu sehen.«

»Aber ...«, sagte ich.

»Warum sich dieser höheren Ordnung widersetzen und mit Gewalt versuchen, was einem überhaupt nicht bestimmt ist?«, fragte Mimi. »Ich werde jetzt meinen Chef anrufen.«

»Was?«

»Ich werde ihn fragen, ob mein alter Job noch frei ist«, fuhr Mimi fort. »Dann mache ich einen Termin bei meinem Frisör. Und dann« – sie rümpfte die Nase – »werde ich diesen Saustall mal so richtig sauber machen. Das mieft ja wie in einer Schlangengrube hier. Du hättest ruhig mal lüften können.«

»Okay«, sagte ich, immer noch unsicher. Sollte Fraukes und Sabines Besuch tatsächlich etwas Gutes bewirkt haben? Gehörten Mimis Tage auf der Couch der Vergangenheit an? Oder hatte die mysteriöse höhere Ordnung einen anderen, gemeinen Plan auf Lager?

»Sag mal, Constanze«, Mimi drehte sich zu mir um. »Habe ich eben richtig gehört, oder hat Frauke wirklich gesagt, dass Ronnie mit ihnen über mich gesprochen hat?«

Und – zack! hatte die höhere Ordnung schon wieder zugeschlagen.

»Äh, weißt du«, stotterte ich. »Möglicherweise haben sie ... hat er ...«

»Tja, wirklich sehr solidarisch und diskret, mein Ehemann.« Mimi schnaubte. »Erst erzählt er alles brühwarm seiner Mutter und dann wildfremden Frauen aus der Siedlung. Und der Mann möchte, dass ich mich psychiatrisch behandeln lasse!«

»Ich denke nicht, dass er ...«, stotterte ich. »Wahrscheinlich haben diese Hyänen ihn ausgequetscht wie eine Zitrone. Du siehst doch, was sie mit dir gemacht haben.«

»Aber woher sollten sie's wissen, wenn nicht von ihm?«

»Ich ... – keine Ahnung. So was spricht sich doch schnell herum ...«

»Ja, weil er überall hinrennt und sich ausheult«, sagte Mimi. »Ich hätte nicht gedacht, dass ich das mal sage. Aber mein Mann ist ein Arschloch!«

Und die ganze Zeit über hörten ihre Augen nicht auf zu leuchten.

Willkommen auf der Homepage der

Mütter-Society,

dem Netzwerk für Frauen mit Kindern.
Ob Karrierefrau oder »nur«-Hausfrau,
hier tauschen wir uns über Schwangerschaft und
Geburt, Erziehung, Ehe, Job, Haushalt
und Hobbys aus und unterstützen uns
gegenseitig liebevoll.
Zutritt zum Forum nur für Mitglieder

28. Juni

Komme jetzt erst wieder dazu, unser Forum zu besuchen. Mein Männe hat mich nämlich mit einem Wochenende in Neapel überrascht. Es war einfach himmlisch, so etwas sollte man wirklich öfter machen. Zumal man dann mal ein paar Tage Ruhe vor meiner Schwiegermutter und den schrecklichen Kloses hat. Am Wochenende ist es immer besonders schlimm, der Opa spielt alte Grammophonplatten auf dem Bürgersteig ab und fordert die Passanten zum Tanzen auf. Ich hatte ja supi-große Bedenken wegen des Flugs, aber meine Gyn und meine Hebamme haben mir alle Ängste genommen. Es war schließlich nur ein

Kurzstreckenflug, da ist die Strahlenbelastung nicht so hoch, und außerdem sind ja alle lebenswichtigen Organe bei meinem Wurzel schon angelegt. Man kann das also keinesfalls mit deinem leichtsinnigen Trip in die Dom.-Rep. vergleichen, Sonja. Zumal ich Kompressionsstrümpfe getragen habe.

Liebe Sabine, ich habe keinesfalls irgendwelche unbewiesenen Gerüchte über dich und Peter verbreitet oder dich gar bloßstellen wollen. Peter hatte mir höchstpersönlich von eurer Trennung berichtet, als er letzte Woche wegen seines Weisheitszahns bei uns in der Praxis war. Aber vielleicht bist du ja noch im Leugnungsstadium, das ist normal, die Ex von meinem Männe glaubt ja bis heute noch nicht, dass er sie endgültig verlassen hat. Wie gesagt, wenn du jemanden zum Reden brauchst: Mein Angebot steht.

Mami Kugelbauch Ellen

P. S. Ich hätte niemals gedacht, dass Trudi Becker Peters Typ sein könnte. Ich meine, sie ist wirklich supi-nett, aber auch ein bisschen gaga, oder? Wo haben sich die beiden denn kennen gelernt?

P. P. S. Meine Schwiegermutter hat doch tatsächlich Timmis ferngesteuerten Hubschrauber an die Klose-Kinder verschenkt, während wir in Neapel waren. Gut, Timmi hat totale Angst vor dem Ding, aber wisst ihr, wie teuer das war? Ich habe meiner Schwiegermutter supi-wütend die Quittung unter die Nase gehalten, aber sie hat nur gesagt, ich solle doch großzügiger sein, schließlich sei ich selber auch mal arm gewe-

135

sen, bevor ich zur Zahnarztgattin avanciert sei. Also echt, als ob die Klosekinder arm wären! Eine Domina verdient bestimmt viel mehr als ein Zahnarzt.

30. Juni

Ja, das glaube ich auch. Obwohl sich beide Berufe irgendwie ähneln, findet ihr nicht? Nur dass die eine schwarzes Leder trägt und der andere weiße Kittel.

Vielleicht überlegt Peter es sich ja noch mal anders und kommt zu euch zurück, Mami Sabine. Allein schon wegen dem ganzen finanziellen Kram. Ich könnte mir vorstellen, dass es äußerst schwierig sein wird, eure Besitztümer auseinanderzudividieren. Trudi Becker ist eine sehr liebe und warmherzige Person, und ich finde eigentlich nicht, dass sie zu Peter passt. Wenn er von ihren sinnlichen Rundungen genug hat, erinnert er sich sicher wieder gerne an deine harten Bauchmuskeln, Mami Sabine, und bereut es, dass er abgehauen ist. Das wünscht dir von Herzen
Mami Gitti

30. Juni

Liebe Gitti, liebe Ellen! Peter ist nicht »abgehauen«, sondern wir haben uns gemeinsam auf eine vorübergehende Trennung geeinigt. Schließlich kann ich eine derartige Geschmacksverirrung nicht tolerieren. Trudi Becker ist fett, arbeits-

los (von ihren dubiosen Kursen mal abgesehen) und mindestens so alt wie ich – ich kann Peter beim besten Willen nicht verstehen. Okay, wenn es Cameron Diaz wäre – aber doch nicht dieser Buckelwal! Was den finanziellen Kram angeht – es heißt übrigens »wegen des finanziellen Krams«, Gitti, »wegen« steht immer mit Genitiv, wie oft soll ich dir noch sagen, dass wir gerade in der Sprache ein Vorbild für unsere Kinder sein müssen? –, so sollte das sicher kein Argument sein, um zusammenzubleiben. Peter ist der Auszug sehr schwergefallen, meinetwegen und wegen unserer Mäuse, und ich kenne ihn viel zu gut, um nicht zu wissen, dass er vor Sehnsucht nach uns umkommt. Aber da muss er jetzt durch. Bis er wieder zur Vernunft kommt.
Bin in großer Eile, muss noch vorkochen und packen, morgen ist großer Referentenkongress in St. Gallen. Frau Pütz, die neue Kinderfrau, muss den Laden hier zwei Tage ohne mich schmeißen.
Sabine

P.S. Keine Ahnung, wo Peter und Frau Buckelwal-Becker sich kennen gelernt haben, Ellen. Aber diese alleinstehenden Frauen mit Torschlusspanik kennen wahrscheinlich alle Tricks und Kniffe, wie und wo man sich einen verheirateten Mann angelt.

2. Juli
Sei froh, dass du Peter los bist, Sabine, der hat doch nur jahrelang bei dir schmarotzt! Seine

so genannte Freiberuflichkeit hat doch kaum einen Cent eingebracht! In Wirklichkeit hat der gemütlich in den Tag reingelebt, DVDs geguckt, Golf gespielt und sich mit Freunden getroffen, während du Tag und Nacht geschuftet hast, um das Geld für die Familie ranzuschaffen. Und für die Kinderfrau, denn der gnädige Herr war sich ja zu fein dazu, den Hausmann zu spielen. Obwohl er nun wahrlich Zeit genug gehabt hätte. Die Leasingrate für seinen Sportwagen und den Pflegeplatz für seinen Vater finanzierst doch auch du, oder? Wenn ich du wäre, würde ich schleunigst einen Anwalt aufsuchen.

Neues von Familie Klose, der Geißel des Libellenwegs: Der jüngste Spross, Justin, hat sich ein Loch durch unsere Hecke gebuddelt und in den Pool gepinkelt. Und wir haben sie jetzt schon zweimal dabei erwischt, wie sie Sophies Hamster oder Meerschweinchen oder was immer das ist kidnappen wollten. Unglaublich, wie viel kriminelle Energie schon in diesen Kindern steckt. Wahrscheinlich unterhalten sie einen schwunghaften Handel mit Nagetieren. Aber kein Wunder mit einer Nutte als Mutter!

Sonja

P.S. Bist du sicher, dass Peter seine Kinder vermisst? Die meisten Männer in seinem Alter sind heilfroh, wenn sie mal Ruhe vor dem ganzen Geplärre haben. Diese Ruhe würde ich ihm an deiner Stelle nicht gönnen.

2. Juli

Nur die Ruhe bewahren, Sabine. Natürlich kommt Peter zu dir zurück. Das ist nur die Midlifecrisis, das muss man aussitzen. Er wird vor Sehnsucht nach seinen Kindern ganz bald vergehen. Du musst nur aufpassen, dass Trudi Becker ihm keine Kinder schenkt, das ist das ganze Geheimnis. Es gibt zig Untersuchungen zu diesem Thema, und die Ehefrau ist in diesem Dreiecksspiel immer die stärkere, weil sie die gemeinsamen Kinder geboren hat. Das ist mit nichts aufzuwiegen.
Frauke

P. S. Mit euren Nachbarn seid ihr ja wirklich geschlagen, Sonja und Ellen. Ihr solltet denen unbedingt mal das Ordnungsamt und das Jugendamt auf den Hals schicken, vielleicht habt ihr ja dann Ruhe.

Nellys absolut streng geheimes Tagebuch

2. Juli

Ich fasse es einfach nicht, aber Laura-Kristin hatte tatsächlich einen Auftritt mit den „Schuleulen" (was der bescheuerte Name von Max` Band ist, hat irgendwas mit Harry Potter zu tun, kapiert aber kein Mensch) zur Jahresabschlussfete am Freitag. Keine Ahnung, ob sie gut war, aber schlecht war sie jedenfalls auch nicht. Sie sah aber total peinlich aus, hatte ihre üblichen Säcke gegen ein ausgeschnittenes T-Shirt ausgetauscht, das sie in die Jeans gesteckt hatte. Man sah ihren riesigen Hintern und ihren noch riesigeren Busen, der oben wie Hefeteig rausquoll, aber das schien ihr nichts auszumachen. Die ganze Zeit himmelte sie Max an, als ob er alle seine Lieder nur für sie sang. Es war beinahe nicht zum Aushalten. Und dann stellte sich auch noch Kevin Klose neben mich und sagte: „Neidisch auf die Titten? Dafür hast du aber die besseren Beine." Ich könnte diesen Typ wirklich auf den Mond schießen. Und meine Mutter gleich mit.
Ich habe sie gefragt, warum ich kein Instrument lernen durfte, als ich klein war, und da hat sie doch wahrhaftig gefragt, ob ich die Blockflötenstunden vergessen hätte, zu denen sie mich immer an Armen und Beinen hätte zerren müssen. Blockflöte ist ja wohl auch der letzte Scheiß. Oder gibt es vielleicht irgendeine coole Band mit einem Blockflöter????
Ich habe Mama höflich gebeten, mir als Wiedergutmachung Schlagzeugunterricht zu bezahlen, aber sie zeigte mir einen Vogel. Dann drückte sie mir einen Schneebesen und einen Kochlöffel in die Hand und wollte, dass ich ihr Lalelu vortrommle. Sie und Julius haben sich vor Lachen auf dem Boden rumgewälzt. Gemeinheit! Werde Papa fragen, ob er die Kohle rausrückt. Muss einfach cooler werden.

4. Kapitel

Mittlerweile hatte ich mich an die vierzehntägig auftretenden freien Wochenenden gewöhnt, an denen Lorenz die Kinder hatte, und ich schaffte es, mich mit anderen Dingen zu beschäftigen als auf die Uhr zu schauen, seufzend durch die leeren Kinderzimmer zu spazieren oder mir ständig auszumalen, was ihnen alles zustoßen könnte. Lorenz war nicht gerade das, was man einen hingebungsvollen, geduldigen Vater nennt. Ihm hätte es gereicht, ab und zu mal anzurufen oder für ein Stündchen vorbeizukommen. Aber Paris, seine neue Freundin, war ganz scharf auf die Kinder, und die Kinder waren auch ganz scharf auf Paris. Ich war natürlich eifersüchtig, aber ich konnte nicht umhin, ihr gegenüber auch eine gewisse Dankbarkeit zu empfinden: Sie erweiterte den Horizont meiner Kinder auf eine Art und Weise, wie ich es selber nie zustande gebracht hätte. Dank ihr konnten sie sich für Dinge begeistern, die sie sonst nie taten. Ihr Wochenendprogramm war sorgfältig geplant und mit viel Liebe zusammengestellt. Museums- und Konzertbesuche, lange Radtouren und Wanderungen und Essen in Sushi-Restaurants und anderen kinderfeindlichen Gourmettempeln kombinierte Paris geschickt mit Kino, Vergnügungspark,

Zoo, Hänneschen-Theater und McDonald's. Und speziell für Nelly gab es Modenschauen, Besuche bei der Kosmetikerin, ausgedehnte Shoppingtouren und Anastacia-Konzerte. Außerdem half Paris Nelly bei den Hausaufgaben und wusste immer ganz genau, welches *Lego*-Raumschiff noch in Julius' Sammlung fehlte. Ich hatte nicht das Gefühl, dass Paris' Freundlichkeit gespielt war. Aus reiner Berechnung hätte sie auch gar nicht so nett sein müssen: Der Weg zu Lorenz' Herzen führte ganz sicher nicht über seine Kinder. Eher über seinen Magen. Oder über einen anderen Körperteil. Warum nur war Anton nicht genauso simpel gestrickt? Ich müsste ihm einfach nur etwas Gutes kochen. Ohne Unterwäsche. Oder nur in Unterwäsche.

Aber nein, bei mir musste das Leben ja immer kompliziert sein. Mir hatte diese rätselhafte höhere Ordnung eine Hürde namens Emily in den Weg gestellt, und ich hatte keine Ahnung, wie ich diese Hürde überwinden konnte.

Ich hatte die vage Hoffnung gehegt, dass Anton und ich an meinem kinderfreien Abend etwas miteinander unternehmen würden. Etwas, bei dem wir allein waren und von mir aus auch gerne ohne Unterwäsche. Aber Samstagabend fand bereits eine Aufführung in Emilys Ballettschule statt.

»Emily wird eine Erdbeere sein«, hatte Anton voller Vaterstolz gesagt. »Es wäre toll, wenn du mitkämst.«

Sicher. Supertoll. Wahrscheinlich würde ich dann zwischen Anton und seiner Mutter sitzen, während die tanzende Erdbeere mir bei jeder Pirouette böse Blicke zuschleuderte.

»Ja, gerne, aber äh leider«, hatte ich gesagt. »Leider kann ich am Samstag nicht. Eine alte Freundin kommt zu Besuch.«

Dafür hatte Anton natürlich Verständnis.

In Wirklichkeit hatte kein Schwein Zeit für mich. Anne besuchte mit ihrem hundsgemeinen Mann und den Kindern ihre Schwiegereltern, Mimi und Ronnie gingen nicht ans Telefon (obwohl ich bei ihnen Licht sah, als ich später ins Bett ging – ich hoffte auf eine lange, ausgiebige Versöhnung der beiden), und Trudi war irgendwo mit ihrem neuen, geheimnisvollen Lover verschollen. Es war so unvernünftig, den Typen niemandem vorzustellen, keiner wusste, wie er hieß und wo er wohnte. Man konnte nur hoffen, dass es kein Psychopath war, der sich Kleider aus Frauenhaut nähte oder so. Ich sah mich schon auf der Polizeistation sitzen und schluchzend stammeln: *Ich weiß nur, dass er in einem seiner vorigen Leben Ramses III. geheißen hat.* Ich sprach Trudi auf den Anrufbeantworter, dass sie sich dringend bei mir melden solle, falls sie die Nacht überleben solle.

Den ganzen Samstag verbrachte ich mit dem Abrupfen der Tapete in meinem Schlafzimmer. Sie war olivgrün mit dunkelgrünen und moosgrünen Kreisen. Ich hegte den Verdacht, dass der ständige Anblick dieser Tapete die Ursache für den Lungenkrebs war, der meinen Schwiegervater dahingerafft hatte. Die Tapeten und die filterlosen Zigaretten, von denen er täglich zwei Päckchen geraucht hatte.

Ich hatte vor, das Schlafzimmer zumindest teilweise in einem leuchtenden Rubinrot zu streichen. Das sollte gut sein für den Kreislauf. Ich hatte allgemein einen eher niedrigen Blutdruck. Trudi, die neben vielen anderen Ausbildungen auch eine Ausbildung zur Feng-Shui-Beraterin gemacht hatte, hatte mir zu einem beruhigenden himmelblauen Farbton geraten, in Rot, sagte sie, könne man nicht gut schlafen. Aber an Schlaf dachte ich bei der Renovierung, zugegebenermaßen, weniger. Ich dachte mehr an Anton, und wenn ich an Anton dachte, dann dachte ich eben rubinrot und nicht himmelblau. Ich musste unbedingt auch für eine indirekte Beleuchtung sorgen, dimmbar, wenn's irgendwie ging.

Abends war das letzte Zipfelchen Tapete endlich abgekratzt, und ich briet mir recht lieblos ein paar Scampi in der Pfanne und telefonierte dabei mit meinen Eltern, das obligatorische Samstagstelefonat. Es verlief immer gleich: Ich erzählte, was es Neues von den Kindern gab, und sie erzählten, wie das Wetter auf Pellworm war. Ich hatte kein besonders inniges Verhältnis zu meinen Eltern, und sie keines zu mir. Weil ich keine elf Jahre mehr alt war, konnte ich ganz gut damit leben. Ich aß meine Scampi mit Reis ganz schlampig im Wohnzimmer vor dem Fernseher, im Schneidersitz auf der weißen Couch. Im Fernsehen kam nichts Fesselndes, deshalb holte ich mir einen Block Papier und machte eine Liste. Eine Liste machen ist eine Tätigkeit, die Ordnung ins Leben bringen kann, das hatte ich während meines Psychologiestudiums gelernt. Ich hatte schon einen Haufen Listen in meinem Leben gefertigt, Listen mit Dingen, die ich noch erledigen musste, Listen mit Dingen, die ich noch erledigen wollte, Listen mit Dingen, vor denen ich keine Angst mehr haben wollte, Listen mit Büchern, die ich verliehen und nie wiederbekommen hatte, Listen mit Lieblingssongs, die ich unbedingt mal auf eine einzige CD gebrannt haben wollte, Listen mit Namen, die ich meinen Kindern auch gerne gegeben hätte, Listen mit Orten, an die ich reisen wollte, Listen mit Dingen, die ich Lorenz mal hatte antun wollen, und so weiter und so fort.

Pro Anton schrieb ich oben auf das Blatt. Und direkt darunter: *Erstens: Ernsthafte Gefühle (von meiner Seite). Zweitens: Aussicht auf guten Sex.* Auf ein anderes Blatt schrieb ich *Kontra Anton* und darunter: *Erstens: Emily. Zweitens: Seine Mutter. Drittens: Trägt sogar bei Wanderungen Anzug und Krawatte.*

Ich kaute nachdenklich am Stift. Das war einer der Nachteile, wenn man sich mit Mitte dreißig verliebte: Alle Menschen, einschließlich man selber, waren schon durch vorhergehende Beziehungen entscheidend geprägt, wenn nicht sogar völlig verkorkst. Und das erschwerte natürlich die Partnersuche ungemein. Ich sollte froh sein, dass ich Anton schon so gut wie fest an der Angel hatte, und aufhören, mir über so blöde Kleinigkeiten wie Krawatten oder Kinder Gedanken zu machen. Denn wie war das noch mit Frauen über 35? Die wurden doch eher von einem Meteoriten erschlagen, als einen Mann zu finden, oder so ähnlich.

Und ich wollte auf keinen Fall von einem Meteoriten erschlagen werden, bevor ich nicht wenigstens meine Unschuld verloren hatte. Wenn ich Anne und Mimi glauben durfte, war ich nämlich sexuell so unerfahren, dass ich quasi noch als Jungfrau durchgehen konnte. Und auch wenn ich fand, dass sie ein bisschen übertrieben (welche Jungfrau hat schon zwei Kinder?), hatten sie im Ansatz schon Recht: Sex war der bisher am meisten vernachlässigte Bereich meines Lebens (abgesehen von Schach spielen, Rettungsschwimmen und Singen ...). Und dabei sollte er so gesund sein, den Teint verbessern, die Laune, die Ausstrahlung, die Beckenbodenmuskulatur – und er war umsonst! Schon allein deshalb sollte ich eine Beziehung mit Anton eingehen, ohne großartig Listen über unsere Kompatibilität zu führen: Ich musste auch mal an meine Gesundheit denken.

Am nächsten Morgen stand ich früh auf, um mit dem Streichen der Wände zu beginnen. Ich deckte das Bett mit einer Plastikfolie ab und mich selber mit einem Overall, der schon zahlreiche Kleckse in den unterschiedlichsten Farben aufzuweisen hatte. Sosehr ich das Tapetenabkratzen verabscheut hatte, sosehr liebte ich das Streichen. Mit jedem Auf und Ab der Farbrolle veränderte sich der Raum ein Stück weit mehr. Aber ich kam nicht weit. Die Wand war nicht mal zu einem Drittel rot, als es an der Tür klingelte.

Es war Trudi.

»Gott sei Dank!«, rief ich aus. »Du lebst.«

»Und wie ich lebe«, sagte Trudi und küsste mich überschwänglich. »Ich schwebe! Ich habe endlich meine andere Hälfte gefunden, Constanze. Den Text zu meiner Melodie. Den Wein zu meinem Kelch. Das Licht zu meinem Schatten. Den Mond zu meiner Sonne. Den Schwengel zu meiner Pumpe.«

»Herzlichen Glückwunsch«, sagte ich. Während ihres pathetischen Vortrags hatte ich Trudi zurück ins Schlafzimmer gelotst. Ich konnte genauso gut dabei streichen, die angerührte Farbe trocknete sonst aus.

»Wie heißt er denn, der Mond zu deinem Kelch? Ich meine, das solltest du uns wenigstens verraten, damit wir ein paar Anhaltspunkte haben, wenn die Polizei nach dir sucht.«

»Du meinst, wie er jetzt heißt? In diesem Leben?«

»Ja, das meinte ich«, sagte ich.

»Peter. Peter Sülzermann«, sagte Trudi mit verklärter Stimme.

»Alter? Beruf? Wohnhaft in?«, fragte ich.

»Oh, Constanze, das ist ja wieder mal typisch!« Trudi lachte. »Du solltest fragen, ob er mich zum Lachen bringt oder ob er auf meinem Körper spielen kann wie auf einem Instrument. Ja, und das kann er! Es ist einfach himmlisch. Er ist …«

»… der Schwengel zu deiner Pumpe, ich weiß«, sagte ich. »Dein letzter Pumpenschwengel hat sich zwanzigtausend Euro von dir geliehen und ist damit abgehauen.«

»Nicht abgehauen«, sagte Trudi. »Jakob hat damit ein Reiki-Zentrum in Mecklenburg-Vorpommern eröffnet, wie du sehr wohl weißt.«

»Hast du das Geld jemals wiederbekommen? Und was nutzen dir lebenslange Gratis-Reiki-Behandlungen, wenn du dafür immer erst fünfhundert Kilometer weit fahren musst«, sagte ich.

»Mit Peter ist es ganz anders als mit Jakob«, sagte Trudi. »Er ist übrigens Werbekaufmann, wenn dich das beruhigt. Sehr erfolgreich. Willst du die Wand wirklich rot streichen, Constanze? Ich meine, das ist doch das Kopfende deines Bettes. Da ist es, energetisch gesehen, nicht gut, mit Rot zu arbeiten.«

»Ja, aber für mich fühlt es sich total richtig an«, sagte ich. Mit solchen Sätzen konnte man Trudi immer mundtot machen. »Und wo wohnt er?« Hoffentlich ein bisschen näher als fünfhundert Kilometer.

»Bei mir«, sagte Trudi.

»Was?«, rief ich. »Aber ihr habt euch doch gerade erst kennen gelernt! Wo überhaupt? Und jetzt komm mir nicht mit dem alten Ägypten!«

»Hatte ich das noch nicht gesagt?«

»Nein.«

»Ach, das war eine lustige Geschichte«, sagte Trudi. »Wir sind uns in der Sauna begegnet!«

»Das ist ja …«, sagte ich und schluckte ein *Ekelhaft!* gerade noch hinunter. In der Sauna! Also wirklich. »Und wieso ist er so schnell bei dir eingezogen? Das erinnert mich stark an Vladimir, den Typen, der dich nach drei Tagen unbedingt heiraten wollte, weil seine Aufenthaltsgenehmigung nicht mehr verlängert wurde.«

Trudi lachte bloß. »Er hieß Fjodor, und es ist schon eine Ewigkeit her, dass mir meine Engel Fjodor als Lerngeschenk geschickt haben. Peter ist ganz anders als Fjodor.«

»Wird er polizeilich gesucht?«

»Nein! Also wirklich, Constanze, wenn man dich so hört, könnte man denken, ich hätte nur immer irgendwelche Typen von der Straße aufgesammelt!«

Aber genauso war es gewesen.

»Warum ist er denn sofort bei dir eingezogen, hm? Hatte er alle seine Habseligkeiten in der Sauna bei sich? Wie praktisch.«

»Natürlich nicht«, sagte Trudi. »Peter ist nicht obdachlos gewesen oder so. Ich habe dir doch gesagt, er ist ein sehr erfolgreicher Geschäftsmann. Aber wenn die große Liebe einen trifft wie der Blitz, dann muss man eben nicht lange überlegen, bevor man zusammenzieht.«

»Und wann läuten die Hochzeitsglocken?«, fragte ich resigniert.

»Ach, das wird so schnell nicht passieren«, sagte Trudi wegwerfend.

»Und wieso nicht?«

»Weil Peter noch verheiratet ist«, sagte Trudi.

Ich ließ vor Schreck die Farbrolle durch die Luft sausen und mit ihr eintausend winzige rote Farbtröpfchen. »Da liegt also der Hase im Pfeffer«, seufzte ich.

»Ach Constanze«, sagte Trudi. »Sei nicht so spießig. Das ist doch nichts Schlimmes, das ist ganz normal in unserem Alter. Du bist schließlich auch noch verheiratet und hast ein Verhältnis mit Anton.«

»Schön wär's«, murmelte ich. »Außerdem bin ich so gut wie geschieden. Da sind nur noch ein paar Formalitäten zu erledigen.«

»Wichtiger als die formelle Trennung ist doch die emotionale Trennung«, sagte Trudi. »Und Peter ist emotional schon lange von seiner Frau und den beiden Kindern getrennt.«

»Kinder hat er auch noch?«, rief ich aus.

»Ich sagte bereits, dass die meisten Leute in unserem Alter eine Vergangenheit haben, und dazu gehören eben auch Kinder. Du hast doch auch welche. Und Anton ebenfalls! Und ihr habt damit ja auch keine Probleme, oder?«

»Du hast ja keine Ahnung«, sagte ich.

»Warum bist du nur immer so negativ?« Trudi setzte sich auf die Plastikfolie, die das Bett bedeckte. »Ich an deiner Stelle würde mich einfach für meine Freundin freuen.«

Ich freue mich ja, wollte ich sagen, aber ich brachte es nicht über die Lippen. Ich freute mich kein bisschen. Ein verheirateter Mann, der so mir nichts, dir nichts seine Frau und seine Kinder verließ, um bei einer Frau einzuziehen, die er in der Sauna kennen gelernt hatte, konnte einfach keinen guten Charakter haben.

Es klingelte an der Tür.

»Ich gehe schon«, sagte Trudi. »Ich wollte uns sowieso gerade einen Kaffee machen. Soll ich dir einen Cognac hineinrühren? Du siehst aus, als könntest du einen gebrauchen.«

»Nein, danke.« Schwermütig rollte ich die rote Farbe auf die Wand. Warum geriet Trudi nur immer an den Falschen? Was dachte sich die höhere Ordnung dabei, ihr ständig Typen über den Weg zu schicken, die sie nur ausnutzten?

»Es ist Anton!«, rief Trudi zu mir hoch. »Er trinkt auch einen Kaffee mit. Willst du wirklich keinen Cognac?«

Anton? Ich schlich mich auf leisen Sohlen hinaus in den Flur und lugte vorsichtig über das Treppengeländer. Es war tatsächlich Anton. Und ohne Emily. Und, was noch viel bemerkenswerter war: ohne Krawatte.

Ich beugte mich noch weiter hinunter. Anton in Sweatshirt, Shorts und Turnschuhen – dass ich das jemals erleben würde.

Ein dicker Farbtropfen plumpste von meiner Rolle direkt hinab in den Flur. Anton sah zu mir hoch.

»Ich war joggen«, sagte er. »Und da dachte ich, ich komm mal vorbei und sag hallo.«

»Hallo«, sagte ich heiser. Mein Mund war plötzlich

trocken. Ich stellte mir nämlich vor, wie es sein könnte, wenn ich nicht anstreichen würde, sondern in einem verführerischen Negligé (in meiner Vorstellung besaß ich ein solches natürlich) die Tür geöffnet hätte. Anton und ich hätten zusammen duschen können …

»Mit Milch und Zucker?«, rief Trudi aus der Küche. Ach ja, und die war ja auch noch da.

»Schwarz, bitte«, sagte Anton. Seine Beine waren lang, aber gut proportioniert, mit ausgeprägter Wadenmuskulatur. Und sie waren haarig. Nicht wie bei einem Affen und nicht spärlich, sondern genau richtig haarig. Ich mochte das.

Ich ging die Treppe hinunter und gab ihm einen Kuss. »Weißt du, dass ich dich noch nie ohne Krawatte gesehen habe?«, fragte ich zärtlich.

»Beim Joggen trage ich keine«, sagte Anton. »Weißt du, dass du überall voller roter Farbe bist?«

»Ich renoviere das Schlafzimmer«, sagte ich.

Anton zog eine Augenbraue hoch. »Und wie war es vorher?«

»Grün«, sagte ich.

»Wollt ihr im Flur stehen bleiben?«, fragte Trudi. Sie reichte Anton eine Tasse und ging vor uns zurück in die Küche. »Schwarz für Sie, Anton, mit geschäumter Milch für dich, Constanze. Steht auf dem Tisch. Und ich habe einen mit Cognac und Zimtsirup. Ich habe eine kräftezehrende Nacht hinter mir, falls es jemanden interessiert. Anton, haben Sie ein Problem damit, dass Constanze Kinder hat?«

»Nein«, sagte Anton irritiert und setzte sich. In dem grauen Sweatshirt sah er einfach zum Anbeißen aus. Und er war ein klitzekleines bisschen verschwitzt, da oben am Haaransatz. Oh mein Gott, ich bekam ganz weiche Knie, wenn ich ihn nur ansah.

»Na, sehen Sie! Und Constanze hat auch kein Problem damit, dass Sie Kinder haben. Aber sie hat ein Problem damit, dass *mein* neuer Freund Kinder hat. Wie finden Sie das?«

Anton hatte wieder eine Augenbraue hochgezogen.

»Ich habe kein Problem damit, dass dein Freund Kinder hat«, sagte ich. »Ich habe nur ein Problem damit, dass er seine Kinder sitzen gelassen hat, nachdem er dich nur wenige Tage kannte.«

»Er hat sie nicht sitzen lassen«, sagte Trudi. »Er ist nur zu Hause ausgezogen.«

»Das ist dasselbe«, sagte ich.

»Ist es nicht. Anton, was sagen Sie dazu?«

»Ähem«, sagte Anton wenig eloquent. »Also, ich ...«

Aber Trudi ließ ihn nicht weitersprechen: »Siehst du, Anton findet das auch ungerecht von dir. Du kennst Peter ja gar nicht. Du weißt gar nichts über ihn.«

»Nur dass er in der Sauna Frauen aufreißt«, sagte ich.

Trudi funkelte mich wütend an. »Deine Aura ist heute ganz giftig grün«, sagte sie. »Wenn ich es nicht besser wüsste, würde ich denken, du gönnst es mir nicht, verliebt und glücklich zu sein.«

»Ich hab's nur satt, dich jedes Mal zu trösten, wenn du mit deinem Hintern auf dem Boden der Realität landest«, sagte ich. »Und ich hab's satt, mir anzuhören, dass all diese Typen, die dich ausnutzen und dir das Herz brechen, Lerngeschenke sind, die dir von Engeln geschickt werden.«

»Es stört dich, dass Peter noch verheiratet ist, stimmt's?«

»Unter anderem«, sagte ich.

»Weil du dich nämlich mit seiner Ehefrau identifizierst«, sagte Trudi. »Du hast immer noch ein tief sitzendes Trauma zu bewältigen, weil Lorenz dich verlassen hat. Und jetzt hältst du alle Männer, die ihre Familien verlassen, automatisch für Schweine.«

»Ach, Quatsch«, sagte ich. »Das habe ich davor auch schon getan. Mir ist auch egal, ob dieser Peter ein Schwein ist, mich interessiert nur, ob das Schwein dich glücklich machen kann, und zwar länger als ein paar Wochen. Kannst du mir garantieren, dass es diesmal ernst ist?«

»Nein, das kann ich nicht! Bin ich Hellseherin oder was!?«, sagte Trudi, die einen Teil ihres Lebensunterhaltes damit verdiente, anderen Leuten die Zukunft vorauszusagen. »Anton, Sie sind Scheidungsanwalt. Sagen Sie doch auch mal was dazu. Gibt es eine Garantie für eine glückliche Beziehung?«

»Nein«, sagte Anton. »Aber es gibt bestimmte Voraussetzungen, die …«

»Siehst du!«, unterbrach ihn Trudi. »Das Leben ist ein Spiel. Man muss auch mal was wagen! Nehmen wir zum Beispiel Anton und dich. Wer garantiert dir, dass ihr beiden zusammen alt werdet?«

Ich wurde ein bisschen rot. Trudi, das Aas, wusste genau, dass Antons und meine Beziehung noch in den Kinderschuhen steckte. »Das garantiert uns niemand«, fauchte ich sie an. »Was wahrscheinlich auch der Grund ist, warum Anton noch nicht bei mir eingezogen ist!« Von anderen Dingen ganz zu schweigen.

Anton hatte schon wieder seine Augenbraue hochgezogen.

»Wenn es nach dir ginge, würde ich mein Leben lang einsam in meiner Zwei-Zimmer-Wohnung hocken und meinen Katzen von meinen vielen verpassten Chancen erzählen«, sagte Trudi anklagend. »Von Ländern, die ich hätte bereisen können, von Männern, die ich hätte heiraten können, von Kindern, die ich hätte bekommen können …«

Ich blinzelte überrascht. »Was soll das denn heißen? Du hast immer gesagt, dass du heiraten spießig findest und bereits mehr als genug Kinder in deinen vorigen Leben bekommen hättest.«

»Das war, bevor ich Peter kennen gelernt habe«, sagte Trudi.

Ich war sprachlos.

»Da kannst du mal sehen, wie ernst ich es meine«, sagte Trudi. »Ach, Constanze, ich wünschte, du könntest fühlen, was ich fühle. Er ist ein Virtuose im Bett! Bis jetzt hatte ich von multiplen Orgasmen nur gehört, aber seit ich Peter kenne, weiß ich endlich, wie sie sich anfühlen.« Sie schnurrte genüsslich. »Und was den G-Punkt angeht: Ich dachte immer, den hätten Frauen erfunden, um Männer zu ärgern, aber Peter weiß, wo er sich befindet. Und ich habe Punkte an seinem Körper entdeckt, für die es überhaupt noch keine Namen gibt. Wir überlegen, ob wir nicht zusammen Kurse geben sollten. Hättet ihr Interesse?«

Ich warf Anton einen raschen Blick zu. Leider musste ich feststellen, dass ich die Einzige von uns war, die eine knallrote Birne bekommen hatte. Anton sah relativ gelassen aus.

»Das klingt sehr interessant«, sagte er höflich. »Wenn wir den G-Punkt nicht finden sollten, wissen wir jetzt, an wen wir uns wenden können.«

»Jederzeit«, sagte Trudi strahlend. Ich überlegte, ob sie mir möglicherweise von Engeln gesandt worden war: als Lerngeschenk.

»Vielen Dank für den Kaffee und die informative Unterhaltung«, sagte Anton mit einem Blick auf seine Armbanduhr. Es war eine Schweizer Uhr, die ungefähr so viel gekostet hatte wie sein Jaguar. (Das wusste ich von Mimi, sie gab ständig mit Antons Besitztümern an, als wären es ihre eigenen. Als ob mir so etwas imponieren würde!) Er erhob sich. »Eigentlich war ich ja gekommen, um euch für heute Abend zum Essen einzuladen.«

»Uns?«, wiederholte Trudi entzückt.

»Constanze und die Kinder«, stellte Anton richtig, fügte aber zu meinem Entsetzen hinzu: »Sie können aber auch gerne kommen, Trudi. Wenn Sie thailändische Küche mögen. Es war eine ganz spontane Idee, mein Bruder kommt auch, außerdem Mimi und Ronnie und mein Partner aus der Kanzlei. Wie wär's? Bringen Sie Ihren Peter doch einfach mit.«

War er bescheuert oder was?

»Ja, gerne«, sagte Trudi und strahlte noch mehr. »Peter und ich lieben asiatische Küche. Und so kann Constanze ihn gleich mal kennen lernen.«

Na toll. Meine erste Einladung in Antons Haus, und meine verrückte Freundin Trudi war auch dabei, um mich zu blamieren. Mit einem Typ, den sie in der Sauna kennen gelernt hatte. Antons Bruder und sein Partner würden ganz sicher entzückt sein. Das einzig Gute war, dass Trudi mich noch nicht lange genug kannte, um als Zeit-Zeuge meine Erfolge als jugendliche Schwimm- und Schachmeisterin zu dementieren.

»Wir kommen gerne«, sagte ich und unterdrückte ein Zähneklappern.

»Ich habe auch was für dich«, sagte Anton. »Eine Überraschung.«

Und nicht nur Anton hatte an diesem Tag eine Überraschung für mich. Auch Lorenz und Paris hatten mir etwas zu sagen. Das heißt, sie hätten es mir gesagt, wenn ihnen meine Kinder nicht zuvorgekommen wären.

»Du wirst niemals glauben, was passiert ist«, sagte Nelly, kaum dass sie zur Tür hereingekommen war. »Paris hat sich von Papa ein Kind andrehen lassen!«

Ich schnappte ein bisschen nach Luft.

»Nelly!«, sagte Paris tadelnd. Sie sah wie immer bezaubernd aus. Lorenz war noch am Auto. Er musste Nellys und Julius' Gepäck aus dem Kofferraum holen.

»Na, dann hat Papa sich eben von Paris ein Kind andrehen lassen«, sagte Nelly. »Besser so?«

»Nein«, sagte Paris. »Wir wollten es deiner Mutter doch ein bisschen schonender beibringen.«

»Ja, bitte«, sagte ich schwach. Meine Hand hatte sich völlig selbstständig auf mein Herz gelegt.

»Wir bekommen noch ein Geschwister, Mama«, sagte Julius.

»Noch schonender«, sagte ich.

Paris lachte. »Wir hätten es dir zuerst sagen sollen, aber ich konnte ja meine Klappe nicht halten. Jaaaaa, ich bin schwanger! Ich bin so glücklich! Ich hätte gar nicht damit gerechnet, dass es so schnell klappt.«

Und ich hatte gar nicht gewusst, dass sie es darauf angelegt hatten.

»Ich auch nicht«, sagte Lorenz und warf die zwei Reisetaschen der Kinder auf den Boden.

»Du hast es auch nicht gewusst?«, fragte ich. Konnte er meine Gedanken lesen?

»Ich habe nicht damit gerechnet, dass es so schnell klappt«, sagte Lorenz ein wenig griesgrämig. »Unter uns, ich habe nicht damit gerechnet, dass es *überhaupt* klappt!«

»Lorenz freut sich nicht besonders«, sagte Paris.

»Ich mich auch nicht«, sagte Nelly.

Ich mich auch nicht, dachte ich. Es war ein komisches Gefühl, dass der Vater meiner Kinder, der Mann, mit dem ich letzten Oktober noch glücklich verheiratet war, nun ein anderes Kind mit einer anderen Frau bekommen sollte.

»Das ging aber wirklich schnell«, sagte ich.

Paris sah gekränkt aus. »Aber Julius freut sich, stimmt's, Julius?«, fragte sie. Es klang beinahe flehend.

»Geht so«, sagte Julius.

»Ich freue mich nicht, weil ich genau weiß, was auf uns zukommt«, sagte Lorenz. »Höllentage und Höllennächte. Geschrei, Gestank und dieser ganze ätzende Babykram. Man kommt jahrelang nicht mehr vor die Tür, und beim Abendessen unterhält man sich nur noch über die Verdauung des Kindes. Aber Paris will diese Erfahrung ja unbedingt am eigenen Leib machen. Und das sofort und auf der Stelle.«

»Ich bin dreiunddreißig«, sagte Paris. »Wie lange hätte ich denn deiner Meinung nach noch warten sollen?«

Lorenz zuckte mit den Schultern. Er war einer dieser glücklichen Männer, denen die Falten zu einem so genannten »markanten Aussehen« verhalfen. Aber weder das markante Aussehen noch die ergrauten Schläfen ließen ihn jünger wirken, als er war. Er war auf jeden Fall alt genug, um zu wissen, was passierte, wenn man ohne Verhütung miteinander schlief.

»Paris hat absolut Recht«, sagte ich. »Wenn nicht jetzt, wann dann?«

»Gar nicht«, sagte Lorenz. »Unser Leben ist doch, so wie es ist, vollkommen.«

»Du hast gut reden, du hast ja bereits Kinder«, sagte Paris. Sie hatte Tränen in den Augen.

»Bitte schön«, sagte Lorenz und zeigte generös auf Nelly und Julius. »Meine Kinder sind auch deine Kinder.«

Julius schmiegte sich unauffällig in meine Arme.

»Das ist etwas anderes, und das weißt du auch«, sagte Paris. »Ich liebe deine Kinder, aber es werden immer deine und Constanzes Kinder bleiben. Dieses Baby« – und hier legte sie die Hand auf ihr *Versace*-Top – »wird unser Kind sein, das Kind von Lorenz und Paris.«

»Und es wird genauso in die Windeln scheißen wie alle anderen Kinder«, sagte Lorenz.

»Ach, du ...«, sagte Paris.

»Diese Zeit geht auch vorbei, Lorenz«, mischte ich mich ein. »Abgesehen davon kannst du es ja machen wie bei Nelly und Julius und das Windelwechseln anderen überlassen.«

»Worauf du Gift nehmen kannst«, sagte Lorenz. Er war immer noch ganz der Alte.

»Wenn man dich so hört, könnte man denken, dass Paris heimlich die Pille abgesetzt hätte«, sagte ich.

»Ja, wirklich«, sagte Paris, die Hand immer noch auf ihrem Bauch.

»Wie weit bist du denn?«, fragte ich widerwillig.

»Ach, ganz am Anfang«, sagte Paris. »Ich hätte letzten Dienstag meine Periode bekommen sollen. Und Freitag habe ich den Test gemacht.«

»Vielleicht erledigt sich das Problem ja noch von ganz allein«, sagte Nelly.

»Nelly!«, sagte ich tadelnd.

»Ist doch wahr«, sagte Nelly. »Mimi hat ihr Kind noch viel später verloren. Das passiert total oft. Ich hab's im Internet recherchiert.«

»Das heißt aber nicht, dass es Paris passieren wird«, sagte ich.

»Morgen gehe ich zum Frauenarzt«, sagte Paris. »Lorenz will nicht mitkommen.«

»Weil ich arbeiten muss«, sagte Lorenz.

»Obwohl du das Herz deines Kindes zum ersten Mal schlagen sehen könntest«, sagte Paris dramatisch. Sie hatte schon wieder Tränen in den Augen. Oh, diese Hormone!

Lorenz seufzte. »Siehst du, es fängt jetzt schon an! Als Nächstes meldest du mich zu so einem Geburtsvorbereitungskurs an, bei dem Männer riesige Brüste und Bäuche umgeschnallt kriegen, damit sie wissen, wie sich ihre Frauen fühlen.«

»So was würde ich nie machen, das weißt du ganz genau!« Paris schniefte.

Sie tat mir leid.

»Soll ich mit zum Arzt kommen?«, fragte ich. »Ich habe morgen Zeit.«

Paris stellte das Schniefen sofort ein und strahlte mich an. »Das würdest du tun? Oh, das wäre wunderbar. Danke, Constanze, das bedeutet mir wirklich viel.« Sie drehte sich zu Lorenz um. »Constanze denkt wie ich, Lorenz: Wir sind eine große Familie und halten zusammen. Gewöhn dich besser daran.«

»Ich werde auf keinen Fall jedes Wochenende bei Papa rumhängen und babysitten«, sagte Nelly. »Das könnt ihr euch schon mal abschminken.«

»Kein vernünftiger Mensch will dich als Babysitter«, sagte ich. »Und jetzt tu mir einen Gefallen und benimm dich.« Wir standen nämlich vor Antons Haus und warteten darauf, dass jemand uns die Tür öffnete. Ich war ein bisschen erstaunt, dass Antons Haus so bescheiden war. Zu seiner Uhr und dem Jaguar hätte wohl eher eine Villa mit kilometerlanger Auffahrt und schmiedeeisernem Tor gepasst. Aber das hier war ein simples zweieinhalbstöckiges Reihenendhaus mit rotem Klinker und weißen Fenstern, wie es in diesem Stadtteil viele gab.

Emily öffnete uns die Tür. Sie war als Erdbeere verkleidet und sah supersüß aus mit diesem Blättermützchen auf dem Kopf.

»Hallo, Emily«, sagte ich.

Emily sagte nichts. Sie machte grußlos auf dem Absatz kehrt.

»Immerhin hat sie die Tür nicht wieder zugemacht«, sagte ich.

»Was für ein Früchtchen«, sagte Nelly und sah sich neugierig um. »Ich muss sagen, ich bin ein bisschen enttäuscht. Ich hätte gedacht, dass Armani-Anton mindestens in einem Schloss wohnt und einen Butler hat.«

»Tja«, sagte ich, während ich meine Augen durch den Flur und das Treppenhaus schweifen ließ. »So kann man sich täuschen. Allerdings könnte das da ein echter Klee sein.«

»Nein, das ist leider ein Druck«, sagte Anton, der zusammen mit dem Geruch von scharf Angebratenem aus einer Tür gekommen war. »Schön, dass ihr da seid. Habt ihr einen Parkplatz gefunden? Das ist hier manchmal schwierig.«

»Nicht für Fahrräder«, sagte Nelly ein bisschen griesgrämig. Sie hätte gerne Ronnies Angebot angenommen, uns mit dem Auto mitzunehmen, aber Julius hatte darauf bestanden, dass wir mit dem Fahrrad fuhren.

»Ach ja, ich vergesse immer, dass du nicht Auto fährst«, sagte Anton.

Ich lächelte ihn nervös an. Er war immer noch ohne Krawatte. Dafür aber mit Schürze. Auf der Schürze stand *Daddy's cooking*.

»Kommt durch«, sagte er. »Die anderen sind schon alle da.« Er führte uns in eine geräumige Wohnküche. Hier sah es schon eher so aus, wie ich es mir vorgestellt hatte: blitzender Edelstahl, kombiniert mit sparsam eingesetzten Akzenten aus poliertem dunklen Holz, ein riesiger moderner Gasherd, auf dem ein Wok und mehrere Kochtöpfe standen, an der gegenüberliegenden Wand ein silberglänzendes Monstrum von einem Kühlschrank, eines dieser amerikanischen Superteile, die kühlen, gefrieren, Eis crushen, massieren und Filme entwickeln können. Um einen riesigen Refektoriumstisch saßen die anderen Gäste: Mimi und Ronnie, daneben eine Frau, in der ich die Sekretärin aus Antons Kanzlei wiedererkannte, ein dicklicher älterer Mann mit Brille und ein sehr muskulöser, braun gebrannter junger Mann, dem sonnengebleichte Haare in die Augen fielen. Daneben saß Trudi, die ein leuchtend orangefarbenes, tief ausgeschnittenes Sackgewand trug, das noch aus ihrer Bhagwan-Phase stammte (damals hatte sie ein paar Monate lang Hasch-krk-irgendwas geheißen, mit Vor- und mit Nachnamen), und dazu ein Stirnband, in das mit korallenroten Perlen das Wort »Peace« eingestickt war. Neben Trudi saß ein modisch gekleideter Mann mit Bart und kurz rasierter Stoppelfrisur. Am Kopfende des Tisches thronte die Erdbeere auf einem Kinderstuhl. Ich bemerkte, dass ich schwitzige Hände bekam, als Anton den Arm um mich legte.

»Für alle, die sie noch nicht kennen: Das ist Constanze Bauer«, sagte Anton. »Und das sind Nelly und Julius.«

»Wischnewski«, sagte Nelly. Sie betonte gerne, dass sie einen anderen Nachnamen hatte als ich. Julius klammerte sich wieder mal an meinen Beinen fest.

Anton zeigte auf den dicklichen Mann mit Brille. »Das ist mein Freund und Partner Elmar Janssen, der beste Wirtschaftsjurist Deutschlands, und das ist Annelene Möllcr, die du ja bereits kennst.« Annelene Möller war die Sekretärin der Kanzlei, die ich der Einfachheit halber immer die *Wurzelholzbrille* nannte, wegen ihrer etwas eigenwilligen Sehhilfe. Die Wurzelholzbrille und Elmar Janssen lächelten beide freundlich, als ich ihnen die Hand gab.

»Das ist mein Bruder, Johannes Alsleben«, fuhr Anton fort und zeigte auf den blonden Sportlertyp. »Er ist gerade aus Südafrika zurückgekommen.«

»Oh«, sagte ich. »Vom Surfen?«

Johannes nickte grinsend, aber Anton sagte: »Nein, geschäftlich. Mein Vater hat dort eine Dependence. Mimi, Trudi und Ronnie kennt ihr ja, und das ist Peter Sülzmaul, Trudis Freund.«

»Sülzermann«, verbesserte der Bärtige und reichte mir die Hand. Er hatte keinen Vollbart, sondern mehr so ein trendiges, maßrasiertes Stoppelkleid, das sich um das untere Kinn und die Oberlippe legte, aber einen großen Teil unterhalb der Unterlippe freiließ, der nur durch eine feine, senkrecht verlaufende Stoppellinie unterbrochen wurde. Dazu passten die ebenfalls kurz getrimmten Koteletten, die weit in die Wangen hineinreichten. Das morgendliche Rasieren um diese Bärte herum musste Stunden dauern. In seinem rechten Ohrläppchen glitzerte ein kleiner Ring. »Und du bist also Constanze. Ich habe schon viel von dir gehört.«

»Und ich dachte, ihr kommt nicht zum Reden«, sagte ich. Warum schüttelte er meine Hand denn so lange?

Peter lachte. »Ich sehe, mein Ruf eilt mir voraus.«

Und jetzt zwinkerte er mir auch noch zu! Ich warf Trudi einen Blick zu, der besagen sollte, dass ich mich nach Fjodor und dem Reiki-Heini zurücksehnte, aber sie hatte nur Augen für Peter.

Ich setzte mich auf einen freien Stuhl ihnen gegenüber neben Mimi. Nelly setzte sich neben mich, und Julius suchte sich den Platz zwischen Ronnie und Emily am Tischende aus.

»Der erste Gang ist gleich fertig«, sagte Anton, der zu seinen Töpfen zurückgekehrt war.

»Viele Europäer vertragen die thailändische Küche schlecht«, sagte Emily leise zu Julius. »Ich hoffe, du musst nicht wieder kotzen.«

»Ich bin kein Ropäer«, verwahrte sich Julius.

»Bist du wohl«, sagte Emily.

»Bin ich nicht!«

»Europäer sind Menschen, die in Europa leben«, sagte Ronnie zu Julius. »Wir alle sind Europäer.«

»Ich nicht«, sagte Emily wie aus der Pistole geschossen. »Ich bin zu einem Viertel Asiatin. In Asien gab es schon Städte, als die Menschen hier noch in Höhlen gelebt haben.«

»Gar nicht!«, sagte Julius.

»Wohol!«, sagte Emily.

Ich zwang Nelly, den Platz mit Julius zu tauschen. Wenn die Kinder sich schon die ganze Zeit zanken mussten, dann wenigstens mit geistreicheren Dialogen als »gar nicht« und »wohol!«. Nelly war diesbezüglich kreativer, darauf konnte ich mich verlassen.

Ich war immer noch nervös. Ich wollte um jeden Preis einen guten Eindruck auf Antons Freunde und seinen Bruder machen, wo ich es mir doch schon mit seiner Mutter und seiner Tochter verscherzt hatte. Der Einfluss guter Freunde und Verwandter auf das Fortbestehen einer Beziehung ist nicht zu unterschätzen.

Es ist mir im Nachhinein völlig unverständlich, warum ich mich trotz dieser Erkenntnis unvermittelt zu Antons Partner hinüberbeugte und ihn wissen ließ, dass er mich an unseren Dackel zu Hause auf Pellworm erinnere.

Die Information ließ ihn denn auch ein wenig irritiert dreinschauen. »Tatsächlich?«, sagte er höflich.

»Ich meine, nicht äußerlich«, sagte ich hastig. »Da bestehen überhaupt keine Ähnlichkeiten zwischen Ihnen und dem Hund, wirklich nicht.« Dummerweise sah ich in diesem Augenblick, dass das leider nicht stimmte: Der Mann hatte hinter seinen Brillengläsern warme, braune, treue Hundeaugen, ganz genau wie Elmar, der Dackel zu Hause auf Pellworm. Und seine braunen Haare waren in der Kopfmitte gescheitelt, genau wie Elmars Dackelfell. Und jetzt legte er auch noch den Kopf so schief, genau wie unser Elmar, wenn er um Leckerlis bettelte. Ich spürte, wie ich knallrot anlief, während gleichzeitig hysterisches Gelächter vom Zwerchfell hochdrängte. Ich war fast nicht in der Lage, den Satz zu beenden: »Es ist nur wegen des Namens, er heißt nämlich auch Elmar.«

»Tatsächlich?«, sagte Elmar wieder.

Ich nickte. Das Lachen war jetzt fast oben angekommen. Ich versuchte, an etwas zu denken, vorzugsweise an etwas sehr Trauriges, aber ich konnte meinen Blick nicht mehr von Elmar lösen. Aus irgendeinem Grund ließ sich das Bild unseres Dackels mit der Brille von Antons Geschäftspartner nicht mehr aus meinem Kopf vertreiben.

Als dieser jetzt auch noch anfing, seine Nase in die Luft zu heben und schnüffelnd zu sagen: »Das riecht wirklich köstlich, Anton«, war es um mich geschehen. Ich prustete los.

»Ich bin froh, dass ich nicht die Einzige bin, die

Trudis Kleid komisch findet«, sagte Mimi und reichte mir eine Serviette.

Ich presse sie mir dankbar vor den Mund.

»Was soll an meinem Kleid komisch sein?«, fragte Trudi. »Mir war heute einfach nach Orange. Ich richte meine Kleidung immer nach meiner Stimmung. Das solltest du auch mal versuchen, Mimi.«

Mimi, die ein schwarzes, eng anliegendes Kleid trug, lächelte. »Aber genau das mache ich doch«, sagte sie.

»Hör bitte auf damit«, sagte Ronnie. »Mit deinem Zynismus können nicht alle Leute etwas anfangen.«

Die Lachsalven, die meinen Körper erschütterten, ließen allmählich nach. Ich tupfte mir mit Mimis Serviette die Lachtränen ab und versuchte, nicht mehr zu Elmar hinüberzuschauen. Ich würde unter den Tisch rutschen müssen, wenn er sich hinterm Ohr kratzte.

»Ich finde, die Farbe steht Trudi wunderbar«, sagte Peter und schaute beifällig in Trudis Ausschnitt. Trudi lächelte kokett.

»Peters Frau trägt auch am liebsten schwarz, nicht wahr, Peter?«, sagte Mimi. »Wahrscheinlich vor allem jetzt.«

»Du kennst Peters Frau doch gar nicht«, sagte Ronnie, wobei er Peter entschuldigend anlächelte. »Sie ist im Augenblick ein wenig – äh ...«

»Natürlich kenne ich sie«, sagte Mimi. »Sabine Ziegenweidt-Sülzermann. Wir haben zusammen studiert. Hör also auf, mich wie eine Geisteskranke zu behandeln, Ronnie.« Sie lächelte Peter ebenfalls entschuldigend an. »Er gehört leider zu den Männern, die es schwer ertragen, wenn die Ehefrau beruflich erfolgreicher ist als sie selbst. Wenn ich ab nächstem Ersten wieder arbeiten gehe, rutscht er automatisch in eine ganz armselige Steuerklasse ab. Aber Sie kennen das ja, nicht wahr, Peter? Sabine verdient weit mehr als doppelt so viel wie Sie, was wahrscheinlich auch der Grund für Ihre Midlifecrisis ist.«

»Das kommt immer darauf an, wie meine Geschäfte laufen«, sagte Peter. »Ich bin selbstständig. Da sind große Schwankungen möglich.«

»Was?«, rief ich, als der Groschen endlich gefallen war. »Sabine Zungenbrecher-Doppelname von der *Mütter-Snob-Gesellschaft*? Das ist Peters Frau?«

»Jawohl«, sagte Mimi. »Die Welt ist ja so klein.«

»Unfassbar.« Ich sah Peter genau an. Wenn man sich die Bärte wegdachte und stattdessen einen Schnuller dazu – eine Ähnlichkeit mit Nikchekakchen-Karsta war tatsächlich gegeben. »Dann sind Sie also der Vater von Karsta und Wiehießsienochgleich?«

»Wibeke. Ja, das ist wohl der logische Rückschluss«, sagte Peter selbstgefällig.

Ich fasste es immer noch nicht. So klein konnte die Welt doch gar nicht sein. Trudi war praktisch wie meine Schwester, und wenn sie mit Peter zusammenblieb, dann gehörte er sozusagen mit zur Familie. Und Sabine und die beiden Kinder ebenfalls. Was für eine grauenvolle Vorstellung. Wenn das so weiterging, bildeten wir bald die größte Patchworkfamilie Europas: ich und Anton und Antons und meine Kinder und Antons Ex und Lorenz und Paris und das Baby und Trudi und Peter und Sabine und Garsta und Wiebitte. Ich musste Anton fragen, ob seine Ex einen Neuen hatte und ob der Kinder hatte und ob dessen Ex vielleicht auch wieder anderweitig gebunden war.

Wenn ja, waren wir ein Fall für das Guinnessbuch der Rekorde.

Anton hatte hervorragend gekocht, aber die Gespräche waren trotzdem alles andere als entspannt. Das lag daran, dass um diesen vergleichsweise kleinen Tisch mehr Krisenherde versammelt waren als im gesamten Nahen Osten. Mimi und Ronnie, sonst ein beinahe nervtötend harmonisches Paar, lieferten einander bissige Wortgefechte, wenn Mimi nicht gerade Seitenhiebe auf Trudi und Peter abfeuerte oder mit Johannes flirtete. Peter wiederum fummelte ungeniert an Trudi herum und vertrat lauthals die Ansicht, dass in allen Ehen irgendwann ein Punkt erreicht sei, an dem eine Trennung die klügste Entscheidung darstelle. Damit löste er eine heftige Diskussion aus. Wie sich herausstellte, war Elmar (den ich leider immer noch nicht angucken konnte, ohne dass ein Lachen in mir hochstieg) frisch von seiner Frau verlassen worden, und es war offensichtlich, dass die Wurzelholzbrille ihn trösten wollte, aber nicht durfte, weil Elmar immer noch hoffte, seine Frau würde zu ihm zurückkehren. Er sagte, dass die Probleme, die man in einer ersten Beziehung nicht lösen könne, auch in der zweiten Beziehung ungelöst blieben. Ronnie war ganz seiner Meinung. Er sagte, eine Ehe sei für die Ewigkeit geschlossen, und man müsse eben daran arbeiten, dass sie auch für die Ewigkeit hielte. Wenn Probleme auftauchten, könne man nicht einfach davonlaufen. Mimi hielt sowohl Elmars als auch Ronnies These für völligen Quatsch.

»Wenn ich – nur so zum Beispiel – ein weinerliches Muttersöhnchen geheiratet habe«, sagte sie, »dann nehme ich dieses Problem wohl kaum mit in die nächste Beziehung, wenn ich dann eine autarke Vollwaise heirate, oder?«

Ronnie sagte daraufhin, Mimi müsse dringend ihr Problem mit menschlicher Nähe überdenken, denn nicht jeder Mann, der ab und an mit seiner Mutter kommuniziere, sei deshalb gleich ein weinerliches Muttersöhnchen. »Nur so zum Beispiel«, setzte er hinzu.

Da vergaß Mimi, dass sie nur über Beispiele redeten, und sagte: »Du *bist* aber ein weinerliches Muttersöhnchen, mein Lieber.«

Anton konnte eine Eskalation des Gespräches gerade noch verhindern, indem er den Nachtisch servierte.

Und direkt danach servierte er mir seine Überraschung: ein Päckchen in grünem Papier und blauer Schleife.

»Ein Geschenk?«, fragte ich ziemlich einfallslos. »Für mich?«

»Mach auf!« Anton sah mich erwartungsvoll an.

Also wickelte ich die Schleife und das Papier ab. »Ein Schachspiel!«, rief ich aus. Ich hoffte, dass man mir mein Entsetzen nicht anhörte.

»Die schwarzen Figuren sind aus Nussbaum, die weißen aus Esche. Handarbeit.« Anton lächelte froh auf mich herunter. »Du hattest doch gesagt, dass du kein Spiel mehr hast.«

»Ach ja, stimmt«, sagte ich. »Wie nett von dir. Vielen Dank.«

Ich sah nicht hin, aber ich spürte genau Nellys schadenfrohe Blicke in meinem Rücken.

»Das ist aber noch nicht alles«, sagte Anton und lächelte noch breiter. »Hier sitzt auch gleich ein adäquater Spielpartner für dich! Mein kluges Brüderchen hat zwar keine Meistertitel, aber er ist wirklich ganz toll im Schach. Unser Großonkel hat es ihm beigebracht, und der hat sogar mal ein Remis gegen Großmeister Bronstein gespielt, stimmt's, Johannes?«

»Ja, Onkel Kurt war große Klasse«, sagte Johannes. »Das heißt aber nicht, dass ich das auch bin. Ich musste nur als Sparringspartner herhalten: Damals gab's noch keine Computerprogramme, an denen Onkel Kurt die Réti-Eröffnung und die Slawische Verteidigung ausprobieren konnte. Das meiste habe ich schon wieder vergessen.«

Mir war inzwischen der Schweiß ausgebrochen.

»Sei nicht so bescheiden, Johannes«, sagte Anton. »Du bist der Beste von uns allen. Und Constanze hat auch schon eine Ewigkeit nicht mehr gespielt.«

Womit er Recht hatte. Genau genommen nur in jenem einen Sommer, in dem ich mir das Bein gebrochen hatte und mich schrecklich langweilte. Mein Vater hatte mir das Schachspielen beigebracht, unter dem Apfelbaum im Garten, aber so richtig hatte das gegen die Langeweile auch nicht geholfen, soweit ich mich erinnern konnte. Wie war das noch? Die Springer hatten Pferdeköpfe und konnten so komisch über Eck ziehen, die Läufer nur diagonal, der Turm gerade, die Dame in alle Richtungen, während der König nur kleine Trippelschrittchen unternehmen durfte. Und wenn er am Ende nirgendwo mehr hintrippeln konnte, war man schachmatt. Was manchmal überraschend schnell ging. Und dann gab es noch einen Haufen Bauern, die im Weg rumstanden.

»Okay, dann ...« Johannes erhob sich und sah

mich aufmunternd an: »Wie wär's, Constanze? Sollen wir nebenan ein Spiel wagen?«

»Ja, warum nicht?«, sagte ich mit trockenem Mund. Das war nämlich genau, was ich gerade dachte: *Warum nicht? Warum nicht? Warum nicht? Lass dir etwas einfallen, warum nicht!!!!!* »Obwohl es schon spät ist und Julius morgen in den Kindergarten muss«, setzte ich hinzu.

»Es ist erst acht«, sagte Anton. »Lass ihn noch ein bisschen mit Emily spielen.«

Und Emily, als ob sie's ahnte, sagte mit zuckersüßer Stimme: »Soll ich dir mal mein Zimmer zeigen, Julius?« Da hätte ich schon stutzig werden müssen.

Ich sah mich Hilfe suchend um, aber keiner bemerkte meine Notlage. Elmar, Ronnie, Mimi und die Wurzelholzbrille waren wieder in eine Diskussion über Scheidungsgründe vertieft, und Trudi und Peter befummelten einander ziemlich offen oberhalb und unterhalb der Tischplatte. Die Einzige, die merkte, in welcher Misere ich steckte, war Nelly. Und die legte den Kopf schief und sagte langsam und genüsslich: »Während ihr spielt, kann ich ja Anton helfen, den Tisch abzuräumen.«

»Das ist aber nett von dir«, sagte Anton.

»Keine Ursache.« Nelly zwinkerte mir zu.

»Auch du, Brutus«, murmelte ich.

Antons Wohnzimmer war klein, hier gab es nur eine kleine Sofaecke mit niedrigem Tischchen und ein deckenhohes Bücherregal, in dem auch der Fernseher stand.

Das Schachspiel war eine bildschöne, fein geschnitzte Ausführung, das Brett mit Intarsien gearbeitet; sicher hatte es ein Vermögen gekostet. Ich streichelte über die Figuren und schämte mich. Anton hatte es so lieb gemeint. Er konnte ja nicht ahnen, dass ich diese blöde Schachgeschichte nur erfunden hatte, um seiner Tochter zu imponieren. Warum nur hatte ich mir nichts anderes ausgedacht?

Johannes versteckte einen hellen und einen dunklen Bauern hinter seinem Rücken und ließ mich eine Hand wählen. Ich erwischte den hellen Bauern.

»Du fängst an«, sagte er. Auch das noch. »Und denk dran, ich habe ewig nicht gespielt, also sei nicht so streng mit mir.«

»Keine Sorge«, sagte ich. Diesbezüglich konnte er nun wirklich mit meinem Großmut rechnen. Ich war mir nicht ganz sicher, wie ich die Figuren aufstellen musste, aber ich guckte einfach bei Johannes ab. Und wer von den beiden Großen war jetzt die Dame und wer der König? Leider hatte keiner von ihnen eine geschnitzte Krone oder einen Busen oder so. Ich entschied, die Figur mit dem Kreuz oben drauf zum König zu machen.

»Bereit?« Johannes sah mich aufmunternd an.

Ich nickte. So ähnlich musste sich die arme Marie-Antoinette auf dem Weg zum Schafott gefühlt haben. Aber es half ja alles nichts. Ich schob einen beliebig ausgewählten Bauern zwei Felder weiter vor, denn soweit ich mich erinnern konnte, durften die Bauern anfangs immer zwei Felder vorrücken. Das musste man doch ausnutzen.

»Aha, die Englische Eröffnung«, sagte Johannes und schob seinerseits einen Bauern vor. Warum war er denn so schnell? Normalerweise überlegten die Schachspieler doch stundenlang, bevor sie eine Figur bewegten. Manche Partien gingen sogar über Jahre, oder etwa nicht?

Ich ließ mir auf jeden Fall Zeit mit dem nächsten Zug.

»Ich weiß nicht, wo er euch immer auftreibt«, sagte Johannes.

»Was?« Ich blinzelte ihn erschreckt an.

»Euch Intelligenzbestien«, sagte Johannes. »Antons Frauen haben immer einen Intelligenzquotienten so hoch wie der Mount Everest. Jane zum Beispiel war auf einem Internat für Hochbegabte, sie hat in Harvard studiert und spielt Violine, wie Einstein. Sie verdient fünfhunderttausend Pfund im Jahr und spricht vier Sprachen fließend. Ach ja, und sportlich ist sie natürlich auch noch: klassisches Ballett und Golfen mit einem Handikap wie die Profis. In ihrer Gegenwart komme ich mir immer wie ein armes Würstchen vor. Zumal sie auch noch atemberaubend gut aussieht.«

Ich starrte angestrengt auf das Schachspiel. Jedes Mal, wenn von Antons Exfrau die Rede war, brach mir der Schweiß aus.

»Das tust du allerdings auch«, sagte Johannes. »Wenn auch auf eine völlig andere Weise. Rein äußerlich könnte der Kontrast gar nicht größer sein. Jane ist klein, du groß, sie ist dunkel, du hell ...«

»Außerdem spiele ich weder Violine noch Golf«, krächzte ich und zog den Nachbarbauern auf das Feld schräg hinter meinen Pionier. »Und ich verdiene auch keine fünfhunderttausend Pfund im Jahr. Und mein Vater hat definitiv keinen Sitz im britischen Oberhaus. Ich glaube, er ist nicht mal mehr Mitglied im schleswig-holsteinischen Bauernverband.« Johannes guckte ein bisschen erstaunt, aber ich konnte mich nicht mehr bremsen, es war so befreiend: »Hat Anton nicht gesagt, dass ich keinen Beruf habe? Nur ein abgebrochenes Studium. In meiner Gegenwart braucht sich niemand wie ein armes Würstchen zu fühlen, denn das Würstchen bin ich selber.«

Johannes ließ seinen Springer auf das Spielfeld hoppeln. »Das unterscheidet dich von Jane: Sie spricht niemals über ihre Schwächen.«

»Vielleicht, weil sie keine hat«, sagte ich.

»Hm, ja, möglicherweise«, sagte Johannes und lächelte mich an. »Aber soviel ich weiß, hat Jane niemals eine Schachmeisterschaft gewonnen. Und Rettungsschwimmerin ist sie auch nicht.«

Ich aber leider auch nicht, dachte ich trübsinnig und ließ einen weiteren Bauern vorrücken. Eine V-Formation war immer gut, bei Löwen und im Schach.

»Nanu«, sagte Johannes, offensichtlich erstaunt. Wahrscheinlich gehörte die V-Formation nicht zur Englischen Eröffnung. Aber Hauptsache, es sah so aus, als würde ich alles mit voller Berechnung tun.

»Die Großmeister-Oblomow-Variante«, murmelte ich, weil Oblomow außer Gorbatschow der einzige russische Name war, der mir auf die Schnelle einfiel. Dann fiel mir leider auch ein, woher ich den Namen kannte: Oblomow war der Typ aus dem gleichnamigen Roman, der den ganzen Tag im Bett herumlag. Alle, die ich kannte, hatten das Buch in der Schule durchgenommen. Ich warf Johannes einen prüfenden Blick zu. Er ließ sich nichts anmerken. Vielleicht hatte er es ja nicht gelesen? Aber selbst wenn, war es auch egal. Wer sagte denn, dass es nicht auch einen Oblomow gegeben hatte, der Schach spielen konnte?

Ich entspannte mich ein bisschen. Bis jetzt schlug ich mich doch ganz gut, fand ich. Der König jedenfalls war noch in Sicherheit, und darauf kam es schließlich an.

Aber dann zog Johannes mit seinem Läufer vor, und ich musste feststellen, dass mein umgekehrtes Bauern-V doch nicht so optimal war. Wenn ich so weitermachte, würde es bald Verluste geben.

Zu allem Überfluss kamen Anton, Nelly und Ronnie aus der Küche, um uns zuzusehen.

»Na, wie schlägt sich mein Brüderchen?«, wollte Anton wissen.

»Wie ich meine Mami kenne, sitzt er sicher schon böse in der Zwickmühle«, sagte Nelly hinterhältig. Ich sah sie strafend an, aber sie zuckte nur mit den Schultern und grinste.

»Ah, Schach!«, seufzte Ronnie und ließ sich neben mich auf das Sofa plumpsen. »Das Spiel der Könige. Mimi und ich haben das auch gerne gespielt. In glücklicheren Tagen.«

Die Wurzelholzbrille, Mimi und Elmar kamen jetzt ebenfalls aus der Küche und stellten sich rundherum auf. Waren sie denn verrückt geworden, Trudi und Peter nebenan allein zu lassen? Die beiden brachten es fertig, auf dem Esstisch tantrische Übungen zu absolvieren.

»Jemand sollte vielleicht mal nach Trudi schauen«, sagte ich.

»Das macht Sabines Mann schon«, sagte Mimi. »Er schaut wirklich *überall* nach ihr.«

Ronnie beugte sich über das Spiel. »Ich erkenne noch nicht so ganz deine Taktik, Constanze.«

»Doch, doch, ich erkenne sie«, sagte Nelly.

»Das ist die Großmeister-Oblomow-Variante«, erklärte Johannes.

»Oblomow?«, wiederholte Nelly. »Ist das nicht der Typ, der …?«

»Genau!«, sagte ich scharf. »Der Typ, der so super Schach spielte.« Kurz entschlossen ließ ich meinen Springer in das Bauern-V hüpfen.

»*Das* hatte ich mir gedacht«, sagte Johannes und zog mit seiner Dame vor, als kenne er die Oblomow-Variante wie seine Westentasche.

Er wirkte mir zu selbstsicher. Es wurde Zeit für Plan B.

Ich würde einen Asthmaanfall vortäuschen.

Eine Blinddarmentzündung.

Einen Herzinfarkt.

Vorher musste ich Johannes nur noch das Gefühl vermitteln, dass er schon so gut wie verloren hatte. Ich setzte ein überhebliches Lächeln auf, während ich meinen Springer weiter vorwärts hüpfen ließ.

»Noch zwölf Züge, und du bist matt«, sagte ich.

Johannes blinzelte überrascht.

»Boah«, sagte Nelly anerkennend. Jetzt sah ich erst, dass ich mit meinem Zug seine Dame angegriffen hatte. Ups!

»Der Gontscharow-Angriff«, setzte ich gönnerhaft hinzu. Iwan Gontscharow war der Autor von *Oblomow*. Wenn Johannes Oblomow schon nicht gekannt hatte, dann wusste er erst recht nicht, wer ihn erfunden hatte. »Ein bisschen unkonventionell, aber fast nicht zu schlagen.«

Nelly sah mich von der Seite an. Ich merkte, dass selbst sie beeindruckt war.

»Mach den Mund zu, Schatz«, sagte ich. »Wenn du willst, kann ich es dir zu Hause gerne beibringen.«

So, und jetzt wurde es höchste Zeit, auszusteigen. Hilfreich wäre vielleicht ein bisschen Schaum vor dem Mund. Ich überlegte, schnell aufs Klo zu gehen und dort etwas Seife zu essen.

»Lass dir ruhig Zeit, ich muss mal zur Toilette«, sagte ich zu Johannes, der grübelnd auf seine Figuren starrte, und stand auf.

»Ich zeig dir, wo«, erbot sich Anton.

Alle anderen schauten wie gebannt auf das Schachspiel. Sie schienen herausfinden zu wollen, wie genau ich Johannes in zwölf Zügen matt setzen wollte.

Im Flur nahm Anton mich unvermittelt in die Arme.

»Ich finde, heute läuft es ganz gut, oder?«, murmelte er in meine Haare hinein. »Sogar Emily und Julius spielen ganz friedlich oben im Zimmer. Und deine Tochter hat sich richtig mit mir unterhalten. Ich meine, ohne dass ich mir die ganze Zeit vorkam wie ein Vollidiot. Okay, Trudi und dieser Typ sind ein bisschen seltsam, und Ronnie und Mimi zanken sich wie die Kesselflicker, aber ansonsten bin ich ganz zufrieden, du auch?«

Ja, und wie zufrieden ich war! Wann hatte man sonst denn schon mal die Gelegenheit, Seife zu essen?

Ich lehnte mich an Antons Schürze. »Das mit dem Schachspiel war sehr lieb von dir«, sagte ich. »Es ist wirklich wunderschön. Dafür würde ich sogar extra das Schachspielen lernen. Äh, wenn ich es nicht schon könnte, meine ich.«

»Ich lieb dich«, sagte Anton in mein Haar.

Mein Herz begann wie verrückt zu klopfen. *Ich lie-*

be dich! Er hatte *ich liebe dich* gesagt. Oh mein Gott! Anton hatte *ich liebe dich* zu mir gesagt.

Hatte er? Vielleicht hatte ich mich ja auch verhört! Es hätte alles Mögliche heißen können. *Ich siebe dich, ich Dieb ich, Fisch lieb ich …*

Ich wagte nicht zu sprechen. *Sag es noch mal, bitte, bitte.*

Aber Anton schwieg. Die Sekunden verstrichen.

»Die Toilette ist gleich hier links«, sagte Anton schließlich und ließ mich los.

Der verzauberte Augenblick war vorüber.

»Ich auch«, sagte ich schnell.

Anton zog wieder mal seine Augenbraue hoch.

»Ich m-m-meine, ich mag Fisch auch«, stotterte ich. »Besonders, wenn er so lecker zubereitet ist wie vorhin.«

»Ich kann dir das Rezept geben«, sagte Anton. Seine Miene war unergründlich, als er sich umdrehte und zurück ins Wohnzimmer ging.

Aufseufzend schloss ich mich in der Toilette ein.

Okay, jetzt nur die Nerven behalten. Da war die Seife, ein dickes, hellrosa Stück, das bestimmt hervorragend schäumte. Und es roch gut.

Ich leckte vorsichtig mit meiner Zunge daran. Uäääääh! Nicht alles, was gut roch, schmeckte auch gut. Ich konnte unmöglich ein ganzes Stück davon abbeißen und zerkauen. Den Tränen nahe ließ ich mich auf dem Klodeckel nieder. Wie kam ich eigentlich dazu, in Antons Seife zu beißen? Wieso geriet ich ständig in Situationen, die andere sich nicht mal in ihren schlimmsten Albträumen vorstellten? Wenn ich wenigstens ohne meine Kinder hier gewesen wäre, dann hätte ich mich jetzt einfach auf

Nimmerwiedersehen durch das Klofenster verdrücken können.

»Liebe höhere Ordnung«, flüsterte ich, meine Hände zum Gebet verschränkt. »Ich weiß, dass ich das alles selber schuld bin, weil ich gelogen habe, um mich besser zu machen, als ich bin. Wie wär's, wenn ihr mir zur Strafe eine Blinddarmentzündung schickt? Oder ein Erdbeben! *Bitte!* Ich werde auch nie wieder lügen.«

Und die höhere Ordnung – wer hätte das gedacht? – hatte ein Einsehen.

»Mami! Mami!«, schrie jemand mit jämmerlicher Stimme. Es war Julius.

Willkommen auf der Homepage der

Mütter-Society,

dem Netzwerk für Frauen mit Kindern.
Ob Karrierefrau oder »nur«-Hausfrau,
hier tauschen wir uns über Schwangerschaft und
Geburt, Erziehung, Ehe, Job, Haushalt
und Hobbys aus und unterstützen uns
gegenseitig liebevoll.
Zutritt zum Forum nur für Mitglieder

5. Juli
Es ist nicht zu fassen. Ich habe deinen Rat befolgt, Sonja, und heute einen Anwalt aufgesucht. Und wisst ihr, was der gesagt hat? Nach allem, was er vorliegen hat, muss ich Peter im Falle einer Scheidung Unterhalt zahlen, und das nicht zu knapp! Kann man sich das vorstellen? Ich schufte mir seit Jahren die Seele aus dem Leib, und dieses Arsch dankt es mir, indem er mit einer fetten Schlampe rumvögelt, und dafür bekommt er dann von mir auch noch Geld!?!! Ich war immer für Gleichberechtigung, aber ganz sicher nicht auf diese Art und Weise!!
Sabine

P. S. Wenn du Hilfe mit diesen Kötern brauchst, Sonja, ich kann gerne mal mit meinem Jagdgewehr vorbeikommen. Ich habe es erst gestern gereinigt und geladen. Ich kann damit auf zwanzig Meter Entfernung einer Fliege ein Auge ausschießen. Man muss sich ja nicht alles gefallen lassen.

5. Juli
An alle: Ich melde mich hiermit für drei Wochen ab: Marie-Antoinette und ich machen Urlaub, den ersten seit drei Jahren! Wir lassen es uns auf Pellworm so richtig gut gehen, im Kurhaus gönne ich mir ein Beauty-Programm, und vielleicht mache ich auch einen Surfkurs.
Mami Gitti

P. S. Mami Sabine: Es heißt übrigens nicht »das Arsch«, sondern »der Arsch«, alternativ »das Arschloch«. Immer daran denken, wir müssen unseren Kindern ein Vorbild sein, auch bei der Sprache.

5. Juli
Ich habe eben versucht, das Arschloch (danke, Gitti) zu erreichen, und musste mir ewig lange Buckelwalgesänge auf dem Anrufbeantworter von Frau Becker-Buckelwal anhören, und danach folgende Ansage: »Trudi und Peter sind im Augenblick mit anderen Dingen beschäftigt. Aber wir rufen zurück, sobald wir keine Lust

mehr haben.« Ist das nicht unglaublich!?! Gitti, dir viel Spaß auf Pellworm, einer Insel, die übrigens rundherum von Schlick umgeben ist, und vergiss nicht, ein paar Videoaufnahmen von dir auf dem Surfbrett mitzubringen, das ist sicher ein urkomischer Anblick.
Sabine

6. Juli
Sophie ist in tiefer Trauer um unseren Hamster. Oder war es ein Meerschweinchen? Jedenfalls ein Nagetier, an dem meine Tochter sehr hing. Da es wohl nicht allein aus seinem Stall gekrabbelt ist und diesen dann wieder von außen verriegelt hat, bin ich sicher, dass die Klose-Kinder es geklaut haben. Vielleicht sogar, um es an ihre Vogelspinne zu verfüttern. Wie weit schießt denn so ein Jagdgewehr, Sabine?
Sonja

6. Juli
Meine Schwiegermutter ist jetzt wirklich kompletti durchgeknallt. Sie hat sich mit dem Klose-Opa angefreundet, sie hören alte Hans-Albers-Scheiben und tanzen mitten auf dem Bürgersteig Tango! Sie kapiert einfach nicht, dass sie mit so einem Benehmen der Zahnarztpraxis ihres Sohnes immensen Schaden zufügt. Wenn sie so weitermacht, müssen wir sie in ein Heim stecken, ob sie will oder nicht! Wenigstens könnte ich dann wieder ruhig schlafen! Sie ist so senil,

dass sie vergisst, den Herd auszumachen, bevor sie ins Bett geht. Wir könnten alle im Schlaf verbrennen! Ich finde das supi-bedenklich, ihr nicht?

Meine Schwiegermutter sagt zwar, das könne jedem mal passieren, aber ich traue ihr nicht. Vorsorglich habe ich mich mal nach einem Heimplatz erkundigt. Unglaublich, was das kostet, selbst wenn man alle Extras wie Fußpflege und Blutdruckmessen weglassen würde! Aber wenn sie in einem Heim wäre, könnten wir die Einliegerwohnung vermieten, und das wäre immerhin ein kleiner Ausgleich.

Meine Gyn sagt, das Baby lässt nicht mehr lange auf sich warten. Ich bin gespannt, ob ich es diesmal wieder ohne PDA schaffe. Genau wie die tapferen Frauen in der Nachkriegszeit, die meine Schwiegermutter mir immer unter die Nase reibt.

Mami Kugelbauch Ellen

6. Juli

Was ihr immer nur mit eurer so genannten natürlichen Geburt habt, Ellen! Ich werde heilfroh sein, wenn ich wieder mit einem Kaiserschnitt davonkomme.

Sophie heult sich wegen des Meerschweins die Augen aus dem Kopf. Jetzt will sie unbedingt eine Katze. Ich denke aber, wir probieren es noch einmal mit einem Meerschweinchen, zumal wir ja das ganze Zubehör haben, Stall, Häuschen, Laufrad, etc. Und jede Menge

Trockenfutter. Diesmal werden wir den Stall mit einem Hängeschloss gegen die Klosekidnapper sichern.
Sonja

Nellys absolut streng geheimes Tagebuch

5. Juli

Ich bin mir nicht ganz sicher, aber höchstwahrscheinlich habe ich heute gesehen, wie Max und Laura-Kristin sich an der Bushaltestelle geküsst haben. Wenn sie es nicht waren, dann waren es zwei Leute, die ihnen verdammt ähnlich sind. Jemand mit Max' Locken und Laura-Kristins Breitarsch. Es sei ihnen gegönnt, obwohl ich es nicht fassen kann! Ist Max blind geworden oder was??? Na toll, alle meine Freunde knutschen wild durch die Botanik, während bei mir die Welt untergeht. Lara und Max sind so sehr mit Popelmoritz und Breitarsch beschäftigt, dass sie gar nicht mitkriegen, was dieses beschissene Leben mir alles an Katastrophen beschert: Erst wollen Papa und Paris mir ein Halbgeschwister unterjubeln, und jetzt passiert auch noch diese Sozialkunde-Misere: Wir sollten uns ein Ferien-Referatsthema aussuchen und auf einen Zettel schreiben, und wer, außer mir, hatte sich noch „Die Geschichte der Gleichberechtigung" ausgesucht? Richtig: Kevin Kotzbrocken Klose. Ich habe geschrien wie Neve Campbell in Scream, als das blöde Sackgesicht von Ruckwitt sagte, dass Kevin und ich das Referat gemeinsam erarbeiten müssen. Ruckwitt dachte, mich hätte eine Wespe gestochen, sonst hätte er mir für das Gekreische glatt noch einen Klassenbucheintrag verpasst. Und Kevin hat sich köstlich amüsiert. Na ja, jetzt kommt er jedenfalls am Donnerstag zu uns nach Hause. Meine Mutter wird vermutlich tot umfallen, wenn sie ihn wieder sieht, aber die Alternative wäre gewesen, dass ich zu ihm nach Hause gehe, und ich hatte definitiv keine Lust auf eine Begegnung mit Hannibal Lecter und einer Vogelspinne!

5. Kapitel

Ich schoss vom Klodeckel hoch, entriegelte die Tür und rannte hinaus in den Flur. Anton, Nelly und Ronnie kamen aus dem Wohnzimmer gelaufen.

Julius stand auf der Treppe und hielt sich den Magen.

»Mir ist schlecht«, sagte er.

»Ich wusste doch, dass er keine asiatische Küche verträgt«, sagte Emily direkt hinter ihm, mit unverkennbarem Triumph in der Stimme.

Ich klemmte mir Julius unter den Arm und sprintete zur Toilette zurück. Aber es war zu spät. Auf halbem Weg brach der Vulkan aus, und eine antik und kostbar aussehende Perserbrücke machte Bekanntschaft mit Julius' Mageninhalt.

»Ach, Julius«, sagte ich und streichelte ihm hilflos über den Rücken.

Julius fing an zu weinen. Jemand reichte mir eine Rolle Küchenkrepp. Ich konnte Julius' Mund gerade noch abtupfen, bevor er sich auf mich warf und sein Gesicht in meine Brust bohrte.

»Schon gut, Schätzchen«, sagte ich. Ich wusste, dass er für den Rest des Abends an mir kleben würde, schon um den Blicken der anderen auszuweichen. Das Ganze war ihm unendlich peinlich.

»Europäer!«, sagte Emily verächtlich.

»Der arme Kleine«, sagte Ronnie. »Soll ich was zu trinken holen?«

Julius bohrte sich noch fester an mich heran.

»Das ist doch nicht schlimm, Julius.« Anton kniete neben uns nieder und fing an, den Perserteppich zu säubern. »Das kann doch jedem mal passieren.«

»Lass das, Anton, ich mach das schon«, sagte ich. Es war ihm wirklich nicht zuzumuten, das Erbrochene meines Sohnes wegzuwischen.

»Ich helfe dir«, sagte Nelly überraschenderweise. Sie nahm Anton die Küchenrolle aus der Hand. »Geht lieber rein«, flüsterte sie ihm zu. »Es ist ihm sonst nur noch peinlicher.«

»Okay«, sagte Anton und erhob sich wieder. »Obwohl ich Julius gerade noch die Geschichte erzählen wollte, wie ich mich als Kind mal auf einem Kreuzfahrtschiff übergeben habe. Direkt auf das Diamantkollier einer sehr dicken, feinen Dame. Und sie hatte das Kollier natürlich gerade an.«

Er zwinkerte mir zu. Oh Gott, ich liebte diesen Mann! Aber Julius rührte sich trotz dieser Geschichte nicht von meinem Busen. Erst als alle aus dem Flur verschwunden waren, hob er den Kopf und sah kläglich zu mir hoch. »Ich bin kein Ropäer«, sagte er.

»Doch, das bist du«, sagte Nelly. »Aber das ist noch lange kein Grund zu kotzen.«

»Ich versteh das nicht«, sagte ich. »Warst du denn so aufgeregt? Hast du zu viel gegessen? Hat es dir nicht geschmeckt? Hattest du schon vorher Bauchschmerzen?«

Julius schüttelte den Kopf. »Mir ist von dem Bonbon schlecht geworden.«

»Von welchem Bonbon?«

»Emily hat mir eins gegeben«, sagte Julius. »Ein atisches Bonbon. Das muss man auf einmal runterschlucken, ohne es zu kauen. Es sah aber aus wie ein ganz normales Kinder-Schoko-Bon.«

»Aha«, sagte Nelly und warf mir einen bedeutungsvollen Blick zu. »Das kleine atische Biest hat das Bonbon hundertpro präpariert.«

»Wie kommst du denn darauf?«, sagte ich.

»Weil ich es so gemacht hätte, wenn ich an Emilys Stelle wäre«, gewährte mir Nelly einen kurzen Einblick in ihre schwarze Seele. »Schmeckte das Bonbon vielleicht zufällig nach Mayonnaise, Julius?«

»Weiß nicht«, sagte Julius. »Ich hab's doch runtergeschluckt wie ein richtiger Asi-Yeti.«

»Ich *wette*, dass sie es präpariert hat«, sagte Nelly.

»Sie ist doch erst sechs«, sagte ich. Aber je mehr ich darüber nachdachte, desto mehr neigte ich dazu, Nelly Recht zu geben. Emily war ziemlich weit für ihre sechs Jahre, kein Wunder bei dieser extrem hochbegabten Mutter! Sie hatte genau gewusst, dass Julius auf Mayonnaise mit Erbrechen zu reagieren pflegte. Und dieser triumphierende Blick vorhin auf der Treppe war eindeutig gewesen.

Bis jetzt hatte ich ja immer noch Verständnis für Emily gehabt, aber jetzt war sie eindeutig zu weit gegangen. Meine Löwenmutter-Instinkte waren geweckt worden. Sie schlossen sich soeben in meinem Inneren zu einer V-Formation zusammen.

»Wenn du willst, knöpfe ich sie mir vor«, sagte Nelly.

»Das mache ich selber«, sagte ich und stand auf. »Versprich mir, dass du nichts mehr isst, was Emily dir anbietet, Julius, ja? Und lass dich von ihr nicht mit diesem Europäer-Asiate-Quatsch aufhetzen. Alle Menschen überall auf der Welt sind gleich gut oder gleich schlecht, egal wie sie aussehen und wo sie geboren sind.«

»A-men«, sang Nelly.

Mit Julius als meinem siamesischen Zwilling – sein Gesicht war fest mit meinem Bauch verwachsen – hatte jedermann Verständnis dafür, dass ich die Schachpartie abbrechen und mit den Kindern nach Hause fahren musste.

Erleichtert räumte ich die Figuren zurück in die Schachtel.

»Wir spielen einfach das nächste Mal weiter«, sagte Johannes. »Bis dahin werde ich über einen genialen nächsten Zug nachgedacht haben.«

»In Ordnung«, sagte ich und sah ihn bedauernd an. Johannes war ein netter Kerl, es tat mir leid, dass ich ihn niemals wiedersehen durfte.

»Sind die Kotzflecken alle rausgegangen?«, erkundigte sich Emily scheinheilig. »Der Teppich ist nämlich sehr wertvoll.«

»Aber ja, es ist alles wieder sauber geworden«, sagte ich und sah ihr direkt in die Augen. »Obwohl Mayonnaise und Schokolade ja eine sehr seltene Fleckenkombination ist, schwer zu entfernen.«

Emily guckte so schnell weg, dass ich davon ausgehen konnte, sie erschreckt zu haben. Ich klemmte mir das Schachspiel unter den Arm und umarmte Anton so innig, wie es mir mit dem siamesischen Zwilling am Bauch eben möglich war.

»Noch mal vielen Dank für das wunderschöne Spiel, Anton«, sagte ich und küsste ihn direkt auf den Mund.

»Keine Ursache«, sagte Anton.

Emily funkelte mich böse an. Ich verstaute die Schachtel mit dem Schachspiel in meiner Handtasche und ärgerte mich über mich selbst. Jetzt küsste ich Anton schon nur, um einem sechsjährigen Kind etwas zu beweisen. Wie kindisch! Mein Blick fiel auf ein kleines Päckchen, das in meiner Handtasche steckte.

»Das hatte ich ja ganz vergessen«, sagte ich und nahm es heraus. »Ich hatte dir doch ein Geschenk mitgebracht, Emily.«

Emily rührte sich nicht.

»Wie nett«, sagte Anton an ihrer Stelle.

»Keine Angst, es ist nicht vergiftet«, sagte Nelly zu Emily.

Anton nahm das Päckchen und reichte es an Emily weiter.

»Es ist nichts Besonderes«, sagte ich. »Nur ein Kleid für deine Barbie, das ich heute Nachmittag aus Stoffresten genäht habe.« Genauer gesagt, aus den alten Schlafzimmervorhängen meiner Schwiegermutter. Als Vorhänge waren sie ein Albtraum gewesen, moosgrün mit eingewebten goldenen Schnörkeln. Aber als Ballkleid für eine Barbiepuppe machten sie sich wirklich prächtig. Ich hatte ein enges Mieder mit Puffärmeln gearbeitet, an das sich ein weiter, glockiger Rock anschloss. Ich wusste, dass es gut aussah, obwohl Emily natürlich nichts sagte, als sie es auspackte.

»Ich hoffe, die Barbies von heute haben immer noch dieselben Maße wie Nellys Barbies damals«, sagte ich. (»Damals« war gut, eigentlich hatte Nelly noch bis vor einem Jahr mit den Barbies gespielt, wenn sie niemand dabei beobachtete, aber das muss natürlich unter uns bleiben.)

»Also, ich finde das Kleid *toll*«, sagte Anton und legte die Hände auf Emilys Schultern.

»Aber Emily hätte lieber Kinder-Schoko-Bons gehabt, glaube ich«, sagte Nelly.

»Ein ganz tolles Kleid«, sagte Anton wieder. Emily sagte immer noch nichts, obwohl ich ziemlich sicher war, dass Anton sie gerade in die Schultern kniff.

Ich wanderte mit Julius am Bauch durch den Raum, um mich von allen zu verabschieden.

»Der hast du's aber gegeben«, flüsterte Nelly mir zu. »Du musstest sie ja nicht auch noch für diese Aktion belohnen, oder? Schleimscheißerin.«

»Sie ist doch erst sechs«, flüsterte ich zurück.

»Wie schade, dass ihr schon gehen müsst«, sagte Mimi. »Ich hatte Anton gerade überredet, einen kostbaren alten Cognac zu öffnen. Schmeckt wie Hustensaft, aber man ist nach drei Schlucken stockbesoffen. Nichts gegen den Wein, den wir bisher getrunken haben, Anton, aber die Flaschen sind alle leer, und ich lalle leider immer noch nicht.«

»Du solltest nicht zu viel trinken«, sagte Ronnie.

»Ooooooh, ja«, rief Trudi aus der Küche.

Ich warf Anton einen fragenden Blick zu, aber er hatte nur Augen für Ronnie und Mimi.

»Und warum nicht? Weil deine Mami es nicht mag, wenn Frauen etwas anderes trinken als ein kleines Eierlikörchen nach dem Sonntagskuchen?«, fragte Mimi. »Falls du es vergessen hast, Ronnie: Ich bin *nicht* schwanger. Ich kann trinken, so viel ich will.«

»Super, dein Chef wird sich freuen, wenn sein bester *Senior Consulter* als Alkoholikerin wiederkommt«, sagte Ronnie. »Besoffen lässt du dich bestimmt auch besser begrabschen.«

»Mein lieber Ronnie, nur weil mein Chef mich attraktiv findet, begrabscht er mich noch lange nicht«, sagte Mimi. »Aber gut, dass wir es mal ansprechen: Ich dachte schon, du hättest andere Gründe als Eifersucht, mir auszureden, wieder arbeiten zu gehen.«

»Habe ich ja auch«, sagte Ronnie heftig. »Ich finde es einfach zu früh!«

»Zu früh bezogen auf was?«

»Das weißt du ganz genau!«

»Ja, ja!«, rief Trudi nebenan. Ich fasste es einfach nicht. Diese Frau war wirklich unmöglich! Man hörte, wie etwas mit lautem Getöse auf den Fußboden fiel. Meine Güte, jetzt war Trudi wahrscheinlich vom Küchentisch gefallen. Allerdings schien sie sich nicht wehgetan zu haben. Man hörte sie jedenfalls atemlos lachen und dann verzückt aufkreischen. Elmar und die Wurzelholzbrille sahen peinlich berührt aus.

Ich stieß einen genervten Seufzer aus.

»Soll ich …?«, fragte Nelly und zeigte Richtung Küche.

»Untersteh dich«, sagte ich. Nichts gegen gründliche Aufklärung, aber so gründlich musste sie ja dann auch schon wieder nicht sein.

»Was machen die orange Frau und der andere Mann denn in der Küche?«, wollte Emily von Anton wissen.

»Ich hoffe, nicht das, wonach es sich anhört«, sagte Anton und sah mich dabei an. Ich zuckte entschuldigend mit den Schultern.

»Oh, das ist *sooo* gut«, quiekte Trudi nebenan.

Johannes grinste. »Hört sich an, als würden sie die Reste essen«, sagte er zu Emily.

Nur Ronnie und Mimi schienen nichts von dem Fiasko nebenan mitzubekommen. Ronnie sah Mimi aufgebracht an. »Ich glaube, wir sollten jetzt auch nach Hause gehen.«

»Geh doch«, sagte Mimi.

»Das mache ich vielleicht auch, wenn du so weitermachst«, sagte Ronnie.

»Oh, soll das vielleicht eine Drohung sein?«

»Ja, ja, oh ja, jaaaa!«, juchzte Trudi in der Küche.

»Hey, ihr zwei, jetzt ist es aber gut«, sagte Anton, und es war nicht ganz klar, wen genau er nun meinte. Aber danach herrschte sowohl bei Ronnie und Mimi als auch in der Küche Schweigen.

Bis Trudi rief: »Oh, Peter, Baby, das war wirklich der längste Orgasmus meines Lebens.«

»Auf jeden Fall musst du dir keine Sorgen wegen der Kotzerei machen, Juli«, sagte Nelly später draußen bei den Fahrrädern. »Tante Trudi hat dafür gesorgt, dass alle etwas ganz anderes in Erinnerung behalten werden.«

»Was ist ein Orgasmus, Mami?«, fragte Julius.

Ich sah ihn erschöpft an. »Weißt du, Häschen, ich glaube, das weiß ich gar nicht mehr.«

»Ich bin so aufgeregt«, sagte Paris. »Warst du auch so aufgeregt, als du mit Nelly schwanger warst?«

Ja, das war ich. Genauso aufgeregt und von genau demselben Mann schwanger. Die Welt war ein Dorf.

»Kommt eine Frau mit ihrem Kind in die Straßenbahn. Sagt der Schaffner: Bah, was haben Sie für ein hässliches Kind.« Der Arzt erzählte unaufgefordert einen Witz, während er sich Handschuhe überstreifte. »Die Frau ist total empört, geht nach hinten durch und schüttet einem anderen Fahrgast ihr Herz aus: Der Fahrer war gerade so gemein zu mir, das können Sie sich gar nicht vorstellen. Sagt der Fahrgast: Das müssen Sie sich nicht gefallen lassen. Gehen Sie wieder hin und verlangen Sie eine Entschuldigung. Sonst würden Sie sich bei seinem Vorgesetzten beschweren. Ich halte auch so lange Ihren Affen.«

Der Arzt brach in brüllendes Gelächter aus. »Ist der nicht gut?«

Ich nickte höflich. Ich hatte den Witz nicht verstanden.

Paris sagte: »Das ist der gemeinste Witz, den ich je gehört habe.«

»Aber doch hoffentlich kein Grund, den Gynäkologen zu wechseln«, sagte der Arzt und lachte wieder. »Außer, es wird ein Affe! Hahaha!« Er hatte irgendwie eine seltsame Art von Humor.

Paris zerquetschte beinahe meine Hand, während sie ihren Blick fest auf den Ultraschall-Bildschirm heftete. Darauf war das übliche ominöse Schwarz-Weiß-Schneegestöber zu erkennen. Dieser dunkle rundliche Kaninchenbau da war die Gebärmutter, das sagte jedenfalls der Arzt. Dann fiel er in Schweigen.

»Ich bin doch schwanger, oder?«, fragte Paris den Arzt.

»Hm ja«, sagte der Arzt. »Sehen Sie das?«

»Nicht wirklich«, sagte ich. Paris hätte ruhig noch etwas warten können mit dem ersten Ultraschall. Wenigstens bis das Kaninchen größer geworden war als ein Stecknadelkopf.

»Ist es gesund?«, fragte Paris ängstlich.

»Oder ist es ein Affe?«, fragte ich.

»Hm«, machte der Arzt. »Fünfte Woche, würde ich sagen. Und es sind zwei.«

»Zwei was?«, rief Paris aus und setzte sich auf. »Zwei Herzen? Kann man das operieren? Oh mein Gott, mein armes Baby!«

Ich kniff die Augen zusammen. Tatsächlich: Da waren ganz klar zwei Stecknadelköpfchen zu erkennen.

»Zwillinge«, sagte der Arzt. »Herzlichen Glückwunsch.«

Paris sank auf die Liege zurück.

»Gibt es in Ihrer Familie Zwillinge?«, fragte der Arzt. »Sie überspringen meistens eine Generation.«

Paris sagte nichts. Sie hatte die Augen geschlossen. Dass ihr Baby zwei Herzen hatte, hatte sie nicht so erschreckt wie die Tatsache, dass es zwei Babys mit je einem Herzen waren.

»Paris? Paris??«

»Vielleicht in der Familie Ihres Mannes?«

»Ich glaube nicht«, antwortete ich an Paris' Stelle.

»Wir dürfen Lorenz nichts davon erzählen«, flüsterte Paris. »Versprich mir, dass du ihm nichts sagst!«

»Er wird es ohnehin merken«, sagte ich. »Selbst wenn sie eineiig sind und immer nur abwechselnd schreien und schlafen, wird er irgendwann merken, dass es zwei sind. Schon an den Unmengen von Windeln, die ihr ranschaffen müsst.«

Der Arzt lachte wieder los. Er war eine ausgesprochene Frohnatur. »Ach, das wird er auch schon vorher merken! Was meinen Sie, wie dick Ihr Bauch werden wird?«

Paris hielt die Augen weiter geschlossen. »Ich bin erledigt«, sagte sie.

»Ach komm schon, Paris! Du wolltest doch sowieso mindestens zwei Kinder! Jetzt bekommst du sie eben beide auf einmal!«

»Das hat viele Vorteile«, sagte auch der Arzt. »Sie haben zum Beispiel immer ein Kind zum Spielen im Haus. Und äh ...«

»Und äh ... später können sich die Kinder mit der Teilnahme an Zwillingsversuchen Geld verdienen«, sagte ich. »Du musst dir also nie Sorgen machen, dass sie kein Auskommen haben werden.«

»Ja, das ist gut«, seufzte Paris. »Wo ich doch höchstwahrscheinlich allein erziehend sein werde, weil mein Mann mich noch heute verlassen wird.«

»Noch ist er mein Mann, Paris, und du unterschätzt ihn. Er ist viel härter im Nehmen, als man so denkt.«

Ich hatte Recht: Natürlich verließ Lorenz Paris nicht, als er von den Zwillingen erfuhr. Er führte nur ein Mordstheater auf und warf ständig mit an den Haaren herbeigezogenen Zahlen um sich.

»Dreitausendsechshundertfünfzig Bäuerchen, allein im ersten Lebensjahr!«, rief er beispielsweise aus. »Dreitausendsechshundertfünfzig Mal rückenklopfend durchs Wohnzimmer tigern, bis man endlich einen Schwall Milch auf das Hemd gerülpst bekommt!«

»Dafür gibt es doch Spucktücher«, sagten wir. »Die legt man sich über die Schulter ...«

»Und diese Spucktücher allein bedeuten dreihundert extra Kochwäschen im Jahr!«, fuhr Lorenz dann fort. »Man kann also sagen, dass das Kindergeld komplett für den Unterhalt der Spucktücher draufgeht, von den Anschaffungskosten gar nicht zu reden. Zusammen mit dem, was Constanze mir bei der Scheidung abluchst, bedeutet das, dass wir uns an der Armutsgrenze bewegen werden.«

»Ja, und fürs Babysitten bei Zwillingen berechne ich selbstverständlich die doppelte Summe«, sagte Nelly.

In der Woche vor den Schulferien kam endlich auch der Hochsommer und brachte auf einen Schlag Temperaturen von über dreißig Grad im Schatten. Selbst nachts kühlte es sich kaum ab. Nelly durfte ihre bauchfreisten Tops tragen, ohne dass ich sie zwang, etwas drüberzuziehen, und Julius und Jasper liefen im Garten nur mit Schirmkappen bekleidet herum. Ich war sehr dankbar für den Schatten im Garten, den die vielen alten Bäume spendeten, die meine Ex-Schwiegereltern gepflanzt hatten. Trudi hielt es tagsüber in ihrer kleinen Wohnung kaum aus und stand fast jeden Morgen mit ihren beiden Siamkatzen bei uns vor der Tür. Ich war immer noch sauer auf sie, weil sie sich bei Anton mit Peter so völlig danebenbenommen hatte, aber sie sagte, das seien traurige, puritanische Ansichten, die sie von ihrer besten Freundin nicht erwartet hätte.

»Kein moderner Mensch hat etwas gegen einen guten Orgasmus einzuwenden«, sagte sie. »Anton hat ganz sicher daran keinen Anstoß genommen.«

»Natürlich hat er das!«, sagte ich. »Und nicht nur Anton! Alle haben es mitgekriegt. Was meinst du, wie peinlich mir das war!«

»Mir auch«, sagte Nelly. Trudi war ihre Patentante.

»Selber schuld, wenn euch das peinlich war, ihr prüden Hühnchen«, sagte Trudi. »Aber ihr solltet nicht immer von euch auf andere schließen. Anton hat sich sicher darüber gefreut, dass Peter und ich uns in seiner Küche vergnügt haben. Wenn du mich fragst, hat er sie nämlich allein nach diesen Gesichtspunkten konstruiert.«

»Nach welchen Gesichtspunkten, bitte?«

»Na, wie man da am besten vögeln kann«, sagte Trudi. »Also, dieser Küchenblock zum Beispiel, der hat genau die richtige Höhe, und diese tolle Steinarbeitsplatte ist überhaupt nicht kalt wie Marmor oder so, sondern fühlt sich warm und seidenweich an, und die Beleuchtung ...«

»Hör auf!«, rief ich aufgebracht. »Es ist schon schlimm genug, dass du deine Libido so wenig unter Kontrolle hast, dass du nicht mal warten kannst, bis du mit deinem Typ allein bist!«

»*Meine* Libido ist völlig natürlich«, sagte Trudi. »*Deine* Libido scheint mir allerdings ein wenig unterentwickelt, Hühnchen. Sonst wüsstest du doch längst, was Anton mit seiner Küche eigentlich bezweckt. Nehmen wir zum Beispiel die Dunstabzugshaube: Was glaubst du, was man damit alles anfangen kann, vorausgesetzt, man ist ein bisschen gelenkig!«

Ich gab es auf, mit ihr zu diskutieren. Trudi war einfach ein hoffnungsloser Fall. Immerhin verschonte sie mich im Gegenzug mit Fragen nach meiner Meinung zu Peter, vielleicht weil sie meine Antwort gar nicht hören wollte, und half mir stattdessen bei der dringend notwendigen Gartenarbeit. Wir mähten den Rasen, stellten ein Planschbecken auf, schleppten die Rattansitzgruppe aus dem Wintergarten unter den Ahorn und befestigten eine Hängematte zwischen den Buchen unter dem Baumhaus. Zum ersten

Mal, seit wir aus Lorenz' Wohnung ausgezogen waren, äußerte sich Nelly uneingeschränkt positiv über unser neues Zuhause.

»So ein Garten ist schon ziemlich cool«, sagte sie mit den Füßen im Planschbecken. »Bei der Hitze geht man doch in so einem Innenstadt-Appartement ein.«

»Wem sagst du das«, seufzte Trudi.

Mich überkam eine Art sommerlicher Dekorationswahn, und ich kaufte ein halbes Gartencenter leer, um ein bisschen Farbe in die verwaisten und mit Brennnesseln überwucherten Beete zu zaubern, mit Rosen, Phlox und duftenden Kräutern. Gemeinsam befreiten wir das hässliche, kleine betonierte Wasserbecken von Schlick und Unkraut, setzten ein paar Schwimmpflanzen ein und ließen den Springbrunnen wieder sprudeln. Es dauerte nicht lange, da kamen Vögel, um darin zu baden, und eine Kröte saß bis zum Hals im Wasser und schaute uns gar nicht scheu aus ihren goldenen Augen an. Wenn wir näher kamen, schien sie sogar herausfordernd zu schauen, so als wollte sie unbedingt geküsst werden. Dabei weiß doch jeder, dass nur Frösche verzauberte Prinzen sind. Wenn man eine Kröte küsst, kann einfach alles dabei herauskommen – und wer will das Risiko schon eingehen? Libellen und Schmetterlinge schwebten durch den Garten. Wenn wir abends am Tisch saßen, pflegte uns ein Eichhörnchen zu besuchen, das uns sogar aus der Hand fraß, Cornflakes, Nudeln, Früchte – es mochte einfach alles. Die Kinder tauften es »Oma Bauer«, weil es angeblich aussah wie meine Mutter. Ich konnte da keine Ähnlichkeit erkennen, von den ausgeprägten Vorderzähnen und dem leichten Überbiss mal abgesehen. Senta und Berger, unsere Katzen, hatten Angst vor Oma Bauer, sie flüchteten sich stets ins Baumhaus, wenn sie kam, und fauchten sie von dort an. Das Gleiche machten sie mit den Meisen, die die Krümel von unserem Frühstückstisch zu picken pflegten. Ich hegte schon die Hoffnung, Senta und Berger seien möglicherweise genetisch falsch programmiert und würden uns niemals mit erlegten Beutetieren auf der Fußmatte beglücken, aber noch in derselben Woche schleppte Berger ein fettes Meerschweinchen an, das annähernd so groß war wie er selber. Ich schimpfte mit ihm, zumal ich stark vermutete, dass er das Meerschwein nicht in freier Wildbahn erlegt hatte, sondern gleich nebenan, wo Marie-Antoinette, die Enkelin der fetten Hempels, ein paar Meerschweinchen und Kaninchen im Gartenhaus hielt. Aber Julius und Nelly glaubten ganz fest, dass das Tier bereits tot gewesen war, als Berger es gefunden hatte. Berger machte wirklich einen eher niedergeschlagenen Eindruck, und weil Hempels sich nicht über ein fehlendes Meerschweinchen beschwerten, zog ich auch noch andere Möglichkeiten in Betracht.

»Ein Raubvogel könnte es erlegt haben!«, sagte ich.

»Ja, und dann ist Berger gekommen, um es zu retten«, sagte Julius. »Aber es war schon zu spät ...« Er verdrückte ein paar Tränen. »Es war vielleicht sein bester Freund, und er hat ihn hierher gebracht, damit wir ihn begraben können.«

Nelly und er legten das tote Tier also in einen Schuhkarton und begruben es in meinem frisch angelegten Beet. Sie stellten einen dicken Flusskiesel als

Grabstein auf, auf den Nelly mit schwarzem Edding schrieb: *Hier ruht Bergers bester Freund, der fette Hempel.* Gut, dass Julius noch nicht lesen konnte. Er hätte diesen Namen nicht gebilligt.

Ich stellte ein kleines Windlicht auf Hempels Grab, ich stellte überhaupt überall Windlichter auf, die den Garten romantisch erhellten, wenn es endlich dunkel wurde. In den Zimmern unterm Dach herrschte eine unerträgliche Hitze, am schlimmsten war es in meinem neu hergerichteten Schlafzimmer. Wenn man hier eine Weile auf die roten Wände schaute, fühlte man sich wie im Inneren eines Backofens. Ich baute uns ein Matratzenlager im Garten, über das ich Nellys Mückennetz hängte, und wir schliefen alle drei draußen, was romantisch und unheimlich zugleich war, bei den vielen Geräuschen und Tieren, die des Nachts die Gärten durchstreiften.

Ein lautes Grunzen weckte mich lange nach Mitternacht, und ich suchte hektisch nach meiner Taschenlampe. Ein Wildschwein hätte mir gerade noch gefehlt.

»Das ist sicher der Geist vom fetten Hempel«, flüsterte Nelly. »Er will sich wegen des Namens an mir rächen.«

Aber es waren nur zwei Igel, die grunzend und schmatzend in den Taschenlampenkegel blinzelten. »Schlaf weiter«, sagte ich zu Nelly. Julius zwischen uns beiden schnarchte friedlich.

»Ich kann nicht«, sagte Nelly. »Ich mache mir Sorgen.«

»Wegen Lara und Moritz?«

»Ach, nein!«

»Wegen Max und Laura-Kristin?«

»Ne-in!«

»Ist es wegen deines Zeugnisses? Ich werde nicht schimpfen, Schatz.« Das überließ ich lieber Lorenz. Er konnte sich über schlechte Noten immer so herrlich aufregen.

»Nein. Es ist wegen dieses Sozi-Referates. Ich muss es zusammen mit Kevin Klose machen! Erarbeite du mal die Gleichberechtigung der Frau in Theorie und Praxis mit *Mister Du-hast-aber-kleine-Titten!!*«

Kein Wunder, dass sie nicht schlafen konnte.

»Ich schreibe dir eine Entschuldigung«, bot ich an, aber Nelly sagte, dazu sei es schon zu spät. Kevin wollte morgen vorbeikommen.

Das bedeutete, Hannibal und Lecter würden wissen, wo wir wohnten! Der Lehrer war wohl verrückt geworden.

Ich klebte mit dem Auge am Türspion, als Kevin am nächsten Tag klingelte.

»Und?«, flüsterte Nelly. »Hat er sie dabei?«

»Ich kann es nicht erkennen«, flüsterte ich zurück, das Pfefferspray fest umklammert. Mit der freien Hand legte ich die Sicherheitskette vor und öffnete die Tür einen Spaltbreit.

»Hallo«, sagte Kevin. »Ich wollte zu Nelly.«

»Hallo«, sagte ich. »Bist du allein?«

»Nein«, sagte Kevin. »Ich musste Samantha mitbringen.«

»Die Vogelspinne?«, kreischte ich auf.

»Nein, das Baby von meiner Schwester«, sagte Kevin geduldig.

Ich beruhigte mich wieder. »Ach so. Und wo sind die Hunde?«

»Zu Hause«, sagte Kevin. »Wenn sie nicht wieder mal durch das Loch im Zaun abgehauen sind.«

»Okay«, sagte ich und machte die Tür richtig auf. Das Pfefferspray versteckte ich hinter meinem Rücken. »Dann komm rein.«

Kevin hievte einen Kinderwagen die Stufen hinauf. Darin saß Baby Samantha mit verschwitzten Babylocken und rotem Gesicht und sah erschöpft aus. Es war ungefähr ein Jahr alt. Ich ließ das Pfefferspray beschämt in den Schirmständer gleiten.

»Sie sollte eigentlich längst schlafen«, sagte Kevin. »Ich weiß auch nicht, was sie heute hat. Hi, Nele.«

»Hi, Calvin«, sagte Nelly. »Nettes Baby. Und noch gar nicht tätowiert.«

»Tut mir leid, aber ich musste sie mitbringen«, sagte Kevin. »Meine Schwester muss donnerstags immer bis abends arbeiten, und meine Mutter hat Spätdienst im Altersheim. Die Größeren können auch mal bei meinem Opa bleiben, aber mit dem Baby kennt er sich nicht so gut aus.«

»Hat deine Schwester so viele Kinder?«, fragte ich.

»Nee, die hat nur Samantha. Sie ist doch erst siebzehn. Aber ich hab noch drei kleinere Geschwister.« Er kitzelte Samantha unterm Kinn. »Die waren auch mal so süß wie Sammy hier.« Ich merkte, wie meine Abneigung gegen ihn schwand. Ohne seine Hunde war er eigentlich total harmlos, richtig süß. Und seine grünen Augen hatten was. Ich hoffte nur, dass Nelly das nie merken würde. Sonst saß sie vielleicht schon bald in einer von Mimis Talkshows, zusammen mit Kevins Schwester.

»Mein Vater kriegt Zwillinge«, sagte Nelly.

»Wirklich? Cool«, sagte Kevin und sah mir auf den Bauch. »Man sieht noch gar nichts.«

»Das liegt daran, dass wir eine Leihmutter für die Zwillinge engagiert haben«, sagte ich. »Könnt ihr gerne in eurem Referat verwenden.«

»Sie macht nur Quatsch«, sagte Nelly schnell und lotste Kevin samt Kinderwagen hinaus in den Garten. »Ich dachte, wir arbeiten draußen. Hast du schon irgendwas über Gleichberechtigung gefunden?«

»Na klar! Ich hör die ganze Zeit zu, wie meine Eltern sich fetzen. Das ist irre viel Lehrstoff.«

Ich machte mich in der Küche daran, zusammen mit Julius einen alkoholfreien Punsch herzustellen, aus Wassermelonenwürfeln, Früchtetee, Himbeersaft und Eiswürfeln. Gerade, als wir damit fertig waren, kam Anne mit Jasper.

»Was ist mit deinen Haaren los?«, fragte ich. Anne sah mehr denn je aus wie Frodo Beutlin. Fehlten nur noch die haarigen Füße.

»Bei schwülem Wetter sehe ich immer so aus. Diese Hitze macht mich völlig fertig«, sagte sie, nahm sich ungefragt einen Eiswürfel und steckte ihn sich in den BH. »Und meine armen Schwangeren erst! Die hängen völlig in den Seilen. Am ärmsten dran sind die, die Kompressionsstrümpfe tragen müssen. Heute Morgen hatte ich eine Wassergeburt, wo die Frau unbedingt wollte, dass ich mit in die Wanne kam! Drei Stunden in achtunddreißig Grad warmem Wasser!« Sie nahm sich noch einen Eiswürfel und steckte ihn in das andere BH-Körbchen. »Ich war schrumpelig wie eine Hundertjährige. Und immer, wenn unser sexy Assistenzarzt gucken kam, hat er sich kaputtgelacht, keine Ahnung, warum. Dann hat das Heim angerufen: Mein Vater ist ins Krankenhaus gekommen. Sein Herz verträgt die Hitze nicht. Ich war bei ihm, aber er hat die ganze Zeit Frau Juschenkow zu mir gesagt. Wer immer das ist.« Annes Vater litt seit vielen Jahren an Alzheimer. Es musste schlimm sein, seine eigenen Kinder nicht mehr zu kennen. Am schlimmsten für die Kinder. »Können wir bitte nach draußen gehen? Ich möchte mich gerne in deine Hängematte legen. Nur für eine Viertelstunde.«

»Krieg aber keinen Schreck, bitte. Nelly hat Besuch von Kevin Kampfhund Klose«, sagte ich. »Allerdings ohne die Hunde.«

»Dann ist es mir egal«, sagte Anne. Sie sagte aber trotzdem »Hallo, du kleine Ratte« zu Kevin, bevor sie ihre Schuhe abstreifte und sich in die Hängematte plumpsen ließ. Kevin murmelte etwas, das wie »Hallo, Frau ohne Hose« klang, aber ich war mir nicht ganz sicher. Vielleicht hatte er auch nur ganz brav »Hallo, ich bin der Kevin Klose« gesagt.

Mein Blick fiel auf Annes müde, nackte Füße, und plötzlich wusste ich, warum der Assistenzarzt so gelacht hatte. Auf ihren Zehennägeln kräuselten sich ungelogen dicke braune Haarlocken. Ich starrte eine Weile ratlos darauf, dann lachte ich ebenfalls los.

»Was ist denn?«, fragte Anne unwillig.

»Kann es sein, dass du dir gestern das Schamhaar gestutzt hast, Frodo Beutlin?«, brachte ich zwischen zwei Lachsalven hervor.

»Ja, woher weißt du das?«, fragte Anne. »Kann man das sehen? Ich schnipsele da von Zeit zu Zeit mit der Nagelschere dran rum, sonst könnte ich Zöpfchen daraus flechten.«

Ich hielt mir vor Lachen den Bauch. »Und hast du dir zufällig gleichzeitig die Zehennägel lackiert?«

»Ja«, sagte Anne. »*Rouge absolut.* Schön, oder?« Sie hielt einen Fuß in die Luft. »Oh, nein, *Scheiße!* Was ist denn das?«

»Das ist *Schamhaar absolut!*« Ich lachte, bis ich nicht mehr konnte. »Das nächste Mal solltest du wirklich warten, bis der Lack trocken ist.«

Ich holte Anne meinen Nagellackentferner aus dem Badezimmer und versprach, dass die Sache unter uns bleiben würde. Aber in Wahrheit erzielte ich in den folgenden Wochen eine Menge Lacherfolge mit der Geschichte. Es gibt Dinge, die kann man einfach nicht für sich behalten.

Trotz des eisgekühlten Punsches schwitzten wir alle erbärmlich. Es ging nicht der leiseste Lufthauch. Das Wasser im Planschbecken hatte auch längst über dreißig Grad. Allmählich versiegten sogar die Gespräche. Nicht mal Oma Bauer, das Eichhörnchen, ließ sich blicken.

Baby Samantha konnte nicht schlafen. Sie fing an zu quengeln.

»Ihr ist auch heiß«, sagte ich. »Sollen wir nicht alle zusammen ins Freibad gehen? Ich lade euch ein. Das Referat könnt ihr ein andermal machen. Ihr habt noch die ganzen Ferien Zeit.«

Natürlich waren wir nicht die Einzigen, die auf die Idee mit dem Freibad gekommen waren, aber es war auch noch nicht so überfüllt, wie ich befürchtet hatte. Anne, Julius, Jasper und ich nahmen Baby Samantha mit ins Nichtschwimmerbecken, während sich Kevin und Nelly zum großen Becken begaben. Kevin wollte Nelly zeigen, dass er einen Köpper vom

Fünfmeterbrett machen konnte, und Nelly verdrehte die Augen und sagte: »Was ist denn da schon dabei? Das kann ich auch.«

Wie bitte? Seit wann das denn?

»Ich fürchte, Nelly hat meine Rettungsschwimmer-Gene geerbt«, sagte ich. »Und meine Spontane-Lügen-die-einen-in-Teufelsküche-bringen-Gene.«

»Du bist Rettungsschwimmerin?«, fragte Anne. »Deshalb auch die athletische Figur.«

Ich stöhnte nur.

Samantha fand das Wasser zum Quieken toll und klammerte sich an mir fest. Julius und Jasper paddelten mit ihren Schwimmflügeln um uns herum.

»Ich hatte beinahe vergessen, wie süß sich so ein nacktes Baby auf dem Arm anfühlt«, sagte ich zu Anne. »Willst du sie mal halten?«

»Nein, danke.« Anne hatte die Augen geschlossen. »Allmählich geht es mir wieder besser. Zumindest körperlich. Eigentlich müsste ich in Kur fahren, wirklich. Ich habe mehr Sorgen, als ein einzelner Mensch ertragen kann. Mein Vater ist im Krankenhaus, Hansjürgen vögelt seine Praktikantin und …«

»Ist das nicht Joanne?«, unterbrach ich sie. Am Beckenrand saß ein kleines Mädchen im rosa geblümten Badeanzug und baumelte mit den Beinen.

Anne schlug die Augen auf. »Ja, das ist sie. Hey, Joanne, kennst du uns noch?«

»Sie sind die mit der halben Hose«, sagte Joanne. Hervorragendes Gedächtnis.

»Bist du mit deinem Papa hier?«

Joanne schüttelte den Kopf. »Mit Bernhard und Bianca. Mittwochs hat Bernhards Kneipe immer zu. Ich mag Mittwoch von allen Tagen am liebsten.

Wenn wir schwimmen gehen, muss der böse Henri zu Hause bleiben.«

»Wer ist denn der böse Henri?«, fragte ich neugierig.

»Bernhards Hund«, sagte Joanne. »Er ist noch gemeiner als Bernhard. Er hat meine Babyborn zerbissen.«

»Bernhard oder der Hund.«

»Der Hund«, sagte Joanne. »Aber Bernhard hat gelacht.«

Anne sah sich neugierig um. »Und wo sind Bernhard und Bianca?«

Joanne zuckte mit den Schultern. »Weiß nicht. Ich habe sie verloren. Noch lieber als Mittwoch mag ich Samstag. Dann kann ich zu meinem Papa. Aber nur, wenn ich brav war.«

»Kannst du denn schon schwimmen?«, fragte ich.

»Fast«, sagte Joanne.

Ich tauschte einen bedeutungsvollen Blick nach dem anderen mit Anne. Neben uns sprangen Kevin und Nelly ins Wasser. Kevin nahm mir das Baby ab.

»Danke, dass Sie auf sie aufgepasst haben«, sagte Kevin. »Ich habe eine super Schraube vom Fünfer gemacht, haben Sie's gesehen? Nele hat gekniffen.«

»Ich hatte nur etwas entdeckt, als ich da oben stand«, sagte Nelly. »Im Tepidarium treiben es nämlich zwei miteinander.«

»Nelly!« Ihre Ausdrucksweise ließ mich zusammenzucken.

»Was ist ein Tepidarium?«, wollte Anne wissen.

»So eine Art Farbensauna«, sagte Kevin. »Geht bei der Hitze natürlich kein Arsch rein. Also ein idealer Ort, um in Ruhe zu vögeln.«

(Wieder zuckte ich zusammen.)

209

»Aber nur für Exhibitionisten. Es hat ein Fenster in der Tür«, sagte Nelly. »Und jeder, der vorbeikommt, kann den nackten Hintern von dem Typ sehen. Er hat einen Monsterkopf drauf tätowiert, genau wie Kevin.«

»Moment mal, der hat einen Hundekopf auf seinem Hintern. *Mein* Tattoo ist ein Drache«, sagte Kevin. »Genauer gesagt, ein asiatischer Lung. Du kannst es dir gerne mal genauer ansehen.«

»Ach, nein danke, mir ist schon von dem einen Hundehintern schlecht«, sagte Nelly. »Deshalb konnte ich auch nicht springen. Hey, bist du nicht Joanne?«

»Doch«, sagte Joanne.

»Sie hat Bernhard und Bianca verloren«, sagte ich.

»Wie sehen die denn aus?«, wollte Anne wissen. Sie hatte ihre Augen wieder geschlossen. »Irgendwelche besonderen Kennzeichen?«

»Bernhard guckt immer so böse«, sagte Joanne.

»Dann ist es sicher der da«, sagte Nelly und zeigte auf einen Rentner, der durchs Wasser auf uns zu gepflügt kam.

»Nein«, sagte Joanne.

Der Rentner kam trotzdem zu uns und forderte uns auf, Samanthas Babypopo sofort aus dem Wasser zu entfernen.

Anne öffnete die Augen und stöhnte leise. »So ein renitenter Rentner hat mir heute gerade noch gefehlt. Ich hatte einen harten Tag! Mein Vater liegt im Krankenhaus. Ich bin gereizt. Es ist besser, sich nicht mit mir anzulegen.«

Aber das hörte der Rentner nicht. »*Wir* sind gegen Häufchen im Wasser«, sagte er, so als ob wir dafür wären.

»Ja, dann machen Sie sich auch besser mal nicht in die Hose«, sagte Anne. »Ich hoffe, dass Sie Ihren Dauerkatheter zugestöpselt haben, wir sind nämlich auch gegen Urin im Wasser.«

»Ich würde sagen, dass das Wasser in diesem Becken hier zur Hälfte aus Pipi besteht«, sagte ich, und auf einmal waren wir alle genug abgekühlt und hatten es richtig eilig, das Wasser zu verlassen. Nur der Rentner blieb und schnappte empört nach Luft.

»Und nicht reinpupen«, mahnte Kevin ihn noch, worüber Jasper und Julius sich noch den Rest des Nachmittags königlich amüsierten.

Wir durchstreiften alle Liegewiesen und die Umkleiden auf der Suche nach Bernhard und Bianca, aber egal, auf wen wir zeigten, Joanne schüttelte immer den Kopf.

»Die da hinten kenne ich«, sagte Kevin und zeigte auf eine schwangere Frau und ihre Familie, die auch mir bekannt vorkam. Die Frau war Mitglied in Fraukes und Sabines Mütter-Society, die kleine Sophie ging mit Jasper und Julius in den Kindergarten. »Das sind unsere bescheuerten Nachbarn. Sie hetzen uns ständig die Polizei und das Jugendamt auf den Hals und spielen sich als Tier- und Kinderfreunde auf! In Wirklichkeit haben sie ihr Meerschweinchen auf dem Gewissen.«

Es war sicher Einbildung, aber mir war, als hätte Kevin Tränen in den Augen, als er weitersprach. »Sie haben sich überhaupt nicht um das arme Tier gekümmert, sondern es völlig isoliert in einem Stall gehalten. Dabei weiß doch jeder, dass Meerschweinchen Gesellschaft brauchen. Es kriegte jeden Tag sein

Futter hingestellt, mehr nicht. Meine Geschwister haben sich manchmal reingeschlichen, um das Meerschweinchen ein bisschen zu streicheln, aber die Leute haben immer ein furchtbares Theater veranstaltet, wenn sie sie dabei erwischt haben. Tagelang haben diese Tierquäler nicht bemerkt, dass das arme Meerschweinchen tot war! Muss man sich mal vorstellen: Die haben sich nicht mal gewundert, dass es sein Fressen nicht angerührt hatte! Meine Geschwister haben es schließlich nicht mehr ausgehalten und das Tier aus seinem Stall geholt, um ihm ein würdiges Begräbnis zu verschaffen.«

Oh, mein Gott, jetzt hatte ich auch Tränen in den Augen.

Nelly nicht. »Das ist ja interessant«, sagte sie. »War es vielleicht ein besonders dickes Meerschwein?«

Aber das wusste Kevin nicht. Es war nur zu vermuten, dass seine Geschwister es nicht besonders tief vergraben hatten …

Der Nachmittag verging wie im Flug. Wir ließen die Kinder auf dem Karussell fahren, veranstalteten ein Picknick mit Pfirsichen, Aprikosen und Eierpflaumen, die ich in mundgerechte Stücke geschnitten hatte, und gingen noch mal baden. Samantha schlief schließlich in ihrem Kinderwagen ein, wir zogen ihr das Sonnenhütchen über die Augen, damit sie es dunkler hatte.

Bernhard und Bianca tauchten nicht auf.

»Das ist ja wirklich Kindesvernachlässigung«, raunte Anne mir zu, leise, damit Joanne sie nicht hörte. Sie tobte mit Julius und Jasper im Nichtschwimmerpipibecken herum.

»Das stimmt! Wo sie noch nicht mal schwimmen

kann«, sagte ich. »Vielleicht sind sie längst nach Hause gegangen und haben sie total vergessen.«

»Ich hätte gute Lust, das Kind einfach zu seinem Vater zu bringen«, sagte Anne. »Da wissen wir doch wenigstens, wo er wohnt.«

»Ja, aber das geht nicht. Das wäre Entführung. Und am Ende kriegt der arme Jo nur Ärger.«

»Genau, Jo hieß er«, sagte Anne. »Und ich habe die ganze letzte Woche über den Namen nachgegrübelt.«

»Warum?«, fragte ich.

»Oh, du weißt schon«, sagte Anne. »Ich stelle mir eben gerne vor, ich wäre beim Sex nicht allein. Und da ist es schon ganz nett, wenn man wenigstens den Namen kennt.«

»Was? Du stellst dir Joannes Vater vor, während du dich …?«

»Constanze, ich hasse es, dass du immer nur halbe Sätze sprichst, wenn es um Sex geht«, sagte Anne. »Ja, ich habe mir diesen Jo vorgestellt, na und? Der war doch wirklich süß. Manchmal stelle ich mir auch Brad Pitt vor oder Viggo Mortensen oder unseren neuen Assistenzarzt. Und du?«

»Ich?« Ich wurde puterrot.

Anne lachte. »Es ist immer dasselbe mit dir, Süße.«

Wir warteten noch eine Stunde, aber als wir aufbrechen wollten, waren Joannes Erziehungsberechtigte immer noch nicht da. Es blieb uns nichts anderes übrig, als sie an der Information ausrufen zu lassen.

»Die kleine Joanne Reiter sucht ihre Mutter. Die Mutter der kleinen Joanne Reiter möchte bitte zur Information kommen«, näselte die Stimme einer Bademeisterin durch alle Lautsprecher. Das Bad hatte sich mittlerweile schon merklich geleert, und wir warteten gespannt darauf, ob Bernhard und Bianca auftauchen würden. Sogar Samantha wachte wieder auf und schob sich das Hütchen aus der Stirn.

»Hier stinkt's«, schrie Jasper.

»Das ist …«, sagte Kevin und schnüffelte an Samanthas Windel. »… Samantha! Aber sie hatte heute doch schon … seltsam …«

»Das ist ja das Tolle an Kindern, Kevin«, sagte Anne. »Sie sind immer wieder für Überraschungen gut.«

Kevin verschwand mit Samantha und besorgt gerunzelter Stirn im Babywickelraum.

»Bis heute Mittag dachte ich noch, er wäre der abgebrühteste Mistkerl der ganzen Schule«, sagte Nelly.

»Und jetzt?«

»Jetzt ist er irgendwie nur noch ein Mistkerl«, sagte Nelly. Alarmiert registrierte ich, dass es beinahe zärtlich klang.

»Da sind sie!«, zischte Anne. Ein braun gebranntes Pärchen war um die Ecke gebogen, sie, gut aussehend, blondiert und gepflegt, im silbernen Tanga-Bikini, er, klein und ebenfalls blondiert, mit immensen Muskeln, in Shorts.

»Keine Falten, ja, das muss sie sein«, konnte ich gerade noch zurückzischen.

Die große Wiedersehensumarmung, die wir erwartet hatten, blieb aus.

»Joanne!«, rief die Mutter. Von nahem sah man, dass sie ein bisschen zu viel mit Permanent-Make-up experimentiert hatte, vor allem um die Lippen herum. »Was soll das denn? Wir haben doch gesagt, wir holen dich wieder am Nichtschwimmerbecken ab, wenn wir gehen!« Sie zog eine genervte Grimasse zu der Bademeisterin. »Kinder! Wenn man die mal ein paar Minuten allein lässt ...«

»Entschuldigen Sie, aber Sie haben das Kind *stundenlang* allein gelassen«, sagte Anne. »Und sie kann nicht schwimmen.«

»Deshalb war dat Dschoähn ja auch im Nichtschwimmerbecken«, sagte Bernhard. Er trug ein Goldkettchen, an dem mit goldenen Buchstaben das Wort »*Tieger*« hing, was immer das heißen sollte. »Und da sollte dat auch bleiben!«

»Da ist dat ja auch geblieben«, sagte Anne. »Die Frage ist nur, wo waren Sie in der ganzen Zeit?«

»Schon mal was von Körperpflege gehört?«, fragte Bernhard und musterte Anne von oben bis unten. »Sonnenbank – dat is sicher ein Fremdwort für eine wie Sie, wat? Ich frag mich aber, wat Sie sich da überhaupt einmischen! Kümmern Sie sich doch lieber um Ihre eigene Köttelkiste. Die ist so groß, da haben Sie genug mit zu tun, würde ich mal sagen.«

Anne sah ihn begriffsstutzig an. »Was meinen Sie mit Köttelkis... – oh!« Sie griff sich empört an ihren Hintern.

»Wir wollten sowieso gerade nach Hause«, sagte Joannes Mutter. »Fräulein, wir sprechen uns gleich noch! Komm, Tiger, wir holen die Sachen.«

Joanne zog eine trotzige Schnute.

Nelly stieß mich nun schon zum zweiten Mal in die Rippen und rollte dabei merkwürdig mit ihren Augen.

»Hä?«, fragte ich.

»Sie haben Ihren Kindern gegenüber eine Aufsichtspflicht«, sagte Anne. »Sie können sie doch nicht stundenlang allein in einem Freibad herumlaufen lassen. Denken Sie nur mal an die Möglichkeiten, die sich einem Perversen hier auftun ...«

Bernhard stieß ein keckerndes Lachen aus. »Hehehehe! Ich sehe hier nur einen Perversen, und dat ist der Badeanzug, den Sie sich über Ihre Köttelkiste gezogen haben. Ist der noch von Ihrer Omma, oder gibt es in Ihrer Größe nichts Schickes?«

Anne stemmte empört ihre Hände in die Taille, aber offensichtlich fehlte es ihr an Worten.

»Tiger, komm doch«, sagte Bianca. »Lass gut sein.«

Nelly rollte mit ihren Augen von Bernhard und Bianca hinüber zu den Saunaanlagen und wieder zurück.

»Was denn?«, fragte ich unwillig.

»Jetzt spiel hier nicht schon wieder die Diva, Fräulein!« Joannes Mutter versuchte, nach Joannes Hand zu greifen, die sie hinter dem Rücken verschränkt hatte. »Keine Fisimatenten heute, oder die Barbie bleibt für immer im Schrank!«

Wieder stieß Nelly mich in die Rippen. Offensichtlich wollte sie, dass ich auch mal was sagte.

Ich räusperte mich. »Wir würden natürlich nicht im Traum auf die Idee kommen, uns in Ihre Angelegenheiten zu mischen«, sagte ich mit meiner James-Bond-Stimme. »Aber wir sind vom Jugendamt, da hat man auch in seiner Freizeit die Augen offen. Und was wir gerade gesehen haben, sieht mir doch verdächtig nach Kindesvernachlässigung aus. Der Name war Reiter, nicht wahr? Ich werde da gleich morgen mal in unserer Kartei nachschauen.«

»Ach, wollen Sie mir vielleicht jetzt noch drohen, Sie Jugendamt-Tussi? Dat haben schon ganz andere versucht«, sagte Bernhard und baute sich vor mir auf. Er reichte mir ungefähr bis zum Hals.

Ich bemühte mich um einen herablassenden Blick. »Und die Sache mit dem Hund und der Babyborn-Puppe hört sich gar nicht gut an, würde ich sagen.«

»Wat hast du gesagt?«, fragte Bernhard. Er war unvermittelt zum Du übergegangen, vielleicht, weil er so nahe vor mir stand, dass kein Blatt Papier mehr zwischen uns gepasst hätte.

»Komm jetzt, Tiger«, sagte Bianca. Sie hatte Joanne im Nacken gepackt wie ein ungezogenes Kätzchen. »Das ist doch zwecklos, mit denen zu diskutieren.«

»Ich lass mich aber doch nicht von so einer einschüchtern«, sagte Bernhard und sah zu mir hinauf. Jetzt wusste ich, was Joanne gemeint hatte: Bernhard guckte wirklich sehr gemein. »Wenn du uns irgendwelchen Ärger machst, dann mache ich dir auch welchen, ist das klar? So funktioniert das in Bernhards Welt.«

»Das wird sich noch herausstellen, wer hier wem Ärger macht«, sagte ich von oben herab. War der Zwerg blöd, oder was? Legte sich mit einer Mitarbeiterin des Jugendamtes an, der Volltrottel! Wusste er nicht, dass ich am längeren Hebel saß? Ich brauchte nur mit meinen Vorgesetzten zu reden, und außerdem hatten wir gute Beziehungen zum Sozialamt und zur Gewerbeaufsicht, da würden wir doch mal sehen, ob wir Bernhard nicht das Leben ein bisschen schwerer machen konnten ... Aber unter Bernhards gemeinem Blick fiel mir wieder ein, dass ich ja leider gar nicht beim Jugendamt arbeitete, und jegliche Zivilcourage fiel von mir ab.

Ich schluckte.

Bernhard sah es mit Genugtuung.

»Ja, krieg du ruhig Muffensausen«, sagte er und wandte sich zum Gehen. »Ich hab mir deine Visage gemerkt.« Letzteres warf er noch über seine Schulter.

Mein Mund war ganz trocken, aber ich konnte den aufgeblasenen Saftsack nicht einfach so davonstolzieren lassen.

»Wir schicken dann jemanden bei Ihnen vorbei«, sagte ich hinter ihm her. »Und, äh, Tiger wird nur mit i geschrieben. In unserer Welt.«

Da erst sah ich den fetten, tätowierten Hundekopf, der aus Bernhards Shorts lugte. Die tückischen Augen guckten gerade so über den Hosenbund. Sabberschnauze und Fänge mussten sich auf Bernhards Pobacken befinden. Sehr apart.

Mir wurde schlagartig klar, dass die Tätowierung der Grund war, warum Nelly so heftig mit den Augen gerollt hatte. Sie hatte Bernhard und Bianca sofort wiedererkannt.

»Aber sie können es doch nicht die ganze Zeit im Tepidarium miteinander getrieben haben«, sagte ich fassungslos. »Das waren doch Stunden! Da drin sind es doch mindestens sechzig Grad.«

»Ohne Zweifel haben die beiden eine beneidenswerte Kondition«, sagte Anne.

Eigentlich hatten Paris und Lorenz geplant, diesen Sommer Freunde von Paris in Caracas zu besuchen, mit ihnen unter anderem eine Rucksacktour durch die Anden zu unternehmen, danach für eine Woche auf den Holländischen Antillen bei Paris' ehemaliger Agenturchefin Urlaub zu machen und zum Schluss für ein paar Tage nach San Francisco zu fliegen, wo Paris' Großmutter, eine ehemalige Primaballerina, sehr berühmt zu ihrer Zeit, ihren 90. Geburtstag feiern würde. Paris' Familie und ihre Freunde waren so glamourös und interessant wie Paris selber, nicht wenige davon sogar richtig prominent. Kein Wunder, dass Lorenz davon ganz entzückt war.

»Warum wohnen deine Freunde immer an so langweiligen Orten, Mama?«, hatte Nelly mich griesgrämig gefragt. »Und warum feiern Oma und Opa ihren Geburtstag nicht auch mal in San Francisco?«

»Frag sie doch«, hatte ich mürrisch erwidert. Ich fand es ja selber ungerecht. In Paris' Familie gab es Künstler, Reedereibesitzer, Schriftstellerinnen, Gehirnchirurgen, Pianisten, Models, Primaballerinen und Politikerinnen zuhauf, der exzentrischste Beruf, den jemand in meiner Familie ergriffen hatte, war Biologe (ein aus der Art geschlagener Bruder meiner Mutter, der bei der Vogelwarte arbeitete), alle anderen waren Bauern oder bei der Post. Und Onkel Erwin, das andere schwarze Schaf, arbeitete in Schleswig auf dem Finanzamt.

Paris hätte Nelly und Julius liebend gerne mit auf die große Reise genommen (»Nichts erweitert den Horizont so sehr wie fremde Länder und Kulturen, Schätzchen«), aber sowohl Lorenz als auch ich waren dagegen gewesen (wenn auch aus unterschiedlichen Beweggründen).

Aber jetzt fielen ihre ehrgeizigen Reisepläne ohnehin ins Wasser, denn Paris wollte ihren Zwillingsstecknadelköpfen keine strapaziösen Langstreckenflüge und Klimaveränderungen zumuten, wie sie mir strahlend mitteilte, als sie am Tag nach unserem

Schwimmbadbesuch unangekündigt bei uns vor der Tür stand.

Sie umarmte uns innig. »Nicht dass ich eine von diesen hysterischen Schwangeren werden will, die sich selber wie ein rohes Ei behandeln«, sagte sie. »Aber das Programm wäre auch für eine Hardcore-Schwangere ein bisschen übertrieben, oder? Oh, Schätzchen, kann ich mich hier irgendwo hinsetzen und die Beine hochlegen? Deine Freundin Anne ist nicht zufällig da? Man kann sich nämlich gar nicht früh genug um eine Hebamme bemühen, habe ich gehört, und ich habe so viele verwirrende Sachen gelesen, dass ich Anne unbedingt etwas fragen wollte. Lorenz sagt, ich solle diese Ratgeber nicht lesen, die würden mich nur verrückt machen, aber ich will ja auch nichts falsch machen, und wenn ich die Bücher nicht gelesen hätte, hätte ich niemals gewusst, dass Basilikum gar nicht gut für Schwangere ist. Muss man sich mal vorstellen. Liegt auf jedem Mozzarella rum und sieht so harmlos aus.«

Sie holte tief Luft, um weiterzusprechen, aber Nelly packte sie am Arm und sagte schnell: »Wie schön, dass du nicht zu diesen hysterischen Schwangeren gehörst, die die ganze Zeit nur über mögliche Komplikationen schwafeln.«

»Ja, ja«, sagte Paris. »Das wäre mir wirklich ein Graus.« Dann fing sie wieder an zu reden, einen einzigen nicht enden wollenden Satz, in dem die Worte Supermarkt, wehrlos, Windpocken, Streptokokken, anhusten, Vogelgrippe, Trisomie achtzehn, Gestose, Schafkäsemafia, Spätgebärende, Beckenboden, Dammschnitt und Periduralanästhesie vorkamen. Wir lotsten sie, während sie sprach, wie ein rohes Ei in den

Garten, setzten sie auf einen Rattanstuhl und schoben einen zweiten als Fußstütze heran. Nelly schob ihr ein Kissen in den Rücken, und Julius servierte ihr etwas von unserem selbst gemachten Rhabarber-Erdbeer-Punsch.

So gestärkt konnte Paris uns dann endlich den eigentlichen Grund ihres Kommens mitteilen: Statt Caracas, Anden, Antillen und San Francisco wollte sie mit Lorenz und den Kindern ein paar Wochen nach Menorca fliegen, wo ihre Eltern ein Ferienhaus besaßen. (Ja, ich weiß: ungerecht, ungerecht, ungerecht!) Rein rechtlich wäre es sowieso Lorenz' Pflicht beziehungsweise sein verbrieftes Privileg, die Kinder in den Schulferien zu sich zu nehmen, und auf diese Weise könne man doch das Angenehme mit dem Nützlichen verbinden. (Was immer hierbei das Angenehme und das Nützliche sein sollte.)

»Ja!«, schrie Nelly sofort. »Ja! Ja! Ja!«

»Das Haus liegt hoch auf den Klippen. Es hat einen wunderbaren Garten und einen wirklich schönen, großen Pool«, sagte Paris. Sie klang wie ein Reiseprospekt. »Man kann sich die Zitronen direkt vom Baum pflücken.«

Ich sah Julius sofort vor meinem inneren Auge die Klippen herabstürzen und/oder im Pool ertrinken, aber Paris versicherte mir, dass die ganze Anlage absolut kindersicher sei, weil ihre ältere Schwester Venice dort auch immer mit ihren drei Kindern die Ferien verbrächte. Es sei ein echtes Kinderparadies, von der Schaukel in der alten Platane bis hin zum mit Rosmarin und Mittagsblumen verwucherten Kletterpfad hinunter zur kleinen Badebucht. Es gab sogar einen Gärtner, der vor der Ankunft der Gäste jeden Stein auf dem Grundstück einzeln umdrehte, um Skorpione zu entfernen.

»Skorpione auch noch!«, rief ich aus.

»Nelly könnte surfen lernen«, sagte Paris. »Der Große von meiner Schwester bringt es ihr sicher gerne bei. Und ich dachte, ich könnte Julius das Schwimmen beibringen. Wozu habe ich schließlich mein DLRG-Abzeichen gemacht?«

»Im Gegensatz zu anderen Leuten«, sagte Nelly leise und sah mich abwartend an. »Bitte, Mami, mach keinen Ärger.«

»Ach was! Eure Mami ist froh, wenn sie auch mal ein bisschen Zeit für sich allein hat«, behauptete Paris. »Sie ist doch Tag und Nacht nur für euch da. Kochen, backen, waschen, Geschichten vorlesen, Hausaufgaben kontrollieren, renovieren … Sie hat auch mal eine kleine Auszeit verdient.«

Aber ich brauchte überhaupt keine Auszeit. Ich hatte das alles voll im Griff, mehr noch: Ich tat es gerne.

Ich sah von Nelly zu Julius, der es sich auf Paris' Schoß gemütlich gemacht hatte, und musste plötzlich mit den Tränen kämpfen. Meinen Mann hatte ich ja noch mit einer gewissen Großmut an Paris abgetreten, aber bei meinen Kindern fiel es mir deutlich schwerer. Man konnte mich doch nicht zwingen, die Ferien ohne sie zu verbringen, oder? Julius war doch erst vier. Ich konnte nicht einschlafen, wenn er mir nicht vorher seine Ärmchen um den Hals gelegt und »Ich hab dich so lieb, Mami« gesagt hatte.

»Bitte, Mami«, sagte Nelly wieder.

»Die Kleine von meiner Schwester ist in Julius' Alter«, sagte Paris mit einer Stimme, so verführerisch wie eine Sirene (eine von Odysseus' Sirenen, nicht so ein Ding auf dem Dach einer Schule, das schrecklich heult ...). »Julius hätte also auch jemanden zum Spielen. Und Nelly wird sich bestimmt glänzend mit den beiden Großen verstehen. Meine Eltern werden auch ein paar Wochen da sein, und dann wird mein Vater jeden Tag kochen. Fisch und Meeresfrüchte – er ist ein großartiger Koch. Er ist auch Hobbyastronom, wir haben ein Wahnsinnsteleskop dort, und keiner erklärt Sternbilder so gut wie mein Vater. Und meine Mutter liebt es, den Kindern Geschichten zu erzählen. Sie sitzen dann stundenlang im Schatten der Olivenbäume und hören die Abenteuer der blauen Katze.«

Paris' Mutter war eine erfolgreiche Kinderbuchautorin. Es war anzunehmen, dass sie wunderbare Geschichten erzählen konnte. Ich räusperte mich. »Für wie lange denn?«

»Drei, vier Wochen«, sagte Paris.

»Vier Wochen?«, rief ich. Ausgeschlossen, das würde ich nicht überleben.

»Freunde von meinen Eltern haben da unten eine wunderschöne Segelyacht liegen. Wir könnten einen Trip nach Mallorca rüber machen«, sagte Paris. »Manchmal sieht man dabei Delfine. Und einmal haben wir fliegende Fische gesehen.«

Die Delfine gaben mir den Rest. Ich konnte meinen Kindern doch nicht aus reinem Egoismus so wunderbare, lehrreiche und einzigartige Erfahrungen vorenthalten, oder? »Also gut, von mir aus«, sagte ich. »Auch wenn Oma Bauer sehr enttäuscht sein wird, wenn wir dieses Jahr nicht nach Pellworm kommen.«

»Du kannst doch allein hinfahren«, sagte Nelly.

Nein, das würde ich mir ganz sicher nicht auch noch antun. Ich war doch schon so gestraft genug.

»Wieso kommst du nicht auch einfach ein paar Tage nach Menorca?«, fragte Paris. »Das Haus ist riesig, zehn Schlafzimmer, und die Kinder können im Zweifel auch im Garten zelten. Du könntest, wie heißt er noch gleich? Anton? mitbringen. Das wäre doch toll.«

»Au ja, Mami«, sagte Julius.

»Ich habe dir doch gesagt, das mit Anton und Mami ist rein platonisch«, sagte Nelly zu Paris. »Außerdem hat er selber Kinder.«

»Aber die kann er doch mitbringen«, sagte Paris. »Meine Eltern lieben es, wenn die Bude so richtig voll ist. Und Kinder finden sie einfach wunderbar.«

Manchmal fragte ich mich, ob Paris wirklich so naiv war, wie sie tat.

»Ich glaube nicht, dass Lorenz sich darüber freuen würde«, sagte ich. Ganz zu schweigen davon, was Anton und Emily wohl von diesem Vorschlag hielten.

Paris legte mir die Hand auf den Arm. »Wir sind eine große Familie«, sagte sie. »Lorenz sollte sich besser dran gewöhnen.« Dann lehnte sie sich bequem zurück und nahm einen Schluck Punsch. »Und das ist wirklich nur platonisch mit euch, Schätzchen? Was ist das Problem?«

»Es heißt Emily«, sagte Nelly. »Außerdem hat Mami einfach nicht so eine ausgeprägte Libido wie du und Papi und Tante Trudi, weißt du.«

Dieses Kind hatte seine Ohren wirklich überall.

Es fiel mir schwer, mich mit der Vorstellung zu arrangieren, die Kinder vier Wochen mit Lorenz und Paris in den Süden ziehen zu lassen, aber das war wohl das Los aller geschiedenen Mütter.

»Ich würde alles dafür geben, mal ein paar Wochen für mich allein zu haben«, sagte Anne, als sie ich ihr mein Herz ausschüttete. »Von mir aus könnte Hansjürgen mit seiner Praktikantin fahren, wohin er will, solange sie nur die Kinder mitnähmen. Was starrst du eigentlich die ganze Zeit auf dieses Schachbrett?«

»Ich denke nach«, sagte ich. In einem Internetforum (ich hatte nächtelang von Nellys Computer aus gesurft) hatte ich ein paar Schachfreaks aufgetrieben, denen ich meine und Johannes' Partie geschildert hatte. Zwei sehr nette Typen namens *kasparow34* und *E4D4* hatten sich intensiv mit meiner Lage beschäftigt. Zu meiner großen Überraschung hatten sie gemeint, die Partie sei durchaus noch zu gewinnen, und mir auch verraten, wie. Es war nicht leicht, und ich musste mir eine Menge merken, aber im Grunde war sie gar nicht so blöd gewesen, meine V-Formation. Ich hatte Hoffnung geschöpft, Johannes doch noch mal unter die Augen treten zu können. Immerhin war er Antons Bruder. Und wenn ich es mit Anton ernst meinte, konnte ich wohl schlecht für alle Zeiten jedem Treffen mit seinem Bruder ausweichen. Selbst wenn ich verlieren würde, so dank *kasparow34* und *E4D4* doch wenigstens gekonnt. *kasparow34* war auch einem Treffen im wirklichen Leben nicht abgeneigt. Erst als ich schrieb, dass ich fünfundsiebzig Jahre alt sei und einen künstlichen Darmausgang habe, zog er seine Offerte zurück.

»Rate mal, wen ich gestern getroffen habe«, sagte Anne. Als ich nicht antwortete, fuhr sie fort: »Genau, den lieben Jo, Joannes Vater. Ich musste nur eine dreiviertel Stunde in der Bäckerei verbringen, und da kam er auch schon hinein und kaufte

Brot vom Vortag. Der Arme, er spart wirklich an allen Enden.«

»Du hast eine dreiviertel Stunde in der Bäckerei rumgelungert, nur um den Typ wiederzusehen?«, fragte ich. »Da kann man noch nicht mal einen Stehkaffee trinken. Die Verkäuferin muss sich doch gewundert haben.«

»Och, Tchibo hatte ein paar interessante Angebote, und die haben eine Wahnsinnsauswahl an Brötchen. Da kann man schon mal was länger überlegen«, sagte Anne. »Jedenfalls hat Jo mich sofort wiedererkannt. Und als ich ihm von Joanne und dem Schwimmbad erzählt habe, hat er mich sogar auf einen Kaffee eingeladen.«

»Ich denke, er muss sparen«, sagte ich.

»Er hat mich zu sich nach Hause mitgenommen«, sagte Anne. »Er wohnt doch direkt gegenüber. Eine armselige kleine Bude, sage ich dir. Aber Jo ist wirklich nett. Und absolut zu bedauern. Diese Bianca nimmt ihn aus wie eine Weihnachtsgans, und dann muss er auch noch praktisch dabei zusehen, wie sie das arme Kind vernachlässigt. Ich habe ihm gesagt, dass wir ihm helfen würden, das Sorgerecht zu bekommen.«

»Wer – wir?«, fragte ich.

»Na, wir von der Mütter-Mafia«, sagte Anne. »Wozu sind wir schließlich da? Der Mann braucht wirklich Hilfe. Ich habe ihm gesagt, dass wir schon schwierigere Fälle gelöst haben.«

»Was für Fälle denn?« Hatte sie den Verstand verloren? Wir waren doch kein Detektivbüro. Wir waren eher eine Art Kaffeekränzchen, nur dass wir meistens härtere Sachen als Kaffee tranken. Aber offensichtlich hatte Anne Jo etwas anderes erzählt.

»Wenn Kinder in Not sind, schreitet die Mütter-Mafia zur Tat. Effizient, kreativ und absolut diskret«, sagte sie. »Und natürlich ehrenamtlich. Jo ist doch absolut pleite.«

Ich schlug mir gegen die Stirn. »Anne! Was soll denn der Scheiß? Wir können dem armen Mann nicht helfen, das kann nur ein Anwalt. Und den kann er nicht bezahlen.«

»Ich dachte, du könntest Anton fragen. Wenn du ihn lieb bittest, hilft er Jo vielleicht umsonst«, sagte Anne. »Du bist doch die Patin, hinterlistig, raffiniert und ungeheuer gefährlich. Jo setzt all seine Hoffnungen auf dich.«

»Anne, was hast du dem armen Kerl für einen Quatsch erzählt?«

»Nichts, was nicht wahr werden könnte. Die Mütter-Mafia ist der Zorro der Insektensiedlung. Wir zeigen Bianca und Bernhard beim Jugendamt an, dann kommt die Sache schneller ins Rollen. Und vielleicht stiften wir die Kinder dazu an, lauter Z in Bernhards Porsche zu ritzen. Wir könnten ihm auch ein stranguliertes Huhn vor die Haustür legen oder was die Mafia sonst so macht.«

Ich seufzte. »Ich frage Anton mal, ob man da was machen kann.«

»Und ich berufe eine Versammlung ein«, sagte Anne begeistert. »Wir müssen alle unsere Kräfte mobil machen. Ich hatte schon bei Mimi angerufen, aber da geht nur der Anrufbeantworter dran.«

»Wahrscheinlich streiten sie so laut, dass sie das Telefon nicht hören«, sagte ich. »Ich mache mir wirklich Sorgen um die beiden.«

»Ach was«, sagte Anne. »Das ist nur Phase zwei bei

der Verarbeitung der Fehlgeburt. Phase eins war die Sofaphase, und jetzt folgt die Zeit der gegenseitigen Schuldzuweisungen und Aggressionen. Alles völlig normal. Du wirst sehen, unser Traumpaar wird ganz bald in Phase drei eintreten: die große tränenreiche Versöhnung.«

Aber Anne hatte Unrecht. Phase drei sah nämlich ganz anders aus. Sie begann am nächsten Tag, Samstag, morgens früh um sieben. Da nämlich klingelte es bei uns an der Tür. Als ich öffnete, sah ich ziemlich entgeistert auf drei elegante Koffer und ein Katzenkörbchen. Und auf Mimi, die mit schief gelegtem Kopf fragte: »Kann ich vielleicht für ein paar Tage bei dir wohnen?«

Willkommen auf der Homepage der

Mütter-Society,

dem Netzwerk für Frauen mit Kindern.
Ob Karrierefrau oder »nur«-Hausfrau,
hier tauschen wir uns über Schwangerschaft und
Geburt, Erziehung, Ehe, Job, Haushalt
und Hobbys aus und unterstützen uns
gegenseitig liebevoll.
Zutritt zum Forum nur für Mitglieder

21. Juli
Die Klose-Kinder haben heute an der Ecke einen ganz herzigen Marktstand mit Blumensträußchen errichtet, und ich habe ihnen nach zähen Verhandlungen drei Sträuße mit Löwenmäulchen zum Schnäppchenpreis von 6 Euro abgerungen. Ich weiß ja, wie teuer Löwenmäulchen sind. Und zwar, weil ich erst letzten Monat das Beet neben der Einfahrt damit bepflanzt habe. Tja, und was soll ich sagen? Als ich mit meinen Sträußen nach Hause kam, sah ich, dass in besagtem Beet nicht ein einziges Löwenmäulchen mehr stand! Die Rosen und der Phlox waren auch absolut kahl rasiert. Domina Klose war

natürlich nicht bereit, mir den Schaden zu ersetzen. Sie meinte, es könnten auch Schnecken gewesen sein. Wann kommst du denn mal zum Kaffee vorbei, Sabine?
Sonja

21. Juli
Wann immer du willst, Sonja. Das Schießen in Wohngebieten ist zwar verboten, aber wir können ja sagen, das Gewehr sei aus Versehen losgegangen. Könnte wirklich dringend ein wenig Abwechslung gebrauchen im Moment! Die Pütz ist eine einzige Katastrophe. Keine Ahnung, wie sie die Tage vertrödelt, aber sie macht weder mit Wibeke die Vorschularbeitsblätter noch mit Karsta das Töpfchentraining. Und zum Bügeln kommt sie angeblich auch nicht, weil meine Mäuse so anstrengend und schwierig zu beaufsichtigen seien und sie ja sowieso die ganze Zeit unterwegs sei, wegen Ballett, Schwimmkurs, Klavier und musikalischer Früherziehung. Ich kann nur sagen, Frau Porschke hat auch die Wartezeiten genutzt und sich während Wibekes Balletttraining beispielsweise mit dem Annähen von Knöpfen oder dem Stopfen von Socken beschäftigt. Aber die Pütz kommt nicht mal auf die Idee, den Müll rauszubringen! Ich habe testweise eine Salamischeibe neben den Toaster gelegt, um zu gucken, ob sie wenigstens die entsorgt. (Von mir aus könnte sie sie auch essen!) Ihr glaubt es nicht: Diese Salamischeibe liegt jetzt seit fünf Tagen an derselben Stelle und ist mit ei-

nem grünlichen Belag bedeckt. Sobald ich Ersatz habe, schicke ich diese Person in die Wüste!
Sabine

P. S. Die Kinder waren am Wochenende bei Peter und Buckelwal in Buckelwals Wohnung. Ich hatte darauf bestanden, denn es kann ja wohl nicht sein, dass Peter sich seinen Vaterpflichten komplett entzieht. Wenigstens am Wochenende will ich auch mal meine Ruhe haben. Ich hatte Wibeke gut instruiert, sich schön ekelhaft zu benehmen und ein Päckchen Rahmspinat in den Wäschekorb des Buckelwals zu legen. Aber meine hochintelligente Tochter hat wie immer alle meine Erwartungen übertroffen und den Spinat ohne Verpackung im Klavier von Buckelwal deponiert. Hier wird er langsam schimmeln, zu stinken beginnen und das teure Instrument für immer ruinieren!

21. Juli
Meine Schwiegermutter hat auch welche von den Blumensträußen gekauft und sie im Wartezimmer an die total verdutzten Patienten verteilt. Ich habe sie deswegen zur Rede gestellt, aber sie meinte, niemand würde Anstoß daran nehmen, Blumen geschenkt zu bekommen, und dass sie dabei Lockenwickler im Haar gehabt habe, sei auch nicht weiter tragisch. Ich solle bloß nicht immer so etepetete tun, nur weil ich mir einen Zahnarzt geangelt hätte und mich nun für etwas Besseres hielte.

»Ich weiß noch genau, wie du hier als Zahnarzthelferin angefangen hast«, hat sie tatsächlich gesagt. »Damals war mein armer Jens noch glücklich verheiratet.«

Ja, ja, und deshalb hat ihr armer Jens auch nur eine Woche gebraucht, bis er mich im Zahnarztstuhl vernascht hatte! Ich glaube nicht, dass ich mir solche Sprüche gefallen lassen muss. Schließlich bin ich die Frau, die meinem lieben Männe Kinder und seiner durchgeknallten Mutter Enkel schenkt. Das hat seine Ex nämlich nicht auf die Reihe gekriegt. Ich hab's so satt, dass meine Schwiegermutter mir ständig unter die Nase reibt, dass ich mal Zahnarzthelferin war. Als ob das irgendwie anstößig sei!

Im Seniorenstift Waldesruh ist zufällig gerade ein Platz frei, und ich habe ihn uns reservieren lassen, die Wartelisten sind nämlich endlos. Mein Männe muss allerdings noch überzeugt werden, dass das wirklich die beste Lösung ist.

Mami Supi-Kugelbauch Ellen

23. Juli

Ich denke leider auch, dass deine Schwiegermutter in einem Heim besser aufgehoben wäre. Sie hat erst neulich meinen Marlon derart zur Schnecke gemacht (und nur, weil er mit Steinen nach ein paar schmuddeligen Tauben geworfen hat), dass er jetzt noch unter Schock steht und bei jeder weißhaarigen Dame, der er begegnet, zusammenzuckt.

Meine arme Laura-Kristin kompensiert ihre

Pickel- und Fettröllchenkomplexe zurzeit auf höchst kuriose Weise: Sie bildet sich fest ein, einen Freund zu haben, den sie Max getauft hat, und sie nervt uns ständig mit Geschichten über ihn. Muss ich mit ihr zu einem Psychiater gehen, oder sind das die normalen Fantasien einer Pubertierenden?
Frauke

Nellys absolut streng geheimes Tagebuch

25. Juli

Mein Zeugnis war richtig gut, sogar in Biologie habe ich eine Zwei, obwohl ich nie den Mund aufgemacht habe, weil mich dieser ganze Kram über den Verdauungsapparat eines Rindes nicht die Spur interessiert hat. Da muss also eine Verwechslung vorliegen, aber Mami war schwer beeindruckt. Sie will mir zur Belohnung nun tatsächlich doch Schlagzeugunterricht bezahlen. Allerdings bin ich mir nicht mehr so sicher, dass ich das auch wirklich will. Max meinte heute in der Schule, dass meine Begabungen vermutlich woanders lägen, ich müsse nur noch herausfinden, wo. Haha, er ist echt eifersüchtig wegen Kevin Klose. Er meinte, er müsse mal wieder öfter vorbeikommen, weil ich offenbar nur auf dumme Gedanken käme ohne ihn. Er denkt, dass Kevin und ich was miteinander haben, was natürlich absolut nicht stimmt. Obwohl Kevin viel netter ist, als ich dachte, jedenfalls meistens. Ich habe Max nur ganz cool angeguckt und gesagt, dass meine Libido eben ein bisschen anspruchsvoller sei als seine, armes Hühnchen. Der hat vielleicht blöd geguckt! Aber von mir aus kann er ruhig mal wieder öfter vorbeikommen. Er fehlt mir irgendwie.

Ich freue mich wahnsinnig auf den Urlaub bei Paris' Familie auf Menorca, das Haus muss der absolute Wahnsinn sein, und wenn Paris' Neffe nur halb so gut aussieht wie auf dem Bild, das sie mir gezeigt hat, dann werden das die besten Ferien meines Lebens. Mami tut mir ein bisschen leid, weil sie ja am liebsten 24 Stunden täglich um uns herumglucken will, aber vielleicht kriegt sie's ja endlich mit Anton auf die Reihe, wenn wir weg sind. Lara platzt vor Neid wegen der Villa auf Menorca, sie fährt mit ihren Eltern zum Wandern in den Schwarzwald, die Arme. Aber sie hat es auch nicht besser verdient.

6. Kapitel

»Du musst sie rausschmeißen«, sagte Anton, als er erfuhr, dass Mimi bei mir eingezogen war.

»Wenn ich sie rausschmeiße, geht sie ins Hotel«, sagte ich und befreite ein Kätzchen aus dem Schirmständer, wohin es vor einem seiner rabiaten Geschwister geflüchtet war. Mimi hatte die Babys mitgebracht, die Mutterkatze war bei Ronnie geblieben. »So ist sie wenigstens in seiner Nähe, und es besteht noch Hoffnung.« In Wirklichkeit gab ich die Hoffnung auf eine Versöhnung der beiden allmählich auf.

Anton seufzte. »Es ist so schwer, tatenlos zuzusehen, wie sie sich auseinanderleben. Wissen sie denn nicht, dass sie füreinander bestimmt sind?«

»Mimi hat gesagt, sie will ein ganz neues Leben anfangen. Ich glaube, sie will sich von allem und allen distanzieren, was sie irgendwie mit der Fehlgeburt in Verbindung bringt. Und da gehört Ronnie nun mal zu.«

»Aber das ist so ungerecht«, sagte Anton.

»Es ist eine Überlebensstrategie«, sagte ich. »Ich hoffe, dass sie merkt, wie sehr sie ihn braucht, wenn sie ihn eine Weile nicht sieht. Aber Ronnie steht alle paar Stunden hier auf der Matte und macht ihr

Vorwürfe. Wenn er nicht gerade bettelt, sie solle zu ihm zurückkommen.«

»Ich rede mal mit ihm«, sagte Anton. Er war nur kurz bei mir vorbeigekommen, auf dem Weg zu seiner Mutter, wo er Emily abholen musste. Er hatte nicht mal Zeit für einen Kaffee.

»Du weißt schon, dass in deiner Einfahrt zwei riesige Hunde liegen?«, fragte er, als ich ihm die Tür öffnete.

»Ja, wir erwarten heute den Gerichtsvollzieher«, sagte ich.

Ich war selber alles andere als erfreut gewesen, als Kevin mit Hannibal und Lecter aufgetaucht war.

»Ich musste die beiden mitbringen«, hatte mir Kevin erklärt. »Unsere bescheuerten Nachbarn haben eine Jägerin engagiert, die den Hunden mit ihrem verdammten Jagdgewehr auflauert. Sie ballert drauflos, sobald die Tiere ihren Kopf durch die Hecke stecken. Gucken Sie doch mal, was die Verrückte dem armen Lecter angetan hat!«

Ich hatte widerwillig zu dem armen Lecter hinübergesehen. Tatsächlich, er schien nur noch ein Ohr zu haben. Es stand ihm aber gar nicht mal schlecht.

»Sie werden sie gar nicht merken«, hatte mir Kevin versichert. »Ich binde sie an den Zaun, da bleiben sie ganz brav im Schatten liegen.«

Na, und da lagen sie nun. Ich war ziemlich sicher, dass wir heute keine Post bekommen würden. Und Ronnie würde vielleicht ausnahmsweise mal nicht klingeln und verzweifelt fragen, wann Mimi denn endlich wieder zur Vernunft käme.

Nur Anton hatte sich an den Tieren vorbeigewagt.

»Was ist das denn da für ein Auto?«, fragte ich und

zeigte auf den bescheidenen Kleinwagen, der auf dem Bürgersteig parkte. »Ist dein Jaguar in Reparatur?«

»Nein, den hat man mir heute geklaut«, sagte Anton. »Direkt von meinem Parkplatz vor der Kanzlei.«

»Was? Oh, die Welt ist wirklich schlecht, oder? Ich bin froh, dass ich kein Auto habe.«

»Die Polizei sagt, im Augenblick werden in der Stadt so viele Autos geknackt wie nie zuvor«, sagte Anton achselzuckend. »Die meisten werden nach Osteuropa verscherbelt. Möglicherweise sehe ich meinen Jaguar also nie wieder. Und auch nicht Emilys und Mollys Babyschuhe.«

Die Babyschuhe hatten als Glücksbringer vom Rückspiegel gebaumelt. »Du Armer.« Ich schmiegte mich in seine Arme. »Dann hattest du sicher noch gar keine Zeit, dir die Unterlagen von Jo Reiter anzuschauen, oder? Kann man da was tun?«

»Klar kann man«, sagte Anton. »Es dauert nur eine Weile, alles zusammenzutragen. Je länger die Liste der Vernachlässigungsvergehen, je mehr Zeugen Herr Reiter vorweisen kann, desto wahrscheinlicher ist es, dass er das Sorgerecht bekommen wird. Wir reichen auf jeden Fall einen Antrag auf Neuverhandlung des Sorgerechts ein.«

»Und das Haus?«, fragte ich. Jo konnte doch nicht mit Joanne in der Einzimmerwohnung hausen, während Bernhard und Bianca weiterhin an goldenen Wasserhähnen drehen durften.

»Das Haus muss wohl verkauft werden«, sagte Anton. »Keine der Parteien hat Geld genug, den jeweils anderen auszuzahlen.«

»Armer Jo«, sagte ich. »Wo er doch alles selber ge-

237

baut hat. Aber wenigstens wird er sich danach besser stehen als vorher. Und das Wichtigste ist ja sowieso, dass er seine Tochter zurückbekommt. Ich wünschte, du hättest diesen Bernhard gesehen. Und du hast wirklich keine Zeit? Ich könnte dir auch etwas von unserem Punsch anbieten. Julius und ich haben ihn selber gemacht: Limette-Zitrone-Papaya.«

»Nein, danke«, sagte Anton. »Meine Mutter hat einen Termin, und sie hasst es, wenn man sie warten lässt. Ich bin nur kurz vorbeigekommen, um dich was zu fragen.«

»Ja?«, fragte ich. Meine Kopfhaut fing an zu prickeln.

»Was machst du nächsten Samstag?«, fragte Anton.

»Da bringe ich meine Kinder zum Flughafen«, sagte ich schwermütig.

»Das trifft sich doch gut«, sagte Anton und zwinkerte verheißungsvoll. »Dann brauchst du keinen Babysitter zu engagieren.«

Ich zwinkerte verheißungsvoll zurück. »Wofür denn?«

»Am Abend findet ein Essen bei meinen Eltern statt, und ich hätte gern, dass du mich begleitest«, sagte Anton.

»Oh«, sagte ich, und die Verheißung verpuffte schneller als ein Tropfen Wasser in einer heißen Pfanne.

Es handele sich um ein sehr wichtiges Essen, erklärte mir Anton. Alsleben Pharmazeutik war im Begriff, mit einem kleinen, aber sehr erfolgreichen Naturheilmittelbetrieb zu fusionieren, dessen Chef, Leonhard Körner, ein alter Freund von Antons Vater war. Beide Betriebe, Alsleben und Körner, waren

Familienunternehmen, und es war wichtig, dass die beiden Familien einander mochten und respektierten und sozusagen zu einem einzigen großen Familienunternehmen zusammengeführt werden konnten.

»Aber ich arbeite doch gar nicht für Alsleben«, sagte ich.

»Aber du gehörst zur Familie«, sagte Anton, und es klang ein bisschen verlegen. »Sozusagen.«

Ich spürte, wie mir der Unterkiefer herabklappte, ich konnte nichts dagegen tun.

»Ich weiß, mit uns beiden, das läuft alles ein bisschen schleppend an, aber wir sind doch ein Paar, oder?«, sagte Anton. »Jedenfalls erzähle ich überall rum, dass du meine Freundin bist.«

»Das ist schon in Ordnung«, sagte ich schnell und guckte dabei auf den Fußboden, um zu verbergen, dass ich feuerrot geworden war. »Ich erzähle auch allen möglichen Leuten von dir. Peinlich wird es nur, wenn sie fragen, wie du im Bett bist.«

Anton zog eine Augenbraue hoch. »Sag einfach, ich bin fantastisch«, schlug er vor. »Also, kommst du mit?«

»Weiß deine Mutter denn, dass du mich mitbringen willst?« Ich fürchtete, sie würde *Tut mir leid, aber wir kaufen nichts* sagen, wenn ich bei ihr vor der Tür stünde.

»Natürlich«, sagte Anton. Als ich nichts erwiderte, setzte er hinzu: »Und sie ist entzückt.«

Ich war mir ziemlich sicher, dass er log. Aber da ich meinerseits so entzückt darüber war, dass Anton mich offiziell als seine Freundin bezeichnete, schenkte ich ihm ein strahlendes Lächeln und sagte: »Ich komme gerne.«

»Wunderbar«, sagte Anton. »Johannes wird auch da sein. Vielleicht habt ihr ja Zeit, eure Schachpartie weiterzuspielen.«

Meine Kiefer verspannten sich sofort wieder. »Ja, das wäre schön«, brachte ich mit etwas Mühe hervor.

»Also, dann bis Samstag!« Anton gab mir einen Kuss. »Oh, beinahe hätte ich es vergessen: Emily hat dir ein Bild gemalt.« Er zog ein zusammengerolltes Blatt Zeichenpapier aus seinem Jackett und überreichte es mir. »Ich glaube, mit dem Barbiekleid hast du ihr Kinderherz endgültig erobert.« Er gab mir noch einen Kuss, schwang auf dem Absatz seiner italienischen Schuhe herum und eilte mit einem eleganten Bogen an Hannibal und Lecter vorbei zu seinem Leihauto.

Ich rollte die Zeichnung neugierig auseinander. Sollte Emily mich tatsächlich in ihr Kinderherz geschlossen haben? Wenn das so war, würde ich ihr noch dutzende Kleider aus alten Schwiegermuttervorhängen nähen.

Aber Anton hatte sich die Zeichnung offensichtlich nicht genau angeschaut. Auf den ersten Blick sah es bunt und fröhlich aus. Eine Prinzessin mit schwarzen Haaren und einem blauen Kleid hielt Händchen mit einem Prinzen in einem schwarzen Anzug. Sie standen auf einer Wiese mit lauter Erdbeeren, und im blauen Himmel über ihnen schwebten Luftballons und ein roter Doppeldeckerbus, aus dem zwei weitere schwarzhaarige Prinzessinnen winkten. Neben dem Erdbeerfeld ragte ein Turm in den Himmel, und ganz oben auf dem Turm stand eine Frau mit gelben Haaren, auf die gerade ein großer schwarzer Vogel niederstieß. Er musste schon mehrmals zugestoßen haben, denn überall auf der Frau waren rote Filzstiftpunkte zu erkennen. Zwei weitere Gestalten mit gelben Haaren waren im Begriff, vom Turm zu fallen, wobei der kleineren Gestalt im Fall etwas Braunes aus dem Mund tropfte.

Man musste kein Kinderpsychologe sein, um zu erkennen, dass Emily weder mich noch meine Kinder in ihr Herz geschlossen hatte. Aber es wäre auch zu seltsam gewesen, wenn sich eines meiner Probleme mal von selbst gelöst hätte.

Im Augenblick häuften sie sich auf eine bedenkliche Art und Weise. Nach Mimis Einzug bei mir hatte ich wieder mal das dringende Bedürfnis nach einer Liste verspürt und alle meine aktuellen Probleme hintereinander aufgeschrieben. Es waren zweiundvierzig. Jetzt konnte ich das Abendessen bei Antons Eltern noch hinzusetzen, gleich nach *Aufpassen, dass Mimi und Paris einander nicht über den Weg laufen, damit Mimi nicht erfahren muss, dass Paris schwanger ist, und sie wieder anfängt, mit Gegenständen zu werfen.*

Den Kindern gegenüber wollte ich mir nichts anmerken lassen, aber je näher der Tag ihrer Abreise rückte, desto schlechter fühlte ich mich. Was war das für eine verkehrte Welt, in der Kinder plötzlich mehr als eine Mutter und einen Vater hatten und so viele Stief- und Halbgeschwister, dass man auch als Erwachsener den Überblick verlieren konnte? Ich wollte diesen Sommer bei meinen Kindern sein. Ich wollte dabei sein, wenn sie schwimmen und surfen lernten oder zum ersten Mal in ihrem Leben einen Delfin sahen. Das alles wollte ich nicht der neuen Frau meines Exmanns überlassen. Aber die Bedingungen hatten sich nun mal geändert, und ich konnte die

Zeit nicht zurückdrehen. Seit der Trennung von Lorenz war so viel geschehen, und das meiste davon wollte ich auch gar nicht mehr hergeben. Oder zurückhaben. Lorenz zum Beispiel.

»Dein Problem ist, dass du immer alle lieb hast und allen gerecht werden willst«, hatte Mimi gesagt. »Ich bin sicher, es ginge dir bedeutend besser, wenn du dir ein wenig Abneigung gegenüber Paris gestatten würdest.«

»Aber wie sollte ich das?«, hatte ich ausgerufen. »Sie ist perfekt. Liebenswert, großzügig, zauberhaft zu den Kindern ...«

»Sie hat dir immerhin den Mann ausgespannt«, hatte Mimi gesagt. »Manchen Frauen reicht das völlig aus, um jemanden nicht leiden zu können.«

»Ja. Aber was soll ich denn machen? Sie ist wirklich süß«, hatte ich geseufzt. »Und dann erst diese Familie. Alle arbeiten sie als Models, Schriftsteller, Schauspieler, Balletttänzer oder Ministerpräsidenten, haben Häuser in der ganzen Welt, sprechen vierzig Sprachen, gewinnen Olympiamedaillen – und kochen können sie auch noch!«

»Wenn das kein Grund ist, die ganze Sippe nach Strich und Faden zu hassen, weiß ich es aber auch nicht«, hatte Mimi gesagt, und da hatte ich lachen müssen.

Jemand klingelte Sturm. Es war Ronnie.

»Was sind denn das für Bestien, die bei dir in der Einfahrt lauern?«, fragte er atemlos. Hannibal und Lecter zerrten so wild an ihren Leinen, dass ich um die Zaunpfähle fürchtete, an denen sie angebunden waren. Man konnte nur hoffen, dass das Holz nicht morsch war. »Die wollten mich umbringen.«

»Ja, die hat Mimi engagiert, damit du nicht mehr jeden Tag vor der Tür stehst und bettelst«, sagte ich.

Ronnie runzelte die Stirn. »Ich bettele nicht. Ich kämpfe lediglich um meine Ehe.«

»Indem du Mimi hundertmal am Tag fragst, wann sie wieder zur Vernunft kommt?«

»Was soll ich denn sonst tun? Du musst selber zugeben, dass sie im Augenblick nicht sie selber ist«, sagte Ronnie.

»Ja«, sagte ich. »Sie hat sich sehr verändert. Aber vielleicht ist es dumm von uns allen, darauf zu warten, dass sie wieder wie früher wird.«

Ronnie hatte Tränen in den Augen, wie oft, wenn wir über Mimi redeten. Deshalb fiel es mir besonders schwer, weiterzusprechen.

»Weißt du, manche Ereignisse sind so schwer wiegend, dass man danach einfach nicht mehr derselbe Mensch ist«, sagte ich. »Die Frage, die sich stellt, ist nicht, wie wird alles wieder, wie es war, sondern, wie kommt man mit der neuen Situation zurecht?«

Ronnie biss sich auf die Lippen. »Wir haben das Kind verloren, das ist schlimm, aber das passiert tausenden von anderen Paaren auch. Mimi tut so, als wäre unsere Beziehung gescheitert, weil wir keine Kinder haben können. Als ob die vielen Jahre, in denen wir zusammen sind, überhaupt nicht zählten.«

»Ich weiß auch nicht genau, was in ihrem Kopf vorgeht«, gab ich zu. »Es ist so eine Mischung aus Schuldgefühlen und Aggressionen. Trudi sagt, sie wolle sich selbst dafür bestrafen, keine Kinder bekommen zu können, indem sie sich von dem trennt, was sie am liebsten auf der Welt hat, also dich. Sie ist fest entschlossen, ein neues Leben zu beginnen.«

»Ohne mich«, sagte Ronnie.

»Auf jeden Fall neu im Sinne von anders«, sagte ich.

Ronnie konnte seine Tränen kaum noch zurückhalten. »Was soll ich denn tun?«, fragte er, und es brach mir beinahe das Herz.

»Ich weiß es doch auch nicht«, sagte ich traurig.

Ronnie war blind vor Tränen, als er an Hannibal und Lecter vorbei nach Hause stolperte. Er merkte nicht mal, dass Hannibal vorschoss und versuchte, ihm die Hand abzubeißen.

»So geht das nicht weiter«, sagte ich zu Mimi, als sie nach Hause kam. »Ihr müsst miteinander reden, am besten mit einem Eheberater.«

»Wenn etwas vorbei ist, ist es vorbei«, sagte Mimi nur. »Das Geld für einen Eheberater kann man sich sparen. Je eher Ronnie begreift, dass es aus ist, desto eher kann er sich nach einer anderen Frau umgucken. Nach einer, die ihm Kinderchen schenkt und sich freut, wenn seine Mama ihr zu Weihnachten ein Dampfbügeleisen überreicht.«

»Ich dachte, es wäre ein Folienschweißgerät gewesen«, sagte ich.

»Das war das Jahr davor«, sagte Mimi. »Und davor war's ein Tischstaubsauger, mein persönlicher Favorit. Ronnie und ich haben uns kaputtgelacht und versucht, das Ding auf alle mögliche Art und Weise seinem Zweck zu entfremden.« Sie lachte kurz bei der Erinnerung daran.

Ich schüttelte nur den Kopf. Waren alle meine Freundinnen pervers? Erst Trudi mit ihrem Dunstabzugshaubentick, und jetzt Mimi mit einem Tischstaubsauger??? Aber Mimi erklärte, dass sie den

Tischstaubsauger benutzt hätten, um die Blattläuse von den Rosen zu saugen. Ups, allmählich bekam ich wohl eine schmutzige Fantasie.

Später, als wir mit einem Glas Punsch draußen im Garten saßen, sagte Mimi: »Es gibt bestimmt eine Frau für Ronnie, die das alles zu würdigen weiß. Auch die Socken mit Monogramm, die meine Schwägerinnen an Weihnachten verschenken. Die Welt von Ronnies Familie wird wieder in Ordnung sein, wenn ich daraus verschwunden bin und eine andere Frau meinen Platz eingenommen hat. Ich bin sicher, Ronnies Schwester wird mit Freuden den Wandbehang mit dem selbst gestickten Familien-Stammbaum umarbeiten, in dem alle Familienmitglieder als Vögel in einem Baum sitzen. Sehr apart und detailgetreu. Nur das leere Nest der Ronnie-und-Mimi-Vögel war immer ein Schandfleck.«

»Können Kevin und ich uns einen Milchshake machen?«, fragte Nelly.

»Ja, klar«, sagte ich. »Wenn ihr den Mixer wieder spült. Und wenn ihr Julius und Jasper auch einen Milchshake macht.«

»Das geht nicht«, sagte Nelly. »Dafür ist nicht genug Eis da.«

»Blödsinn«, sagte ich. »Wir haben noch eine Zweiliterpackung Vanilleeis.«

»Sag ich doch, es ist nicht genug da«, jammerte Nelly. Sie war wieder in eine neue Wachstumsphase eingetreten, und zwar nicht in die Höhe, sondern in die Breite. Jeder andere wäre in Panik ausgebrochen, aber Nelly war außer sich vor Entzücken. Man konnte förmlich dabei zusehen, wie sich ihre Brust von Körbchengröße null nach Körbchengröße A ausdehnte. Ich beobachtete auch misstrauisch ihren Hintern, aber der blieb trotz ihres immensen Appetits klein und schmal wie vorher auch.

Der Milchshake, den Kevin und Nelly aus zwei Litern Vanilleeis, zwei Litern Milch und fünf Mangos herstellten, reichte dann auch nur ganz knapp für Julius, Jasper, Mimi und mich mit. Wir und Kevin bekamen jeder ein Glas, und Nelly trank den ganzen Rest.

»Seid ihr mit eurem Referat weitergekommen?«, erkundigte ich mich.

»Nö«, sagte Nelly. »Kevin ist nicht in Stimmung für Gleichberechtigung. Er hat Ärger zu Hause.«

»Was hast du denn angestellt?«

»Ich nichts«, sagte Kevin. »Aber meine kleinen Geschwister bauen nur Mist, Justin hat lauter Fünfen auf dem Zeugnis, und ständig stehen die Nachbarn vor der Tür und beschweren sich, und meine Mutter ist ganz fertig mit den Nerven, weil sie sich ständig mit meinem Vater über seine Geschäfte in den Haaren liegt, und mein Opa hat Liebeskummer, weil sie die Alte, in die er sich verknallt hat, in ein Altenheim abgeschoben haben, und Samantha hat die Windpocken, und meine große Schwester heult rum, weil sie seit einem Jahr nicht mehr in der Disko war, und dann haben sie Lecter noch das Ohr weggeschossen, mitten am helllichten Tag, und wenn meine Mutter das erfährt, klinkt sie völlig aus, sie macht sich doch auch so schon genug Sorgen, und ich meine, wer auf Hunde schießt, schießt vielleicht auch auf Kinder.«

»Oh«, sagte ich mitleidig. »Das klingt wirklich nicht gut.«

»Was sind denn das für Leute, die im Garten mit einem Gewehr hantieren?«, fragte Mimi. »Ich wette, wenn Anne das hört, wird sie sofort sagen, das sei ein Fall für die Mütter-Mafia.«

»Ich weiß nicht«, sagte Kevin. »Anne ist ja auch nicht besonders gut auf die Hunde zu sprechen. Was ist denn die Mütter-Mafia?«

»Nur eine streng geheime Organisation, von der niemand jemals was erfahren darf«, sagte Nelly und grinste blöd. »Meine Mutter ist der Boss, und das ist ihr Hauptquartier. Aber das ist alles streng geheim.«

»Ach, so ähnlich wie die Typen mit den schwarzen Sonnenbrillen, für die mein Vater Autos repariert«, sagte Kevin. »Meine Mutter will nicht, dass mein Vater mit denen Geschäfte macht, aber wenn wir von ihrem Altenpflegergehalt leben müssten, könnten wir gleich Sozialhilfe beantragen, sagt mein Vater. Und dann hätten die Nachbarn am Ende sogar Recht, wenn sie uns als Schmarotzer und Staatskassengeschwür bezeichnen.«

»Eure Nachbarn sind ja noch fieser als unsere«, sagte ich.

»Mir tut vor allem der Opa leid«, sagte Nelly. »Es war die ganz große Liebe, sagt Kevin, mit achtzig Jahren die große Liebe! Er hat sich Blumen ins Knopfloch gesteckt und auf der Straße Tango getanzt. Und jetzt haben sie seine Angebetete einfach abgeschoben. Ist das nicht tragisch?«

»Doch«, sagte ich.

»Die große Liebe gibt es nicht«, sagte Mimi.

»Du solltest dich was schämen«, sagte ich zu ihr. »Wenn einer die große Liebe kennt, dann du.«

Da der Samstag immer näher rückte, beschloss ich, zum Friseur zu gehen. Nichts Experimentelles, nur ein bisschen kürzer und schicker, damit ich den inspizierenden Blicken von Antons Mutter standhalten konnte. Und wo ich schon mal da war, ließ ich mir auch gleich wieder die Wimpern färben. Die waren von Natur aus zwar lang und dicht, aber so hellblond wie die von einem Schweinchen. Aber das war eins meiner bestgehüteten Geheimnisse. Ich war nur anderthalb Stunden weg, und Nelly sollte so lange auf Julius aufpassen.

Aber als ich vom Friseur zurückkam, waren die Kinder verschwunden. Auf dem Esstisch lag nur ein Zettel: *Sind bei Kevin. Spätestens um sieben wieder zurück. N + J.*

Ich bekam unmittelbar Herzrasen. Bei Kevin? Bei Hannibal Lecter zu Hause? Dort, wo auch die Vogelspinne lebte? Ja, war Nelly denn von allen guten Geistern verlassen? Wie konnte sie auch noch Julius mit dort hinschleppen?

Ich suchte fieberhaft am Kühlschrank nach der Liste mit den Adressen und Telefonnummern von Nellys Klasse. Unter einem Rezept für Zitronenkuchen wurde ich fündig. Kevin Klose, Libellenweg 14. Das war nicht weit. Ich fischte das Pfefferspray aus dem Schirmständer, rannte in die Garage und schwang mich auf das Fahrrad. Nur die Ruhe bewahren, vielleicht war es ja noch nicht zu spät. Vielleicht wilderten Hannibal und Lecter ja mal wieder in der Grünanlage und hatten keine Zeit, meine Kinder zu zerfleischen.

Und was die Vogelspinne anging: In der Klinik hatten sie sicher ein Gegengift parat. Also, keine Panik.

Ich heizte wie Jan Ullrich durch die Insektensiedlung.

»KFZ Klose«, stand an der Hofeinfahrt zu Nummer 14 im Libellenweg. Direkt gegenüber war eine Zahnarztpraxis. Durch die gekippten Fenster hörte man das Geräusch eines Bohrers.

Die Hoftür war nur angelehnt. Das Pfefferspray geladen und gezückt, wagte ich mich hindurch. Der Hof lag wie ausgestorben in der Nachmittagssonne. Ein paar dicke Limousinen parkten hier, außerdem einige alte Autos ohne Reifen. Auf einer Motorhaube lag eine Katze und schlief. Von Hannibal und Lecter weit und breit keine Spur.

Ich überquerte den Hof, kletterte eine Treppe hoch und klingelte an einer Tür, die mit Schildern in unterschiedlichster Machart gespickt war wie eine Pinnwand.

Hier wohnen Mama und Papa mit Jessica, Kevin, Melody, Justin, Jillian, Samantha und Opa. (Salzteig)

Wer Spihlzeuch kaufen oder verschenken will, bitte dreimal klingeln und nach Justin oder Melody fragen. (Feste Pappe und Buntstift)

Osterhasen willkommen (Kreuzstich auf Jute)

Post bitte in Werkstatt abgeben. (Eingeschweißte Computerschrift)

Vorsicht vor dem bisschen Hund (Haha! Wirklich sehr komisch.)

Opa Klose ist der Beste. (Brandschrift auf Frühstücksbrett)

Schuhe abtreten nicht vergessen! (Geprägtes Metallschild)

Leider machte auch nach dem zweiten Klingeln niemand auf. Ich versuchte es dreimal hintereinander, obwohl ich natürlich nicht vorhatte, »Spihlzeuch« zu kaufen oder zu verschenken. Aber nichts rührte sich. Das Horrorszenario vor meinem inneren Auge ließ sich nicht mehr ausblenden. Vielleicht waren sie ja alle auf dem Weg ins Krankenhaus. Das bisschen Hund konnte einem Vierjährigen ohne weiteres den Arm abbeißen. Aber wenn das so war, dann würde ich Hannibal und Lecter eigenhändig die Zungen aus dem Maul ziehen und Kevin um den Hals knoten.

Aus dem Schuppen hörte man Geräusche, Metall auf Metall. Aha, da war doch noch jemand. Ich spurtete die Treppe hinunter und klopfte mit dem Pfefferspray gegen das Rolltor.

»Hallo! *Hallo!* Ist da jemand?«

Drinnen im Schuppen lief gerade ein Motor auf Hochtouren, deshalb ging mein Geklopfe ungehört unter. Ich fand einen Schalter und ließ kurz entschlossen das Rolltor hochfahren.

Das Motorengeräusch erstarb.

Drinnen sah es aus wie in einer typischen Kfz-Werkstatt. In Regalen an den Wänden entlang stapelten sich gekrümmte Auspuffrohre und andere Ersatzteile, auf einer Hebebühne war ein Jaguar ohne Nummernschild aufgebockt, und darunter lag ein Mann in einem blauen Arbeitsoverall. Links und rechts von der Hebebühne standen – und das war untypisch für eine typische Kfz-Werkstatt – zwei große, breitschultrige Männer in schwarzen Anzügen (von *Armani*, das erkannte ich mittlerweile in Sekundenbruchteilen) und mit schwarzen Sonnenbrillen, die sie in ihre akkurat geschnittenen

Haare geschoben hatten. Sie waren symmetrisch aufgestellt und hatten eine so steife, gerade Haltung, dass ich sie im ersten Augenblick für Skulpturen hielt. Aber als die Nachmittagssonne durch das offene Rolltor den Schuppen flutete, blinzelten sie überrascht ins Gegenlicht. Beide griffen synchron in die Innentasche ihres Jacketts.

Später wurde mir klar, dass ich vielleicht auch einen etwas befremdlichen Anblick geboten habe, mit dem Pfefferspray in der hocherhobenen rechten Hand.

Der Mann im Blaumann rollte unter dem Jaguar hervor und setzte sich auf. »Hören Sie, ich habe Ihnen doch schon am Telefon gesagt, dass ich arbeiten muss«, sagte er. »Wenn Sie unbedingt mit jemandem über Justins Noten reden wollen, dann müssen Sie schon warten, bis meine Frau nach Hause kommt.«

»Ja, nein, aber ich will gar nicht über Justins Noten reden«, stotterte ich, den Blick immer noch irritiert auf die beiden *Armani*-Männer gerichtet. Sie hatten nun ihre Sonnenbrillen von der Stirn auf die Nasen geschoben, und ich konnte ihre Augen nicht mehr erkennen. »Ich ... ich suche eigentlich nur meine Kinder.«

»Ach so, ich dachte, Sie sind Justins Lehrerin«, sagte der Blaumann. »Die möchte uns unbedingt die Schuld an Justins Noten anhängen. Dabei sag ich immer, dass das reine Lehrersache ist. Sehen Sie doch mal unseren Kevin an, der schreibt fast nur Einsen, und der hat schließlich dieselben Eltern, oder?«

»Tatsächlich?«, sagte ich ehrlich erstaunt. Kevin sah so gar nicht wie ein Streber aus. Vielleicht sollte

Nelly in Zukunft auch mal mit ihm Mathe lernen. Die beiden Armanis rührten sich nicht. In den Gläsern ihrer Sonnenbrille spiegelte sich der sonnenbeschienene Hof. Ich konnte sehen, wie sich die Katze auf der Motorhaube des alten Autos draußen reckte und streckte. Irgendwie unheimlich. »Meine Tochter ist bei Kevin in der Klasse. Sie wollte ihn heute besuchen …«

»Ach, die kleine Nele«, sagte Kevins Vater. »Kesses Mädchen, wirklich süß. Gestatten – Klose!«

»Bauer«, sagte ich.

»Freut mich. Ich hab aber keine Ahnung, wo die Kinder stecken.«

»Wenn nur die Hunde sie nicht gefressen haben«, sagte ich mit einem nervösen Lachen.

»Das glaube ich nicht«, sagte Kevins Vater. »Entschuldigen Sie, aber ich muss jetzt weitermachen. Der Schlitten hier muss heute noch fertig werden. Der Kunde ist ungeduldig. Vielleicht suchen Sie mal hinten im Garten.«

»So einen Jaguar hat mein Freund auch«, sagte ich und trat ein bisschen näher. »Genau mit diesen schwarzen Lederpolstern und dem ganzen Wurzelholz.« Ich stockte. »Also wirklich, *genau* die gleichen Polster.«

Ein unbehagliches Schweigen folgte dieser Feststellung. Ich verspürte plötzlich das Bedürfnis, wieder rückwärts gen Rolltor zu schleichen. Was genau suchten die beiden *Armani*-Typen eigentlich in ihrer Anzugtasche?

»Das kann aber nicht sein«, sagte Kevins Vater und stand auf. »Der Jaguar hier ist aus einer anderen Stadt. Nicht wahr, Jungs?«

Jetzt kam etwas Leben in die beiden Armanis. Der eine kratzte sich unter der Sonnenbrille an der Nase, und der andere sagte: »Wirr sind Proffis, weißt du doch, Thommas. Halten uns immärrr an Abmachunk.«

»Das will ich doch hoffen«, sagte Kevins Vater. »Diese Abmachung macht nämlich durchaus Sinn, ihr Pappnasen!« Dann wandte er sich wieder an mich. »Diese Jaguars sehen alle gleich aus, nicht wahr? Wir haben nur Kunden von weiter her, das kann ich Ihnen versichern.«

»Der Jaguar von meinem Freund ist gerade geklaut worden«, sagte ich. Es war mehr eine Art lautes Denken. »Das hier kann er also gar nicht sein. Obwohl er genau die gleichen Babyschühchen am Spiegel hängen hat. Zwei Paar, genau wie die hier.« Wieder stockte ich. Wie viele Jaguars mit kleinen Schühchen am Rückspiegel gab es denn sonst noch? Vor allem mit Schühchen, in die das Monogramm *E* und *M* gestickt war?

Trotz der Sommerhitze wurde mir plötzlich kalt.

»Das darf doch wohl nicht wahr sein«, sagte Kevins Vater und guckte abwechselnd die Schühchen und die Armanis böse an. Ich machte noch ein paar kleine Schritte rückwärts. Wenn ich schnell genug nach draußen kam, konnte ich vielleicht das Rolltor wieder hinunterlassen, alle einsperren und die Polizei anrufen.

Jetzt kratzten sich alle beide Armanis an der Nase. »Ist dummerrr Zufall, Thommas, wirrrklich. Warr vill zu tun diese Woh-che. Vielleicht wirr haben nicht so genau aufgepasst.«

»Den Jaguar von meinem Freund haben sie am

helllichten Tag geklaut, mitten in der Stadt, direkt vor der Kanzlei«, sagte ich, warum, wusste ich selber nicht. Wahrscheinlich war ich lebensmüde. »Er ist Rechtsanwalt, mit exzellenten Kontakten zur Polizei und zur Staatsanwaltschaft.« Während ich sprach, war ich rückwärts hinaus in den Hof gelangt. Aber Kevins Vater war mir gefolgt. Er fuhr sich mit der Hand über die Stirn, wo er eine dunkle Schmierespur hinterließ.

»Ihr seid wirklich Vollidioten, ihr beiden«, sagte er zu den Armanis, während er den Schalter für das Rolltor betätigte. »Wenn Wronski das erfährt, schiebt er euch eure albernen Handys so tief in den Hintern, dass sie oben wieder rauskommen.« Zu mir gewandt setzte er hinzu: »Äh, kleiner Scherz unter Freunden. Kann ich Ihnen vielleicht einen Kaffee anbieten?«

Das Rolltor hatte sich in Bewegung gesetzt. Langsam verschwanden die Armanis und der Jaguar aus unserem Blickfeld.

»Abarr Thomas, wenn sie nun täläffonnierrrt ...?«, sagte einer der Armanis noch.

»Ruhe jetzt. Niemand wird hier telefonieren, klar?« Kevins Vater ließ das Rolltor einrasten und drehte sich zu mir um. »Und jetzt zu Ihnen ...«

Tun Sie mir nichts, wollte ich sagen aber da war Kevins Vater auch schon fortgefahren: »Es ist nicht das, wonach es vielleicht aussieht, wirklich, das müssen Sie mir glauben.«

Nicht?

»Es sieht so aus, als ob das da in Ihrer Werkstatt das Auto meines Freundes ist«, sagte ich. »Welches geklaut wurde.«

»Hören Sie, das sind gute Jungs, da drin«, sagte Kevins Vater. »Die Menschen in Russland leben nicht gerade im Überfluss, wissen Sie. Seit der Staat nicht mehr für sie sorgt, müssen sie andere Einkommensquellen auftun, um ihre Familien zu ernähren. Das versuche ich meiner Frau auch ständig klarzumachen. Schließlich ist das doch das Wichtigste, nicht wahr, dass es der Familie gut geht?«

»Ja, schon, aber Autos zu klauen ist nicht unbedingt ...«

»Hören Sie, ich weiß, das muss sich für Sie komisch anhören, aber andere Länder, andere Sitten, und hierzulande hat sich ja auch einiges zum Schlechten hin gewendet, wer kann denn heute noch ... – ich weiß nicht, ob Sie wissen, wie viel man als Kfz-Mechaniker so verdient?«

»Na ja, ich ...«

»Nicht genug, das kann ich Ihnen verraten. Und wenn man fünf Kinder hat und einen alten Vater mit einer viel zu kleinen Rente und ein Enkelkind, dessen Vater ein Schwein ist und keinen Unterhalt zahlt, dann kann man schon mal in etwas hineinrutschen, in das man eigentlich gar nicht hineinrutschen wollte, verstehen Sie?«

»Wenn Sie damit meinen ... aber Sie können doch nicht ...«

»Meine Frau sagt das auch andauernd. Ich soll damit aufhören, sagt sie, sie verdient ja schließlich auch noch was, ja, aber wissen Sie, wie wenig Geld diese Frau für ihre Arbeit im Altersheim bekommt? Dafür, dass sie den alten Leuten den Hintern abputzt? Es ist erschreckend wenig, das können Sie mir glauben, und wenn die Kinder mal größer sind, dann kommen wir vorne und hinten nicht klar mit dem Geld, aber das will sie einfach nicht einsehen. Die Kinder sind doch unsere Zukunft, oder nicht? Ohne eine vernünftige Ausbildung unserer Kinder wird es mit diesem Staat nie wieder aufwärts gehen, aber eine vernünftige Ausbildung kostet, und das nicht zu knapp. Der Kevin zum Beispiel, der ist so ein kluger Kerl, der kann mal studieren, aber wie denn, wenn wir nichts für ihn beiseitegelegt haben? Verstehen Sie das?«

»Das verstehe ich gut«, sagte ich. »Trotzdem können Sie doch nicht einfach Antons Auto ... – ich meine, auch wenn es für Kevins Studium ist ...«

»So etwas passiert sonst nie. Wir handeln nur mit Autos aus anderen Städten«, sagte Kevins Vater. »Aus Sicherheitsgründen. Aber die zwei da drinnen sind Anfänger, Sie müssen verzeihen ...«

»Das verzeihe ich auch, aber ...« Was redete ich da eigentlich die ganze Zeit für einen Mist? »Hören Sie, Kriminalität ist doch auch keine Lösung. Wenn Sie im Gefängnis sitzen, dann nutzen Sie Ihren Kindern doch noch viel weniger.«

»Das ist mir schon klar«, sagte Kevins Vater. »Das ist ja auch der Grund, warum ich mit Ihnen spreche. Ich möchte nicht ins Gefängnis. Meine Frau würde das nicht überleben. Und mein alter Vater ... und die Kinder ... und die kleine Samantha ... ihnen allen würde es das Herz brechen, und das möchten Sie doch nicht, oder?«

»Nein, natürlich nicht«, stotterte ich. »Ganz bestimmt nicht.« Ich war total durcheinander. »Aber ...«

»Wir müssen ein Vorbild für unsere Kinder sein, das sehen Sie doch auch so, oder?« Kevins Vater sah mich bittend an. Er hatte Kevins grüne Augen. »Was für ein Vorbild kann denn bitte ein Vater sein, der im Gefängnis sitzt?«

»Na ja, keins, aber was für ein Vorbild ist ein Vater, der mit der Russenmafia Autoschiebergeschäfte macht?«, fragte ich. »Das soll natürlich keine Beleidigung sein …«

»Aber meine Kinder kennen doch gar nicht die Art meiner Geschäfte«, sagte Kevins Vater. »Sie sehen nur einen Vater, der hart arbeitet, um die Familie zu ernähren, und das ist doch ein Vorbild, das einen anständigen Menschen prägen kann, oder nicht?«

»Doch«, sagte ich unsicher.

»Selbstverständlich bekommt Ihr Freund seinen Jaguar zurück«, sagte Kevins Vater. »Das ist keine Frage. Die Frage ist nur, ob Sie dichthalten können.«

Ich schluckte. »Sie meinen, über die Art Ihres Kfz-Betriebes?«

Kevins Vater nickte. Und wie bei Kevin neulich, als er über das Meerschweinchen gesprochen hatte, glitzerten Tränen in seinen grünen Augen. Das gab mir den Rest.

»Ich denke, das kann unter uns bleiben«, sagte ich fest.

»Zu niemandem ein Sterbenswörtchen? Auch nicht zu Ihrem Freund?«

»Wenn er seinen Jaguar zurückkriegt – nein. Ich werde nichts sagen.«

»Ehrenwort?« Kevins Vater hielt mir seine Hand hin.

Ich schlug ein. »Ehrenwort. Ich bin Friesin, von Natur aus schweigsam.«

»Dann hätten wir das ja geklärt«, sagte Kevins Vater. »Sie sind wirklich schwer in Ordnung. Und jetzt nehmen Sie bitte endlich das Pfefferspray runter, ja?«

In diesem Augenblick bog Kevin mit Nelly, Julius und einem Haufen anderer Kinder um die Hausecke. Soweit ich erkennen konnte, waren alle unversehrt.

»Mami, was machst du denn hier?«, fragte Nelly ganz erstaunt.

Und Julius sagte: »Mami, können wir biiiiitte auch eine Vogelspinne haben, ja? Sie fühlen sich so schön kuschelig an.«

Ich war so daran gewöhnt, Kevin mehrmals täglich die Tür zu öffnen, dass ich ganz erstaunt war, als auf einmal Max davor stand, zusammen mit Jasper.

»Hallo, Constanze«, sagte er, so als ob er nie weg gewesen wäre.

»Max. Schön, dass man dich auch noch mal sieht«, sagte ich ein bisschen kühl. »Wo du doch in letzter Zeit nur mit Laura-Kristin zusammen bist.« Nur weil Nelly nicht eifersüchtig war, hieß das noch lange nicht, dass ich genauso großzügig war. »Sie ist jetzt im Ferienlager, stimmt's?«

»Mein Opa ist tot«, sagte Max.

Jasper fing an zu heulen. »Meiner auch.«

»Warum heulst du denn!«, schimpfte Max. »Du hast ihn ja gar nicht richtig gekannt.«

»Wohl. Der hat mir die Carrerabahn geschenkt«, heulte Jasper.

»Das war der andere Opa«, sagte Max. »Der lebt noch!«

Jasper hörte auf zu heulen. »Echt?«, sagte er.

Ich war ehrlich betroffen. »Kommt doch erst mal rein, ihr zwei.« Arme Anne. Sie hatte ihren Vater sehr geliebt. Auch wenn er sie die letzten zwei Jahre seines Lebens abwechselnd mit *Frau Juschenkow* und *Renate* angeredet hatte.

»Kann Jasper heute Nacht bei euch bleiben?«, fragte Max. »Mama war ganz komisch, als der Anruf vom Krankenhaus kam. Sie ist seit Stunden weg und hat sich noch nicht wieder gemeldet. Ich habe meinen Vater angerufen, wie sie's mir gesagt hatte. Aber dem ist wie üblich die Arbeit wichtiger. Oder was er so Arbeit nennt. Nicht mal an dem Tag, an dem unser Opa stirbt, kann er die Finger von seiner Praktikantin lassen. Sind alle Männer so, Constanze?«

»Nein«, sagte ich knapp. Ich hatte nicht gewusst, dass Max über die Abwege seines Vaters Bescheid wusste. »Jasper kann natürlich hierbleiben. Und du auch. Nelly wird sich freuen.«

»Wenn sie nicht gerade von Mr. Tattoo Besuch hat«, sagte Max. »Wie findest du das denn, Constanze? Glaubst du, Kevin Klose ist der richtige Umgang für deine Tochter?«

»Ach, Kevin ist eigentlich ganz in Ordnung«, sagte ich. »Im Übrigen glaube ich nicht, dass die beiden was mit …«

»… dass dich das etwas angeht«, ergänzte Nelly, die wie üblich auf Katzenpfötchen herangeschlichen war.

Max zuckte mit den Schultern.

»Max' Opa ist gestorben«, sagte ich, damit Nelly nicht den gleichen Fehler wie ich machte und so kleinlich wegen Laura-Kristin rumzickte, wo Max doch ganz andere Probleme hatte.

Zu unser beider Entsetzen fing Max an zu weinen. Nelly verwandelte sich augenblicklich in Florence Nightingale und legte einen Arm um seine Schultern.

»Ich hatte ihn echt gern, weißt du«, schluchzte er. »Auch als er schon krank war, hat er mich immer noch erkannt. Meistens jedenfalls.«

»Aber mir hat er eine Carrerabahn geschenkt«, sagte Jasper.

»Das war doch der andere Opa«, sagte ich zu Jasper. »Der, der noch lebt.«

Max weinte dicke Tränen. Ich wusste gar nicht, was ich sagen sollte. Aber Nelly hatte weniger Berührungsängste.

»Erzählst du mir was von deinem Opa?«, fragte sie. »Oben im Baumhaus, da sind wir ungestört.«

Und während sie Max in den Garten lotste, forderte sie über ihre Schulter bei mir Verpflegung an: »Was zu trinken, die Schokoplätzchen und ein paar Stücke von der Pizza von heute Mittag, bitte.«

Ich legte das Gewünschte mit einer Flasche Apfelschorle, Vitamin-C-Bonbons und ein paar Päckchen Taschentüchern in den Korb, der dem Baumhaus als Lastenaufzug diente. Nelly zog ihn hinauf, kontrollierte den Inhalt und sagte: »Danke, Mami.« Und dann sah und hörte ich stundenlang nichts mehr von den beiden.

Anton rief an, um mir zu sagen, dass sein Jaguar wieder aufgetaucht war. Genau da, wo er auch verschwunden war, auf Antons Parkplatz vor der Kanzlei.

»Stell dir mal vor, er war sogar frisch geputzt, von außen und innen wie neu«, sagte Anton. »Und die Felgen waren auf Hochglanz poliert. Die Polizisten meinten, es seien wahrscheinlich irgendwelche Jugendlichen gewesen, die sich mal einen Jaguar für eine Spritztour hätten leihen wollen. Aber Jugendliche, die das Auto putzen – ich weiß nicht!«

»Hauptsache, es ist wieder da«, sagte ich. Ich hatte kein besonders gutes Gefühl dabei, Kfz-Klose und die Armanis zu decken, aber versprochen war versprochen. Und der Jaguar war ja auch wieder da, wo er hingehörte. Um mein schlechtes Gewissen gegenüber anderen möglichen Opfern zu beruhigen, sagte ich mir immer wieder, dass Leute, die sich so teure Autos leisten konnten, wahrscheinlich auch alle gut versichert waren. Und Herr Klose hatte doch Recht: Die Kinder waren unsere Zukunft. Sie zahlten den bestohlenen Autobesitzern später dann wenigstens die Rente, und so konnte der Kreis sich schließen. Das redete ich mir wenigstens ein.

Ausgerechnet für heute hatte Anne eine Versammlung der Mütter-Mafia einberufen, wegen Jo und Joanne, unserem Mafia-Projekt.

»Ich glaube nicht, dass sie überhaupt auftauchen wird«, sagte Mimi. »Ich weiß noch, wie durcheinander ich war, als mein Vater gestorben ist. Wenn ich Ronnie damals nicht gehabt hätte, wäre ich völlig durchgedreht.« Sie verstummte. Nach einer Weile fragte sie: »War er heute auch nicht da?«

»Wer?«, fragte ich, obwohl ich natürlich genau wusste, von wem sie sprach.

»Na, Ronnie«, sagte Mimi.

»Nein«, sagte ich.

»Komisch, oder?«

»Nein«, sagte ich wieder. »Du hast doch gesagt, er soll nicht mehr kommen.«

»Das stimmt«, sagte Mimi. »Ich hätte nur nicht gedacht, dass er sich auch daran hält. Aber es ist natürlich besser so.«

Als ich die beiden Kleinen ins Bett gebracht hatte

(Julius hatte wissen wollen, wann denn sein Opa stürbe, und darüber hatte sich eine längere Diskussion ergeben), kam Trudi. Sie sah ein wenig erschöpft aus, und ich bot ihr etwas von unserem selbst gemachten Johannisbeer-Zitronenmelisse-Himbeer-Punsch an.

»Gern«, sagte Trudi. »Wenn ich mir etwas Alkoholisches reingießen kann.«

»Gute Idee«, sagte Mimi. »Jetzt, wo die Kinder im Bett sind.« Sie füllte den Punsch in eine Salatschüssel um, leerte eine Flasche Wodka hinein und grinste uns an. »Voilà, wenn das keine vitaminreiche Sommerbowle ist.«

Wir setzten uns mit der Bowle nach draußen unter den Ahorn. Trudi streckte die Beine aus, nahm einen großen Schluck und machte: »Aaaaaah!«

»Und – wie geht es der großen Liebe?«, fragte ich.

Trudi lachte ein bisschen verlegen. »Also, ich weiß nicht, ob der Begriff angebracht ist«, sagte sie. »Ich meine, die große Liebe – das ist doch mehr ein Mythos, oder? Ein Ideal, an dem wir uns alle orientieren.«

Aha. Nachtigall, ick hör dir trapsen. Das kannte ich doch alles irgendwie. Nicht mehr lange, und die Worte *Lerngeschenk* und *lehrreiche Erfahrung* würden fallen.

»Aber Peter ist doch der Mond zu deiner Sonne. Der Schatten zu deinem Licht, der Pups zu deinem Kohl«, sagte ich. »Oder etwa nicht?«

Trudi machte ein Gesicht, als hätte sie Zahnschmerzen. Sie hasste es, zugeben zu müssen, dass sie danebengelegen hatte.

»Weißt du, Peter hat vielleicht doch ein bisschen zu wenig spirituellen Tiefgang«, sagte sie.

»Das dachte ich mir gleich«, sagte Mimi trocken. »Seine Aura war so wenig orange.«

Trudi beachtete sie gar nicht. »Und dann räumt er nie irgendwas weg. Nicht mal die Milch zurück in den Kühlschrank. Oder den Deckel zurück auf die Zahnpastatube. Und er pinkelt ständig im Stehen! Es sind sogar Urinspritzer am Spiegel! Aber komischerweise meckert er ständig über die Katzenhaare oder über den Staub auf der Musikanlage.«

»Das nenne ich wirklich wenig spirituellen Tiefgang«, sagte Mimi.

»Und dann diese Kinder! Sie sind furchtbar anstrengend, die ganze Zeit wollen sie etwas oder haben eine volle Windel oder heulen, aber Peter glaubt offenbar, es sei allein meine Aufgabe, mich um sie zu kümmern. Er sagt, er braucht seine Wochenenden zur Regeneration.«

»Was für ein Arschloch«, sagte Mimi. »Warum schmeißt du ihn nicht einfach raus?«

»Na ja«, sagte Trudi. »Ich mag ihn. Und die meiste Zeit verstehen wir uns ja prächtig. Und im Bett ist er toll – ihr glaubt ja nicht, was für Nieten man sich da manchmal an Land zieht. Ich denke immer noch, ein multipler Orgasmus wiegt so manches Neben-das-Klo-Pinkeln auf, oder?«

»Hm«, machte Mimi, aber ich rief: »Nein! Wie pervers muss der denn pinkeln, damit das Pipi auf dem Spiegel landet, also echt! Das gibt's doch noch nicht mal auf einer Autobahntoilette! Der hat doch keinen Feuerwehrschlauch!«

»Na ja, aber fast«, sagte Trudi und lächelte ein wenig verklärt.

»Igitt«, sagte ich und leerte mein Bowle-Glas.

263

»Wirklich. Guten Sex kann man gar nicht hoch genug bewerten«, sagte Trudi.

»Ich dachte immer, *der* wäre am leichtesten zu finden«, sagte Mimi.

»Nein«, sagte Trudi bestimmt. »Die meisten Männer sind absolute Nieten im Bett, wirklich! Ich habe zu diesem Thema repräsentative Untersuchungen durchgeführt. Äh, gelesen. Ach, was soll's? Sowohl durchgeführt als auch gelesen.«

»Hm«, machte Mimi und goss sich noch etwas Bowle nach. Ich hoffte, dass sie gerade an Ronnie dachte. Was war ich immer eifersüchtig gewesen, wenn sie von ihrem Sexualleben geschwärmt hatte! (Sofern ich überhaupt verstanden hatte, wovon sie redete …)

»Ja, ja«, sagte ich, um Wasser auf diese Mühle zu gießen. »Guter Sex ist seltener als ein Sechser im Lotto.«

»Dann können wir alle nur hoffen, dass Anton sich als Hauptgewinn herausstellen wird«, sagte Mimi höhnisch. »Falls ihr das noch schafft, bevor ihr in Rente geht. Im Ernst: In den Ferien werdet ihr das doch wohl endlich auf die Reihe kriegen! Schließlich gibt es dann keine blöden Ausreden mehr: Deine Kinder sind auf Menorca, und Emily ist bei ihrer Mutter.«

Natürlich hatte ich mir auch schon Gedanken darüber gemacht: Eigentlich hatte Anton mit seiner Exfrau, Emily und der älteren Tochter Molly in Ferien fahren wollen, aber Molly hatte einen Platz in einem Sommerkurs für hochbegabte Violine spielende und Ballett tanzende Jugendliche ergattert, und so hatten sich ihre Pläne zerschlagen. Emily würde ihre Mutter und ihre Großeltern in England besuchen, und Anton war ganz allein zu Hause. Genau wie ich.

Nelly hatte für den Urlaub neue Bikinis gebraucht (mit A-Körbchen), und als sie bei H&M in der Umkleidekabine gestanden hatte, hatte ich blitzschnell und klammheimlich ein rubinrotes Satin-Nachthemd gekauft, mit Spaghettiträgern und langen Schlitzen. Es passte perfekt zu meiner Schlafzimmerwand, und schon allein sein Anblick ließ meine Kopfhaut kribbeln.

»Aber erst mal muss ich das Abendessen bei seinen Eltern überleben«, sagte ich. »Mir graut es schon vor seiner Mutter.«

»Ach, Polly ist eigentlich ganz okay«, sagte Mimi. »Sie ist sehr kunstinteressiert. Renaissance und so. Vielleicht liest du das ein oder andere Buch, dann kannst du sie mit ein bisschen Wissen beeindrucken. Ich könnte dir ein paar Bildbände von drüben holen.«

Na klar. Ich hatte ja sonst nichts zu tun, als die nächsten zwei Tage über Renaissancewälzern zu brüten.

»Nein, danke. Ich bin bereits Expertin auf den Gebieten Rettungsschwimmen, Gesang und Schachspiel«, sagte ich. »Ein vierter Fachbereich würde irgendwie unglaubwürdig wirken, meinst du nicht?«

»Es hat mehr was mit guter Allgemeinbildung zu tun«, sagte Mimi.

Es dämmerte bereits, und ich zündete die Kerzen in den Windlichtern an, auch die auf Meerschwein Hempels Grab.

Mimi hatte beschlossen, das Thema zu wechseln. »Und was ist jetzt mit unserem Mütter-Mafia-Projekt?

Was musstest du tun, um Anton dazu zu bringen, damit er Jos Fall ohne Honorar übernimmt?«

»Die Einzelheiten behalte ich besser für mich«, sagte ich und versuchte, geheimnisvoll auszusehen. In Wirklichkeit hatte ich überhaupt nichts tun müssen. Anton hatte sofort zugesagt, Jo zu vertreten. Und er verzichtete auch nicht auf sein Honorar, sondern nur auf einen Vorschuss. Aber das musste ich Mimi und Trudi ja nicht auf die Nase binden.

»Gut gemacht«, sagte Trudi. »Du bist eine würdige Patin.« Pathetisch fuhr sie fort: »Die Mütter-Mafia hat also wieder mal einer Familie geholfen. Ein kleines Mädchen darf zurück zu seinem Vater! Ich bin ja so stolz auf uns. Irgendwie fühlt man sich gleich besser, wenn man sich für andere Menschen engagiert, findet ihr nicht?«

»Wenn überhaupt, dann hat Anton ihm geholfen«, verbesserte ich. »Und das ist ja auch noch nicht gesagt. Sie haben einen Antrag auf Wiederaufnahme des Sorgerechtsverfahrens gestellt, und Anton meint, dass Jo gute Chancen hat, Joanne zugesprochen zu bekommen. Aber das Haus muss er auf jeden Fall verkaufen und den Gewinn, nach Abzug der Schulden, mit Bianca teilen.«

»Ronnie und ich werden das Haus wohl auch verkaufen«, sagte Mimi. »Für einen allein ist es viel zu groß und zu teuer, und ich wüsste nicht, wovon mich Ronnie auszahlen könnte, falls er dort wohnen bleiben möchte.« Sie machte eine Pause und schaute durch die Büsche über Hempels Zaun in Richtung ihres alten Zuhauses. »Also, ich wollte auf keinen Fall weiter dort wohnen. Es erinnert mich viel zu sehr an Ni… – an die Vergangenheit.«

In diesem Augenblick brach ein Wildschwein durch die Hecke, die den Garten von der Straße trennte. Jedenfalls dachte ich, dass es ein Wildschwein sei, ich sprang auf und schnappte mir einen Rechen, der am Baum lehnte.

Es war aber nur Anne. Sie fand es gar nicht nett, dass ich sie begrüßte, indem ich ihr die Rechenzinken an den Hals hielt.

»Ich habe stundenlang geklopft und geklingelt«, sagte sie außer Atem. »Warum habt ihr nicht aufgemacht?«

»Du hättest vielleicht mal rufen können, bevor du dich einfach durch die Hecke wirfst wie ein Berserker«, sagte ich. »Wir sind doch hier nicht in *Das Heckensägenmassaker, Teil 6.*«

»Das ging nicht«, sagte Anne. »Da draußen kamen gerade Frauke und Sabine von der Mütter-Society vorbeigejoggt, mit so gruseligen Bergmannslampen auf dem Kopf, und ich wollte nicht mit ihnen reden.«

Na gut, wenn das so war. Ich nahm den Rechen von ihrem Hals und Anne in die Arme. »Tut mir sehr leid mit deinem Vater«, sagte ich.

»Sei bloß nicht so nett zu mir!«, sagte Anne und stieß mich weg.

»Setz dich erst mal«, sagte Mimi.

Trudi hielt Anne ein Glas mit Bowle hin. »Du siehst völlig fertig aus«, sagte sie.

»Hört doch auf, so nett zu sein«, sagte Anne. Sie klang ein bisschen wie neulich, als Hannibal und Lecter uns auf den Baum gehetzt hatten, leicht hysterisch. »Das habe ich nicht verdient.«

»Natürlich hast du das verdient«, beteuerten wir.

»Ihr wisst ja gar nicht, was ich gemacht habe«, sagte Anne. »Ich bin wirklich das Letzte!«

»Aber nein«, sagten wir und rückten etwas näher an sie heran.

»Ich hätte das nie von mir gedacht«, sagte Anne. »Dass ich so etwas tun würde. Und dann auch noch am Todestag meines Vaters.«

Mittlerweile machten wir uns vor Neugier fast in die Hosen. Dummerweise brach Anne nun erst einmal in hysterisches Geschluchze aus, und es dauerte einige Zeit, bis sie wieder sprechen konnte. Aber dann, nachdem wir ihr zwei Gläser Bowle eingeflößt hatten, erzählte sie uns die ganze Geschichte.

Nach dem Anruf vom Krankenhaus war sie losgefahren, um ihren Vater noch einmal zu sehen. Wie er da so friedlich und ruhig gelegen habe, beinahe so als ob er schlafe, da habe sie plötzlich das Gefühl gehabt, er würde ihr Fragen stellen, Fragen nach ihrem Leben, danach, ob sie glücklich sei, denn nur darauf (hatte der tote Vater gesagt) käme es im Leben wirklich an.

»Und zum ersten Mal seit Jahren hat er gewusst, wer ich bin«, sagte Anne heulend. »Er hat Krümelchen zu mir gesagt. So hat er mich immer genannt, als ich noch klein war.«

»Haben sich seine Lippen dabei bewegt, oder war es mehr eine Art innere Stimme?«, fragte Trudi neugierig, aber ich stieß sie in die Rippen.

Anne hatte ihrem Vater gestehen müssen, dass sie immer ein glücklicher, mit sich selbst und der Welt zufriedener Mensch gewesen sei. Bis sie Hansjürgen geheiratet hatte.

»Versteht mich nicht falsch, ich meine, ich wollte ihn heiraten und alles, und ich habe ihn auch wirklich geliebt«, sagte sie. »Ich war nur nicht mehr glücklich.«

Aber sie hatte ihre Kinder und ihren Beruf gehabt, und beides liebte sie sehr, und zuerst hatte Hansjürgen auch nicht permanent Affären, sondern nur ab und an, und immer, wenn wieder eine vorbei war, hatte sie gedacht, sie könnten noch mal ganz von vorne anfangen.

»Ich dachte immer, unsere guten Zeiten kämen vielleicht noch«, sagte Anne. »Stattdessen wurde es immer schlechter.«

Und irgendwann hatte sie auch aufgehört, auf bessere Zeiten zu hoffen. Sie hatte sich mit der Situation arrangiert, so gut es eben ging.

»Ich meine, ich musste doch auch an die Kinder denken, oder? Es war schlimm genug, dass sie so einen unmoralischen, egoistischen Vater erleben mussten, da musste doch wenigstens ich ein verlässlicher, ruhender Pol sein, oder? Und das war ich auch! Bis heute!« An dieser Stelle brach sie wieder heulend zusammen. In der Zwischenzeit war ich zu dem Schluss gekommen, dass sie im Affekt eine Bank überfallen hatte, heute am verkaufsoffenen Donnerstag.

»Wenn du das Geld jetzt sofort zurückgibst und dich entschuldigst«, sagte ich, »dann gibt es garantiert Straffreiheit wegen Unzurechnungsfähigkeit.«

»Welches Geld?« Anne hob den Kopf.

»Na, du hast doch ... oder nicht?« Möglicherweise hatte sie auch Hansjürgen und seine Praktikantin mit dem Auto überfahren. Ja, es sah ganz danach aus:

»Was habe ich getan?«, rief sie und rang ihre Hände. »Oh, was habe ich getan!«

»Woher sollen wir das wissen?«, rief Trudi. »Jetzt sag's uns doch endlich.«

Anne guckte nur verstört. »Ich bin das Letzte.«

Wir verloren allmählich auch die Nerven.

»Was! Hast! Du! Schlimmes! Getan!«, schrie Mimi sie an. Ich glaube, sie rüttelte dabei auch an Annes Arm.

Anne holte tief Luft. »Ich habe Ehebruch begangen«, sagte sie dann feierlich.

»Ach du liebes bisschen«, sagte Trudi bodenlos enttäuscht. »Und ich dachte, es wäre was Ernstes.«

»Mit wem denn?«, fragte ich.

»Mit – oh Gott, ich kann einfach nicht fassen, was ich getan habe.«

»Mit *wem*?«

»Es hört sich vielleicht merkwürdig an, und ihr werdet es wahrscheinlich nicht glauben, außer Trudi vielleicht, die kennt sich ja mit überirdischen Phänomenen aus. Es war nämlich so: Mein Auto ist auf dem Rückweg vom Krankenhaus automatisch in den Hirschkäferweg eingebogen. Und direkt vor Jos Tür war ein Parkplatz frei. Und ehe ich mich's versah, hatte ich das Auto dort geparkt. Wie von Zauberhand geführt.«

»Jupheidi«, sagte Mimi. (Was immer das in diesem Zusammenhang auch heißen sollte.)

»Du hast mit *Jo* geschlafen?«, schrie ich.

»Meinst du, dein verstorbener Vater hat das Auto gelenkt?«, fragte Trudi.

»Das glaube ich nicht«, sagte Anne unbehaglich. »Er war strenggläubiger Katholik.«

»Aber wo du nun schon mal da warst, bist du auch gleich zu Jo hochgegangen und hast mit ihm geschlafen?«, fragte Mimi.

»Nein«, sagte Anne. »Nicht sofort. Zuerst hat er mir eine Tasse Kaffee gemacht. Und ich habe ihm erzählt, dass mein Vater gestorben ist, und da hat er mir über den Kopf gestreichelt, glaube ich, und dann – also, das war so seltsam: Wir haben uns einfach irgendwann in den Armen gelegen. So etwas habe ich noch nie erlebt.«

»Meinst du, der Geist deines Vaters hat dich in seine Arme *geschubst*?«, fragte Trudi aufgeregt. »Weil er für sein Krümelchen nur das Beste will?«

»Ich sagte doch schon, er war Katholik«, sagte Anne. »Strenggläubig. Oh Gott, was habe ich getan! Als ich wieder zur Besinnung kam, habe ich schnell meine Klamotten angezogen und bin abgehauen. Dummerweise ohne den Autoschlüssel, deshalb musste ich die ganze Strecke laufen.«

»Und Jo?«

»Er war gerade unter der Dusche«, sagte Anne. »Er hätte es glatt noch mal getan. Er hat gesagt, dass er seit Wochen davon geträumt hat, mit mir zu schlafen, aber er dachte, ich sei eine glücklich verheiratete Frau. Und das bin ich ja auch. Nicht glücklich, aber verheiratet.«

»Tja, das waren wir fast alle mal«, sagte Mimi lapidar. »Aber irgendwann ist das eben vorbei.«

»Ich finde auch, es gibt Schlimmeres«, sagte ich. »Dein Hansjürgen vögelt sich schließlich seit Jahren quer durch die Botanik.«

»Constanze!«, riefen Mimi und Trudi gleichzeitig.

»Was?«

»Du hast das V-Wort gesagt«, sagte Mimi. »Dass ich das noch erleben darf.«

»Das ist euer schlechter Einfluss«, sagte ich.

»Ich finde jedenfalls, dass Anne nichts Böses getan hat.«

Aber Anne hatte immer noch das Büßerhemd an. »Ich habe Ehebruch begangen«, jammerte sie. »Und damit bin ich keinen Deut besser als mein Mann. Ich werde meinen Kindern nie wieder in die Augen schauen können.«

»Aber das ist doch Quatsch«, sagte eine Stimme in der Dunkelheit hoch über uns.

Wir erlitten einen kollektiven Herzanfall, und Trudi sprang sogar vom Stuhl und warf sich davor auf die Knie, aber es war nur Max, der über das Geländer von Nellys Baumhaus schaute. »Du predigst uns doch die ganze Zeit was von Gleichberechtigung, Mama. Wenn Papa seine Praktikantin bumst, dann kannst du auch – was ist er von Beruf?«

»Mathelehrer«, sagte Anne, vor Schreck noch wie gelähmt.

»… diesen Mathelehrer bumsen«, fuhr Max fort. »Das ist nur gerecht.«

Willkommen auf der Homepage der

Mütter-Society,

dem Netzwerk für Frauen mit Kindern.

Ob Karrierefrau oder »nur«-Hausfrau,

hier tauschen wir uns über Schwangerschaft und

Geburt, Erziehung, Ehe, Job, Haushalt

und Hobbys aus und unterstützen uns

gegenseitig liebevoll.

Zutritt zum Forum nur für Mitglieder

4. August

Das Haus ist herrlich ruhig ohne Laura-Kristin und Flavia. Sie sind beide im Ferienlager in der Eifel. Jan und ich werden mit unserem Jüngsten ganz entspannt für zwei Wochen an die See fahren, ganz ohne Zickenalarm. Es war in letzter Zeit einfach zu nervig, ständig Laura-Kristins Geschichten von ihrem Fantasie-Freund »Max« anzuhören. Es blutet mir jedes Mal das Mutterherz, wenn ich sie darauf hinweisen muss, dass es doch viel schöner wäre, einen richtigen Freund zu haben, und dass ich sie bei einer Diät auch tatkräftig unterstützen werde, aber sie verdreht dann nur die Augen und schreit: »Ach, Mama, du verstehst einfach gar nichts!«

MÄDCHEN! Ich bin heilfroh, dass unser vierter Nachwuchs wieder dem starken Geschlecht angehören wird.

Es liegen immer noch nicht alle Anmeldungen für unseren Herbstkurs »Bilinguale Erziehung für Säuglinge« vor. Für alle, die sich nichts darunter vorstellen können: Mrs. Sullivan, promovierte Anglistin und selber Mutter von vier Kindern, wird mit uns englische Babysprache und englische Kinderlieder einstudieren. Sie ist wirklich eine Koryphäe auf ihrem Gebiet, und ich weiß nicht, wie es euch geht, aber ich will, dass wenigstens mein viertes Kind Englisch von der Pike auf lernt!

Wisst ihr übrigens, wer sich getrennt hat? Ronnie und Mimi Pfaff, die mit der Fehlgeburt. Eine Tragödie, nicht wahr? Ich habe ja gleich gesagt, dass die Ehe daran zerbrechen wird. Das ist das Brad-Pitt-Syndrom. Das Haus wird sicher verkauft werden. Wäre das nichts für euch, Sonja? Ich habe es neulich mal von innen besichtigt, und es ist wirklich hübsch. Wenn das Baby da ist, wird es in eurem Reihenhäuschen doch arg eng, und im Hornissenweg hättet ihr die schrecklichen Kloses vom Hals. Könnte mir vorstellen, dass das Haus ein Super-Schnäppchen ist, wenn es unter diesen Umständen schnell verkauft werden muss!

Frauke

6. August

Ich glaube, Buckelwal Becker merkt allmählich, dass es besser ist, nicht mit einem verhei-

rateten Mann und Familienvater anzubandeln. Peter sträubt sich zwar ein wenig, aber ich sehe nicht ein, dass ich mir nach meiner harten Arbeitswoche auch noch die Wochenenden mit den Kindern um die Ohren schlagen soll, während er sich nur mit Buckelwal im Bett vergnügt. Jeden Freitagabend pünktlich um sechs Uhr bringe ich die Kinder in die Buckelwalwohnung, und wenn ich sie sonntags wieder abhole, bin ich bestens erholt und der Buckelwal total mit den Nerven fertig. Dank Wibekes Pfiffigkeit haben diverse Fischstäbchen und die tote Schildkröte, die ich von Ellen bekommen habe (danke, Ellen, super Idee, die stank wirklich bestialisch), ein neues Zuhause in Buckelwals Wohnung erhalten, wo sie in aller Ruhe verwesen und Gestank verbreiten können. Auch Karsta hat sich schon nützlich gemacht: Sie hat eine von Buckelwals Katzen vom Balkon geworfen. Peter hat ein Mordstheater deswegen veranstaltet, von wegen, die Kinder seien von mir aufgestachelt worden und schon genauso boshaft wie ich und so weiter und so weiter. Aber erstens liegt die Wohnung nur im zweiten Stock, und der Katze ist gar nichts passiert, und zweitens muss er halt besser auf seine Töchter aufpassen, wenn sie in seiner Obhut sind. Für nächstes Wochenende haben Wibeke und ich uns schon was ganz Besonderes ausgedacht! Ihre Musikanlage wird Buckelwal danach nicht mehr benutzen können. Aber damit tun wir ihr vermutlich nur einen Gefallen, denn wer erträgt schon die ganze Zeit dieses New-Age-Gedudel?

An Sonja: Lebt der Hund noch? Es ist mir echt peinlich, dass er noch weglaufen konnte. Mir war gerade eine Mücke ins Auge geflogen, normalerweise bin ich für meine tödlichen Blattschüsse berühmt.
Sabine

7. August
Schock! Domina Klose ist überhaupt keine Domina! Sie ist – und jetzt haltet euch fest – Altenpflegerin im Seniorenstift Waldesruh. Sie im weißen Kittel und Gesundheitsschuhen zu sehen hat mich so umgehauen, dass ich sie sogar zurückgegrüßt habe, im Schock, natürlich. Wir haben heute Morgen meine Schwiegermutter ins Seniorenstift gebracht, was supi-nervenaufreibend war. Ihr könnt euch nicht vorstellen, was für ein Theater die Frau veranstaltet hat. Sie will einfach nicht einsehen, dass sie eine Zumutung für uns geworden ist. Sie hat hoch und heilig versprochen, nie wieder mit Lockenwicklern rauszugehen, die Patienten zu belästigen und immer den Herd auszumachen, aber hier geht es schließlich um das Leben meiner Kinder, und da verlasse ich mich nicht auf senile Versprechungen! Auf den Vorschlag, sie aus der Einliegerwohnung hoch ins Gästezimmer zu uns umzuquartieren, bin ich auch nicht eingegangen. Niemand garantiert mir, dass sie hier den Herd in Ruhe lässt! Ich habe schon genug mit Timmi und demnächst dem Baby zu tun, da kann ich nicht auch noch den ganzen Tag meine

durchgeknallte Schwiegermutter beaufsichtigen. Ich kann ja schon den Geruch ihres Parfüms nicht ab! Gott sei Dank hat mein Männe das auch endlich eingesehen und sich nicht mehr von ihrem Geflenne breitklopfen lassen. Aber wir mussten sie förmlich an Händen und Füßen aus dem Haus zerren, und sie hat nonstop supi-peinlich gezetert, geweint und gebettelt, als ob das Waldesruh eine Art Gefängnis sei, in das wir sie gegen ihren Willen sperrten. Dabei hat sie dort ein Zimmer für sich ganz allein und supi-tolle Verpflegung rund um die Uhr. Sogar ein Frisör kommt einmal im Monat und versorgt die Insassen mit einem neuen Haarschnitt. Für das Geld, das meinen Männe dieser Luxus kostet, könnte er sich locker einen neuen Mercedes kaufen! Aber Dankbarkeit ist für diese Frau ein Fremdwort. Ich habe Domina Klose einen Zwanziger zugesteckt, damit sie sie die nächsten drei, vier Tage nicht ans Telefon lässt. Wir brauchen dringend ein bisschen Ruhe nach dem ganzen Theater, schließlich bin ich schwanger und darf mich nicht aufregen!
Mami Kugelbauch Ellen

P. S. Ich finde es überhaupt nicht gut, dass du in deiner Eifersucht so weit gehst und deine Töchter zur Tierquälerei ermutigst, Sabine. Eine Katze vom Balkon zu werfen ist supi-grausam und herzlos! Das macht mich jetzt echt total fertig. Die arme Katze.

277

Nellys absolut streng geheimes Tagebuch

Auf Menorca, 10. August

Hier ist es so absolut superklassemegacool, dass ich Lara alle zehn Minuten per Handy Fotos in den Schwarzwald schicken muss. Das Haus, der Pool, der Garten, das Meer, die Palmen, Paris' Familie – alles ist einfach Wahnsinn! Lara hat mir das Foto von einer Kuh unter einer Tanne zurückgesendet und dazu geschrieben, dass sie sich genau so die Hölle vorstellt. Und ich bin im siebten Himmel! Paris' Familie ist aber auch so was von cool. Ihre Schwester Venice ist schon über vierzig und sieht trotzdem total toll aus, wie Madonna, nur noch besser. Die Kinder sind auch alle total hübsch. Venice, die Kinder, der Mann und sogar der Hund werden als komplette Familie für Werbespots gebucht, zum Beispiel für Autos, und Venice sagt, das macht irre viel Spaß. Ich hab Papi gefragt, warum er noch nicht auf diese Idee gekommen ist, uns als Familie für so einen Spot anzumelden, und er hat gesagt: Weil wir keinen Hund haben. Typisch. Die Eltern von Paris sind auch voll nett, aber am coolsten von allen ist Paris' Neffe Priamos. Ist das nicht ein oberaffenscharfer Name? Priamos ist achtzehn, sieht megagut aus und spricht fast die ganze Zeit Englisch, weil er so international ist. Er modelt für Shampoos und Duschgels, ist das nicht heller Wahnsinn? Ich habe ihn wahrscheinlich schon hundertmal im Fernsehen nackt gesehen, ohne zu wissen, dass er es ist. Today werde ich mal versuchen, mich a little bit with Priamos zu unterhalten. Bis jetzt hat er leider immer seine Kopfhörer in die Ohren gesteckt, wenn ich in seine Nähe kam. Wahrscheinlich ist er ein bisschen schüchtern, trotz all seiner Erfahrung. Vielleicht machen wir ja demnächst mal zusammen Werbung. Nicht für Duschgel, aber vielleicht für Schokolade oder Eiscreme oder so. Da wäre ich, glaube ich, ziemlich gut für geeignet.

7. Kapitel

Es ist mir peinlich, es zuzugeben, aber als das Flugzeug mit meinen beiden Kindern darin Richtung Menorca abhob, heulte ich wie sonst nur am Ende von *Jenseits von Afrika* – ich konnte gar nicht mehr aufhören. Der Taxifahrer, der mich vom Flughafen direkt zum Friedhof zur Beerdigung von Annes Vater brachte, dachte, mir sei wer weiß was für eine schreckliche Katastrophe widerfahren. Aber zur Beerdigung passte es ja irgendwie.

»Ich fühle mich auch ganz elend«, sagte Anne, als ich total verheult neben sie trat und ihre Hand drückte. Sie sah blass und krank aus in ihrem viel zu engen schwarzen Kostüm, das sie das letzte Mal zur Beerdigung ihrer Mutter getragen hatte, mit zweiundzwanzig. »Ich weine auch die ganze Zeit.«

»Ja, aber bei dir ist das etwas völlig anderes«, schniefte ich. »Du beerdigst schließlich heute deinen Vater.«

Ich sah mich unter den Beerdigungsgästen um. Die meisten waren über achtzig, ein paar Verwandte, Freunde und Bekannte aus dem Heim, in dem er zum Schluss wegen seiner Krankheit gelebt hatte. (Anne meinte hinterher, keiner von denen hätte gewusst, wen sie da eigentlich zu Grabe trugen.)

279

»Welcher von denen ist Hansjürgen ohne Bindestrich?«, flüsterte ich.

»Er ist nicht mitgekommen«, antwortete Anne mit gedämpfter Stimme. »Musste arbeiten.«

»Aber heute ist Samstag«, flüsterte ich.

»Ja«, flüsterte Anne zurück. »Ein wichtiges Projekt.«

»Tiffany«, raunte Max. Auch er war ganz in Schwarz. Das Jackett war ihm zu groß, ich nahm an, dass es eigentlich seinem Vater gehörte.

»Tiffany?«, wiederholte ich, und mir fiel auf, dass ich noch nie nach Hansjürgens Beruf gefragt hatte. War er vielleicht Juwelier?

»Die Praktikantin heißt Tiffany«, erklärte Max. »Ich habe mich erkundigt. Sie ist die Tochter von einem Geschäftsfreund. Ich schätze, Papa kann sie nicht so einfach wieder loswerden wie die anderen vorher. Sie stellt auch viel mehr Ansprüche. Ich habe Mama gesagt, sie soll ihn verlassen, bevor er es tut, aber sie will nichts davon hören.«

»Hansjürgen ist noch jedes Mal wieder vernünftig geworden«, zischte Anne. »Und er wird es auch diesmal werden. Tiffanys Tage sind gezählt.«

»Und deine Würde ist endgültig den Bach hinunter«, zischte Max zurück. »Ich würde Papa einfach sagen, dass er gegen diesen Mathelehrer nicht anstinken kann.«

»Du hast keine Ahnung, was für eine Lawine ich damit lostreten würde, mein lieber Junge«, sagte Anne. »Das mit Jo war ein einmaliger, unverzeihlicher ... Fehltritt! Wenn Papa jemals davon erfährt, müssten wir das Haus verlassen und in eine kleine Wohnung ziehen. Ohne Garten! Du würdest das vielleicht noch verstehen, aber was ist mit Jasper?«

»So geht das die ganze Zeit«, sagte Max und beugte sich näher zu mir. »Ich würde am liebsten gar nicht ins Ferienlager fahren, sonst bringt sie es fertig und führt die berühmte große Versöhnung mit Papa herbei. Keine Ahnung, was genau sie dafür tun muss, aber sie backt unglaublich kleine Brötchen, und dann ist er zwei Wochen lang ein vorbildlicher Ehemann, macht sonntags das Frühstück und fährt mit uns in den Zoo und so. Bis die nächste Sekretärin um die Ecke biegt.«

»Eine Ehe ist ein Versprechen, das man weder leichtfertig geben noch leichtfertig brechen darf«, flüsterte Anne.

»Siehst du, Constanze«, wisperte Max. »Pass bitte gut auf sie auf, wenn ich weg bin. Du bist schließlich die Patin.«

»Das ist streng geheim«, sagte ich. Und es hatte absolut gar nichts zu bedeuten.

»Versprichst du es, oder muss ich das Ferienlager absagen?«

»Ich verspreche es«, sagte ich. Der arme Junge hatte Urlaub dringend nötig.

Aber es war gar nicht so einfach, das Versprechen auch zu halten. Kaum war Max am Nachmittag ins Ferienlager verduftet und ich mit Vorbereitungen für das Abendessen bei Antons Eltern beschäftigt – während die Anti-Falten-Maske einwirkte und ich in einem Bildband über Michelangelo blätterte, den Mimi mir gegeben hatte –, stand Anne mit Jasper bei mir vor der Tür.

»Ich brauche das Auto«, sagte sie.

»Aber Herzchen, du weißt doch, dass ich kein Auto habe«, sagte ich.

»Ich meinte ja auch mein Auto! Ich muss es zurückholen, ehe Hansjürgen was merkt.« Anne sah sich um, als ob sie verfolgt worden wäre. »Ich gehe da aber auf keinen Fall alleine hin. Ich habe Angst, dass das noch mal passiert.«

»Du meinst, er muss dir nur die Tür aufmachen, und schon fallt ihr wieder übereinander her?«

Anne nickte. »Und das darf auf keinen Fall passieren.«

Eine so schwer zu kontrollierende Libido wollte ich auch mal haben.

»Wir werden klingeln, ich werde kurz und knapp sagen, dass ich den Autoschlüssel brauche, er wird ihn mir geben, und dann werden wir wieder gehen. Ganz einfach«, sagte Anne.

»Und falls du doch schwach werden wirst und dir vor meinen Augen die Klamotten vom Leib reißt, was soll ich dann tun?«

»Ach, sei nicht albern«, fauchte Anne. »Kommst du jetzt mit oder nicht?«

Natürlich kam ich mit. Ich hatte es ja schließlich versprochen. Jasper ließen wir so lange in Mimis Obhut.

Annes alter Opel Corsa stand seltsam schief hinter einem kleinen Smart, ein Vorderreifen auf dem Bürgersteig, der Rest ziemlich weit auf der Fahrbahn.

»Also, von mystischer Zauberhand ist der Wagen ganz sicher nicht eingeparkt worden«, sagte ich. »Ich würde sagen, das ist nicht mal eine mystische Parklücke gewesen.«

»Das würde auch das Knöllchen erklären«, sagte Anne und knüllte den Zettel, der hinter dem Scheibenwischer gesteckt hatte, gereizt zusammen.

Ich klingelte bei Jo. Er hatte in der Zwischenzeit das improvisierte Namensschild gegen ein richtiges ausgetauscht. Anne tänzelte nervös von einem Fuß auf den anderen.

»Wie sehe ich aus?«, fragte sie.

Herrje! Was spielte das denn jetzt noch für eine Rolle?

Ein roter Porsche Carrera bremste haarscharf neben Annes Corsa, mitten auf der Straße. Ein kleiner, kräftiger Mann in Lederjacke stieg aus. Ich wollte ihn gerade freundschaftlich darauf hinweisen, dass man hier Knöllchen verteilte, als ich sah, dass es sich um niemand anderen als Bernhard handelte. Biancas Bernhard, der Tiger mit ie, der sich meine Visage hatte merken wollen. Er trug die Lederjacke auf der nackten Haut.

Ich bekam eine Gänsehaut.

»Wer hat die Schrottkarre denn hier so bescheuert geparkt!«, schimpfte Bernhard und trat gegen Annes Reifen. Diese Sekunde nutzte ich, um meine Fresse aus seinem Gesichtsfeld zu entfernen, Anne aus dem Hauseingang zu zerren und vor das Schaufenster nebenan zu schubsen. *Frölich Heizung und Sanitär* hatte hier ein paar schöne Rohre und Kloschüsseln ausgestellt.

»Guck mal, wie wäre es denn mit diesem dort?«, sagte ich und drehte Annes Kopf gewaltsam Richtung Kloschüsseln.

»Aber das ist doch ...«, sagte Anne.

»Ein tolles Klo«, sagte ich laut und setzte zischend hinzu: »Halt jetzt bloß die Klappe.« Im Schaufenster konnte ich spiegelverkehrt beobachten, wie ein weiterer Mann (auch dieser klein und ungeheuer kräf-

283

tig) aus der Beifahrertür des Porsche stieg und hinter ihm ein Hund mit einem riesigen Kopf. Es war derselbe Kopf, den Bernhard auf seinem Hintern tätowiert hatte.

»Ein *Mastino*«, flüsterte ich. Laut sagte ich: »Sieh mal diesen tollen Spülkasten.«

Bernhard, sein Begleiter und der Hund verschwanden in Jos Hauseingang. Wahrscheinlich hatte er inzwischen den elektrischen Türöffner gedrückt.

»Was wollen die denn hier?«, fragte Anne. »Und warum hast du meine Nase so brutal an die Schaufensterscheibe gedrückt?«

»Ich weiß nicht. Das muss mein Überlebensinstinkt gewesen sein«, sagte ich. »Bernhard hat heute besonders gemein geguckt. Aber wenn du willst, gehen wir jetzt auch schnell hoch zu Jo. Ich bin sicher, das ist ein guter Moment, um ihm die Schlüssel wegzunehmen, ohne dass die Gefahr besteht, dass ihr übereinander herfallt.«

Anne sah sofort wieder elend aus. »Ich kann ihm nicht in die Augen gucken. Ich meine, was muss er von mir halten? Ich bin eine verheiratete Frau ... Ich bin nicht besser als seine Bianca – sicher verachtet er mich.«

»Blödsinn«, sagte ich. »Ich denke eher, er ist sauer, weil er aus der Dusche kam und du warst verschwunden.«

»Er hätte ja mal anrufen können«, sagte Anne. »Dann hätte ich ihm alles erklärt. Was meinst du, was will Bernhard bei Jo?«

Ich zuckte mit den Schultern. »Vielleicht hat er auch was vergessen. Aber ehrlich gesagt sah es nicht so aus, als handele es sich um einen Freundschaftsbesuch.«

»Du meinst ...? Oh nein!« Anne ging kurz entschlossen zur Haustür zurück und klingelte mehrmals energisch.

Niemand öffnete.

»Oh, oh«, sagte ich.

»Jo! Wenn sie ihm was tun, dann kriegen sie's mit mir zu tun!«, rief Anne. Der elende, selbstmitleidige Ausdruck war mit einem Schlag aus ihrem Gesicht verschwunden. Stattdessen leuchteten ihre blauen Augen voller Heldenmut. Sie sah wieder mal original aus wie Frodo Beutlin, als er sich entschloss, den Ring bis nach Mordor zu tragen: klein, tapfer und zu allem bereit.

Sie klingelte an sämtlichen anderen Klingeln des Hauses Sturm.

»Mein Schwert gehört dir«, sagte ich zu ihr. »Lass uns gemeinsam gegen die bösen Orks kämpfen.«

Aber Anne hatte jetzt keinen Sinn für meine Art von Humor.

»Post!«, schrie sie in die Gegensprechanlage, und die Tür wurde aufgedrückt. »Komm!« Anne stürmte die Treppen hinauf.

Ich zog mein Schwert und folgte ihr.

Als wir oben ankamen – ich war sicher, die anderen Parteien hingen alle an ihrem Türspion –, ging die Wohnungstür gerade auf, und der kleine, untersetzte Beifahrer des Porsche kam heraus. Er hielt den Mastino an einem Stachelhalsband fest, aber der versuchte trotzdem, mich zu fressen. Ich kippte auf der Stelle aus meiner »Herr-der-Ringe«-Fantasie und erstarrte zur Salzsäule.

»Der tut nichts, der will nur schnüffeln«, sagte der Mann.

Anne war schon an ihm und dem Hund vorbei in die Wohnung gestürmt. »Jo! Jo! Ist dir etwas passiert?«

Ich wäre ihr gern gefolgt, aber ich war ja eine Salzsäule, mitten in Sodom und Gomorra, zu nichts fähig, als blöd zu glotzen.

Der Mann glotzte zurück. Er musterte mich von oben bis unten, pfiff dann durch seine Zähne, lüftete einen nicht vorhandenen Hut und sagte: »Gestatten? Paschulke. Sie sind ja ein ganz heißes Gerät, wenn ich das mal so sagen darf. Ich wette, ohne die Schmiere in Ihrem Gesicht sind Sie ein echter Knüller.«

Richtig, da war ja noch die Antifaltenmaske, so ein grüner Brei mit Algen und Avocado. Anne war so sehr mit sich beschäftigt gewesen, dass sie mich leider nicht darauf aufmerksam gemacht hatte. Ich war mit der grünen Matschepampe im Gesicht durch die halbe Insektensiedlung spaziert. Aber Herr Paschulke fand mich trotzdem ganz toll. Er holte mit seiner freien Hand eine Visitenkarte aus seiner Lederjacke und reichte sie mir. »Wenn Sie mal einen Job suchen – wir brauchen immer gut aussehende Mädels hinter dem Tresen. Ist 'ne nette kleine Kneipe. Hochanständig. Aber die Kundschaft trinkt mehr, wenn das Mädel hinter dem Tresen nicht aussieht wie vom Pferd getreten. Das Auge isst mit, sagt man doch.«

Ich nahm die Visitenkarte verdattert entgegen. Ich weiß es nicht mehr so ganz genau, aber möglicherweise habe ich mich auch noch dafür bedankt und gesagt, ich würde es mir überlegen.

»Oh mein Gott, Jo!«, hörte ich Anne rufen, und Bernhard, der sagte: »Es ist nur halb so schlimm, wie es aussieht. Ein einfacher Bruch! Nur für den

Anfang. Die Trümmerbrüche hebe ich mir für später auf. Klar so weit, Jo? Oder brauchst du noch ein wenig Nachhilfe?«

»Nee, alles klar«, hörte ich Jo krächzen. Immerhin lebte er noch.

»Ist das ein Freund von Ihnen?«, erkundigte sich Paschulke. »Wenn ja, tut es mir leid, dass ich ihn so hart angefasst habe. Ein paar Schläge in den Magen, einen Tritt in die Nieren, und die Nase hat der Bernhard ihm selber gebrochen. Das lässt er sich nie nehmen, der Bernhard. Er mag das Geräusch, das der Knochen macht. Aber meistens flennen die Leute viel zu laut, als dass man was hören könnte. Nicht schön, oder?«

»Nein«, piepste ich.

»Nee, keine Sorge, dem geht's gut, da haben wir schon ganz andere Fälle gehabt. Was meinen Sie, wie der Schönheitschirurg aussieht, der der Bianca die Möpse gemacht hat! Obwohl der ja auch vorher nicht gerade toll aussah. Ist Ihnen das mal aufgefallen? Diese Schönheitschirurgen sind oft selber grottenhässlich, stimmt's?«

»Stimmt«, piepste ich.

»Jetzt erst recht. Hat der Bianca zwei verschieden große Möpse verpasst, der Mann. Bernhard war echt angestunken. Kann man verstehen, oder? Na, das macht der jedenfalls nicht noch mal. Ist nicht gut, sich mit meinem Freund Bernhard anzulegen, wirklich. Das weiß doch jeder, dass der keinen Spaß versteht. Warum musste Ihr Freund denn plötzlich Ärger machen? War doch alles so gut geregelt! Wieso wollte der denn plötzlich nicht mehr zahlen? Ich meine, der Bernhard hat auch so seine Kosten, und die Bianca ist eine Frau mit Ansprüchen. Das muss Ihr Freund doch verstehen.«

»Tut er jetzt bestimmt auch«, piepste ich.

Paschulke legte mir mitfühlend eine klodeckelgroße Hand auf den Arm. »Also, wenn Sie kein Blut sehen können, gehen Sie da besser nicht rein. Unser Henri hier hat nämlich auch ein bisschen mitgemischt. Dumm für Ihren Freund, dass der keine Hose anhatte … Hatte noch Glück, dass er ihm nichts abgebissen hat, so wie unserem ehemaligen Getränkelieferanten. Der haut so schnell auch keinen Gastwirt mehr übers Ohr mit seinen Bierverträgen, kann ich Ihnen sagen. Stimmt's, Henri?«

Der Mastino knurrte.

Bernhard tauchte im Türrahmen auf und guckte gemein.

Ich vergaß zu atmen. Ich konnte nicht mal mehr piepsen.

»Komm, wir sind hier fertig«, sagte Bernhard und schlug Paschulke auf die Schulter. Dann sah er mich. Ich versuchte, mich hinter meiner Antifaltenmaske in Luft aufzulösen. Würde Bernhard sich bei mir für den Anfang auch mit einem einfachen Bruch zufriedengeben? Wie mochte sich das anfühlen, wenn so ein Hund einem die Zähne in den Oberschenkel schlug? Ich hatte irgendwo gelesen, wenn Mastinos einmal zugebissen hatten, war es selbst mit einer Brechstange unmöglich, ihre Kiefer wieder vom Opfer zu lösen.

Aber Bernhard hatte sich meine Visage offensichtlich doch nicht gemerkt. Oder die Antifaltenmaske rettete mir das Leben.

»Noch so eine barmherzige Johanniterin«, sagte

er nur. »Na, dat ist doch klasse, dat der Jo direkt so fein verarztet werden kann. Sag ihm noch mal, dat er seinen Scheißantrag zurückziehen soll, Schwester, sonst hat er beim nächsten Mal keine Zähne mehr. Und was ich mit dem Dschoähn mache, dat kann er sich ja mal in aller Ruhe ausmalen, wenn er heute Abend im Bett liegt. Ich hoffe, er hat genug Fantasie, der Herr Lehrer.« Bernhard ließ seine Fingergelenke knacken. »In Bernhards Welt gibt es keine beschissenen Anträge, dat dat mal klar ist.«

Und damit verschwand er die Treppe hinunter. Paschulke und der Hund folgten ihm. Paschulke tippte sich noch einmal an den nicht vorhandenen Hut und nickte mir zu.

»Meine Nummer haben Sie ja, Lady. Wiedersehen.«

»Wiedersehen«, piepste ich und sackte dann beschämt in mich zusammen. So also verhielt sich die brandgefährliche Patin der gefürchteten Mütter-Mafia in einer Gefahrensituation!

Ich wartete, bis die Haustür unten ins Schloss gefallen war, dann kam das Leben zurück in meine Beine, und ich konnte endlich in die Wohnung gehen. Jo saß ziemlich übel zugerichtet auf dem Küchenfußboden, den Rücken an den Kühlschrank gelehnt. Anne hatte sich in seine Arme geworfen und schluchzte immer wieder seinen Namen. »Oh, Jo, Jo, Jo, oh, Jo!« Es klang beinahe wie ein Country-Song.

»Wie schön, dass du zurückgekommen bist«, sagte Jo zu ihr, und dabei sickerte ihm ein bisschen Blut aus der Nase. »Ich war schon so weit, dass ich dachte, ich hätte das alles nur geträumt.«

Es war zum Erbrechen anrührend.

»Aber warum hast du nicht angerufen?«, rief Anne. »Oh, Jo!«

»Ich kenne doch deinen Nachnamen gar nicht«, sagte Jo. »Ist das nicht total verrückt? Ich habe mich in eine Frau verliebt, von der ich nur den Vornamen kenne. Und diesen *süßen* Leberfleck am Bauch.«

»Oh Jo!«, rief Anne wieder. »Wie kannst du so etwas sagen? Du kennst mich doch kaum. Und ich bin verheiratet. Ich bin …«

»… die süßeste, wunderbarste, sinnlichste und warmherzigste Person, die mir jemals begegnet ist«, ergänzte Jo. »Und ich liebe dich.«

»Oh, Jo«, rief Anne und warf sich wieder an seine Brust. »Ich liebe dich auch. Ja, das tue ich.« Und dann begannen sie einander zu küssen, ohne Rücksicht auf das Blut, das aus Jos Nase rann.

Ich räusperte mich. »So, und wo wir das jetzt geklärt haben, wäre es doch sehr schade, wenn Jo verbluten würde, meint ihr nicht?«

»Jo will, dass du den Antrag sofort zurückziehst«, sagte ich.

»Das kann ich nicht«, sagte Anton, lenkte den Jaguar rückwärts aus der Einfahrt und ließ ihn den Hornissenweg hinunterschnurren. »Das Sorgerecht wird neu verhandelt werden. Und wenn du mich fragst, ist es nach dieser Geschichte hier sowieso nur noch reine Formsache. Auch wenn ihr so blöd wart und nicht die Polizei verständigt habt. Wirklich, sehr unprofessionell.«

»Aber verstehst du denn nicht? Diesem Bernhard

geht es gar nicht um Joanne. Er will nur Jos Kohle, und er will in dem Haus wohnen bleiben. Das geht nur, wenn Bianca das Sorgerecht für Joanne behält. Wenn Jo den Antrag nicht zurückzieht, dann verprügelt Bernhard nicht nur Jo, sondern auch Joanne!«

»Ich sage ja, das ist ein Fall für die Polizei«, sagte Anton. »Von solchen Typen darf man sich einfach nicht einschüchtern lassen.«

»Na, du warst ja auch nicht dabei«, sagte ich. »Glaub mir, wenn du Bernhard, Paschulke und dem Hundevieh in die Augen gesehen hättest, wüsstest du, wovor Jo Angst hat. Wenn wir die Polizei einschalten, dann können sie sich noch gewaltig steigern, da bin ich mir sicher. Nein, nein, du musst tun, was Jo sagt, und den Antrag zurückziehen.«

Anton seufzte. »Ich dachte, ich sollte ihm helfen«, sagte er. »Wenn ich den Antrag zurückziehe, dann helfe ich ihm kein bisschen. Und dem armen kleinen Mädchen auch nicht.«

»Ja, aber sie bleiben immerhin am Leben«, sagte ich. »Kevin sagt auch, es wäre zwecklos, bei solchen Typen wie Bernhard die Polizei einzuschalten.«

»Und wer bitte schön ist Kevin?«

»Er ist bei Nelly in der Klasse«, sagte ich.

»Also ein Fachmann.« Anton stöhnte. »Hör mal, jemanden zu bedrohen und zusammenzuschlagen ist ein Verbrechen, für das man ins Gefängnis kommt. Jo muss nur Anzeige erstatten, dann ist er diesen Bernhard los.«

»Nein«, sagte ich. »Du bist doch naiv. Wenn er ihn anzeigt, dann geht es doch erst richtig los mit den Schikanen! Bernhard ist ja auch nicht allein. Dieser Paschulke ist auch noch da. Und der Hund. Und die schrecken wirklich vor nichts zurück. Was meinst du, was die mit ihrem Getränkelieferanten gemacht haben? Kevin sagt auch, dass solche Typen nur eine einzige Sprache verstehen, und das ist ihre eigene.«

»So ein Schwachsinn«, sagte Anton.

»Du musst den Antrag auf jeden Fall zurückziehen, Jo will es so«, sagte ich. »Und ich kann ihn gut verstehen. Wenn Bernhard meine Kinder bedrohen würde ... Ach, ich wünschte nur, ich hätte Karate gelernt oder sonst etwas Nützliches. Aber nein, meine Eltern haben mich nur in so eine blöde Trachtengruppe gesteckt!« Ich stockte kurz. »Äh, und natürlich in den Schwimmverein«, setzte ich hinzu. Es war so anstrengend zu lügen. Wenn man einmal damit angefangen hatte, musste man immer weitermachen. Allmählich hatte ich es satt. »Aber was nutzt einem eine Medaille im Rückenkraulen gegen solche Typen wie Bernhard?«

»Dafür gibt es ja unser Rechtssystem«, sagte Anton. »Oder was sagt dein Kevin dazu?«

»Ach, die sperren Bernhard doch noch nicht mal ein«, sagte ich. »Der kann bis zur Verhandlung ganz unbehelligt sein Unwesen treiben. Kevin sagt auch, wenn man die Polizei mal braucht, ist sie sowieso nicht da. Nee, nee, so was müsste man selber in die Hand nehmen, aber wie gesagt, gegen Bernhard, Paschulke und den bösen Henri kommen wir nicht an.«

Anton stöhnte wieder, und ich zupfte meinen Rock glatt. In dem ganzen Trubel heute Nachmittag war mein Schönheits- und Vorbereitungsprogramm deutlich zu kurz gekommen. Ich war nicht mal anständig maniküt, von allem anderen mal abgesehen.

Und ob dieses Top und der Rock mir so gut standen, mit dem locker drapierten breiten Gürtel auf den Hüften, wusste ich auch nicht. Ich hatte keine Zeit gehabt, mich lange vor dem Spiegel zu drehen und zu wenden. Unpraktisch war das Outfit allemal: Der Rock war so eng geschnitten, dass man ihn nicht hochkrempeln konnte, wenn man aufs Klo musste, es sei denn, man wollte riskieren, dass der Stoff riss. Also musste man zuerst den verdammten Gürtel abfriemeln, dann den Rock ausziehen und anschließend alles in umgekehrter Reihenfolge wiederholen.

»Wusstest du, dass der Goldene Schnitt in der Renaissancekunst eine ganz besondere Rolle spielt?«, wechselte ich unvermittelt das Thema. »Es klingt sehr kompliziert, aber ist es gar nicht. Die Strecke, die geteilt werden soll, wird als langer Schenkel eines rechtwinkligen Dreiecks aufgefasst, dessen zweiter Schenkel halb so lang ist. Faszinierend, oder?«

Anton hatte wieder mal seine Augenbraue hochgezogen. »Ich wusste gar nicht, dass du dich für Kunst interessierst, Constanze«, sagte er.

»Da kannst du mal sehen«, sagte ich und fing trotz der sommerlichen Temperaturen an, mit den Zähnen zu klappern. Ein langer Schenkel eines rechtwinkligen Dreiecks, dessen zweiter Schenkel halb so lang war – hä? Wer kapierte so was? Ich jedenfalls nicht.

An manchen Tagen passierte einfach zu viel. Heute war so ein Tag. Zuerst hatte ich die halbe Nacht im Internet mit *kasparow34* und *E4D4* gechattet, dann die Verabschiedung meiner Kinder auf dem Flughafen, die Beerdigung von Annes Vater, unsere Begegnung mit Bernhard und Paschulke mit anschließendem Besuch in der Notaufnahme, wo sie den armen Jo zusammengeflickt hatten. (Abgesehen von der Nase war nichts gebrochen, seine inneren Organe waren noch mal davongekommen. Und das Stück Fleisch, das Henri aus seinem Oberschenkel gebissen hatte, würde vermutlich wieder nachwachsen, hatte der Arzt gesagt.) Als ich endlich wieder nach Hause gekommen war, war ich eigentlich reif fürs Bett gewesen, aber stattdessen hatten mich dort Mimi, Jasper, Trudi und Kevin erwartet, Letzterer mit Baby Samantha auf dem Arm.

»Du weißt schon, dass Nelly in Urlaub ist?«, hatte ich ihn gefragt.

»Natürlich«, hatte Kevin geantwortet. »Sie hat mir eine sms aus dem Flugzeug geschickt.«

»Oh, nicht zu fassen!«, rief ich, sofort wieder hellwach. »Weiß sie denn nicht, dass das Flugzeug abstürzen kann, wenn man das Handy an Bord nicht ausschaltet?«

Glücklicherweise war das Flugzeug aber nicht abgestürzt, sondern sicher in Mahon gelandet. Nelly und Julius hatten vorhin schon angerufen und ganz begeistert das Haus, den Pool und die wahnsinnig tolle und supernette Familie von Paris geschildert. Nelly hatte gefragt, ob ich nicht auch fände, dass Priamos ein unheimlich cooler Name sei, und ich hatte geantwortet, doch, für einen Kampfhund, und da hatte sie aufgelegt. Deshalb nahm ich mal an, dass es sich bei Priamos definitiv nicht um einen Hund handelte. Ich hatte Lorenz eine sms geschickt, in der ich ihn nochmals darauf hinwies, dass ich meine Kinder in jedem Fall unversehrt zurückbekommen wollte, und zwar in jeder Beziehung.

»Die haben sogar Lego dort«, sagte ich jetzt zu

Anton. »Eine ganze Kiste, extra für Julius. Meinst du, sie wollen ihn mit all diesen billigen Tricks dazu bringen, dass er für immer bei ihnen bleiben will?«

»Nein«, sagte Anton, der meinen Gedankensprüngen mühelos zu folgen schien. »So wie ich Lorenz bisher kennen gelernt habe, wird er heilfroh sein, wenn die drei Wochen um sind.«

»Und ich erst«, seufzte ich. »Ich wäre ja schon froh, wenn dieser Abend schon mal um wäre.«

Anton sah mich von der Seite an.

»Äh, womit ich natürlich nicht sagen wollte, dass ich mich nicht freue«, sagte ich. »Es ist nur ... Es war ein furchtbarer Tag bis jetzt. Und meiner Erfahrung nach wird so ein Tag nicht besser. Wenn einmal der Wurm drin ist ...«

»Jetzt atme einfach mal tief durch und entspann dich«, sagte Anton. »Es wird ein hervorragendes Abendessen geben. Meine Mutter hat wie immer beim besten Caterer der Stadt geordert, und ich wette, du hast heute kaum was gegessen.«

»Wann auch?«, fragte ich. »Kevin war mit dem Baby da, er sagt, er braucht ab und zu mal eine normale Umgebung, weil seine Familie so verrückt sei. Der arme Junge! Überleg mal, wie verrückt eine Familie sein muss, damit man mein Irrenhaus als normal empfindet! Ich mag den Jungen ja auch. Wenn er nur nicht immer die Hunde mitbringen würde. Stell dir mal vor: Kevins armer Großvater hat mit achtzig Jahren die Frau seiner Träume gefunden, aber sie haben sie in ein Altersheim abgeschoben.«

»Entspann dich!«, sagte Anton wieder. Wir hielten an einer roten Ampel.

Ich wusste, dass ich wirres Zeug redete, aber es tat

unheimlich gut, mir alles von der Seele zu reden, es war fast wie eine Liste machen. »Und Trudi ist aus ihrer Wohnung geflüchtet, weil Peters Kinder unerträglich waren, und Peter auch, stell dir mal vor, die kleine Garsta hat eine von Trudis Siamkatzen aus dem zweiten Stock geworfen, und Peter hat sie auch noch in Schutz genommen. Er hat gesagt, das arme Kind sei doch nur von seiner Frau aufgehetzt worden, als ob das irgendeinen Unterschied machte, oder?«

Trudi war allmählich wirklich genervt. Zwar war das Wort »Lerngeschenk« noch nicht gefallen, aber ich wusste, dass Peters Tage gezählt waren.

»Weißt du, es fühlt sich gar nicht mehr so gut an«, hatte Trudi gesagt. »Die ganze Wohnung hat eine ungesunde Aura, und ich kann Räucherstäbchen abbrennen so viel ich will: Es bleibt ein unguter Gestank zurück.«

»Nach Ehebruch und Midlife-Crisis?«, hatte ich gefragt.

»Nein, nach alten Damenbinden und amputierten Raucherbeinen«, hatte Trudi gesagt.

»Jedenfalls wohnt Trudi mit ihren Katzen bei mir, solange Peters Kinder ihre Wohnung belagern, bitteschön, das heißt, wir haben im Augenblick sechs Katzen da rumlaufen, und ich kann nicht behaupten, dass sie sich blendend vertragen«, erklärte ich Anton. »Die teuren Seidentaftvorhänge für das Wohnzimmer hätte ich mir jedenfalls sparen können.« Man konnte jetzt nur noch Barbiekleider daraus fertigen.

»Es ist doch seltsam, dass immer alle sofort bei dir einziehen, wenn sie Probleme haben«, sagte Anton.

»Ja«, gab ich zu. »Und ich fürchte, Anne wird die Nächste sein. Sie ist total durch den Wind, weil sie in Jo verliebt ist, und ich denke, dass das Motivation genug ist, ihren Mann trotz Ehevertrags zu verlassen. Sie macht sich natürlich riesige Sorgen, wie es weitergehen soll, und sie kann unmöglich mit den Kindern zu Jo ins Einzimmerappartement ziehen, zumal da jederzeit Bernhard und sein Schläger auftauchen können, aber was soll sie denn machen? Sie ist ernsthaft verliebt, da bin ich sicher, und Jo ist ja auch ein netter Kerl, wohingegen dieser Hansjürgen ein Arschloch erster Güte ist. Hatte ich schon gesagt, dass er was mit seiner Praktikantin hat und dass die erst zwanzig ist und Tiffany heißt? Und dass er gegen die Anschaffung eines Wäschetrockners war? Anne musste ihn von ihrem Gehalt bezahlen.«

»Dann kann sie ihn im Falle einer Trennung auch mitnehmen«, sagte Anton. »Ist dir eigentlich aufgefallen, dass die ganzen Probleme, über die du dir den Kopf zerbrichst, überhaupt nicht deine Probleme sind, sondern die deiner Freundinnen und deren Freunden?«

»Das ist dasselbe«, sagte ich. »Alle für eine, eine für alle. Außerdem bin ich die Patin und dafür verantwortlich, dass es allen gut geht.«

»Was bist du?«

»Ach, das ist streng geheim«, sagte ich. »Mimi war jedenfalls auch ganz mies drauf, sie war jetzt schon mehrmals drüben in ihrem Haus, und nie hat sie Ronnie angetroffen. Sie sagt, sie fände es gut, dass er unterwegs ist, aber in Wirklichkeit macht sie sich Sorgen. Eben hat sie mich gefragt, ob Ronnie der Typ für Selbstmord ist, und ich – mal ehrlich, wie kann man so etwas wissen? Sie hat ihm das Herz gebrochen, du hättest sein Gesicht sehen sollen, als er kapiert hat, dass Mimi ein neues Leben anfangen will, ohne ihn. Woher soll ich wissen, ob er nicht plant, sich etwas anzutun? Hast du in den letzten Tagen mal was von ihm gesehen oder gehört?«

»Nein«, sagte Anton. »Aber ich glaube nicht, dass er sich umbringen würde. Nicht solange eine Hypothek auf dem Haus lastet, die er abbezahlen muss. Ronnie ist ein gewissenhafter Typ, weißt du.«

»Dann ist es ja gut«, sagte ich. »Tut mir leid, wenn ich so ohne Punkt und Komma auf dich einrede, es ist nur – im Augenblick passiert einfach zu viel. Ich habe es lieber, wenn die Tage schön eintönig verstreichen, einer nach dem anderen.«

»Na, dann freu dich: Diese Abendessen bei uns zu Hause sind in der Regel schrecklich eintönig. Du kannst dich also auf einen völlig ereignislosen Abend gefasst machen.« Und noch während Anton das sagte, lenkte er den Jaguar durch ein verschnörkeltes, zweiflügeliges Tor eine lang gestreckte Einfahrt hinauf. Die Villa seiner Eltern passte definitiv zu Antons Jaguar und zu seiner Uhr.

»Wir sind die Ersten«, sagte Anton, als er mir die Wagentür öffnete. »Ich glaube fast, meine Mutter hat diesen gemeinen alten Trick angewendet.«

»Welchen Trick?«

»Sie sagt mir eine andere Uhrzeit, damit ich pünktlich komme. Nur, weil ich mich vielleicht ein- oder zweimal ein wenig verspätet habe.« Anton klingelte. Ich griff unauffällig nach seiner Hand. Ich kam mir plötzlich so klein vor. Das war aber auch keine Haustür, das war ein Portal. Ich straffte meine Schultern und holte tief Luft. Meine letzte Prüfung für heute Abend, wie war das noch mal gleich mit dem Goldenen Schnitt und der Hypotenuse des gleichschenkligen Dreiecks?

Ich erwartete, dass ein Butler im Frack uns öffnen würde, aber es war Antons Mutter, die die Tür aufriss. Renaissance-Kunst-Polly.

»Oh nein!«, rief sie, als sie uns sah. »Ich hatte gehofft, es wäre Emile und er hätte es sich anders überlegt!«

»Wer ist Emile?«, fragte Anton und gab ihr einen Kuss auf die Wange. »Hallo, Mama.«

»Emile ist der Caterer, und er sollte schon vor zwei Stunden hier sein!« Polly raufte sich die akkurat geschnittenen blonden Haare. Sie sah, im Gegensatz zu sonst, reichlich aufgelöst aus. Ihr Hals und ihre Wangen waren mit hektischen roten Flecken übersät. Und das eine Auge hatte lila Lidschatten, das andere nicht. »Ich verstehe das nicht. Ich bin doch noch nicht verkalkt, oder, Anton? Sein Handy war die ganze Zeit ausgeschaltet, und im Restaurant ging nur der Anrufbeantworter dran. Und als ich ihn vor zwanzig Minuten endlich erreicht hatte, sagte er doch tatsächlich, ich stünde erst für nächsten Samstag in seinem Kalender. Ein Irrtum also. Und Emile sagt, es wäre mein Irrtum! Als ob ich das Datum verwechselt hätte.«

»Ach, das lässt sich doch sicher ganz einfach regeln«, sagte Anton. »Mama, Constanze kennst du ja noch.«

»*Guten* Abend«, sagte ich. Ob sie wusste, dass sie nur einen Schuh anhatte?

»Guten Abend?«, rief Polly. »Was soll an diesem Abend gut sein? In einer Dreiviertelstunde kommt Urs Körner mit seiner Familie zum wichtigsten

Abendessen, das dieses Haus je gesehen hat, und ich habe nichts zu essen da. An einem Samstagabend. Und Emile sagt, er kann da leider überhaupt nichts machen. Er ist absolut ausgebucht!«

»Vielleicht könnten Sie woanders etwas bestellen.« Ich überreichte Polly den Blumenstrauß, den zu besorgen ich trotz aller Hektik nicht vergessen hatte. Es lebe die Liste!

»Sehr hübsch, vielen Dank«, schnauzte Polly und knallte den Strauß auf eine riesige Kommode neben sich. Wir waren mittlerweile in den Flur vorgerückt, ein Flur, in etwa so groß wie das Müngersdorfer Stadion. »Was meinen Sie? Soll ich vielleicht den Pizzadienst anrufen? Ha. Das sähe Ihnen ähnlich! Sie ernähren Ihre Kinder sicher ausschließlich von Pizza und McDonald's! Ja, warum denn nicht: Ich ruiniere Rudolfs wichtigstes Geschäft seit der Sache mit *Viagra*, indem ich seinem Geschäftsfreund Pizza und Hamburger vorsetze!«

»Es gibt keinen Grund, Constanze zu beleidigen«, sagte Anton. »Es wird sich doch wohl ein anderer Caterer finden lassen, der kurzfristig etwas liefert. Abgesehen davon hätte ich nichts gegen Pizza einzuwenden.«

»Ja, was meinst du denn, was ich die ganze Zeit gemacht habe?«, rief Antons Mutter. Sie tat mir mittlerweile schon richtig leid. »Ich habe überall herumtelefoniert. Aber sie sind alle ausgebucht.«

»Hast du ihnen einen Aufpreis versprochen? Hast du deine ›Wissen-Sie-denn-nicht-wen-Sie-vor-sich-haben-Nummer‹ abgezogen?«

»Glaub mir, ich habe alle Register gezogen. Ich brauche jetzt erst mal einen Schnaps, ich kann gar nicht mehr klar denken.« Polly drehte sich um und eilte davon, so schnell ihr das mit nur einem Schuh möglich war. »Kein einziges Sterne-Restaurant, das mir jetzt noch helfen kann. Und dein Vater liegt seit zwei Stunden oben im Schlafzimmer und hat schlimme Kopfschmerzen. Wenn er erfährt, was ich angerichtet habe, dann können wir ihn gleich ins Krankenhaus einliefern. Und mich dazu, denn ich bin an allem schuld.«

Wir hatten Mühe, mit Polly Schritt zu halten. Sie war in die Küche gerannt, wo sie sich einen mindestens dreifachen Whiskey eingoss und in einem Zug hinunterkippte. Ich sah mich staunend um. Das nannte man wohl »gediegenen Landhausstil«. Weiß lackiertes Holz mit offenen Regalen, handgemalte Fliesen, geölte Holzarbeitsflächen – diese Küche war noch viel schöner als Antons Hightech-Küche. Allein dieser Aga-Herd da war einfach wunderbar. Von so einem Herd träumte ich schon seit ewigen Zeiten, aber er war leider unbezahlbar.

»So, jetzt kann ich nur noch anrufen und sagen, dass einen von uns kurzfristig die Vogelgrippe ereilt hat«, sagte Polly. »Oder die Pest. Etwas weniger Schreckliches lässt ein Urs Körner nicht gelten.«

»Wie viele Leute sollen denn kommen?«, fragte ich.

»Wir sind zu zehnt«, sagte Polly. »Wir sind vier, mit Ihnen fünf, und Körners kommen mit Tochter, Sohn und Schwiegertochter. Ich hatte schon erwogen, mit allen aus essen zu gehen, aber Urs ist schrecklich konservativ, für ihn ist ein Restaurant immer nur eine Notlösung. Und eine Hausfrau, die kein Abendessen ausrichten kann, ein Gräuel und ein Armutszeugnis für den Hausherrn. Wenn er heute Abend hier nichts Anständiges zu essen serviert bekommt, platzt der Deal.«

»Jetzt übertreibst du aber, Mama«, sagte Anton. »Die Verträge sind doch so gut wie unterschrieben.«

»Aber nur so gut wie«, sagte Antons Mutter. »Körner hat auch ein Übernahmeangebot von Pharma-Decker, und wenn wir ihn nicht davon überzeugen, dass unsere Familie dieselben Werte schätzt wie seine, dann unterschreibt er bei Decker.«

»Weil Deckers Frau besser kocht als du?«, fragte Anton spöttisch.

»Ja«, rief Antons Mutter. »Und weil sie nicht so blöd ist, einen Caterer zu engagieren. Ich blöde Kuh dachte, ich sei besonders raffiniert, wenn ich das Kochen Emile überlasse und mich nur auf die Dekoration konzentriere. Ich dachte, es könnte nichts schiefgehen. Aber hätte ich das gewusst, hätte ich lieber selber gekocht!«

»Noch ist es doch dafür nicht zu spät«, sagte ich. »Wenn wir jetzt anfangen, könnten wir doch noch etwas Leckeres kochen.«

Polly stierte mich wütend an. »Und was bitte schön?«, bellte sie. »Ich habe zufälligerweise gerade kein abgehangenes Rinderfilet für zehn Personen im Haus. Und auch die Trüffel und der Kaviar sind dummerweise gerade ausgegangen.«

»Was haben Sie denn im Haus?«, fragte ich.

»Constanze, das ist jetzt wirklich nicht auch noch dein Problem«, sagte Anton.

»Mal sehen«, Polly machte den Kühlschrank auf. »Pfifferlinge und Blaubeeren vom Markt, Lachs für morgen, Milch, Aufschnitt, Joghurt.«

»Und in der Tiefkühltruhe?«

»Bohnen, Putenschnitzel und Brötchen.«

»Das hört sich doch schon mal gut an«, sagte ich. »Und Sie haben sicher Mehl, Butter und Eier vorrätig? Zwiebeln, Knoblauch, Essig, Öl? Und vielleicht noch Sahne?«

»Ja, natürlich«, sagte Polly und goss sich noch einen doppelstöckigen Whiskey ein. »Aber die Pfifferlinge und der Lachs waren für zwei Personen gedacht, nicht für zehn.«

»Ach, das ist alles eine Frage der Zubereitung«, sagte ich. »Haben Sie vielleicht einen Gemüsegarten?«

»Ja, schon«, sagte Polly und leerte ihr Glas wieder mit wenigen Schlucken. »Aber im Brokkoli sitzt der Kohlweißling. Im Augenblick kann man nur Zucchini ernten und Pflücksalat.« Noch während sie sprach, hellte sich ihr Gesicht plötzlich auf. »Und Rauke. Ah, allmählich begreife ich, worauf Sie hinauswollen.«

»Ich auch«, stöhnte Anton.

»Sehen Sie!«, sagte ich. »Wir könnten selbst gemachte Spätzle mit einer Soße von Pfifferlingen und Putengeschnetzeltem servieren, dazu einen frischen Gartensalat.«

»Und zur Vorspeise Carpaccio vom Lachs mit einem Raukepesto«, sagte Polly und klatschte in die Hände. »Wenn ich noch irgendwo Pinienkerne hätte ...«

»Sonst kann man auch gesalzene Cashewkerne nehmen«, sagte ich. »Oder ganz normale Haselnüsse.«

»Gesalzene Cashewkerne habe ich!« Pollys rote Flecken schienen blasser geworden zu sein. »Und einen guten Parmesan. Das könnte klappen. Wir machen einfach winzig kleine Portionen von dem Lachs.«

303

»Und zum Nachtisch gibt es kleine Blaubeer-Pfannküchlein«, sagte ich.

»Mit Vanilleeis«, ergänzte Polly. »Das habe ich immer im Haus.« Jetzt sah sie hinüber zur Uhr. »Oh Gott, nur noch eine knappe Stunde, das schaffen wir nicht mehr. Ich habe auch noch nie Spätzle selbst gemacht. Kennen Sie sich damit aus?«

»Ja, ja«, sagte ich. »Das ist ganz einfach.« Ich sah hinüber zu dem Aga-Herd. »Ich würde sagen, wir teilen die Aufgaben unter uns auf. Anton geht hinaus in den Gemüsegarten und erntet Salat, Rauke und Kräuter. Du kannst auch ein paar Zucchiniblüten mitbringen, Anton. Polly, Sie kümmern sich um das Raukepesto und den Lachs, und ich mache das Putengeschnetzelte, die Pfifferlinge und die Spätzle. Haben Sie eine Mikrowelle?«

»Da vorne«, sagte Polly. Sie sah ein wenig überrumpelt aus, aber wir hatten nun wirklich keine Zeit zu verlieren.

»Sehr gut, da können wir die Putenschnitzel auftauen. Also, an die Arbeit. Und vielleicht ziehen Sie sich vorher doch noch den anderen Schuh an, Polly, ja, ich darf Sie doch Polly nennen, oder?«

»Natürlich darfst du das«, sagte Anton.

Pollys Mutter guckte nur überrascht auf ihre Füße. »Huch«, sagte sie.

Ich will wirklich nicht angeben, aber das Abendessen war großartig. Angefangen beim Lachscarpaccio mit Raukepesto und frittierten Zucchiniblüten, über die handgeschabten Spätzle mit Geschnetzeltem in sahniger Pfifferling-Soße, dem zartwürzigen Dressing mit Himbeeressig und Senf für den knackig frischen Salat bis hin zu den perfekten kleinen Blaubeerpfannküchlein mit Vanilleeis. Es gab niemanden, dem es nicht schmeckte, alle waren einfach nur entzückt. Ich selbst konnte mich nicht erinnern, wann ich das letzte Mal so gut gegessen hatte.

»Das ist wirklich ein ganz köstliches Mahl gewesen«, sagte Urs Körner und tupfte sich mit der Serviette den Mund ab. »Ich wusste ja, dass die gute Polly eine ganz fantastische Köchin ist, aber heute hat sie sich selbst übertroffen. Und ohne Kaviar, Hummer und den anderen angeberischen Schickimickiquatsch – ganz bodenständig, so wie ich es liebe.«

»Aber trotzdem fein und raffiniert«, stimmte seine Frau zu. »Du musst mir unbedingt das Rezept geben, Polly.«

Anton zwinkerte mir von der gegenüberliegenden Tischseite zu. Man hatte ihn neben die Tochter der Körners gesetzt, eine vierunddreißigjährige PR-Frau mit Modelmaßen und wunderschönen roten Locken. Frederike Körner, offensichtlich unverheiratet und offensichtlich ganz scharf auf Anton. Warum sonst legte sie ihm ständig die Hand auf den Arm, zupfte ihm die Krawatte gerade oder tupfte ihm mit der Serviette einen nicht vorhandenen Klecks Sahnesoße vom Mundwinkel?

»Die schönsten und klügsten Mädchen bleiben immer am längsten solo«, hatte Antons Vater, Rudolf mit der roten Nase, gleich zu Anfang gesagt. »Was ist nur mit den Männern von heute los?« Und dabei hatte er seine beiden Söhne vorwurfsvoll angeschaut.

»Papa würde liebend gern wieder in den Zeiten

leben, in denen die Eltern noch die Heirat ihrer Kinder arrangiert haben«, hatte Johannes mir zugeflüstert. »Frederike ist die beste Partie der nördlichen Hemisphäre. Wenn sie in unsere Familie einheiraten würde, gäbe es nie wieder Probleme mit Pharma Decker. Die haben nämlich nur Töchter.«

»Jung gefreit, nie gereut«, hatte Frederikes Bruder gesagt und dabei den Arm um seine Ehefrau gelegt. Frederikes Bruder war ebenfalls rothaarig, aber er hatte keine Modelmaße, sondern brachte geschätzte hundertzwanzig Kilo Lebendgewicht auf die Waage, verteilt auf einen Meter fünfundsiebzig. Aus dem Gesichtsausdruck seiner Frau zu schließen, bereute sie es sehr wohl, jung gefreit zu haben.

Während des Essens war ich in Gedanken immer schon so mit dem nächsten Gang beschäftigt, dass ich dem friedlich dahinplätschernden Gespräch kaum folgte. Polly und ich arbeiteten zwischen den Gängen in der Küche auf Hochtouren. Es machte richtig Spaß, vor allem mit dem Aga-Herd. Sobald ich genug Geld zusammenhatte, würde ich mir auch so einen kaufen.

Über der Kocherei hatte ich ganz vergessen, dass ich mich ja eigentlich in Gegenwart von Antons Familie wie ein armes Würstchen fühlte. Ich war so in meinem Element gewesen, dass ich meine Komplexe vollkommen verdrängt und Antons Mutter sogar die ganze Zeit noch herumkommandiert hatte: »Ja, Polly, das ist gut, aber die Zwiebeln müssen noch feiner gehackt werden. Polly, ich brauche etwas Sherry, bitte, nein, den nicht, haben Sie keinen trockenen?« Und so weiter und so fort. Ich bekam einen heißen Kopf, als ich mich jetzt, beim Espresso, daran erinnerte, was ich zu ihr gesagt hatte, als der Wagen von Körners die Einfahrt hinaufrollte: »Oh, schnell hoch mit Ihnen, Polly! Bringen Sie das mit Ihrem Augen-Make-up in Ordnung! Und gurgeln Sie mit Mundwasser. Sonst riechen die Körners noch Ihre Whiskey-Fahne und merken, wie nervös Sie sind.«

War ich wahnsinnig gewesen oder was?

Aber Polly war widerspruchslos davongehastet und hatte nur zwei Minuten später die Gäste perfekt aufgemacht begrüßt. Immerhin, das hatte sie mir zu verdanken, oder?

Ich trank meinen Espresso und sah verstohlen zu Anton hinüber. Er unterhielt sich blendend mit der rot gelockten Frederike. Da, jetzt legte sie ihm schon wieder die Hand auf den Arm!

Seltsamerweise drehte sich das Gespräch um Renaissance-Kunst, genauer gesagt, um Leonardo da Vinci.

»Im Grunde war er gar nicht so ein großer Künstler«, sagte Frederike. »Man ist sich ja nicht mal sicher, ob er die Gemälde, die ihm zugeschrieben werden, auch wirklich gemalt hat. Nein, nein, das eigentlich Geniale an Leonardo waren seine vielen Erfindungen.«

»Ich liebe Leonardo da Vinci«, mischte sich Polly ein. »Ich finde, da steckt so viel Mystisches in seinen Werken, so viele versteckte Hinweise auf seine Tätigkeit als Freimaurer.«

»Wie im heiligen Abendmahl?«, fragte Anton. »Wo angeblich Maria Magdalena als Jesus' Gemahlin mit abgebildet ist?«

»Ja, zum Beispiel«, sagte Polly begeistert. »Dieser Jünger sieht wirklich nicht wie ein Mann aus, oder?«

»Ja, und die Farben, in denen sie gekleidet sind«, sagte Frederike. »Im diametralen Partnerlook, also, quasi.«

»Und sie bilden den Buchstaben M«, sagte Anton. »Hatte doch auch was zu bedeuten, oder?«

»Und dann diese Hand, die keinem zu gehören scheint«, sagte Polly. »Ach, diese wunderbare Symbolik.«

Es machte mich ganz krank, dass sie sich so blendend über ein Bild unterhielten, das ich nicht kannte. Ich überlegte, wie ich meine Kenntnisse über den Goldenen Schnitt einigermaßen sinnvoll einbringen konnte, um mich nicht so ausgeschlossen zu fühlen.

»Ich habe da diesen herrlichen Bildband über Leonardo entdeckt«, schwärmte Polly. »Eine komplette Biografie, riesig und teuer, aber den müsst ihr euch unbedingt zulegen.«

Ich nutzte die Gelegenheit, wie ein Kandidat in einem Ratequiz, der blitzschnell den Buzzer betätigt.

Nööööök.

»Den habe ich schon«, rief ich aus. Na ja, jedenfalls so gut wie. Die dicke Schwarte gehörte Mimi, aber sie hatte sie mir geliehen. Ich hatte ein bisschen darin geblättert und wusste noch genau, wie sie hieß: *Ich, Michelangelo.* Erst, als ich es laut ausgesprochen hatte, fiel es mir auf. Nach Antons und Pollys Blick zu schließen, waren Michelangelo und Leonardo da Vinci leider nicht ein und dieselbe Person.

»Ich meinte, *Ich, Leonardo*«, setzte ich mit einem nervösen Lachen hinzu und beschloss, aufs Klo zu gehen.

Während ich den Gürtel abnahm und aus dem engen Rock stieg, grübelte ich über meine Komplexe nach. Warum hatte ich so viele davon? Und warum hatte zum Beispiel Frederike keine? Was hatten ihre Eltern anders gemacht, als sie klein war? Es war seltsam, aber solange ich in der Küche gestanden und gekocht hatte, war ich mir ganz großartig vorgekommen. Wieso konnte so ein Gefühl nicht mal etwas länger anhalten?

Als ich vom Klo zurückkam, redete wenigstens niemand mehr über Kunst. Während ich auf meinen Platz zurückging, fiel mir auf, dass überhaupt niemand mehr redete. Alle schienen mich anzuschauen.

»Sie ähm haben da etwas, meine Liebe«, sagte Polly und rupfte mir etwas von der Hüfte. Das Etwas war ein WC-Frischestein samt Plastikhalterung. Aus irgendwelchen schwer nachvollziehbaren Gründen war er an meinem Gürtel hängen geblieben.

Ich wollte auf der Stelle sterben.

»Gllllub«, sagte ich.

»Nanu«, sagte Frederike und hielt sich die Hand vor den Mund. Völlig überflüssig, denn ihr blödes Lachen war so wenig zu überhören wie, sagen wir mal, der Paarungsruf eines Elches.

Polly wickelte den WC-Frischestein dezent in eine Serviette, aber wer nicht kurzsichtig war, hatte genau gesehen, was an meinem Hintern geklebt hatte. Ich konnte es einfach nicht fassen: Die höhere Ordnung musste sadistisch veranlagt sein.

Die anderen nahmen es mit Humor.

»Was zum Teufel hast du auf dem Klo getrieben?«, raunte Johannes mir zu, und Frederike sagte, immer noch lachend: »Ich finde, wir alle sollten immer etwas gegen Urinstein mit uns führen.«

»Damit uns immer eine frische Ozeanbrise umweht ...« Anton sah aus, als ob er gleich wieder in sein Nilpferd-Gelächter ausbrechen würde. *Bruh-ha-ha-ha.* Aber unter meinem finsteren Blick nahm er sich zusammen und ging auf das Gespräch ein, das Polly wieder in Gang gesetzt hatte. Diesmal über Skiurlaube, die die beiden Familien vor Jahren gemeinsam verbracht hatten.

»Weißt du noch, wie du im Bikinioberteil die schwarze Piste runtergewedelt bist, Frederike?«, fragte Anton.

»Das weiß ich auch noch«, sagte Johannes. »An dem Tag mussten mindestens fünf Männer mit dem Hubschrauber abtransportiert werden, weil sie gegen einen Liftmast gefahren sind.«

»Ach ja«, lachte Frederike und machte wie zufällig einen ihrer Blusenknöpfe auf. Was wollte sie damit bezwecken? Hier gab es keine Liftmasten, gegen die man fahren konnte.

»Unsere Frederike war immer schon ein ganz besonders wildes Mädchen«, sagte Frau Körner etwas bekümmert. »Immer ein wenig – auffällig.« Ja, möglicherweise. Aber ich hätte wetten können, sie war noch nie mit einem WC-Frischestein am Hintern aufgefallen.

»Wird höchste Zeit, dass sie unter die Haube kommt und Kinder kriegt«, sagte Herr Körner.

»Ach, Papa, dafür macht mir meine Arbeit doch viel zu viel Spaß«, sagte Frederike. »Man kommt so viel herum und lernt tolle Menschen kennen.« Sie zwinkerte Anton zu. »Immer wieder neue ...«

»Es lebe die Abwechslung«, sagte Anton und zwinkerte zurück. Ich sah es ganz genau.

Frederike erzählte ein paar Anekdoten aus ihrem

Berufsleben. Sie hatte einen wirklich interessanten Job. Als PR-Beraterin kam sie mit vielen Prominenten zusammen, Musikern, Schauspielern, Architekten, Politikern, Firmenbossen. Die Geschichten, die sie erzählte, waren durchaus amüsant. Alle lachten darüber, sogar ich, wenn auch nicht wirklich herzlich. Ich hätte ihr aber durchaus noch länger zuhören können, nur leider beugte sie sich unvermittelt vor und fragte: »Und was machen Sie beruflich, Constanze?«

Ich schluckte. Unter anderen Umständen hätte ich jetzt etwas erfunden. Oder ich hätte meine Sonnenbrille aufgesetzt und mit tiefer, heiserer Stimme gesagt: »Ich bin die Patin. Ich spreche nicht über meine Arbeit, *capito*?«

Ich überlegte, ob ich mein abgebrochenes Studium ins Feld führen sollte. *Eigentlich bin ich Psychologin, jedenfalls so gut wie, aber* – nein, das machte es auch nicht besser.

»Ich bin Hausfrau«, sagte ich.

»Oh.« Frederike hob ihre Augenbrauen beinahe bis zum Haaransatz. »Wie, äh, reaktionär! Wie alt sind Ihre Kinder denn?«

»Vier und vierzehn«, sagte ich. *Reaktionär* war doch nichts Gutes, oder doch? Ich benutzte das Wort selten, und wenn, dann im Zusammenhang mit George W. Bush.

»So alt schon? Und da haben Sie nie mal daran gedacht, in Ihren Beruf zurückzugehen?«, fragte Frederike. »Ich könnte mir vorstellen, dass es zu Hause ganz schön langweilig ist.«

»Mir nicht«, sagte ich. »Ich liebe es, Marmelade einzukochen.« Ach, das klang jetzt aber wirklich zu blöd.

Frederikes Blick sprach denn auch Bände. Oh, wie rückständig! Eine Frau, die lieber Marmelade einkochte, als einen Beruf auszuüben. Wie im Schock hatte sie wieder nach Antons Arm gegriffen. Der schien überhaupt nicht zu bemerken, dass sie ständig an ihm herumfingerte. Allmählich ging mir das auf den Wecker.

»Also, ich *hasse* Hausarbeit«, sagte sie. »Und dann kriegt man ja nicht mal Geld dafür.«

Ich wollte auf keinen Fall den Eindruck erwecken, dass ich es liebte, das Klo zu putzen oder zu bügeln. Aber gerade, als ich den Mund aufmachte, um alle möglichen Dinge zu erfinden, mit denen ich mir – außer putzen – den Tag vertrieb, erhielt ich überraschend Schützenhilfe von Polly.

»Also, ich finde das völlig in Ordnung, wenn eine Frau zu Hause bei den Kindern bleibt«, sagte sie. »Auch Vierzehnjährige profitieren von der Anwesenheit einer Mutter im Haus, und für Vierjährige ist sie sogar unverzichtbar. Dieses ganze Gerede von Selbstverwirklichung konnte ich noch nie verstehen. Man sieht ja an Antons Beispiel, wohin das führt, wenn Mann und Frau gleichzeitig Karriere machen wollen! Die Kinder bleiben auf der Strecke. Warum ist das Wort *Hausfrau* denn heute geradezu ein Schimpfwort geworden? Als ob dafür nicht auch besondere Fähigkeiten vonnöten wären. Ich jedenfalls bin stolz darauf, eine Hausfrau zu sein.«

»Bravo«, sagte Urs Körner. »Ganz meine Meinung. Eine Frau gehört an den Herd.«

Und nachdem wir das geklärt hatten, wollte er die Verträge zur Firmenübernahme unbedingt und sofort unter Dach und Fach bringen.

Polly bat die anderen zu einem Portwein nach nebenan ins Wohnzimmer.

»Und wir zwei könnten dabei unsere Schachpartie zu Ende spielen«, sagte Johannes zu mir. »Wie wär's, Zitrusfrisch bis unter den Rand?«

Manche Tage scheinen einfach kein Ende zu nehmen. Der heutige Tag war so einer.

»Okay«, sagte ich. »Bringen wir's hinter uns.«

»Unsere frische Meeresbrise, äh, Constanze war mal deutsche Meisterin im Schach«, sagte Anton zu Frederike, während Johannes ein paar Teller zusammenräumte und das Schachspiel seines Vaters aufstellte.

»Vizemeisterin«, verbesserte ich mechanisch, während ich meine Erinnerung an meine Cyberpartie mit *kasparow34* und *E4D4* zu aktivieren versuchte. »In meiner Jugend. Und nur in Schleswig-Holstein.«

»Mit dem Schachspielen ist es wie mit dem Fahrradfahren«, sagte Polly. »Man verlernt es nicht.«

»Wie war das?«, fragte Johannes, als er die Figuren genauso aufgestellt hatte, wie sie an dem Abend bei Anton gestanden hatten, als Julius das Mayonnaise-Schoko-Bon erbrochen hatte. »Noch zwölf Züge bis zum bitteren Ende?«

Ich nickte. Aber was soll ich Ihnen sagen? Es dauerte nur neun Züge bis zum bitteren Ende. Und es ging rasend schnell.

»Schachmatt«, sagte ich zu Johannes und konnte mein Glück selber kaum fassen. *Danke, kasparow34, danke E4D4, ihr seid die Größten. Ihr und meine V-Formation. Ich schicke euch tausend Cyberküsse.*

»Du bist wirklich gut«, sagte Johannes, und auch Anton und Frederike sahen schwer beeindruckt aus.

Es war ein schöner Moment, und ich kostete ihn richtig aus. Meine Ehre als Hausfrau und erste europäische WC-Frischestein-Trägerin war wieder hergestellt.

Und ich war wirklich gut im Schach! Wer weiß, vielleicht hätte ich tatsächlich eine Chance gehabt, schleswig-holsteinische Vize-Jugendmeisterin zu werden, wenn ich es nur versucht hätte.

»Das war beeindruckend, wie du Johannes im Schach geschlagen hast«, sagte Anton, als wir auf dem Nachhauseweg waren. »Ich konnte meinen Blick gar nicht von dir losreißen. Du hast so was von sexy auf deiner Unterlippe herumgebissen. Und du hast nur neun Züge gebraucht. Das war wirklich super-sexy.«

»Ich habe mich nur deshalb so beeilt, weil diese Frederike die ganze Zeit an dir herumgefummelt hat«, sagte ich.

»Frederike? Ist mir gar nicht aufgefallen.«

Ach, das konnte er mir doch nicht erzählen! »Dann ist dir sicher auch nicht aufgefallen, dass sie im Laufe des Abends immer mehr Knöpfe an ihrer Bluse geöffnet hat, oder?«

»Nein«, sagte Anton. »Mir ist nicht mal aufgefallen, dass sie eine Bluse anhatte.«

»Na ja, Johannes hat es jedenfalls gesehen«, sagte ich. »Er war so abgelenkt von Frederikes Dekolletee, dass ich ihm seinen Turm ohne Gegenwehr nehmen konnte. Am Schluss war überhaupt nur noch ein einziger Knopf geschlossen. Ich fürchte, diese rothaarige Person hat es auf dich abgesehen.«

»Glaub ich nicht«, sagte Anton. »Ich bin doch schon längst eine Kerbe in ihrem Bettpfosten.«

»Was? Willst du damit sagen, ihr hattet mal was miteinander, du und Frederike?«

»Ach, das ist Ewigkeiten her. Während des Studiums. Und es war nichts Ernstes.«

Ich konnte ihn nur entgeistert anschauen. Deshalb also diese unübersehbare Vertrautheit zwischen den beiden. Wahrscheinlich hatten sie den ganzen Abend in wohligen Erinnerungen geschwelgt. Gaaaaah!

Anton beschloss einen Themenwechsel. »Du hast meiner Mutter wirklich einen großen Dienst erwiesen«, sagte er. »Ihr zwei habt großartig gekocht. Das war auch *sehr sexy*, wie du die Zucchiniblüten frittiert hast.«

»Ja, eine Frau gehört eben an den Herd«, sagte ich. »Es war also nichts Ernstes mit Frederike? Ist es denn mit uns etwas Ernstes?«

»Ja, weißt du das denn nicht?«, fragte Anton zärtlich.

Ich war so guter Stimmung, dass ich das als positive Antwort auf meine Frage durchgehen ließ. Erst viel später dachte ich darüber nach und fand, dass es eigentlich gar keine Antwort gewesen war. Und schon gar keine positive. Aber an diesem Abend fiel mir das nicht auf. Der Tag war einfach zu aufregend gewesen. Und vor allem der Abend hatte sich als eine einzige Berg- und Talfahrt für mein Selbstwertgefühl entpuppt. Zuerst hatte ich ein wunderbares Dreigangmenü gezaubert (Berg), anschließend Michelangelo mit da Vinci verwechselt (Tal), dann den WC-Frischestein vom WC an den Tisch gebracht (tiefe Schlucht), um endlich Johannes im

Schach zu schlagen (wieder hinauf ins Tal). Aber Polly, die alte Schreckschraube, war richtig nett zu mir gewesen. So nett, dass ich sie nicht mal mehr für eine alte Schreckschraube hielt (Berg).

»Gut, dass ich wenigstens kochen kann«, sagte ich.

»Ach, stell dein Licht doch nicht immer so unter den Scheffel«, sagte Anton und lachte. »Es ist wirklich eine Schande, dass Körner den Vertrag nur unterschrieben hat, weil meine Mutter nichts für berufstätige Frauen übrig hat. Aber der Zweck heiligt manchmal die Mittel.«

»Meinst du wirklich?«, sagte ich nachdenklich und dachte wieder an Bernhard und Paschulke. »Wenn der Zweck die Mittel heiligt ...«

»Was meinst du?«

»Nichts. Ich hatte nur gerade eine Idee.«

Plötzlich fühlte ich mich richtig, richtig gut (Gipfel des Berges).

Der Jaguar bog in den Hornissenweg ein.

»Anton?«

»Hm?«

»Es war so viel los in den letzten Wochen, da hatte ich noch keine Zeit, mir Fachliteratur zu besorgen«, sagte ich. Ehe Antons Augenbraue in die Höhe gehen konnte, fuhr ich fort: »Du weißt schon: *Hundert raffinierte Tricks, und was Sie alles mit einer Dunstabzugshaube und einem Dampfbügeleisen anstellen können* ... – aber ich würde es heute sogar riskieren, dumm aufzufallen. Trudi sagt, es ist sowieso alles nur eine Frage des Instinktes. Entweder man hat ihn, oder man hat ihn nicht.«

»Ja«, sagte Anton und parkte den Wagen in meiner Einfahrt. »Da hat Trudi sicher Recht.« Trotz der

Dunkelheit konnte ich sein umwerfendes Lächeln erkennen. »Aber vielleicht sollten wir doch warten, bis du das Haus wieder für dich hast?«

Richtig, ich wohnte ja nicht allein hier. In fast allen Fenstern brannte noch Licht. Mimi und Trudi und die Katzen warteten drinnen auf mich. Und wer weiß, wer sonst noch alles.

Wahrscheinlich war heute wieder nicht der richtige Abend, um Anton mein neues Negligé vorzuführen. Zu ihm konnten wir auch nicht, weil da Emily und ihr Babysitter warteten. Und morgen würde Anton schon mit Emily nach London fliegen.

Ich seufzte.

»Nächste Woche«, sagte Anton, als habe er meine Gedanken erraten. »Wenn ich aus England zurück bin. Wir werden uns alle Zeit der Welt nehmen, um unsere Instinkte zu überprüfen. Und niemand wird uns dabei stören.«

»Ja«, sagte ich. »Und vielleicht kann ich mir ja bis dahin noch den einen oder anderen Trick aneignen.«

Anton schnallte sich ab, um mich besser in den Arm nehmen zu können. »Ich kann es kaum erwarten«, sagte er und küsste mich so gründlich wie noch nie zuvor. Was das Küssen anging, harmonierten unsere Instinkte auf jeden Fall schon mal ganz wunderbar. Und wenn ich nicht bei einem kurzen Luftholen das Katzenkörbchen auf der Fußmatte entdeckt hätte, wer weiß, wie es dann weitergegangen wäre.

»Ach du Scheiße«, sagte Anton, als er das Katzenkörbchen sah.

Darin saß Lieschen Müller, die Mutter all unserer kleinen Kätzchen. Und unter Lieschen Müller lag ein Zettel, der uns allen eine schlaflose Nacht bescherte.

Liebe Mimi,
es hat eine Weile gedauert, bis ich es verstanden hatte, aber du hast Recht: Keiner von uns kann einfach da weitermachen, wo er aufgehört hat. Ohne dich macht auch alles andere keinen Sinn für mich, weder die Arbeit noch das Leben in dieser Stadt. Da es mir offenbar nicht bestimmt ist, der Vater deiner Kinder zu sein, und du keine andere Verwendung für mich hast, habe ich gekündigt und werde wahr machen, wovon wir geträumt haben, als wir jünger waren: Lebe wild und gefährlich und so weiter. Ich hoffe, ich habe, soweit das in der Eile ging, alles für dich geregelt und dir keine Probleme hinterlassen. Alle erforderlichen Vollmachten (zum Beispiel zum Verkauf des Hauses) liegen auf dem Schreibtisch. Du hast völlig freie Hand. Kümmere dich gut um Lieschen Müller und die Kleinen. Ein schönes, erfülltes Leben wünscht dir
dein Ronnie.

»Was soll das heißen?«, fragte Mimi, nachdem sie den Brief zum vierzehnten Mal gelesen hatte.

»The person you have called is temporarily not available«, erklärte mir eine kühle Frauenstimme, ebenfalls zum vierzehnten Mal, als ich Ronnies Handynummer wählte.

»Ich würde sagen, das ist glasklar«, sagte Trudi und tupfte sich mit einem Taschentuch ein paar Tränen ab. »Mein Beileid, Mimi. Er war wirklich ein feiner Kerl, dein Ronnie.«

Mimi riss entsetzt ihre Augen auf.

»Jetzt macht mal halblang, Mädels«, sagte Anton. »Wo sind die Hausschlüssel, Mimi?«

Wir gingen alle hinüber ins Haus und durchsuchten es vom Keller bis zum Dachboden. Ronnie fanden wir nicht, weder tot noch lebendig. Mit ihm waren nur ein alter Koffer und ein paar Klamotten verschwunden.

»Ach, das ist ja so romantisch«, schniefte Trudi. »Ohne Mimi macht nichts in Ronnies Leben mehr einen Sinn – ist das nicht wunderbar formuliert? *Das* ist echte Liebe, meine Freunde, so wie man sie nur einmal in jedem Jahrtausend erleben darf. Höchstens. Peter würde sich niemals aus Liebeskummer umbringen, schon gar nicht meinetwegen. Schon damals im alten Ägypten neigte er nicht zu solch großen Gesten.«

»Ronnie auch nicht«, schnauzte ich sie an. »Hör also auf zu heulen! Er ist nicht tot.«

»Aber in dem Brief steht doch ganz klar …«, sagte Trudi.

»Da steht nur, dass er wild und gefährlich leben will«, sagte Anton und blätterte in den Vollmachten, die Ronnie auf den Schreibtisch gelegt hatte. »Was immer das heißt.« Anton hatte bei sich zu Hause angerufen und Emilys Babysitter gebeten, dort zu übernachten, da er nicht wisse, wann er nach Hause komme. Der Babysitter schien damit keinerlei Probleme zu haben. Wahrscheinlich passierte das nicht zum ersten Mal. »Wovon habt ihr geträumt, als ihr jung wart, Mimi?« Er räusperte sich. »Äh, als ihr *jünger* wart, meine ich.«

Mimi schüttelte ratlos den Kopf. »Ach, wir haben von so vielen Dingen geträumt, von einer Farm in Afrika, einer Weltumsegelung, einem Weingut in Kalifornien, wir wollten in den Höhlen von Yucatán nach dem Gold der Mayas tauchen, uns vom Geheimdienst als Agenten verpflichten lassen, Abenteuerromane verfassen, bei Paris–Dakar mitmachen, eben lauter so'n Zeug.«

»Na toll«, sagte ich. »Dann ist Ronnie also jetzt entweder in Afrika, Kalifornien oder Paris.«

»Oder er ist nur zu seiner Mutter gezogen und will dir einen Schrecken einjagen«, sagte Trudi, die ihre Selbstmordthese sichtlich ungern wieder hergab.

Mimi schüttelte den Kopf. »Nein, das würde er nie tun.« Sie stöhnte. »Was soll ich denn jetzt machen?«

»Nichts«, sagte Anton. »Du wolltest ihn doch loswerden.«

»Ja, aber doch nicht so«, sagte Mimi.

»Wie denn?«

»Keine Ahnung«, sagte Mimi und las den Brief ein sechzehntes Mal. »Eben zivilisiert … Und ich dachte, wir könnten Freunde bleiben.«

»Wie naiv bist du eigentlich«, sagte Anton kühl.

»Hat er dir überhaupt nichts von seinen Plänen gesagt?«, fragte Mimi.

»Nein«, sagte Anton. »Ich wusste weder, dass er seinen Job gekündigt hat, noch dass er vorhatte zu verreisen.«

»Mit nur einem Koffer!«, sagte Mimi.

»Aber selbst wenn er es mir verraten hätte – ich hätte es ihm nicht ausgeredet«, sagte Anton. »Er ist doch jetzt ein freier Mann.«

»Jetzt hab ich's!«, rief Trudi. »Hat er eine Risiko-Lebensversicherung abgeschlossen?«

»Ja«, sagte Mimi. »Wir haben beide eine. Wieso?«

»Na, das liegt doch auf der Hand. Er will etwas Wildes und Gefährliches tun, dabei draufgehen und dich damit reich machen. Oh, ist das romantisch.«

»Das ist Quatsch«, sagte ich.

»Nein, ist es nicht«, sagte Trudi. »Ronnie *muss* das so machen, weil die von der Versicherung sonst nicht zahlen, bei simplem Selbstmord. Sonst würden das ja auch alle so machen: Lebensversicherung abschließen, sich mit Schlaftabletten vollstopfen, Wodka hinterherkippen – Happy End für die Hinterbliebenen. Was meinst du, wie schnell die Versicherungsgesellschaften Konkurs anmelden würden? Also geht das schon mal nicht. Aber Ronnie ist ja nicht dumm: Um Mimi die Lebensversicherung zu verschaffen, als letzten Liebesdienst in diesem Leben, gerät er bei seiner Weltumsegelung in einen Hurrikan, oder er ertrinkt in den Höhlen von Yucatán, oder er verhungert zwischen Paris und Dakar – und niemand kann ihm Selbstmordabsichten nachweisen. Er stirbt als Held. Oh mein Gott, ich glaube, etwas Romantischeres habe ich noch nie in meinem ganzen Leben gehört.«

»Und ich noch nichts Schwachsinnigeres!«, rief ich ärgerlich.

»Ich weiß nicht«, sagte Mimi. »Vielleicht ist ja was dran an dieser Theorie. Ganz im Geheimen hat Ronnie so eine dramatische Ader ...«

»Auch egal«, sagte Anton. »Das ist seine Sache.«

»Wie bitte?« Ich sah ihn empört an. »Du meinst, wir sollten Ronnie seinem Schicksal überlassen? Du bist doch mit ihm befreundet.«

»Ja«, sagte Anton. »Aber er ist erwachsen. Und er kann tun, was er will.«

»Aber ...«, rief ich.

»Wir haben kein Recht, ihn von seinen Plänen abzubringen, wie immer diese aussehen«, sagte Anton.

»Aber ich bin seine Frau«, sagte Mimi. »Wenn er wirklich vorhat, bei irgend so einem Unsinn draufzugehen, dann geht mich das sehr wohl etwas an.«

»Vor ein paar Wochen noch hätte ich dir Recht gegeben«, sagte Anton. »Aber mittlerweile …« Er zuckte mit den Schultern.

»Was willst du damit sagen? Dass es mich nichts mehr angeht, was dieser Mann mit seinem Leben macht?«, rief Mimi aufgebracht. »Also, das sehe ich ganz anders. Wir waren schließlich fünfzehn Jahre lang unzertrennlich …«

»Ja, aber *jetzt* seid ihr getrennt, weißt du nicht mehr?«, sagte Anton. »Du wolltest ein Leben ohne Ronnie, Mimi. Jetzt musst du ihm auch ein Leben ohne dich zugestehen.«

»Doch nicht *diese* Art Leben«, sagte Mimi. »Er kann nicht einfach fortgehen und mich mit den Katzen, dem Haus, seinen CDs, seinem blöden Werkzeug und seinen Do-it-yourself-Büchern zurücklassen. Wie um Himmels willen soll ich das denn seiner Familie erklären?«

»Zeig ihnen einfach den Brief«, sagte Anton. Er gähnte. »Also, ich weiß nicht, wie es bei euch aussieht, aber ich für meinen Teil gehe jetzt nach Hause und hau mich aufs Ohr. Hier gibt es für uns nichts mehr zu tun. Mimi, wenn du meine Hilfe bei irgendwelchen Rechtsdingen brauchst, du kannst mich jederzeit auf dem Handy erreichen, während ich in England bin. Und sollte Ronnie sich melden, sag ihm schöne Grüße von mir.«

Mimi schaute ihm nur mit offenem Mund hinterher.

»Aber Anton!« Ich lief ihm bis zur Haustür nach. »Du kannst doch jetzt nicht einfach gehen … Wenn

Ronnie in Gefahr ist! Vielleicht hat er schon beim Geheimdienst angeheuert ...«

»Oh ja, die sollen da ja ganz scharf auf midlifecrisisgeschüttelte Baumarktleiter sein«, sagte Anton. »Wenn Ronnie denen zeigt, wie gut er mit der Schlagbohrmaschine umgehen kann, schicken sie ihn umgehend auf geheime Mission nach Afghanistan.«

»Ich habe das Gefühl, du nimmst das Drama nicht wirklich ernst«, sagte ich.

»Doch, das tue ich«, sagte Anton. »Glaub mir, ich will auch nur das Beste für Ronnie. Aber im Gegensatz zu dir fühle ich mich nicht für alles und jeden verantwortlich. Ich habe gelernt, dass man die Menschen ihre eigenen Fehler machen lassen muss.« Er gab mir einen Kuss. »Ich melde mich, wenn ich wieder da bin. Pass auf dich auf, bitte. Und, äh, vielleicht checkt ihr mal Ronnies E-Mails, wenn ihr unbedingt wissen wollt, wo er ist.«

Ich fand, er hatte es plötzlich verdammt eilig. »Anton? Wie alt ist eigentlich der Babysitter?«

»Was?« Anton hatte sich noch einmal umgedreht.

»Der Babysitter – wie alt ist er?«

»Keine Ahnung«, sagte Anton. »Anfang zwanzig, würde ich sagen. Sie studiert Pädagogik. Und sie nimmt zwölf Euro die Stunde. Warum?«

»Ach, nur so«, sagte ich. »Falls ich auch mal einen brauche.« Ich schloss nachdenklich die Tür.

»Sie werden mich lynchen«, sagte Mimi, als ich zurück in ihr Wohnzimmer kam. Händeringend ließ sie sich auf das Sofa fallen. »Das ist einfach nicht fair. Ich hatte doch andere Pläne für ihn. Er sollte eine neue Frau finden und glücklich werden und nicht *Gefahrensucher* werden!«

Und dann fing sie an zu weinen.

»Also, ich weiß nicht, ob dich das tröstet«, sagte Trudi. »Aber du wirst ihn ganz sicher im nächsten Leben wiedertreffen.«

Aber das tröstete Mimi ganz und gar nicht. Sie schluchzte nur noch stärker.

»Ich halte das nicht aus, so ganz allein«, schluchzte sie.

»Aber genau das wolltest du doch«, sagte ich.

»Nein«, schniefte Mimi und wischte sich die Tränen mit dem Handrücken ab. »Ich dachte nur, dass ich es wollte. Ich bin wirklich stinkesauer, dass er mich einfach so im Stich gelassen hat.«

»Du liebst ihn!«, rief Trudi.

»Vielleicht«, sagte Mimi. »Ja, von mir aus. Ich liebe ihn.«

»Aber dann ist doch alles in bester Ordnung«, rief Trudi und klatschte begeistert in die Hände. »Das heißt, falls es für *dieses* Leben noch nicht zu spät ist.«

»Ich schicke ihm eine SMS«, schlug ich vor. Aber Ronnies Handy war immer noch tot.

Mimi kaute an ihren Fingernägeln. »Wenn er denkt, er könnte ohne mich wild und gefährlich leben, dann hat er sich aber geschnitten. Und falls er auf die Idee kommt, unser Pseudonym, Minnie Miro, für seine Abenteuerromane zu verwenden, dann werde ich ihn verklagen …«

Ich erinnerte mich an Antons Vorschlag. »Wir könnten seine E-Mails checken«, sagte ich. »Dann wissen wir vielleicht mehr.«

Mimi stellte die Heulerei sofort ein, sprang auf und stürzte an den Schreibtisch. Während der Computer hochfuhr, fragte Trudi mich leise, was mir lieber wäre, die Farm in Afrika oder das Weingut in Kalifornien. »Nur für den Fall, dass es eins von diesen Dingen ist.«

»Ich glaube, die Farm in Afrika«, sagte ich träumerisch. »Am Fuße der Ngong-Berge.«

Mimi hatte das E-Mail-Programm geöffnet. »Oh mein Gott«, sagte sie.

»Was ist?«

»Er hat etwas bei diesem Home-Shopping-Sender bestellt«, sagte Mimi. »Einen *Zimmerbrunnen*. Es muss ihm wirklich schlecht gegangen sein. Und er mailt sich mit seiner blöden Schwester. Lass mal sehen, ob er sich bei ihr über mich ausgeheult hat ...«

»Und was sonst noch?« Ich schubste sie ungeduldig beiseite. »Na also, hier: eine Buchungsbestätigung. Ein Flug von Düsseldorf nach Cancún, für den sechsten August um zwölf Uhr dreißig. Das war heute.«

»Dann ist er jetzt schon da«, sagte Trudi. »Wo immer das auch ist ...«

Mimi setzte sich mit dem Hintern mitten auf die Vollmachten. »Also Höhlentauchen auf Yucatán«, sagte sie schnaufend.

»Scheiße«, sagte Trudi. »Wieder nichts mit umsonst Urlaub ... – hätte er nicht ein Haus kaufen können, wie jeder andere vernünftige Aussteiger auch? Wo liegt Yucatán eigentlich?«

»Mexiko«, sagte ich.

»Och nö«, sagte Trudi.

»Das ist doch wirklich die Höhe«, rief Mimi. »Das war immer mein Traum!! Schon damals, als wir diesen Tauchkurs am Roten Meer gemacht haben, wollte ich dorthin. Ich! Auf Yucatán gibt es diese wunderschönen runden Seen mitten im Dschungel, seltsame

Wasserlöcher, wie Spiegel. Cenotes heißen sie, und sie sind auf geheimnisvolle Weise miteinander verbunden, eine Art unterirdischer Fluss, sehr geheimnisvolle Grotten, hunderte von Kilometern bis zum Meer. Die Mayas glaubten, ihre Götter lebten dort, in der Unterwelt, deshalb auch das viele Gold. Man hat dieses Höhlensystem bis heute noch nicht erforscht ... So ein *Mistkerl!* Fliegt einfach los und klaut sich meinen Traum!«

»Kann man dabei draufgehen?«, fragte Trudi sachlich.

»Klar«, sagte Mimi. »Das ist brandgefährlich in diesen Grotten. Nur etwas für ganz erfahrene Taucher. Und Ronnie hat doch bloß diesen albernen Tauchkurs in Ägypten gemacht.«

»Na also«, sagte Trudi. »Dann bist du wenigstens bald reich.«

Willkommen auf der Homepage der

Mütter-Society,

dem Netzwerk für Frauen mit Kindern.
Ob Karrierefrau oder »nur«-Hausfrau,
hier tauschen wir uns über Schwangerschaft und
Geburt, Erziehung, Ehe, Job, Haushalt
und Hobbys aus und unterstützen uns
gegenseitig liebevoll.
Zutritt zum Forum nur für Mitglieder

12. August

Es ist unglaublich, was für einen Mist meine Schwiegermutter in ihrem Leben so alles angesammelt hat. Nur das Meißner Porzellan, das Tafelsilber und der Schmuck haben einigermaßen Wert, alles andere ist für den Müll. Ich habe tagelang geschuftet und ausgemistet, massenhaft Fotoalben, Briefe, Klamotten und jede Menge scheußlichen Nippes in Müllsäcke gestopft, und es nimmt immer noch kein Ende! Aber das ist ja das Gute an den Kloses: Kaum hat man den Kram an den Straßenrand gestellt, haben sie ihn auch schon abtransportiert – da spart man sich wenigstens den Sperrmüll. Der Schmuck ist leider grauenhaft, ich kann mir nicht vorstellen, dass so was je wieder in Mode kommt, also werde ich gar nicht erst versuchen, ihn bei »E-Bay« zu verticken.

Warte jeden Tag darauf, dass es bei mir losgeht, freue mich supi-doll auf die Geburt, du weißt gar nicht, was dir entgeht, Sonja, mit deinen Kaiserschnitten, es ist so ein supi-tolles Gefühl, das Kind mit eigener Kraft aus sich herauszupressen, da weiß man hinterher wenigstens, was man getan hat.

Mami (gigantischer Kugelbauch) Ellen

12. August

Peter, das Arschloch, will die Kinder nur noch jedes zweite Wochenende sehen. Ich habe ihm gesagt, seine Kinder sehen zu dürfen sei ein Privileg, das andere Väter sich mühsam erkämpfen müssten und das ich ihm jederzeit entziehen könne, wenn ich wollte. Und er hat gesagt, auf das Privileg würde er gerne verzichten, denn wenn er so scharf auf Windelwechseln und Geplärre wäre, hätte er ja auch gleich zu Hause bleiben können.

Kann man so viel Unverfrorenheit überhaupt fassen?

Immerhin – es stank bestialisch in der Wohnung, kein Wunder, dass vom Buckelwal weit und breit keine Spur zu sehen war. Sie hat mit ihren Katzen das Weite gesucht, die fette Hexe. War mir eine Freude, ihr das Wochenende zu vermiesen. Und ob Peter will oder nicht: Nächsten Freitag stehen

seine Töchter wieder bei ihm vor der Tür. Das werden wir doch noch sehen, wer hier wie über Privilegien bestimmt.
Sabine

13. August
Moin moin, alle zusammen. Melde mich zurück von der Insel. Wir hatten einen herrlichen Urlaub, Marie-Antoinette und ich, meine Erwartungen wurden noch weit übertroffen. Bin jetzt schwer inspiriert: Wer hat Lust, im Oktober an meinem Seminar »Basteln mit Watt-Schätzen« teilzunehmen? Für Mitglieder der Mütter-Society gibt es 10 Prozent Preisnachlass bei der Kursgebühr.
Mami Gitti

P. S. Hier war ja schwer was los, während ich weg war! Bin noch ganz erschüttert von der Lektüre. Aber es erklärt, warum Karsta heute deinen Laptop aus dem Fenster geworfen hat, als ich an eurem Haus vorbeikam, Sabine. Ich schätze, sie ist auf den Geschmack gekommen, und ob Katze oder Laptop ist ihr wahrscheinlich ziemlich egal. Deine neue Kinderfrau scheint aber sehr relaxed zu sein. Sie saß rauchend auf dem Hausstein und stopfte Socken. Offensichtlich hat sie sich zu Herzen genommen, was du ihr von Frau Porschke erzählt hast. Ich bin neugierig: Was ist eigentlich mit der Salamischeibe passiert?

14. August
Supi-Schock! Ich war vorhin im Seniorenstift Waldesruh, um meiner Schwiegermutter ihren

Schmuck zu bringen, und habe eine vollkommen andere Frau in ihrem Zimmer vorgefunden!!! Von meiner Schwiegermutter weit und breit keine Spur. Ich meine, ich bin schwanger, und ich darf mich nicht aufregen, und dann so was! Die Heimleiterin und Domina Klose haben mich im Büro mit kaltem Wasser bespritzt und mir erklärt, dass meine Schwiegermutter schon nach drei Tagen die Mücke gemacht hat. Ich bin total ausgerastet! Die können die doch nicht einfach laufen lassen, ich meine, das ist doch Verletzung der Aufsichtspflicht! Und warum haben sie uns nicht sofort Bescheid gesagt? Die Heimleiterin meinte aber nur, dass meine Schwiegermutter noch im Vollbesitz ihrer geistigen Kräfte sei (hallo? Die Trümmerfrau im Vollbesitz ihrer geistigen Kräfte???) und mit ihren achtzig Jahren völlig selbstständig entscheiden könne, wo sie wohnen wolle und wo nicht. Und solange ihr keine Entmündigungsbescheinigung vorliege, müsse sie die Wünsche ihrer Hausbewohner respektieren. Ich habe so gekreischt, dass es mit der Waldesruh für eine ganze Weile vorbei war. Vor allem, als die Heimleiterin sagte, dass mein Männe aber trotzdem noch für die nächsten drei Monate zahlen müsse, denn er habe ja den Vertrag unterschrieben. Kreisch!

So, und jetzt ist es passiert: Entweder ich habe mir gerade in die Hosen gepinkelt, oder meine Fruchtblase ist geplatzt. Das ist alles meine Schwiegermutter schuld.

Mami bald nicht mehr Kugelbauch Ellen

P. S. War falscher Alarm, ich hatte mich nur in eine von Timmis Apfelsaftpfützen gesetzt.

14. August
Wo ist denn deine Schwiegermutter nun hin, Ellen? Meinst du, sie hat sich in einem Hotel eingemietet? Bist du sicher, dass Domina Klose nicht was mit ihrem Verschwinden zu tun hat? Vielleicht möchte sie ja Lösegeld erpressen – zuzutrauen wäre es denen doch! So ein Entmündigungsverfahren kann aber doch nicht so kompliziert sein. Ich sage auch gerne aus, dass ich sie schon mit Lockenwicklern beim Bäcker gesehen habe! Und Tango tanzend auf der Straße! Das müsste doch reichen, oder?
Mir platzt hier bald vor Wut auch die Fruchtblase, wenn das hier so weitergeht. Wir konnten den halben Vormittag nicht aus dem Haus, weil die schrecklichen Hunde der Kloses die Einfahrt belagerten und sofort auf uns zuschossen, wenn wir einen Schritt nach draußen wagten. Ich habe die Polizei angerufen, aber als die endlich kamen, waren die Hunde auf einmal verschwunden. Die Polizisten haben mich behandelt wie eine schwangere Idiotin. Mir reicht es jetzt wirklich ultimativ. Wann kommst du noch mal mit dem Gewehr vorbei, Sabine? Ich werde dafür sorgen, dass dir diesmal keine Mücke in die Augen fliegt.
Sonja

P. S. Das darf doch wohl nicht wahr sein: Das Vorhängeschloss am Stall des neuen Hamster-

schweinchens ist durchgeknipst worden, und das Hamsterschweinchen ist verschwunden!!! Wahrscheinlich waren die Hunde nur ein Ablenkungsmanöver für diese Aktion. Sabine, komm so schnell du kannst.

Nellys absolut streng geheimes Tagebuch

16. August

Heute hat mir Lara ein Bild von sich und ihren Eltern im Partnerlook mit rot karierten Hemden, Seppelhosen und Bergschuhen geschickt. Nicht nur, dass sie mich jeden Tag auf einen anderen Berg zwingen, simste sie, jetzt verlangen sie auch noch modisches Harakiri von mir! Na ja, sie soll nicht so jammern, sie ist immerhin mit ihren Eltern zusammen, während ich Urlaub mit der Familie der schwangeren Freundin meines Vaters machen muss – irgendwie bizarr. Nicht dass sie nicht alle total nett wären, aber zu viel Nettigkeit kann sich auch abnutzen. Und dann dieser internationale Priamos! So doof und arrogant möchte ich auch mal sein. Als ich mich zufällig mal neben ihn gesetzt habe, hat er doch wahrhaftig gesagt, ich solle nicht down sein, aber he had bereits a girlfriend, und ich sei einfach nicht sein Typ, so sorry. Ich habe ihn gefragt, ob er das jedem Mädchen sagt, das sich neben ihn auf einen Liegestuhl setzt, und er meinte, no, only denen, die so anhänglich sind wie you. HALLO? Worauf bildet der sich eigentlich was ein? Ich meine, was ist schon so toll daran, für ein DUSCHGEL Werbung zu machen? Einseifen kann sich schließlich jeder. Ich hab ihm jedenfalls heute Duschgel in die Sonnenmilchflasche gefüllt, und er hat den ganzen Pool eingeschäumt, when he went swimming. Haha! Papa meint, Priamos sei sowieso viel zu alt für mich. Er hat total verdrängt, dass er selber ein halbes Jahrhundert älter ist als die werdende Zwillingsmama. Typisch Mann.

P.S. Heute Nacht habe ich mich zu Juli ins Bett gelegt. Ich glaube, er hat Heimweh nach Mami. Wie ich. Lara, Max und Kevin vermisse ich auch. Und die ganze Mütter-Mafia. Sie sind eigentlich mindestens so cool wie Paris` Family.
Wer weiß, was ich zu Hause gerade alles verpasse!

8. Kapitel

Ich schickte Anton eine SMS nach London. *»Ronnie ist in Mexiko – vermisse dich.«*

Anton schrieb zurück: *»Ronnie weiß schon, was er tut. Wie geht es Mimi?«*

»Sie will das Maya-Gold für sich. Vermisse dich«, schrieb ich.

Anton simste: *»Worauf wartet Mimi noch? Condor fliegt täglich von Düsseldorf nach Cancún.«*

»Sie packt schon die Koffer«, schrieb ich zurück. *»VERMISSE DICH!«*

Antons Antwort kam umgehend: *»Komme Freitag zurück. Um 20 Uhr bei dir? Sieh zu, dass alle deine Untermieter die Nacht woanders verbringen.«*

Ich war entzückt. Hätte ich stutzig werden müssen, weil er nichts davon schrieb, dass er mich auch vermisste? Verliebte haben immer so eine eindimensionale Sicht der Dinge.

Und alle Verliebten sind ein bisschen verrückt, wenn auch jeder auf seine ganz spezielle Weise.

Anne zum Beispiel war immer noch zwischen ihrer Liebe zu Jo und ihren Verpflichtungen Hansjürgen gegenüber hin und her gerissen. Sie hatte eine Heidenangst, Hansjürgen könne schnallen, dass sie genauso untreu war wie er, und sie und die Kinder aus dem Haus werfen. Wenn sie bei mir war – und das war sie ziemlich oft –, redete sie ohne Punkt und Komma.

»Noch hat er, glaube ich, nichts gemerkt«, sagte sie. »Obwohl es mir unendlich schwerfällt, mich normal zu benehmen. Gestern kam ein Brief von einer Anwaltskanzlei, und ich dachte schon, Hansjürgen hätte die Scheidung eingereicht. Ich bin leichenblass geworden! Aber es war nur Post vom Anwalt meines Vaters. Er hat offensichtlich ein Testament hinterlassen.« Sie seufzte schwer. »Heute Nachmittag habe ich einen Termin bei dem Anwalt. Hansjürgen meint, ich soll aufpassen, möglicherweise hat mein Vater ja in seinen letzten Krankheitsjahren irgendeinen Unsinn angestellt und Schulden hinterlassen. Aber das wüsste ich doch, oder? Ich hatte die Vollmacht über sein Giro, und seine Rente hat ziemlich genau für die Heimkosten ausgereicht, und sonst hatte er ja keinerlei Ausgaben mehr. Was noch auf dem Konto war, hat nicht mal für die Beerdigungskosten gereicht, die musste ich von meinem Ersparten bezahlen. Wenn er Schulden hat, muss ich die dann übernehmen, oder kann man sich da verweigern? Ich würde ja gern Anton fragen, bevor ich noch mehr Probleme an der Backe habe. Schulden sind wirklich das Letzte, das ich jetzt noch brauchen kann.«

»Ja, ja, ohne Moos nichts los«, sagte ich. Es war inzwischen Freitag. Wir waren in meinem roten Schlafzimmer, und Anne jammerte jetzt schon eine halbe Stunde über dieses Thema. Alle aktuellen Komplikationen ihres Lebens schienen auf einen einzigen Nenner hinauszulaufen: zu wenig Geld. Als ob Geld die einzig mögliche Lösung aller Probleme sei. Oder andersherum: als ob es ohne Geld unmöglich sei, glücklich zu sein.

Selbst die dramatische Tatsache, dass Ronnie nach Mexiko geflogen war und dort lebensgefährliche Höhlentauchaktionen durchführen wollte, hatte Anne nur folgende Bemerkung entlockt: »Oje! Was meinst du denn, wie lange sein Geld da unten reichen wird?« Sein *Geld*! Die Frage war doch viel eher, wie lange seine *Luft* da unten reichen würde. Ich fürchtete, sie könne ihm noch vor dem Geld ausgehen und bevor Mimi ihn finden konnte. Wenn er tot war, brauchte er allerdings kein Geld mehr, da hatte Anne Recht.

Vielleicht hat man einfach keinen Sinn für die Dramen anderer Leute, wenn man selber mitten in einem Drama steckt. Und besonders romantisch veranlagt war Anne ja ohnehin nie gewesen.

»Dass Mimi und Ronnie so mir nichts dir nichts ihre Jobs hinwerfen und abhauen können!«, sagte sie. »Was machen sie, wenn sie wieder zur Vernunft kommen? Auf der Straße leben? Das ist doch der helle Wahnsinn!«

»Die Hauptsache ist doch, dass sie sich überhaupt wieder finden«, sagte ich. »Wovon sie danach leben, ist völlig nebensächlich.«

»Das finde ich aber nicht«, sagte Anne.

»Wenn sie sich *überhaupt* finden«, seufzte ich und warf alle meine Jeans aufs Bett, um ihre Gesäßtaschen nach der Visitenkarte zu durchsuchen, die Paschulke mir gegeben hatte. Darauf würde hoffentlich stehen, wo ich ihn und Bernhard finden konnte. »Yucatán ist riesig, und niemand weiß, welche Höhle Ronnie sich ausgesucht hat, um wild und gefährlich zu tauchen.

Es kann Monate dauern, bis Mimi ihn findet. Wenn es dann nicht schon längst zu spät ist.«

Ich hatte Mimi im Taxi zum Flughafen begleitet. Sie reiste mit einer etwas obskuren Organisation, die wir im Internet aufgetrieben hatten, *Mexican Jungle Adventures*. Ich hatte meine Bedenken gehabt, aber Mimi meinte, ihr Vorhaben sei nun mal nicht mit Neckermann Reisen zu verwirklichen. In der Abflughalle hatte uns ein Typ mit blondem Pferdeschwanz, Treckingsandalen und einem Seesack erwartet. Er war um die fünfzig, sonnengegerbt, mit einer Haifischzahnkette um den Hals, so eine Art Crocodile Dundee für Arme.

»Ich bin *Mexican Jungle Adventures*«, hatte er sich vorgestellt. Na Klasse, ein Ein-Mann-Hippie-Betrieb. Er schüttelte Mimi die Hand. »Und du bist sicher M Punkt Pfaff. Mann, und ich dachte, du bist 'n Kerl.«

»Ist das ein Problem für dich, Mex?«, hatte Mimi gefragt und ihm einen besonders hübschen Augenaufschlag gewidmet. »Ich darf doch Mex sagen, oder?«

»Kein Problem, Süße!« Der Pferdeschwanz hatte ausgesehen wie ein Kind an Weihnachten. Hatte gedacht, er kriegt ein paar Socken, und jetzt war's auf einmal die tolle elektrische Eisenbahn ...

»Du schickst mir alle zwei Stunden eine SMS, dass das mal klar ist«, schärfte ich Mimi zum Abschied ein und vergewisserte mich, dass Croco es auch hörte. »Und wenn ich nichts mehr von dir höre, schicke ich sofort eine Spezialeinheit los! Denk daran, du wirst per GPS von Satelliten überwacht.«

Mimi umarmte mich. »Keine Sorge«, sagte sie. »Der ist harmlos.«

Ich drückte sie fest an mich. »Nicht, dass du dich am Ende noch mit ihm zusammentust!«

»Ich will nur Ronnie«, hatte Mimi gesagt. Dann war sie dem *Adventure-Man* durch die Absperrung gefolgt und aus meinem Blickfeld entschwunden.

Bei mir war wieder die *Jenseits von Afrika*-Heulerei ausgebrochen. Ich hasste Abschiede. Ich hatte alle meine Lieben gerne immer um mich herum. Da konnte ich besser auf sie aufpassen.

»Sie hätten eine Menge Geld sparen können, wenn Mimi früher gemerkt hätte, dass sie Ronnie doch noch liebt«, sagte Anne. »Und was allein die SMS kosten, die sie dir die ganze Zeit schicken muss.«

Gerade war wieder eine gekommen: »*Hier gibt es eine Million Sternschnuppen. Alle Wünsche werden wahr. Küsse, Mimi.*«

»Sums, sums, sums! Wetten, dieser Mex füttert sie mit psychodelischen Pilzen?«, knurrte ich. »Ich rufe sie heute Abend noch mal an.«

»Nach Mexiko! Das kostet doch ein Vermögen«, sagte Anne.

»Ach, Anne!« Sie hatte ja keine Ahnung, wie viel Geld ich zurzeit schon allein nach Menorca vertelefonierte. Wenn ich nicht jeden Tag die Stimmen meiner Kinder hörte, wurde ich wahnsinnig. »Kannst du denn nicht wenigstens mal eine Minute lang an etwas anderes denken als an Geld?«

»Tu ich doch ständig. Wenn Hansjürgen mich anguckt, muss ich an Jo denken und daran, was wir miteinander getan haben«, sagte Anne. »Und dann werde ich feuerrot, und der Schweiß bricht mir aus. Hansjürgen muss nur zwei und zwei zusammenzählen, um mir auf die Schliche zu kommen.«

»Ich glaube nicht, dass Hansjürgen merkt, dass du dich anders benimmst als sonst«, sagte ich und überlegte, wie ich Anne darauf aufmerksam machen konnte, dass ihr das grüne Kapuzensweatshirt überhaupt nicht gut stand, ohne sie zu kränken. »Wann hat er dich überhaupt das letzte Mal genauer angeschaut? Er ist doch sowieso nie zu Hause, und wenn, dann denkt er an seine Tiffany.«

»Und ich denke an Jo«, seufzte Anne. »Das ist doch pervers. Was ist das für eine Ehe?«

»Verlass ihn«, sagte ich und nahm mir die nächste Jeans vor. Wieder nichts.

»Jo verlassen? Niemals. Ich liebe ihn«, rief Anne.

»Ich meinte, Hansjürgen! Du sollst Hansjürgen verlassen.«

»Aber dann sind wir alle beide völlig mittellos, Jo und ich.«

»Armut ist relativ«, sagte ich und zog endlich Paschulkes Visitenkarte aus der Jeanstasche. Die Kneipe hieß *»Bernhards Eck«* und lag irgendwo in Köln-Mülheim. Na bitte. »Den Trockner dürftest du zum Beispiel mitnehmen. Hat Anton gesagt.«

»Ich will wirklich nicht, dass du denkst, ich sei irgendwie nur materialistisch orientiert«, sagte Anne. »Aber es ist hart, sich vorzustellen, nur noch Brot vom Vortag kaufen zu können. Und den Kindern ein gemeinsames Zimmer zuzumuten. Wenn Jo in normaleren Verhältnissen leben würde, dann – ich weiß nicht –, dann würde ich mich vielleicht trauen, Hansjürgen zu verlassen. Aber unter diesen Umständen muss es eben einfach eine geheime Affäre bleiben.«

Ich zuckte mit den Achseln. »Na ja, manche finden das gerade aufregend.«

»Aufregend ist es ja auch«, sagte Anne. »Aber nicht, wenn ich mir vorstelle, was passiert, wenn Hansjürgen dahinterkommt.«

»Was passiert denn dann?«

»Ich weiß es doch nicht. Ich hatte noch nie eine geheime Affäre. Ich hatte überhaupt noch nie eine Affäre. Oh Gott, mein Leben ist vollständig aus den Fugen geraten. Wenn wir nur mehr Geld hätten.«

»Der Pulli steht dir nicht«, sagte ich schnell, bevor der ganze Sermon wieder von vorne losging.

»Nicht? Jo hat gesagt, dass ich darin aussehe wie eine kleine Waldelfe.« Anne streichelte sich selber zärtlich über den Kopf.

»Wie eine kleine, *bucklige* Waldelfe«, sagte ich und drehte Paschulkes Visitenkarte zwischen meinen Fingern. »Wie geht es denn Jos Nase?«

»Sieht immer noch schlimm aus«, sagte Anne. »Dieser Bernhard ist unheimlich brutal.«

»Ja, das ist er«, stimmte ich zu. Ich hatte viel darüber nachgedacht. Bernhard schlug alle Leute zusammen, die ihm irgendwie in die Quere kamen. Und er kam damit durch, weil die Leute Angst vor ihm hatten. Das war völlig normal bei Leuten, die es nicht gewohnt waren, ihre Probleme mit Gewalt zu lösen. Und andere Leute kannte Bernhard nicht. Nur deshalb funktionierte seine Welt.

»Bernhard hat schon zweimal angerufen und Jo zur Schnecke gemacht«, berichtete Anne. »Er glaubt Jo nicht, dass sein Anwalt in England ist und sich die Sache deshalb noch verzögert. Er sagt, bevor er nicht schwarz auf weiß hat, dass sich nichts an der Sorgerechtsregelung ändert und alle Unterhaltszahlungen bleiben wie gehabt, darf Jo seine Tochter nicht sehen. Wenn er dort anruft, holt Bianca Joanne einfach nicht ans Telefon.«

»Wie gemein«, sagte ich.

»Jo ist völlig fertig«, nickte Anne. »Gestern erst hat er Joanne im Hintergrund weinen gehört, und er hat Bianca angefleht, sie doch wenigstens eine Minute mit ihm sprechen zu lassen. Aber nein – die Frau ist hart wie Stein. Ihr Herz ist auch mit Botox betäubt, wenn du mich fragst, völlig reglos, sogar dem eigenen Kind gegenüber! Und alles nur wegen Geld! Geld regiert die Welt.«

»Arme Joanne«, sagte ich. »Jetzt denkt sie, ihr Papa habe sie im Stich gelassen. Oder er sei zu feige, sich gegen Bernhard zu wehren.«

»Was würdest du denn machen, wenn dieser Mann dein Kind bedrohen würde?«

»Ich würde … Ich weiß nicht. Ich würde sie entführen und mit ihr irgendwohin gehen, wo Bernhard uns nicht finden könnte«, sagte ich.

»Ja, aber das ist illegal, und da kann Bianca dann Klage einreichen, und dann wird alles nur noch viel komplizierter und teurer und überhaupt!« Anne schüttelte den Kopf. »Wenn man nur mehr Geld hätte …«

Jetzt fing das schon wieder an!

»Leg mal 'ne andere Platte auf, Anne«, sagte ich und faltete die Jeans eine nach der anderen zurück in den Schrank.

»Was sollte die Aktion eigentlich?«, fragte Anne. »Raus mit den Jeans, rein mit den Jeans. Hast du nach Geld gesucht? Oder nach Tampons?«

»In der Hosentasche? Wohl kaum.«

»Also, ich verwahre meine Tampons immer in meinen Hosen- und Kitteltaschen«, sagte Anne. »Wenn ich meine Tage kriege, dann immer so plötzlich und sturzflutartig, dass ...« Sie stockte und schlug sich die Hand vor den Mund.

»Was ist los?«, fragte ich. »Ist dir eingefallen, dass sie die Preise für Damen-Hygieneartikel erhöht haben? Schrecklich, schrecklich! Ja, wenn man genügend Geld hätte, dann könnte man sich für die nächsten zehn Jahre eindecken, aber leider, leider ...«

»Ugug!« Anne hatte immer noch die Hand vor ihrem Mund.

»Was ist kaputt?«

Anne fing übergangslos an zu schreien. »Der Wievielte ist heute?«, schrie sie. »Ist etwa schon August?«

»Ja«, sagte ich. »Schon etwa zwei bis drei Wochen.«

»Bin ich denn total bescheuert?«, schrie Anne. »Bin ich denn von allen guten Geistern verlassen?«

»Ähm, tja ...«

»*Jetzt!*«, schrie Anne, und bei manchen Wörtern schrie sie mehr als bei anderen, aber man konnte nicht unbedingt ein System darin erkennen: »Jetzt ist die Kacke aber wirklich am Dampfen!«

Ich kniff ein wenig gereizt die Augen zusammen. »Sei doch so gut und sag mir endlich, was los ist, Anne.«

»*Sterilisiert* ist er, das ist los«, schrie Anne.

»Wer bitte?«

»Noch vor Jaspers Geburt hat er das machen lassen«, brüllte sie. »Und ich war *heilfroh* darüber. Stell dir nur mal vor, wie viele Halbgeschwister er sonst für Max und Jasper schon hätte zeugen können!«

»Hansjürgen? Hansjürgen ist sterilisiert?«

»Jetzt kommt alles raus«, schrie Anne. »Das ist das Ende. Das ist meine Strafe! Für das, was ich getan habe. Das geschieht mir ganz recht.«

»Hör auf zu schreien!« Ich war fast so weit, ihr links und rechts eine zu scheuern. »Hansjürgen ist sterilisiert, die Kacke ist am Dampfen, jetzt kommt alles raus – bist du schwanger?«

»Ich bin mindestens vierzehn Tage *überfällig*«, skandierte Anne.

»Vielleicht hat sich dein Zyklus ein wenig verschoben«, sagte ich. »Wegen des Stresses. Oder du kommst ganz einfach in die Wechseljahre. Ich meine, du und Jo, ihr werdet doch wohl verhütet haben. Ihr seid schließlich erwachsen, und im Zeitalter von AIDS ...« Ich brach ab, weil Anne den Kopf schüttelte.

So viel Leichtsinn konnte ich beinahe nicht fassen.

»Also wirklich!«, sagte ich vorwurfsvoll.

»Das ist mein Ende«, sagte Anne, ganz heiser vom Brüllen.

Eine Weile schwiegen wir.

»Jetzt warte doch erst mal ab«, sagte ich schließlich. »Du hast ja noch nicht mal einen Test gemacht.«

»Ich bin Hebamme«, sagte Anne. »Ich weiß, wann ich verloren habe.«

Ich verkniff mir jegliche Bemerkung darüber, was eine Hebamme zum Thema Verhütung wissen sollte, und sagte: »Wenn du wirklich schwanger sein solltest – und das ist, wie gesagt, noch nicht geklärt –, dann ist das vielleicht sogar ganz gut so. Weil du dann gezwungen bist, Hansjürgen reinen Wein einzuschenken und ihn zu verlassen.«

»Um mit meinen drei Kindern von der Sozialhilfe zu leben«, sagte Anne und raufte sich die Haare. »Ich fasse es nicht, wie ich so blöd sein konnte. Was soll ich Jo sagen? Er hat doch nun wirklich schon genug Probleme am Hals.«

Das stimmte allerdings. Und diese Probleme lösten sich nicht, nur weil man immer und immer wieder darüber redete. Ich sah auf die Uhr. »Sei mir bitte nicht böse, Anne, aber ich habe noch einen wichtigen Termin. Ich muss jetzt weg.«

»Jetzt? So plötzlich?« Anne folgte mir perplex die Treppe hinunter in den Hausflur. »Meine Welt ist gerade zusammengebrochen, und du willst mich allein lassen? Ich bin schwanger, Herrgott noch mal, und mein Mann ist seit fünf Jahren sterilisiert. Du *kannst* mich jetzt nicht allein lassen.«

»Ich muss aber«, sagte ich, griff nach meinem Hausschlüssel und fischte das Pfefferspray aus dem Schirmständer. »Es tut mir leid.«

Ich machte die Haustür auf und schob Anne hinaus. Hier draußen erschlug einen beinahe die Hitze. Die so genannten »Hundstage« waren angebrochen. Auf den Kühlerhauben der parkenden Autos konnte man Spiegeleier braten.

»Warte!«, rief Anne. »Ich wollte dich noch fragen, ob du vielleicht Jasper heute Nachmittag nehmen könntest, wenn ich zu diesem Anwalt muss, wegen des Testaments.«

»Nein, tut mir leid, heute geht es nicht.« Ich schloss die Haustür zweimal ab. »Es wird vielleicht Stunden dauern, bis ich wieder hier bin. Es ist ein sehr wichtiger Termin. Ich kann ihn nicht aufschieben.«

»Oh, verstehe, na, kein Problem, dann nehme ich Jasper eben mit«, sagte Anne. »Ich meine, er wird im Auto vor Hitze eingehen, danach diese Kanzlei in Grund und Boden schreien, und ich werde einen Nervenzusammenbruch erleiden, weil ich schwanger bin und auch noch Schulden von meinem Vater erbe, aber was macht das schon? Hauptsache, du kannst deine Freizeit genießen.«

Ich tätschelte kurz ihren Arm. »Sei mir nicht böse. Du schaffst das schon.«

»Warte«, rief Anne wieder. »Könntest du ihn denn vielleicht heute Abend nehmen? Wenn ich zu Jo gehe?«

»Heute Abend kommt Anton zurück«, sagte ich, schon halb in der Einfahrt. »Da wollte ich eigentlich nicht …«

Anne seufzte schwer. »Ich weiß einfach nicht, wo ich das Kind sonst lassen soll. Mitnehmen kann ich ihn ja wohl schlecht, wenn ich Jo von dieser umwerfenden Neuigkeit berichten muss, und Max ist im Ferienlager, und einen Babysitter kann ich mir nicht leisten. Wenn wir nur mehr Geld …«

»Schon gut«, sagte ich. »Du kannst ihn um sieben herbringen. Er kann in Julius' Bett schlafen.«

»Danke«, sagte Anne. Im Weggehen schlug sie ihren Kopf dreimal gegen die Straßenlaterne. »Und viel Spaß bei der Maniküre, oder was immer dein wichtiger Termin auch sein mag.«

Eigentlich war es gar kein richtiger Termin, denn Kfz-Klose wusste gar nicht, dass ich vorbeikommen wollte.

Er steckte mit beiden Händen in den Innereien eines elfenbeinfarbenen Mercedes Coupé, als er mich sah.

»Nanu, hallo, suchen Sie wieder Ihre Tochter?«

»Nein«, sagte ich und drehte nervös das Pfefferspray in meinen Händen. Ich hatte es bei mir, falls Hannibal und Lecter um die Ecke biegen würden. Oder die beiden Armanis. Aber weder von dem einen noch von dem anderen Pärchen war etwas zu sehen.

»Eigentlich bin ich Ihretwegen hier, Herr Klose.«

Kevins Vater runzelte die Stirn. »Geht es um einen Wagen? Der Jaguar Ihres Freundes ist doch hoffentlich in Ordnung, oder? Ich hatte ihn schließlich generalüberholt.«

»Nein, nein, mit dem Auto ist alles in bester Ordnung. Vielen Dank auch noch mal dafür, dass Sie ihn so prompt zurückgebracht hatten«, sagte ich. »Es geht gar nicht um einen Wagen. Es geht um einen Gefallen, den Sie mir tun können.«

»Ihnen?«

»Ja. Mir und meinen Freundinnen.« Ich schluckte. »Wissen Sie, wir haben fürchterlichen Ärger mit ein paar Typen, eine ganz miese Sorte Typen, die Sorte, die gerne Nasen bricht und überhaupt gerne und oft zuschlägt. Und ihren Mastino auf jeden hetzt, der nicht tut, was sie wollen, egal ob Mann, Frau oder Kind. Die Sorte Typen, die überhaupt gar nicht mit sich reden lässt.«

»Verstehe.« Herr Klose wischte sich die Hände an einem verschmierten Handtuch ab. »*Diese* Sorte Typen also.«

»Wir haben wirklich alles versucht«, sagte ich und sah Herrn Klose direkt in die grünen Augen. »Aber Kevin meint, diese Sorte Typen verstehen nur eine einzige Sprache, und das ist ihre eigene, und die sprechen wir nun mal nicht.«

»Hm, hm«, machte Kevins Vater. »Und deshalb suchen Sie jemanden, der diese Sprache spricht, richtig?«

Ich nickte. »Ja, und dabei sind Sie mir eingefallen. Und Ihre beiden Freunde mit den Sonnenbrillen. Und Hannibal und Lecter.« Ich sah Herrn Klose so flehend wie möglich an. »Sie sind die Einzigen, die uns helfen können. Bitte.«

Und Herr Klose sagte: »Wenn Sie mich so nett bitten, kann ich wohl schlecht Nein sagen, oder?«

Bernhards Eck war genau die Sorte Kneipe, in die ich freiwillig nie einen Fuß setzen würde. Nicht etwa die Sorte, in denen sich zwielichtiges Gesindel herumtrieb, unbekleidete Mädchen auf dem Tresen tanzten und sich jeder zweite auf dem Klo eine Line reinpfiff, sondern eine piefige, verräucherte Bude, in der bierbäuchige Kerle an der Theke über Fußball fachsimpelten, junge Typen ihr Arbeitslosengeld am Flipper verprassten und Familien, bei denen alle den gleichen Trainingsanzug trugen, Jägerschnitzel mit Pommes aßen. Diese Sorte Kneipe hieß für gewöhnlich *Op de Eck, Zum Laternchen, Im Stiefel* oder *Rolands Schänke,* und außer der schleimigen Erbsensuppe wurde hier das ganze Essen in der Fritteuse zubereitet, auch die Brühwürstchen. Es gab Schnitzel mit sieben verschiedenen Fertigsoßen (einige davon mit zur Unkenntlichkeit verkochtem Gemüse oder Pilzen; darauf bezogen sich die Familienväter, wenn sie ihre Kinder aufforderten, »das Gesunde« mitzuessen) und Frikadellen, alles serviert mit Fritten, einem Salatblatt, einem Scheibchen Zitrone und einem

Tomatenviertel (Letzteres war die Dekoration und wurde immer wieder verwendet, weil niemand auf die Idee kam, es aufzuessen). Dazu gab es Ketchup, wegen der Vitamine. Was anderes musste man gar nicht erst auf die Tageskarte schreiben, denn was anderes mochten die Gäste nicht. Die Tische waren aus Resopal, die Blumen aus Plastik und die Deckenverkleidung aus PVC-beschichtetem Styropor.

Bernhards Eck bediente dieses Klischee bis in die allerletzte Einzelheit.

Wanja und Pawel – das waren die richtigen Namen der beiden Armanis – zogen angewidert die Mundwinkel herab, als wir den gefliesten Eingangsbereich passierten. Mit ihren tadellosen *Armani*-Outfits passten sie zu *Bernhards Eck* wie Hummer zu Ketchup. Und auch ich sah nicht gerade aus wie die typische Kundschaft. Ich hatte ein schwarzes Etui-Kleid von Mimi an, das aus einem Film mit Audrey Hepburn hätte stammen können, ärmellos, knielang, hochgeschlossen, elegant und trotzdem wahnsinnig sexy. Dazu High Heels (meine eigenen) und eine riesige schwarze Sonnenbrille, die ich ebenfalls bei Mimi gefunden hatte.

Herr Klose hingegen hatte sich angepasst: Er hatte den Blaumann gegen Shorts, Sandalen und ein zu enges T-Shirt eingetauscht. Jetzt konnte man sehen, dass er ein ganz ähnliches Goldkettchen trug wie Bernhard, nur dass es bei ihm das Wort »Killer« bildete, korrekt geschrieben.

»So nennt mich meine Frau«, sagte er, als er merkte, dass ich darauf starrte.

»Aha«, sagte ich.

Drinnen war es ziemlich dunkel, durch die grünlichen Butzenscheiben fiel kaum Licht in den Raum. Dafür war es hier angenehm kühl. Nur der Geruch nach abgestandenem Bier, kaltem Rauch und altem Frittierfett störte. Es war nicht viel los. Nur zwei Jungs standen am Flipper. An der Theke unterhielten sich zwei Hundertjährige, und hinter der Theke stand Bernhard und guckte gemein.

»Ist es der?«, fragte Herr Klose.

Ich nickte. »Das ist er.«

Wanja und Pawel bewegten sich geschmeidig durch den Raum. Sie schienen abzuchecken, ob uns von den beiden Greisen an der Theke oder den halben Kindern am Flipper irgendeine Gefahr drohte.

Ich suchte nach dem Hund.

»Wo ist denn Henri?«, fragte ich Bernhard, während ich mich auf einen der ungemütlichen Barhocker setzte.

Er stierte mich dümmlich an. »Hinten bei Paschulke im Lager«, sagte er. »Wieso? Woher kennen Sie denn meinen Hund?«

»Ach nur so«, sagte ich. »Ich hätte gern ein Mineralwasser.«

»Ein Kölsch bitte«, bestellte Herr Klose.

»Und für die Herren da hinten?«, fragte Bernhard und zeigte auf Wanja und Pawel.

»Vielleicht später«, sagte Herr Klose und gab Wanja einen Wink mit dem Kopf. Wanja verschwand durch eine Tür, über der stand: »Zu den Toiletten.«

»Ey, wat soll dat«, sagte Bernhard. »Nur aufs Klo gehen und nichts trinken iss hier nich', is dat klar?«

»Glasklar«, sagte Herr Klose. Er beugte sich über den Tresen und griff so schnell nach Bernhards Kehle, dass ich erschrocken aufquiekte. Bernhard auch. Keine Ahnung, aus welcher Ritze Herr Klose es gezaubert hatte, aber es war ein stattliches Messer, das er Bernhard da an die Kehle hielt.

Die beiden Jungs am Flipper wollten sofort abhauen, aber Pawel stellte sich ihnen in den Weg. »Hierrrgebliebän!«, sagte er und griff sich in die Brusttasche. Das reichte völlig, um die beiden Jungs in Eiszapfen zu verwandeln. Die beiden Opas neben uns an der Theke merkten überhaupt nicht, dass Bernhards Kehle von Kloses riesiger Hand zusammengequetscht wurde und ein Messer auf ihn zeigte. Sie redeten einfach weiter.

»Was wollt ihr?«, brachte Bernhard mühsam hervor. »Wir zahlen schon Schutzgeld ...«

»*Schutzgeld!*«, sagte Herr Klose verächtlich. »Was glaubst du denn, wen du vor dir hast? Wir haben es nicht nötig, armen Schweinen wie euch das bisschen Geld abzuknöpfen, das eure miese kleine Kaschemme hier abwirft. Wir spielen in einer anderen Liga.«

»Was wollt ihr dann?«, ächzte Bernhard. In dem schummrigen Licht und durch die dunkle Sonnenbrille war ich mir nicht ganz sicher, aber ich fand, sein Gesicht nahm allmählich eine leichte Blaufärbung an.

»Du hast dich mit einem Freund von uns angelegt«, sagte Herr Klose. »Und das mögen wir überhaupt nicht.«

»Das war ein Versehen«, sagte Bernhard. »Ganz bestimmt. Wer ist denn euer Freund?«

»Äh«, sagte Klose.

»Jo«, soufflierte ich. »Jo Reiter.«

»Jo? Der soll Freunde wie euch haben? Der ist *Pauker*, Mann.«

»Sag nichts gegen Lehrer, klar«, sagte Herr Klose und schob Bernhard die Messerspitze in ein Nasenloch hinein. Ich an Bernhards Stelle würde jetzt sicher niesen müssen. »Gute Lehrer sind wichtig für dieses Land, sie sichern die Zukunft unserer Kinder.«

»Wir wollen, dass ihr Jo in Ruhe lasst«, sagte ich. »Keine Zicken mehr wegen des Sorgerechts, keine Unterhaltszahlungen, gar nichts! Du und Bianca, ihr räumt das Haús bis zum Ende des Monats, und dann verschwindet ihr aus Jos und Joannes Leben, klar? Und ihr wechselt die Straßenseite, wenn ihr ihnen zufällig begegnen solltet.«

Klose lockerte seinen Würgegriff etwas. »Das ist doch nun wirklich nicht zu viel verlangt. Oder, Bürschchen?«

»Hömma, ich mach das doch nich für mich«, sagte Bernhard. »Ich mach das doch nur für die Bianca und dat Kleine. Dat is 'ne Privatsache, so zwischen zwei Männern.«

»Ist mir scheißegal«, sagte Klose. »Ab jetzt machst du gar nichts mehr, oder es passiert ein Unglück. So wie mit diesem roten Porsche Carrera, der da draußen parkt.«

Zum ersten Mal verlor Bernhard richtig die Fassung. »Wat is damit? Wat habt ihr mit meinem Auto gemacht?«, rief er. »Paschulke!«

»Därr schläfft«, sagte Wanja. Er stand in der Tür, als ob er nie weg gewesen wäre. »Und därr Mann schlafft auch.«

»Paschulke ist der Mann«, sagte ich. »Der Hund heißt Henri.«

»Ach so«, sagte Wanja. »Ägal. Beide schlaffen,

därr Hund fürr immärrr. Leidärr. Aber wollte Wanja beißän, därr Hund!«

»Oh, Scheiße!«, sagte Bernhard. Jetzt hörte selbst ich, dass er Angst hatte. Das geschah ihm ganz recht. Von mir aus konnte er sich auch vor Angst in die Hosen pinkeln.

»Das Auto hat nur ein paar zerschlagene Scheinwerfer«, sagte Klose. »Aber wenn mir noch einmal zu Ohren kommt, dass ihr meinem Freund Mo...«

»Jo«, sagte ich.

»... Jo in die Quere kommt, dann schwöre ich dir, fährt ein Bulldozer über dein Auto, und es bleibt nichts mehr davon übrig. Und das ist nur der Anfang.«

»Haben wir uns verstanden?«, fragte ich.

Bernhard kniff die Lippen zusammen.

Herr Klose seufzte und nahm die Hand von Bernhards Kehle. Und noch ehe Bernhard sich wieder rühren konnte, hatte er Kloses Faust im Gesicht hängen. Es machte ein hässliches Geräusch. Und als Herr Klose die Faust wieder zurücknahm, war Bernhards Gesicht nicht mehr dasselbe wie vorher.

»Haben wir uns jetzt verstanden?«, fragte Herr Klose freundlich.

»Absolut«, sagte Bernhard.

»Dann ist es ja gut«, sagte Herr Klose.

Die beiden Opas am Tresen unterhielten sich weiter, als wäre nichts geschehen.

Es war sechs Uhr, als ich nach Hause kam, und es war immer noch weit über dreißig Grad. Ich hatte noch eine Stunde, bis Anne mir Jasper vorbeibrachte, noch zwei, bis Anton kam. Vielleicht konnte ich eine schöne kalte Dusche nehmen – genau danach war mir nämlich jetzt, nach einer triumphalen kalten Dusche. Aber ich hatte die Tür kaum hinter mir geschlossen, als es auch schon wieder Sturm klingelte.

»Du wirst nie glauben, was passiert ist«, sagte Trudi, schob sich an mir vorbei ins Haus und ging schnurstracks in die Küche, um sich einen Cognac einzugießen.

Ich schenkte ihr einen müden Blick über meine Sonnenbrille hinweg und sagte: »Manchmal habe ich das Gefühl, ihr alle denkt, ich käme nie aus dem Haus und wenn ich euch nicht hätte, würde ich überhaupt nichts erleben, stimmt's?«

»Stimmt«, sagte Trudi und ließ den Cognac in ihrem Glas kreisen. »Aber dafür hat man ja Freunde.«

Ich schnüffelte. »Bist du das, die so komisch riecht, oder hat mein Deo versagt?«

»Nein, das bin ich«, sagte Trudi. »Ich stinke wie eine tote Schildkröte. Ich wollte dir gerade erzählen, wie es dazu kam.«

»Ach so«, sagte ich.

»Also«, begann Trudi mit einer weit ausholenden Geste. »Gestern hat doch der Tai-Chi-Sommerkurs begonnen – die haben übrigens einen neuen Lehrer, der haut einen glatt um. Wahnsinn, diese Energie und diese Geschmeidigkeit! Ich wusste sofort, dass das nicht unsere erste Begegnung war. Aber das hat eigentlich gar nichts mit meiner Geschichte zu tun. Denn weißt du, wer auch bei dem Kurs mitmacht? Gitti Hempel. Ich freue mich ja immer, wenn jemand mitmacht, der noch dicker ist als ich, da muss ich mich nur neben Gitti stellen, und jeder sieht, was der Unterschied zwischen fett und kurvenreich ist. Der Tai-Chi-Lehrer hat es jedenfalls ganz bestimmt gesehen, und er hat mich wiedererkannt, obwohl ich bei unserer letzten Begegnung natürlich ganz anders aussah. Ich war eine geschmeidige Indianerprinzessin mit blauschwarzem Haar und er ein junger französischer Offizier, na ja, aber das wollte ich eigentlich gar nicht erzählen.«

»Ich kann dir nicht ganz folgen, *Pocahontas*«, sagte ich und öffnete den Kühlschrank. Wenn ich schon nicht kalt duschen konnte, dann brauchte ich jetzt etwas anderes Kaltes. Kurz entschlossen nahm ich die Flasche Champagner heraus, die ich eigentlich für Anton und mich gedacht hatte. »Was hat das alles mit der toten Schildkröte zu tun?«

»Gibt es was zu feiern?«, fragte Trudi.

»Na ja: Du hast den jungen französischen Offizier wiedergetroffen, den du vor dreihundert Jahren aus den Augen verloren hast, und Anton kommt heute zurück. Wenn das kein Grund zum Feiern ist!« Ich popelte die goldene Folie ab und öffnete den Drahtverschluss. »Warum stinkst du jetzt nach Schildkröte, Trudi? Das war doch der Inhalt der Geschichte, die du eigentlich erzählen wolltest, oder?«

»Tote Schildkröte«, verbesserte Trudi. »Sie ist bereits vor Wochen in die ewigen Jagdgründe eingegangen. Alle meine Sachen riechen nach ihr. Ich wusste nicht, woher der Gestank kam, ich dachte, es wäre vielleicht eine verwesende Maus oder so, ich habe alles abgesucht, sogar den Kleiderschrank abgerückt, aber ich habe nichts gefunden. Wenn Gitti Hempel mir nicht den Tipp gegeben hätte, sämtliche

Taschen meiner Kleider nach einer toten Schildkröte zu durchsuchen, hätte ich sie niemals gefunden. Stell dir mal vor: Sie steckte in der Tasche von meinem Batikrock, der mit den goldenen Fäden.«

»Ist ja widerlich!« Ich ließ den Korken mit einem leisen »Plopp« aus dem Flaschenhals gleiten und goss uns zwei Gläser mit Champagner voll. Für Anton hatte ich noch eine zweite Flasche im Kühlschrank. Und sogar noch eine dritte. Ich hatte nicht vor, ihn so schnell wieder wegzulassen, wenn er kam. »Woher wusste Gitti das denn?«

»Na, von Peters Frau! Sie und Gitti sind doch in demselben Sadisten-Mütter-Clübchen. Sabine hat ihren Kinderchen lauter feine Sachen mitgegeben, die sie in meiner Wohnung verstecken sollten. *Das* war der schreckliche Geruch, von dem ich dir erzählt habe. Die Schildkröte, Fischstäbchen, Kaugummi, Spinat, Blaubeeren, ein Forellenkopf – alles ganz raffiniert platziert! Du kannst dir die Schweinerei wirklich nicht vorstellen. Ohne Gitti hätte ich das vermutlich nie gefunden!«

»Auf so etwas muss man ja auch erst mal kommen«, sagte ich und schüttelte mich vor Ekel. »Dass ihr es überhaupt ausgehalten habt in der Wohnung!«

»Es wurde täglich schlimmer. Am Ende hat es sogar Peter gerochen.«

»Vorher nicht?«

Trudi schüttelte den Kopf. »Er hat immer gesagt, bei ihm zu Haus röche es auch nicht besser. Kinder würden einfach Gestank verbreiten, das läge in der Natur der Sache.«

»Und was hat er gesagt, als du ihm die Schildkröte gezeigt hast?«

»Er hat gesagt, bei Kindern müsse man eben auf alles gefasst sein.«

»Ja, bei seinen vielleicht«, sagte ich. »Das sind wirklich Ausgeburten der Hölle!«

»Ja, das sagt Peter auch«, sagte Trudi.

»Sie haben aber seine Gene«, sagte ich.

»Richtig«, sagte Trudi. »Weißt du, was komisch ist? Diese tote Schildkröte, die hat mir irgendwie die Augen geöffnet. Sie war ein echtes Lerngeschenk, wenn man es so nennen will. Ich glaube, Peter wollte sich bei mir nur von seinen Kindern und seiner Frau erholen. Und von seiner Verantwortung. Die er ja dann auch noch auf mich abgewälzt hat. Ich sag's wirklich ungern, aber der Typ hatte nichts weiter im Sinn, als ungestört zu vögeln. Hätte ich die Schildkröte nicht gefunden, wäre mir vielleicht niemals klar geworden, dass ich mir dazu viel zu schade bin.«

»Hört, hört!« Ich hob mein Champagnerglas. Ich war zwar ziemlich sicher, dass Trudi diese Erkenntnis weniger der Schildkröte als vielmehr dem neuen Tai-Chi-Lehrer zu verdanken hatte, aber das war im Grunde doch ganz egal. »Auf die tote Schildkröte!«

»Auf die Schildkröte«, sagte Trudi feierlich.

Als Anne klingelte, hatten Trudi und ich bereits die zweite Flasche Champagner geöffnet, und wir hatten beide geduscht. Allerdings hintereinander: Ich wollte immer noch kalt duschen, während Trudi den Tote-Schildkröte-Geruch, der an ihr haftete, lieber heiß abspülen wollte.

»Du bist ja nackig«, schrie Jasper.

»Nein, ich habe ein Handtuch an«, sagte ich. »Sogar zwei, siehst du?« Das zweite Handtuch hatte ich mir um die nassen Haare gewrungen. »Möchtest du auch noch duschen, bevor du ins Bett gehst, Jasper?«

»Ich bin aber überhaupt nicht müde«, schrie Jasper.

»Ist er wohl«, sagte Anne. »Lass dich nicht von ihm einwickeln. Er braucht seinen Schlaf. Es kommen harte Zeiten auf ihn zu.«

»Wie war's denn beim Anwalt?«, fragte ich.

Anne antwortete nicht. Genau wie Trudi vorhin war sie schnurstracks in die Küche gelaufen und hatte sich auf einen Stuhl fallen lassen. Sie knallte eine Pappschachtel vor sich auf den Tisch.

»Champagner?«, fragte Trudi.

»Du bist ja nackt«, schrie Jasper.

»Jepp«, sagte Trudi. Sie hatte nicht mal ein Handtuch an.

»Ihr glaubt niemals, was passiert ist«, sagte Anne.

Allmählich hatte ich diese Art dramatische Ankündigungen satt. »Fass dich kurz, bitte«, sagte ich.

»Ist das ein Schwangerschaftstest?«, fragte Trudi und zeigte auf die Pappschachtel, die Anne auf den Tisch geknallt hatte.

»Jepp«, sagte Anne.

»Wow«, sagte Trudi. »Also, das ist noch besser als meine tote Schildkröte, das muss ich zugeben. Von Jo?«

»Jepp«, sagte ich. »Denn Hansjürgen ohne Bindestrich ist kastriert.«

»Sterilisiert«, sagte Anne.

»Wow«, machte Trudi wieder. »Also, manchmal kann man nur staunen, was das Universum so alles für einen bereithält, nicht wahr?«

»Und es kommt noch besser«, sagte Anne und ließ

ihren Kopf auf die Tischplatte knallen. »Ich bin nicht nur von meinem heimlichen Liebhaber, den ich gerade mal einen Monat kenne, schwanger, sondern habe soeben auch eine halbe Million Euro geerbt. So über den Daumen gepeilt.«

»*Was?*«, schrien Trudi und ich im Chor, und ich setzte kreischend hinzu: »Eine halbe Million Euro *Schulden?*«

»Nein! Nein! Nein!« Anne ließ den Kopf bei jedem »Nein!« auf die Tischplatte donnern. Dann erst war sie in der Lage, uns Bericht zu erstatten, wenn auch unter Tränen. Ihr Vater, ein Beamter im Ruhestand, hatte zwar seine ganze Rente für seine Pflegekosten aufgewendet, aber die Lebensversicherung, die ihm zu seinem fünfundsechzigsten Lebensjahr ausgezahlt worden war, hatte er Gewinn bringend angelegt und vierzehn Jahre völlig unangetastet auf der Bank liegen lassen.

»Und ich hatte keine Ahnung davon«, schluchzte Anne. »Wie viele Sorgen hätte ich mir gar nicht erst gemacht, wenn ich gewusst hätte, dass ich mal so viel Geld erben würde!«

»Na ja, dein Vater hatte es wahrscheinlich selber vergessen«, sagte ich. Das war doch wirklich mal eine gute Neuigkeit. Die höhere Ordnung hatte heute einen ihrer besseren Tage.

Nur Trudi tat so, als wäre es völlig normal, mal eben eine halbe Million zu erben, gerade, wenn man das Geld am nötigsten brauchte.

»Du hast nach Geld gerufen, und das Universum hat es dir geschickt«, sagte sie. »So funktioniert das eben in unserem kosmischen System: Jeder bekommt, was er benötigt.«

»Schön wär's«, sagte ich. Mein Vertrauen in unser kosmisches System war nicht ganz so grenzenlos. Die meisten Dinge hatten doch irgendeinen Haken, oder?

»Jetzt kann ich Jo wenigstens sagen, ich hätte eine schlechte und eine gute Nachricht«, sagte Anne. »Ich bin schwanger, Schatz, aber ich kann selber für das Kind sorgen.«

»Hast du den Test denn überhaupt schon gemacht?«, fragte ich.

»Ich bin Hebamme, ich kenne mich damit aus«, sagte Anne. »Dafür brauche ich keinen Test. Ich habe ein Brötchen im Ofen. Ein Huhn im Rohr. Einen blinden Passagier an Bord. Bin angepiekst, guter Hoffnung, erwarte ein Kind, bekomme Nachwuchs ...«

»Ist ja gut, ich hatte es schon beim Brötchen verstanden«, sagte ich.

»Auf das Universum!« Trudi goss uns allen Champagner ein. Als Anton klingelte, war auch die dritte Flasche schon geköpft. Und ich war ziemlich beschwipst. Wir alle waren ziemlich beschwipst. Der Einzige, der nüchtern war, war Jasper, und der lag oben in Julius' Bett. Soweit ich mich erinnerte, hatte er uns allen einen Kuss gegeben, sich selber den Schlafanzug angezogen, die Zähne geputzt und war ins Bett gegangen. Die Sache hatte bestimmt auch einen Haken.

Anne öffnete Anton die Tür, weil sie die Einzige von uns war, die angezogen war.

»Wir sind alle in der Küche«, sagte sie.

»*Alle?*«, hörte ich Antons Stimme fragen. Es klang entgeistert.

Als er in die Küche kam, konnte man seinem Gesichtsausdruck noch ansehen, dass er sich nicht besonders gefreut hatte, Anne zu sehen. Als sein Blick nun auf die nackte Trudi fiel, sah er noch weniger erfreut aus.

»Überraschung«, flötete Trudi.

»Wieder mal Probleme, Mädels?«, sagte Anton.

»Kann man wohl sagen«, sagte Trudi und schlug kokett ihre Beine übereinander.

Anton sah mich mit hochgezogenen Augenbrauen an. »Man könnte glatt denken, du hast Angst, mit mir allein zu sein«, sagte er, aber dabei lächelte er sein umwerfendes Anton-Lächeln, und mein Herz machte einen Satz vor Freude.

»Bin ich froh, dich zu sehen«, sagte ich und fiel ihm um den Hals. Vor lauter Freude vergaß ich, das Handtuch über meiner Brust zusammenzuhalten. Es fiel zu Boden.

»Ich bin auch froh«, sagte Anton, als er mich wieder losließ. Er hatte auch noch eine Flasche Champagner mitgebracht, die er ohne zu fragen in den Kühlschrank stellte. Und Rosen hatte er auch dabei, einen dicken Strauß purpurroter, duftender Rosen. Die waren von seiner Mutter für mich, aus dem eigenen Garten. Anton füllte meinen Bowle-Topf mit Leitungswasser und stellte die Blumen hinein.

»Wie nett von deiner Mutter«, sagte ich entzückt.

»Als kleines Dankeschön für deinen Anteil an der Fusion mit Körner«, sagte Anton und bückte sich nach meinem Handtuch.

»Bitte schön«, sagte er und hielt es Trudi hin.

»Champagner?«, fragte Trudi, das Handtuch ignorierend. Ich nahm es Anton aus der Hand und wickelte mich wieder darin ein.

»Also, was genau liegt denn an?«, fragte Anton in einem sehr sachlichen Tonfall. Er zog einen Stuhl heran und setzte sich. Man hätte meinen können, er sitze im Konferenzsaal seiner Kanzlei und beriete sich über einen wichtigen Fall.

»Och, nichts Besonderes«, sagte Anne. »Nur dass ich soeben eine halbe Million geerbt habe und schwanger bin.«

Trudi und ich beeilten uns, noch ein paar zusätzliche Informationen beizusteuern, damit Anton die Kompliziertheit der Lage begriff. Aber er zog nur seine Augenbraue hoch und sagte: »Also, ich finde, das klingt eigentlich nicht nach einem Problem. Sie ist schwanger von dem Mann, den sie liebt. Sie hat Geld geerbt, mit dem sie Bianca ihre Hälfte von Jos Haus abkaufen könnte, um dann darin mit Jo, Joanne und ihren Söhnen ein glückliches Leben zu führen.«

»Hahaha«, sagte Anne. »Als ob das Geld alle Probleme lösen würde. Bernhard, Paschulke und Henri hast du wohl ganz vergessen, was?«

Anton stöhnte, aber ich sagte: »Um Bernhard, Paschulke und Henri musst du dir keine Sorgen mehr machen. Um die habe ich mich gekümmert.«

»Du?«

»Wie denn?«

»Das hast du doch jetzt erfunden, oder?«

Von jedem eine Frage. Anne, Anton und Trudi schienen sich abgesprochen zu haben.

Ich kostete den Augenblick weidlich aus. »Die blutigen Einzelheiten möchte ich euch gerne ersparen«, sagte ich und wollte mein Haar lässig in den Nacken werfen. Dabei fiel mir auf, dass ich immer noch das Handtuch auf dem Kopf hatte. Ich nahm es herunter und schüttelte die Haare in Form. »Nur so viel: Als Bernhard sein eigenes Nasenbein knacken hörte, hat er plötzlich eingesehen, dass er sich bessern muss. Er wird Jo in Zukunft keine Probleme mehr machen, da könnt ihr sicher sein.«

»Du machst Witze, oder? Du willst uns doch nicht weismachen, du habest Bernhard die Nase gebrochen?«, rief Anne.

Ich zuckte mit den Schultern. »Dieser Bernhard ist doch ein Zwerg, der geht mir nur bis hier, und ich war schließlich nicht umsonst mal schleswig-holsteinische Karate-Meisterin ...« Mein Blick streifte Antons Blick, und ich verstummte. »Äh, beinahe«, setzte ich dann hinzu. »Bernhard ist jedenfalls schon dabei, seine Siebensachen zu packen. Bis Ende des Monats haben er und Bianca das Haus geräumt.«

»Das glaube ich nicht!«, rief Anne.

Ich bedachte sie mit einem überlegenen Blick. »Schätzchen, du solltest wirklich ein bisschen mehr Vertrauen in deine Patin setzen. Glaub mir einfach, dass von Bernhard und Paschulke hier niemand mehr etwas zu befürchten hat.«

»Ja, dann ist das ja auch geklärt«, sagte Anton. »Was machst du noch hier, Anne? Du solltest längst auf dem Weg zu Jo sein, oder? Bitte sag ihm die allerherzlichsten Glückwünsche von meiner Seite.«

»Mach ich«, sagte Anne, rührte sich aber nicht von der Stelle.

»Sie weiß ja gar nicht, ob sie wirklich schwanger ist«, sagte ich und zeigte auf den unangetasteten Schwangerschaftstest.

»Aha«, sagte Anton. »Na, das haben wir gleich.« Er riss die Verpackung auf, schraubte routiniert das Teststäbchen zusammen und hielt es Anne hin.

»Los, draufpinkeln«, sagte er. »Wir haben ja nicht ewig Zeit.«

Anne sah ihn verblüfft an, nahm das Stäbchen aber brav entgegen und trottete damit Richtung Toilette.

»Okay«, sagte Anton. »Und was ist mit dir, Trudi? Warum sitzt du völlig unbekleidet in Constanzes Küche und trinkst Champagner?«

»Wegen der toten Schildkröte«, sagte Trudi und hickste.

»Sie will nicht nach Hause, weil da ist Peter, und der geht ihr tierisch auf den Keks«, erklärte ich.

»Und wo liegt das Problem?«, fragte Anton. »Schmeiß ihn doch einfach raus. Es ist doch deine Wohnung, oder nicht?«

»Er will aber nicht zurück nach Hause«, sagte Trudi. »Ich hab's ja schon versucht.«

»Und wie?«, wollte Anton wissen.

»Ich hab gesagt, dass ich das Gefühl habe, dass unsere Beziehung allmählich ausgeschöpft ist und ich keinerlei Entwicklungspotential mehr sehen würde«, erklärte Trudi. »Aber er meinte nur, wieso, wir haben es doch so gemütlich zusammen. Und dann hat er die Füße auf den Couchtisch gelegt und den Fernseher angemacht. Formel eins!«

»Warum stopfst du ihm nicht einfach die Schildkröte in die Hose und sagst, du hast genug von ihm!«, schlug ich vor.

Anton zog wieder die Augenbrauen hoch. »Ist das die Art und Weise, wie du so etwas zu handhaben pflegst, Constanze?«

»Ach, das variiert von Mal zu Mal«, sagte ich. »Sonst wäre es doch langweilig.« In Wahrheit hatte ich überhaupt noch nie einem Mann den Laufpass gegeben. Es war immer umgekehrt gewesen. Genauer gesagt, zwei Mal. Mehr Beziehungen hatte ich noch nicht gehabt.

»Ich wüsste eine elegantere Art und Weise, ihn loszuwerden«, sagte Anton. »Ohne Gewaltanwendung und ohne große Überredungskünste.«

Anne kam von der Toilette zurück und legte den Schwangerschaftstest auf den Tisch. Schon auf dem Weg vom Klo bis in die Küche hatten sich zwei senkrechte blaue Linien gebildet.

»*Ziemlich* schwanger«, sagte ich.

»Sag ich doch«, brummte Anne. »Dafür brauche ich keinen blöden Test.«

»Sehr gut«, sagte Anton. »Dann kann Anne ja jetzt zu Jo gehen und diverse Kleinigkeiten mit ihm besprechen. Und Trudi zieht sich an und geht zu Peter.« Er nahm den Schwangerschaftstest mit spitzen Fingern vom Tisch und hielt ihn Trudi hin. »Du zeigst Peter diesen Test und sagst, du wärst überglücklich, von ihm ein Baby bekommen zu dürfen. Und während ihm aufgrund dieser Eröffnung die Kinnlade hinunterklappt, rufst du laut: *Ach, Schatz, freust du dich auch so sehr wie ich? Ich muss sofort meine Mutter anrufen, damit sie anfangen kann zu stricken.*«

»Aber …«, sagte Anne.

Anton fiel ihr ins Wort. »Trudi leiht sich den Test ja nur. Und egal, was Peter daraufhin alles sagt, sie hört einfach nicht zu, sondern überlegt laut, wohin sie das Babybettchen stellen wird und wie es heißen soll und dass sie am liebsten gleich Zwillinge hätte.

Ich denke, das muss sie höchstens eine halbe Stunde lang durchhalten, dann hat Peter seine Sachen gepackt und ist verschwunden.«

»Genial!«, sagte Trudi. »Das wird hundertprozentig klappen.« Sie lachte. »Und Spaß wird es auch noch machen.«

»Und wenn es nicht klappt, kannst du ihm immer noch die Schildkröte in die Hose stopfen«, sagte ich. »Vergiss nicht, ihm den Hausschlüssel abzunehmen.«

Anne und Trudi hatten es auf einmal sehr eilig. Als Anton die Tür hinter ihnen geschlossen hatte, sah er auf seine Armbanduhr.

»So«, sagte er. »Das hat jetzt keine halbe Stunde gedauert. Wenn man die Menschen hingegen mit Champagner abfüllt und endlos über ihre Probleme lamentieren lässt, wird man sie nie los.«

»Das werde ich mir merken«, sagte ich.

»Am besten ist es natürlich, man macht ihnen gar nicht erst die Tür auf«, sagte Anton.

»Tut mir leid«, sagte ich.

Anton nahm mir das Handtuch ab, das ich immer noch über der Brust zusammenhielt, und warf es über den Schirmständer. »Die Hauptsache ist doch, dass wir das Haus jetzt für uns ganz allein haben«, sagte er und streichelte mit beiden Händen über meine Schultern. Seine Augen hatten wieder diesen intensiven Blick angenommen, bei dem meine Knie ganz weich wurden.

»Ich muss dir was sagen«, flüsterte ich.

»Nicht jetzt«, sagte Anton und küsste mich.

Als ich drei Tage später aufwachte, waren die Hundstage vorbei. Draußen vor dem Schlafzimmerfenster sah ich ein gelbes Blatt im Ahorn, der Herbst würde nicht mehr lange auf sich warten lassen. Es war genau zwölf Uhr dreißig, und es war das erste Mal in meinem Leben, dass ich länger als bis acht Uhr morgens geschlafen hatte.

Aber ich hatte auch noch nie drei Tage lang ununterbrochen Sex gehabt.

Na ja, nicht ununterbrochen.

Wir mussten schon die eine oder andere Pause einlegen. Das erste Mal am Samstag im Morgengrauen, als Jasper mit einem von Julius' *Lego*-Raumschiffen zu uns ins Bett gekrabbelt kam und Anton anschrie: »Du bist ja nackt!« Glücklicherweise hatte Anton kein schwaches Herz und erholte sich nach einer Weile von diesem Schrecken. Wir verbauten zu dritt circa fünf Kilo Legosteine, bis es zehn Uhr war und Anne kam, um Jasper abzuholen. Sie strahlte vor Glück, es war offensichtlich: Sie und Jo sahen einer rosigen Zukunft mit einer halben Million Euro, drei glücklichen Kindern und einem gemeinsamen Baby entgegen. Und – sie wüsste nicht, wie ich das geschafft hätte, aber Bernhard habe sich tatsächlich bei Jo entschuldigt und Joanne samt ihrem Spielzeug bei Jo abgeliefert. Bis Ende des Monats würden Bernhard und Bianca das Haus geräumt haben und einem Verkauf desselben nicht im Wege stehen. Anne hatte beschlossen, Jo das Haus abzukaufen, er konnte dann mit dem Geld den Kredit ablösen und von dem, was übrig bliebe, Bianca auszahlen. Auf diese Weise konnte er schließlich doch noch in dem Haus wohnen, das er mit seinen eigenen Händen gebaut habe. Das einzig Unangenehme, das Anne noch bevorstand, war, den ganzen komplizierten Sachverhalt Hansjürgen auseinanderzusetzen. Er würde vermutlich aus allen Wolken fallen und ausfallend und gemein werden. Ich persönlich dachte an das, was Hansjürgen Anne in all den Ehejahren zugemutet hatte, und fand, dass er eigentlich noch viel zu glimpflich davongekommen war. Für so viel Abgebrühtheit hätte er es eigentlich verdient, dass sich die Mütter-Mafia auch mal seiner angenommen hätte. Aber gut, man musste auch großzügig sein können.

Anton wollte das Thema auch keinesfalls weiter erörtern. Er brachte Anne und Jasper zur Tür und sagte, er habe sie wirklich sehr gern, aber wenn Anne in den nächsten zwei Tagen noch einmal vorbeikäme oder anriefe, würde er sie wegen Hausfriedensbruch verklagen. Vielleicht glaubte sie ihm, vielleicht war sie aber auch nur mit anderen Dingen beschäftigt, jedenfalls hörten und sahen wir das ganze Wochenende nichts mehr von ihr.

Die zweite Pause mussten wir einlegen, als ein Telefonat aus Mexiko kam und Mimi uns berichtete, dass sie Ronnie nur ganz knapp verpasst hatte. Nur wenige Stunden vor ihrer Ankunft in Tulum war er mit einer Gruppe australischer und britischer Höhlenforscher in den Dschungel aufgebrochen. Wahrscheinlich hatte er ihnen vorgelogen, ein erfahrener Taucher zu sein. Mimi und Mex würden der Gruppe folgen, sobald Mex einen einheimischen Führer aufgetrieben hatte. In diesem Teil von Yucatán gab es weder Straßen noch Wege, man musste sich den Weg mit einer Machete selber bahnen. Und es gab keinen Empfang für das Handy. In Tulum war das letzte öffentliche Telefon, Mimi würde nun für längere Zeit nicht telefonieren können.

»Es gibt Schlangen und Skorpione und giftige Spinnen«, sagte Mimi, aber es klang nicht ängstlich, eher stolz. »Hast du meine SMS bekommen?«

»Die mit den Sternschnuppen? Natürlich.«

»Nein, die, in der ich geschrieben habe, dass man wach sein muss, wenn man seine Träume verwirklichen will«, sagte Mimi.

»Ach, die – ja, das stimmt«, sagte ich.

»Es ist wirklich so«, sagte Mimi. »Das Glück beruht einfach nur auf dem Entschluss, glücklich zu sein.«

Sie wollte noch mehr sagen, aber Anton nahm mir den Hörer aus der Hand. »Alles Gute, Mimi, ich hoffe sehr, dass du Ronnie bald findest. Sag ihm viele Grüße von mir. Bis bald!« Und dann legte er einfach auf. Es war ihm völlig egal, dass das das letzte öffentliche Telefon war, an das Mimi für längere Zeit herankommen konnte. »Ich hoffe, sie bleibt ein paar Tage in einer telefonlosen Gegend«, sagte er sogar.

Wir wurden dann auch nur noch ein einziges Mal gestört, nämlich von Trudi, die uns erzählen wollte, wie schnell Peter ihre Wohnung verlassen hätte, nachdem er einen Blick auf den Schwangerschaftstest geworfen hatte. Trudi hatte die Bude stundenlang ausgeräuchert und energetisch gereinigt, und nun war sie bereit für den Beginn einer neuen Ära.

Ich vermutete, dass das hieß, dass sie den Tai-Chi-Lehrer zum Abendessen eingeladen hatte und dass die neue Ära in dem üblichen Fiasko enden würde, aber noch ehe ich Trudi meine Bedenken mitteilen konnte, hatte Anton sie auch schon zur Tür geschoben und ihr noch ein schönes Leben gewünscht.

»Hey«, sagte ich. »Du kannst meine Freunde nicht einfach so ausschließen. Sie gehören zu meinem Leben dazu wie ... wie meine Kinder.«

»Aber nicht an diesem Wochenende«, sagte Anton. »An diesem Wochenende gehörst du mir ganz allein.« Und dann küsste er mich wieder so, dass es mir völlig egal war, ob Mimi im Dschungel von einer Schlange gefressen wurde oder Trudi an ein weiteres Lerngeschenk geraten war.

Ich weiß, es ist ein bisschen unfair, dass ich Ihnen dreihundert Seiten lang mit Anton den Mund wässrig gemacht habe, und jetzt, wo ich endlich mit ihm im Bett gelandet war, lasse ich Sie mit ein paar Andeutungen am ausgestreckten Arm verhungern. Aber mittlerweile müssten Sie mich gut genug kennen, um zu wissen, wie prüde ich im Grunde bin und wie schwer es mir fällt, über solche Dinge zu sprechen. Nur so viel: Es hatte sich gelohnt, fünfunddreißig Jahre lang darauf zu warten.

Und ich würde auch nie, nie wieder eifersüchtig auf Paris sein, denn obwohl sie wunderschön, hochbegabt und mit dieser wahnsinnig tollen Familie gesegnet war, hatte sie nur Lorenz im Bett, und wie der war, wusste ich ja.

Nänänänänää!

Und noch etwas sollten Sie wissen: Wir machten überhaupt gar nichts mit der Dunstabzugshaube. Anton sagte, was immer Trudi sich da ausgedacht habe, sei völliger Schwachsinn. Sex in der Küche ja, mit Dunstabzugshaube nein! Es sei denn, man hätte zu viel Knoblauch gegessen.

Es war wunderbar, neben Anton einzuschlafen, und es war wunderbar, neben ihm aufzuwachen.

Heute, Montag, musste er wieder in die Kanzlei. Ich hätte gern noch mit ihm gefrühstückt, aber er hatte mich, rücksichtsvoll wie er war, nicht geweckt, sondern musste sich leise aus dem Haus geschlichen haben. In der Küche, auf dem Herd unter der Dunstabzugshaube, fand ich einen Zettel von ihm.

»Musste weg, wollte dich nicht wecken. Du hattest den Schlaf wirklich verdient. A.«

Ich küsste den Zettel verliebt. Dann erst entdeckte ich den Zettel darunter. Es war eine meiner Listen, und zwar eine mit der Überschrift: *Was ich unbedingt noch erleben muss, bevor ich vierzig werde.* Keine Ahnung, wo Anton die gefunden hatte, aber er hatte hinter einige Punkte ein Häkchen gemacht, und unten drunter stand: *Um die anderen Dinge kümmern wir uns später.*

Ich küsste auch diesen Zettel, nahm dann eine Dusche, machte mir einen Kaffee und überlegte, welche meiner Freundinnen ich als erste anrufen und von meinem Wochenende erzählen sollte.

Ach, vielleicht sollte ich einfach zuallererst bei Anton anrufen. Ich hatte schon so lange nicht mehr seine Stimme gehört. Und wir konnten gleich klären, welchen Punkt wir als Nächstes abhaken wollten.

Antons Handy war abgestellt, also versuchte ich es in der Kanzlei. Nach dem zweiten Klingeln hob Antons Sekretärin ab, die Wurzelholzbrille, die in Antons Partner verliebt war.

»Kanzlei Alsleben und Janssen, guten Tag, was kann ich für Sie tun?«

»Constanze Bauer, hallo, Frau Wu – Frau Möller!«, sagte ich. »Könnte ich bitte mit Anton sprechen?«

»Oh, Frau Bauer, tut mir leid, Herr Alsleben ist

nicht im Hause. Er ist gerade eben zum Maritim aufgebrochen. Dort findet das Essen mit der Familie statt. Das *Verlobungsessen*.« Die Wurzelholzbrille lachte. »Sollte wohl ein Geheimnis bleiben, aber Herr Alsleben hat sich verraten. Wir sind ja hier aus allen Wolken gefallen, und Sie?«

Ich fiel auch gerade aus meiner Wolke Sieben. »*Verlobungsessen? Familie?*«, wiederholte ich völlig verdattert. »Wer verlobt sich denn?«

»Ach, dann wissen Sie es noch gar nicht?«, rief die Wurzelholzbrille, entzückt, mich informieren zu dürfen. »Na, der Herr Alsleben verlobt sich.«

»Der Herr Alsleben verlobt sich?«, echote ich. »Mit wem denn?«

»Ja, wir sind hier auch alle völlig aus dem Häuschen, das können Sie mir glauben. Das ging ja auch so schnell, da hat ja nun keiner mit gerechnet«, sagte die Wurzelholzbrille. »Herr Alsleben und Frau Körner, wer hätte das gedacht?«

Na, ich jedenfalls nicht.

»Körner? *Frederike* Körner?«, fragte ich.

»Genau«, sagte die Wurzelholzbrille. »Waren ja auch lange genug allein, die beiden.«

Das hübsche Gesicht von Frederike Körner, ihre roten Locken und ihre tadellose Figur erschienen vor meinem inneren Auge. Ich sah ihre Hand, wie sie auf Antons Arm lag, ich sah ihr zweideutiges Zwinkern, und ich sah, wie sie sich mit ihrer Zunge über die Lippen fuhr, wenn sie mit Anton sprach.

»Die kennen sich ja von Kindesbeinen an, da hätten sie sich ja nicht so viel Zeit lassen müssen, was? Aber so ist das, nicht wahr? Manchmal braucht man ein paar Jahre, bis man begreift, wer der Richtige ist.« Die Wurzelholzbrille kicherte. »Fast acht Jahre hatten sie sich nicht gesehen, dann ein Abendessen und – *Bingo!*«

»*Bingo*«, wiederholte ich. Eine Art Schüttellähmung hatte meinen ganzen Körper erfasst, die Zähne klapperten, die Beine wackelten, und ich hatte große Mühe, das Telefon festzuhalten, so sehr zitterten mir die Hände. In meinem Kopf begannen sich tausend ineinandergreifende Rädchen zu drehen. Und alles mündete in einer einfachen, ziemlich platten Formel: Ich war verarscht worden!!! Ich war verarscht worden!!!!

»Das ist ja so romantisch«, sagte die Wurzelholzbrille. »Da wäre ich gern dabei gewesen, bei diesem Abendessen.«

»Ich war dabei«, sagte ich. Oh Gott, ja, ich war dabei gewesen. Ich war Zeuge dieser denkwürdigen Wiederbegegnung gewesen. Anton hatte mich ja so was von dreist angelogen, hinterher. Von wegen, er hatte gar nicht bemerkt, wie diese rothaarige Schlange ihn beflirtet hatte! Ha! Gegen ihn war ja selbst Lorenz ein Waisenknabe. Obwohl er schon gewusst hatte, dass er sich mit Frederike verloben würde, hatte er mich noch ins Bett gelockt.

»Das ist wahrscheinlich alles wegen der Firmenfusion«, sagte die Wurzelholzbrille vertraulich. »Man sagt ja nicht umsonst, dass Geld immer Geld heiratet, nicht wahr? Die Eltern sind, wie man hört, trotz des überstürzten Tempos ganz begeistert. Sind aber auch ein nettes Paar, die beiden. Finden Sie nicht?«

Das war zu viel. »Ganz und gar nicht«, brüllte ich in den Hörer. »Nett ist etwas anderes!« Und dann nahm ich das Telefon und warf es so fest ich konnte gegen die Wand, wo es in seine Einzelteile auseinanderbrach und auf den Boden fiel.

Das war doch einfach nicht zu fassen! Drei Tage lang hatte dieser Mensch mit mir im Bett verbracht, drei Tage lang, in denen nicht selten der Satz »Ich liebe dich« gefallen war; allerdings hatte ich schon davon gehört, dass Männer durchaus inflationär mit diesem Satz umgingen, wenn es um Sex ging.

Das konnte er aber mit mir nicht machen! Ich war die *Patin*! Ich hatte Bernhard und Paschulke das Fürchten gelehrt. Ich würde auch Anton fertigmachen. Er würde es noch schwer bereuen, dass er mich benutzt hatte, um seinen Junggesellenabschied zu feiern.

Ich bestellte mir per Handy ein Taxi, warf mich in rasender Geschwindigkeit in meine Klamotten, dieselben, die ich auch in *Bernhards Eck* getragen hatte, und schminkte mich sorgfältig. Der Taxifahrer pfiff leise durch die Zähne, als er mich sah. Sehr gut. Genau diesen Effekt hatte ich erzielen wollen. Anton sollte sehen, was er für immer verlor, und es sollte ihm leidtun!

Um die Mittagszeit war das Restaurant im Maritim meistens bis auf den letzten Tisch besetzt. Ich sah mich suchend um. Da! Am Fenster mit Blick auf den Rhein, da saßen sie alle, genau wie neulich abends: Urs Körner, seine Frau, Rudolf mit der roten Nase, Polly, Johannes, Frederike und Anton. Nur Frederikes fetter Bruder und seine Frau fehlten.

Ich hatte den Raum mit wenigen Schritten durchquert und baute mich am Kopfende des Tisches auf wie eine Rachegöttin.

»Hallo, zusammen«, sagte ich laut, und alle Gesichter wendeten sich mir zu. Ja, da staunten sie aber, was? Vor allem Anton sah überrascht aus, auch wenn er nicht, wie ich gehofft hatte, leichenblass wurde und zu stammeln anfing. Er war so abgebrüht, dass er mich sogar *anlächelte*.

»Constanze!«, sagte er und stand auf.

»Setzen Sie sich doch, meine Liebe«, sagte Polly. »Wir waren gerade dabei ...«

»Ich weiß«, sagte ich und schüttelte Antons Hand ab, die er mir auf den Arm gelegt hatte. »Sie feiern *Verlobung!* Die Wurzelholzbrille hat es mir verraten. Ich bin auch nur vorbeigekommen, um zu gratulieren.« Ich wandte mich an Frederike, die ein tief ausgeschnittenes grünes Kleid trug und ganz zauberhaft aussah. An ihrem Ringfinger steckte ein fetter, goldener Klunker – ohne Zweifel der Verlobungsring. Gaaaaah! Und mir hatte er nur einen schäbigen Rosenstrauß überreicht, und der war noch nicht mal von ihm selber gewesen! »Herzlichen Glückwunsch zu diesem Verlobten, Frederike! Ich kann nur sagen, mit dem haben Sie das ganz große Los gezogen. Er hat die letzten drei Tage bei mir im Bett verbracht, und das war – überwältigend.«

»*Was?*«, rief Frederike aus, und ich glaube, alle anderen riefen auch »*Was?*«. Vermutlich sogar die an den Nachbartischen.

»Das stimmt nicht«, sagte Johannes. »Ich schwöre, dass das nicht wahr ist!«

»Ach ja?«, fuhr ich ihn an und schüttelte erneut Antons Hand ab, diesmal von meiner Schulter. »Und woher willst du das wissen?«

»Na ja, ich müsste es doch wissen, wenn das stimmte, was du sagst«, stotterte Johannes. Er fuhr sich nervös mit seiner Hand durch die Haare. »Außerdem würde ich nie mit der Freundin meines Bruders etwas anfangen, ganz bestimmt nicht.« An seinem Ringfinger glitzerte der gleiche dicke Goldklunker wie an Frederikes Hand.

Ich stutzte. Wieso trug Johannes Antons Verlobungsring? *Wieso?*

Es dauerte noch etwa eine Sekunde, dann fiel der Groschen, und ich kapierte, dass es Johannes war, der sich hier mit Frederike verlobte, und nicht Anton. Mich überkam wieder die Schüttellähmung von vorhin, Knie, Hände, Zähne, alles begann zu klappern. Diesmal vor Erleichterung. Alle Zahnrädchen in meinem Kopf liefen rückwärts: Anton hatte mich gar nicht verarscht.

Gott sei Dank!

Natürlich schauten mich immer noch alle ziemlich entsetzt an, das heißt, alle außer Anton. Der machte sein Nilpferdgesicht und war kurz davor, vor Lachen zu platzen.

Okay, scheiße, aber wie kam ich nun aus *dieser* Nummer wieder heraus?

»Ja, hahaha«, sagte ich. »Daaling as en neten dai! Alter Brauch daheim auf Pellworm. Auf der Verlobungsfeier wird der Bräutigam verarscht. Sind ja alle drauf reingefallen, oder?«

Kollektives Ausatmen am Tisch.

»Allerdings«, sagte Urs Körner. »Ich habe beinahe einen Herzanfall erlitten.«

»Großartige Schauspieldarbietung«, sagte Frau Körner. »Das wirkte wirklich *sehr* echt.«

»Täuschend echt«, sagte Polly.

»Also, *ich* hab's keine Sekunde lang geglaubt«, sagte Frederike.

»Wirklich nicht?«, fragte Johannes. »Ich fand's so ergreifend, dass ich fast selber an mir gezweifelt hätte.«

»Ja, ja«, sagte ich. »Als ich jung war, habe ich eine Zeit lang Theater gespielt. Shakespeare. Die großen Dramen.«

Jetzt war es um Anton geschehen. Er bog sich vor Lachen. »Bru-ha-ha-ha-ha!«, wie ein kitzeliges Nilpferd.

Sein Gepruste übertönte mein Handy. Ich hatte eine SMS von Mimi bekommen. Sie hatte Ronnie wiedergefunden. Lebendig. Und überglücklich, sie zu sehen. Sie hatten beschlossen, ab jetzt zusammen nach dem Maya-Gold zu tauchen. Überhaupt sei Mexiko wunderschön.

»*Dass einem eine Sache fehlt, sollte einen nicht davon abhalten, alles andere zu genießen*«, schrieb Mimi.

Ich lächelte das Display an. Wie Recht sie hatte.

»Wie wäre es denn, wenn Sie sich jetzt einfach zu uns setzen würden, Constanze«, sagte Polly. »Der Platz neben Anton ist noch frei.«

»Ach, und sagen Sie doch bitte noch mal was auf Friesisch, ich höre das so gerne«, sagte Rudolf mit der roten Nase.

Also setzte ich mich und sagte das Einzige, das ich außer »Heute ist ein schöner Tag« noch auf Friesisch wusste: »Huar kön han welen lian?« – »Wo können wir ein Fahrrad leihen?«, und »Ik hou fan dei« – »Ich liebe dich«. Letzteres sagte ich zu Anton.

»Ik dir auch!«, sagte Anton.

Willkommen auf der Homepage der

Mütter-Society,

dem Netzwerk für Frauen mit Kindern.
Ob Karrierefrau oder »nur«-Hausfrau,
hier tauschen wir uns über Schwangerschaft und
Geburt, Erziehung, Ehe, Job, Haushalt
und Hobbys aus und unterstützen uns
gegenseitig liebevoll.
Zutritt zum Forum nur für Mitglieder

22. August

An alle, die es noch nicht mitgekriegt haben: Mein Peter ist wieder da und backt jetzt ganz kleine Brötchen. Außer in einer Hinsicht natürlich, da kann man eher von einem extra langen und extra knusprigen Baguette reden ... Der Sex mit Buckelwal muss echt mies gewesen sein, denn Peter ist wie ausgehungert. Ich kann so eine kleine Auszeit nur jeder Ehe empfehlen. ☺
Sabine

P. S. Sonja, ich hoffe, du bist nicht immer noch sauer über das Meerschwein, das ich erlegt habe. Als es im Gebüsch raschelte, konnte ich ja nicht wissen, dass es sich dabei nicht um einen der Kampfhunde eurer Nachbarn handelte. Es war aber ein sauberer Blattschuss, ganz wie angekündigt. Sobald unsere Haftpflichtversicherung den Schaden übernimmt, bekommst du ein neues Meerschwein von uns.

24. August
Ich bekomme kaum Luft vor lauter Wut. Meine Schwiegermutter ist gar nicht verschwunden: Sie war die ganze Zeit im Libellenweg. Sie wohnt jetzt bei Kloses! Das muss man sich mal vorstellen! Schiebt deren Baby durch die Gegend und tanzt mit dem Opa Tango auf dem Bürgersteig. Und bedankt hat sie sich auch noch. Dass ich ihre Sachen so nett in Müllsäcke zusammengepackt hätte. Und eben kam ein Brief von ihrem Anwalt: dass sie umgehend ihr Meißner Porzellan und ihr Tafelsilber zurückhaben will, sonst gibt es eine Anzeige. Mein Männe ist supisauer auf mich, weil ich den Kram schon bei »E-Bay« versteigert habe! Ja, aber das konnte ich doch alles nicht ahnen, oder? Und dabei darf ich mich überhaupt nicht aufregen! Ich bin schließlich schwanger!
Mami Kugelbauch Ellen

P. S. So, und das haben sie jetzt davon. Meine Wehen haben eingesetzt, und meine Hebamme ist übers Wochenende weg. Wenn ich jetzt draufgehe, ist das ganz allein ihre Schuld!

29. August

Ganz herzlichen Glückwunsch zu deinem gesunden kleinen Jimmi, Ellen. Das war ja nun wirklich hart: vierunddreißig Stunden lang Wehen und am Ende doch noch ein Kaiserschnitt. Dagegen kann aber jetzt wirklich keine Trümmerfrau anstinken, würde ich sagen. Ich gebe dir gerne die Adresse der Kaiserschnitt-Selbsthilfegruppe, die ich selber nach Flavias Geburt besucht habe. Man fühlt sich einfach um die Geburt betrogen und hat Probleme mit seiner Rolle als Gebärerin, wenn man einen Kaiserschnitt erleben musste. Die wenigsten Frauen nehmen das so gelassen hin wie du, Sonja. Wann geht es denn eigentlich bei dir los?
Frauke

P. S. Laura-Kristin möchte doch tatsächlich die Pille verschrieben bekommen!! Ich hatte richtig Mühe, ihr klarzumachen, dass das bei ihrem Fantasiefreund nicht nötig sei. Das Geschrei hättet ihr mal hören müssen. Mädchen! Sei bloß froh, dass dein Jimmi ein kleines Pillermännchen hat, Ellen. Vive la difference!

2. September

Auch von mir die herzlichsten Glückwünsche, Ellen. Kann es gar nicht erwarten, auch endlich von meiner Kugel befreit zu werden. Das ist definitiv das letzte Mal, dass ich das durchmache. Das nächste Kind muss Jürgi austragen!
Vielen Dank für den neuen Hamster, Sabine,

das wäre doch gar nicht nötig gewesen, ich weiß doch, dass du es eigentlich auf den Hund abgesehen hattest. Das Tierchen sitzt schon in seinem Stall, gesichert durch einen Bewegungsmelder, eine versteckte Kamera und ein Fuchseisen. Wollen doch mal sehen, ob wir die Klosekinder nicht diesmal auf frischer Tat ertappen können. Und dann: Hasta la vista, Baby!
Sonja

P. S. Habe heute deine Laura-Kristin getroffen, Frauke. Sie war mit deinem Mann beim Frauenarzt. Kann es sein, dass dein Mann glaubt, Fantasie-Max sei aus Fleisch und Blut?

4. September

Herzlichen Glückwunsch zur Versöhnung mit deinem Peter, Sabine. Wusste ich doch, dass er zurückkommt. Ihr beide habt einander einfach verdient. Warum hat er es sich eigentlich so plötzlich anders überlegt? Na ja, ist aber eigentlich auch egal. Trudi Becker scheint es jedenfalls nicht besonders viel auszumachen: Sie hat nämlich ein Verhältnis mit dem neuen Tai-Chi-Lehrer des Familienbildungswerkes.

Was Laura-Kristin angeht: Ich glaube, ich habe sie heute mit ihrem Fantasiefreund rumknutschen sehen, Frauke. Unter diesen Umständen wäre es schon besser, wenn sie keine Fantasiepille nehmen würde, meinst du nicht auch?
Mami Gitti

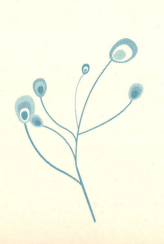

Danksagung

Ich will es wirklich jedes Mal besser machen, aber am Ende ist es doch immer wieder das Gleiche: Eine Romanautorin im Endstadium (des Romans) ist vollkommen unkompatibel mit jeglicher Art von Familienleben und Freizeitgestaltung, weshalb diese Danksagung auch eine Entschuldigung ist an alle Unschuldigen, die ich an der Tür angeschnauzt habe, weil sie die Frechheit besaßen zu klingeln, und an all diejenigen, die unter geplatzten Verabredungen leiden mussten, weil ich mich wieder mal total verschätzt hatte, allen voran meine verständnisvolle Schwägerin Andrea, übrigens einer der wenigen Menschen, die ich kenne, die das Motto von Jane Austen voll ausleben.

Danken möchte ich allen, die mir viel Zeit am PC verschafft haben, indem sie sich zuverlässig und liebevoll um meinen Sohn gekümmert haben, allen voran meiner Mama, ohne die unser Leben traurig und leer wäre. Danke für die vielen Radtouren, Waldspaziergänge und die unermüdlichen Opa-Ferdl-Spiele.

Danke Biggi, Inge, Sigrid und Silke für euren Einsatz und die reichhaltige Verpflegung, danke für Spätzletage, Schmerztabletten, Spaghetti, Pflaumenkuchen, Forellen, Hustenbonbons, Vitamine und Zwiebelkuchen. Danke auch für das Versprechen, noch da zu sein, wenn ich wieder aus der Versenkung komme (fünf Kilo schwerer, danke, danke, sagte sie mit schwabbelndem Kinn ...).

Meiner wunderbaren Lektorin Claudia Müller möchte ich für die motivierenden Keep-on-truckin'-Päckchen und die Geduld danken, mit der sie auch die Entstehung dieses Romans begleitet hat. Von so einer Lektorin können andere Autoren nur träumen.

Danke, Janine, für unsere anregenden Gespräche, die mir sehr geholfen haben, mich in Nellys Teenager-Seele einzufühlen, und danke, dass wir wenigstens mit gebügelten Sachen das Haus verlassen konnten, in welchem wir ansonsten knietief im Chaos versanken.

Mein ganz besonderer Dank gilt diesmal wieder meiner Schwester Heidi, die viel Zeit mit dem Manuskript verbracht und viele große und kleine Ideen zu diesem Buch beigetragen hat. Ich habe fast alles übernommen, bis auf Oblong Fitz Oblong, den kleinen dicken Ritter aus der Augsburger Puppenkiste. Ich bin sicher, den kennt kein Schwein, oder?

Und zum Schluss, weil's rührseliger ja kaum noch werden kann – Sie ahnen es, ich habe zur Feier des Tages eine Flasche Champagner geöffnet, na gut, zwei –, möchte ich meinem Mann Frank dafür danken, dass er auch dann noch ganz fest daran geglaubt hat, dass ich fertig werde, als ich selber schon alle Hoffnung aufgegeben hatte.

Kerstin Gier, im Sommer 2005